Elizabeth Buchan
Im Zwiespalt des Lebens

1,- €

SERIE PIPER

Zu diesem Buch

Als die dreißigjährige Agnes Campion ein stattliches Familienanwesen in England erbt, ändert sich ihr Leben von einem Tag auf den anderen. Die verfallende Schönheit von Flagge House und ihre beiden Tanten, die das Anwesen okkupieren, lassen Agnes schon bald daran zweifeln, ob sie sich mit dem Antritt des Erbes einen Gefallen getan hat. Soll sie das geliebte Haus verkaufen? Da taucht der attraktive Grundstücksmakler Julian auf, in den sie sich verliebt. Doch dessen Lebensgefährtin Kitty erweist sich als äußerst durchtriebene Gegenspielerin und will unter allen Umständen verhindern, daß ihre mühsam aufgebaute Beziehung mit Julian durch einen plötzlichen Sturm der Leidenschaft hinweggefegt wird. Und dann ist da noch der störrische Biobauer Andrew, der um den Erhalt seines Hofes kämpft und ebenfalls an der jungen Erbin des Anwesens Gefallen zu finden scheint ... Humorvoll und intelligent schickt die Erfolgsautorin Elizabeth Buchan ihre Heldin in einen wahren Dschungel der Gefühle.

Elizabeth Buchan lebt mit ihrem Mann und zwei Kindern in London. Sie arbeitete mehrere Jahre in der Verlagsbranche und schrieb eine Beatrix-Potter-Biographie für Kinder sowie bislang neun Romane für Erwachsene. Auf deutsch erschienen unter anderem »Die Rache der reifen Frau« und »Das kann's doch nicht gewesen sein«.

Elizabeth Buchan

Im Zwiespalt des Lebens

Roman

Aus dem Englischen von
Mirja Schöne

Piper München Zürich

Von Elizabeth Buchan liegen bei Piper im Taschenbuch vor:
Im Zwiespalt des Lebens
Die Rache der reifen Frau
Das kann's doch nicht gewesen sein

Für meine Mutter, Mary Oakleigh-Walker,
und meine Schwestern, Alison Souter und Rosemary Hobhouse,
in Liebe

FSC

Dieses Taschenbuch wurde auf FSC-zertifiziertem Papier gedruckt. FSC (Forest Stewardship Council) ist eine nichtstaatliche, gemeinnützige Organisation, die sich für eine ökologische und sozialverantwortliche Nutzung der Wälder unserer Erde einsetzt (vgl. Logo auf der Umschlagrückseite).

Ungekürzte Taschenbuchausgabe
1. Auflage Oktober 2006
2. Auflage April 2007

Titel der englischen Originalausgabe:
»Secrets of the Heart«, Penguin Books, London 2000

Deutsche Erstausgabe:
Europa Verlag, Leipzig 2005
Umschlag / Bildredaktion: Büro Hamburg
Heike Dehning, Charlotte Wippermann,
Alke Bücking, Daniel Barthmann
Umschlagabbildung: Helen Chapman
Foto Umschlagrückseite: Charles Shearn
Satz: Paxmann / Teutsch Buchprojekte, München
Papier: Munken Print von Arctic Paper Munkedals AB, Schweden
Druck und Bindung: Clausen & Bosse, Leck
Printed in Germany ISBN 978-3-492-24754-2

www.piper.de

»Willst du mir nicht sagen,
wie lang du ihn schon liebst?«
»Es hat sich so allmählich ergeben, daß ich es selbst kaum weiß. Doch wenn ich einen Zeitpunkt nennen müßte, dann wohl den Augenblick, als ich zum ersten Mal seine schönen Ländereien in Pemberley sah.«

Jane Austen, Stolz und Vorurteil

Kapitel 1

Agnes hatte es ihrem Onkel zu Lebzeiten mehr als einmal gesagt: Wäre er nicht gewesen, die Dinge hätten einen anderen Lauf genommen. »Ach wo«, entgegnete er dann, »das Haus hat nur auf dich gewartet.« Und sie lächelten beide, wie zwei Verschwörer, die nicht viele Wort machen.

Manchmal mußte Agnes sich über die Heftigkeit ihrer Empfindungen wundern, die Flagge House in ihr auslöste, jenes schöne, von saftigen Wiesen umgebene Landhaus mit seinen großen Fenstern, in dem die Familie Campion seit vierhundert Jahren lebte. Agnes war hier zu Hause. Das mußte Grund genug sein, es zu lieben. Aber es war auch Gegenstand ihrer Phantasie und Träumereien, eine Erinnerung an ländliche Idyllen und längst vergangene Zeiten. All dies war Agnes lieb und teuer – und war vielleicht, sagte sie sich, eine Art Entschädigung für die traurigen Umstände ihrer Kindheit. Und als sie heranwuchs von der schwierigen Pubertierenden zur jungen Frau, deren Äußeres ebenso wie ihr beruflicher Erfolg bewundernde Kommentare hervorriefen, blieb sie weiterhin im Bann des Anwesens und seiner Vergangenheit. Bald war diese Beziehung jedoch komplexer geworden, zur wilden Romantik trat die schnöde Verpflichtung, das Haus zu unterhalten. Agnes war auf einem einsamen Felsen gestrandet, und sie war glücklich mit ihrem Los. Ihre Leidenschaft währte schon lang. Agnes war jetzt dreißig. Als sie die Diele mit ihren großen Steinplatten das erste Mal betrat, war sie zwölf. Die Sonne hatte den alten Steinen einen goldenen Schimmer aufgehaucht, und Agnes war sofort hingerissen gewesen. Ihre Empfindungen hatten seitdem nicht einen Deut nachgelassen.

Und doch, und doch ... Wie bei jeder großen Liebe, kam es auch hier zu Spannungen. Besonders wenn sie beruflich unter Druck stand, wenn sie als Produzentin für Fernsehreportagen im Land unterwegs war, reagierte Agnes zuweilen ungeduldig auf die Forderungen, die das Haus an sie stellte, ja, es war ihr sogar ein wenig peinlich, wie abhängig sie sich von ihm fühlte.

Aber nie für lange Zeit.

Ihr Onkel John war zehn Jahre älter als sein Bruder, ihrem Vater, gewesen, und die beiden waren nicht gut miteinander ausgekommen. »Bill wollte nicht akzeptieren, daß er nun mal der jüngere war«, erzählte ihr John. »Das gab böses Blut, und deswegen sind deine Eltern nach Kapstadt gezogen.« Aber als ihre Eltern bei einem Autounfall auf der gefährlichen Überlandstraße von Kapstadt nach Fishhoek ums Leben kamen, war es John, der sofort zur Stelle war und Agnes in Flagge House aufnahm. »Was ist schon ein Familienkrach?« fragte er und sah Agnes durch seine Brille an. »Was wichtig ist, sind die Kinder. Merk dir das.«

Er und Maud, seine Frau, waren kinderlos geblieben, und zunächst herrschte Ratlosigkeit unter ihnen, was mit Agnes anzustellen sei. Maud begnügte sich damit, das Kind verstört zu betrachten. John erwies sich als umgänglicher und geschickter. »Komm mal mit«, sagte er, »ich glaube, ich kann dir da ein paar Geschichten erzählen.«

1598. Der erste Campion reitet nach Charlborough und erkundet das Gelände.

Er führte sie von einem Raum zum nächsten und stellte sie vor die Porträts der Campions. Wackere Kämpen und eitle Taugenichtse, kluge Verwalter und verschwendungssüchtige

Prahlhänse sowie – eine Klasse für sich – religiöse Märtyrer. Da hing ein Rupert, der an seinen Verwundungen in Naseby gestorben war, dort ein Brückenbauer in Indien. »Und hier«, sagte er, legte eine Hand auf ihre Schulter und schob sie ganz dicht an das Gemälde in der Diele heran, »und hier haben wir die andere Agnes Campion.« Eine Frau mit übergroßen Augen, blondem Haar, das straff nach hinten gekämmt und zu einem lockigen Dutt verknotet war. Sie trug Perlenohrringe, in die der Maler mit einer Extraportion Ölfarbe erhabene Glanzpunkte gesetzt hatte. Sie war 1650 im Alter von einunddreißig Jahren gestorben. Die letzte Geburt war eine Geburt zu viel für sie gewesen. »Ihr werdet euch bestimmt gut verstehen«, äußerte ihr Onkel geheimnisvoll. »Du siehst ihr sogar ähnlich. Wir nehmen uns am besten vor, mehr über sie herauszufinden.«

Was hatten sie bei ihrer gemeinsamen Recherche in den Familienarchiven herausgefunden? Daß die tote Agnes eine begnadete Köchin war, geradezu modern in ihrer Verwendung von frischem Gemüse und von Kräutern. Im Januar servierte sie den Hausbewohnern »Kellber=Braten und Blutswurst«. Im Dezember »gebraten Schweyns vierttel & warmer Spargel=Saladt«. Sie fanden den Brief, den der Witwer schrieb mit den Anweisungen für die Inschrift ihres Grabsteins: »Von eynem der sie hatt geliebet«. Und sie fanden ihren letzten Willen.

Agnes Campion. Ir Letzter Wille. Dem Manne übergebe und vermache inliegenden Siegelring, welchselben er wolle anzunehmen geruhen im falle meines hinscheydens im Kind=Bette.

Sie konnten nicht ermitteln, ob das neunte Kind, das ihren Tod bedeutete, überlebt hatte.

So sieht die wahre Geschichte aus, lehrte sie der Onkel und führte sie durch die Räume, in denen Sparsamkeit und Zweckmäßigkeit das Zepter geführt hatten: Räume, in denen Früchte und Gemüse gelagert und Kräuter getrocknet wurden, wo Fleisch gepökelt wurde, wo die Frauen wuschen und nähten und noch über den letzten Putzlumpen in Listen und Tabellen Rechenschaft ablegten. »Diese Historie lügt nicht«, sagte er, »es sind die kleinen Gassen und Seitenstraßen, die von unzähligen Füßen betretenen Trampelpfade, die zur Wahrheit führen.«

Wenige Wochen vor seinem Tod erblindete ihr Onkel. »Was soll's«, sagte er in seiner sanftmütigen Art. »Es kommt, wie es kommen muß.«

Zum zweiten Mal brach für sie eine Welt zusammen. Agnes saß im blauen Zimmer an seinem Bett, wo die Spinnen sich am Deckenstuck tummelten und schwarze Risse weitverzweigte Deltas im Putz gebildetet hatten. Die zugezogenen Vorhänge breiteten über alles einen grauen Dämmer, und die zwei ausgeliehenen Heizlüfter bildeten unvollkommene Wärmeinseln im kalten Raum. Sie hielt seine Hand. »Kann ich irgend etwas tun, damit du es leichter erträgst?«

Sein Fleisch fühlte sich leblos an. »Eins könntest du tun«, antwortete er. »Unten findest du meine Austen-Ausgabe. Hol sie und leg sie mir hier auf den Nachttisch. Ich vermisse sie.«

Agnes mußte sich zusammenreißen. Er sollte sich nicht auch noch um seine weinende Nichte sorgen müssen. Schnell ging sie nach unten in sein Arbeitszimmer, kramte die Bände zwischen Bergen von alten Zeitungen und unbezahlten Rechnungen hervor und brachte sie nach oben. Sie führte seine Hand über den Bücherstapel, den sie so nah wie möglich an sein Bett rückte. Das Aufeinandertreffen der abgemagerten Finger und der brüchigen Buchrücken war eine Wiederbegegnung alter Bekannter. »Wir sind befreundet, solange ich denken kann«, sagte John, »da möchte ich sie jetzt nicht missen.« Erschöpft von der Anstrengung lehnte er sich wieder zurück und verstummte.

Weder Maud, die seit fünfundvierzig Jahren mit John verheiratet war, noch die Krankenschwester waren besonders glücklich mit seinem Anfall von Sentimentalität. In regelmäßigen Abständen versuchten sie, die Bücher aus dem Weg zu räumen, um Platz zu schaffen für Medikamente und Pflegeutensilien. Es kam so weit, daß Maud, erbost über Agnes' vermeintliche Unvernunft, sich den Band *Überredung* schnappte und wegzuschmeißen drohte. Agnes gewann diesen Kampf und erhielt zur Belohnung ein Lächeln ihres Onkels.

In den wenigen klaren Momenten, die ihm noch blieben, erzählte John Dinge, die Agnes bereits wußte und gern noch einmal hörte.

»Ich bin froh, daß du das Haus bekommst, Agnes. So ist es richtig. Du oder niemand sonst.« Der schwere Atem zerschnitt seine Rede nach jedem Wort.

Agnes wußte, daß sie als letzte Campion-Überlebende Flagge House erben würde. Ihr Onkel hatte es ihr an ihrem sechzehnten Geburtstag offiziell mitgeteilt.

Wieder entstand eine mühevolle Pause. »Es ist gut, daß wir uns immer einig waren, was am Haus gemacht werden muß. Aber es kann so nicht weitergehen. Du weißt, es ist kein Geld da.«

Vor Agnes' innerem Auge verschwamm das Bild vom Haus, dann nahm es wieder Kontur an, jetzt in überscharfer Genauigkeit. Sie sah das durchlässige Dach, die vermoderten Fensterrahmen. Sie fröstelte. Alles schien für einen Moment ganz unmöglich. Dann berührte sie mit einem Finger die Wange ihres Onkels, um ihm die Ruhe zu geben, nach der er so deutlich verlangte. »Es wird nicht leicht werden, Agnes.«

Ein historisches, wenn auch nicht sehr großes, Landhaus zu erben, ist in jedem Fall eine komplizierte Sache, erst recht aber, wenn man gleichzeitig in einer ganz anderen Welt damit beschäftigt ist, Karriere zu machen. Aber Agnes hatte diesen Punkt mit sich ausgemacht. Sie hatte nun einmal Glück gehabt, und andere hatten dieses Glück nicht. Und wenn man eine solche Gelegenheit erhält, mußte man sie ergreifen und das beste daraus machen – gerade weil anderen dieses Glück nicht vergönnt war. Auf jeden Fall liebte sie das Haus, und sie liebte ihren Onkel. Das war es, was zählte. Warum Zeit und Energie mit unnötigen Skrupeln verschwenden?

Sie beugte sich über ihn, um ihn zu küssen. »Ich versprech dir, ich werde tun, was ich kann.«

Während John seinen letzten Kampf kämpfte, verbrachte sie trostlose Januarnachmittage damit, sich von dem zu verabschieden, was ihre Beziehung für sie bedeutet hatte: Sicherheit. Die Hände, die auf der Decke des Sterbenden lagen, waren fast so weiß, wie der bleiche Bettbezug, und hin und wieder krampften sie sich schmerzhaft zusammen. Dann streichelte sie die Hände und versuchte sich die Zeit vorzustellen, wenn sie nicht mehr da sein würden. Wenn kein Gedeck mehr für ihn bei Tisch aufgelegt werden würde; wenn sein Schlüssel am Schlüsselbrett in der Diele hängenbleiben würde; wenn seine Stimme eingetreten wäre in die Reihen der Toten, die das alte Gemäuer bevölkerten, und nie mehr zu ihr sprechen würde.

Was für ein dreister Dieb der Tod doch war, und was für eine bedrückend einsame Angelegenheit das Sterben. Sie war in ihrem Beruf schon mehrmals mit dem Tod in Berührung gekommen. Im Westen konnte man sich noch glücklich schätzen: Die Grünphase, bevor die Ampel auf Rot sprang, war für gewöhnlich nicht allzu knapp bemessen, und viele konnten, wenn es denn so weit war, auf ein erfülltes Leben zurückblikken. Sie sah zu ihrem Onkel. In seinem Fall traf das sogar zu, aber das macht sein Fortgehen nicht leichter.

Agnes wrang einen Waschlappen in warmem Wasser aus. Dem Wasser war Lavendelöl beigegeben worden, damit wusch sie ihrem Onkel das Gesicht und die Handgelenke.

»Onkel John ...«, flüsterte sie. Was sie hatte sagen wollen, war »Vater«. »Danke für alles. Danke, daß du dich all die Jahre um mich gekümmert hast.«

Er wandte seinen Kopf zu ihr und sagte nur: »Du warst meine Tochter.«

Er schloß die Augen und fiel in eine seiner kurzen Schlafphasen. Draußen, in der kalten Winterlandschaft, rüttelte der

Wind an gefrorenen Zweigen. Es war ein trostloses Wetter: stürmisch, wechselhaft, niederdrückend; es war angemessen. Langsam verabschiedete sich die Sonne von einem kurzen Tag und überließ Flagge House und seine Wiesen der Düsternis. Auf sich gestellt, kehrten das Haus und das Land zu sich selbst zurück und machten sich bereit für den Schlaf.

»Hast du Angst?« fragte sie, als er mit einem leichten Zukken wieder erwacht war. Sie meinte zu bemerken, daß sein Gesicht eckiger aussah als noch vor kurzem.

Er wand sich und schnitt eine Grimasse. »Der liebe Gott ist mir vor ziemlich langer Zeit abhanden gekommen.«

Agnes wollte ihn nicht mit weiteren Fragen belästigen, also saß sie einfach schweigend da, ruhig und aufmerksam. Langsam, kaum wahrnehmbar langsam, hob John Campion seine Hand und fuhr die Konturen der Bücher nach, die er längst nicht mehr lesen konnte.

Sind sie da, Agnes?

Als sie am nächsten Morgen erschöpft von der Nacht erwachte, kam Maud zur ihr ins Schlafzimmer und teilte ihr ohne große Worte mit, daß ihr Onkel tot sei.

Das Telefon läutete. »Julian«, sagte die umsichtige, zuverlässige Angela, die heute ganz in dunkelrotes Spandex gehüllt war, »da ist eine Mrs. Maud Campion. Sie sagte, sie wohnt in der Nähe von Lymouth, und sie hätte Sie auf der Cocktailparty bei Huntingdons kennengelernt.«

Julian saß in seinem Büro im Hauptgeschäftssitz von Portcullis-Grundstücke in London, dessen Geschäftsführer er seit sieben Jahren war, gebeugt über die aktuellen Umsatzzahlen, die zum ersten Mal in diesen sieben Jahren ungute Schwankungen aufwiesen. »Wimmeln Sie sie ab.«

»Sie hat es schon zigmal versucht. Und Kitty hat auch angerufen, sie fragt, ob Sie sie zurückrufen könnten, was denn jetzt mit dem Wochenende sei. Und sie hat gesagt ...« Angela machte eine winzige, aber vielsagende Pause. »Und sie hat gesagt, wenn Sie heute abend nicht so was von pünktlich zu Hause sind, dann bekommen Sie Ärger. Was für eine Art von Ärger, hat sie nicht gesagt.«

So ein Tag bestand aus vielen Fäden, die man in der Hand halten und koordinieren mußte, Sitzungen, Buchhaltung, Kitty, die Angstellten, die Umsatzzahlen. Julian hatte schon immer eine unstillbare Neugier besessen, die ihn nicht nur bis an die Spitze in seiner Branche gebracht, sondern zuweilen auch eine Menge Ärger eingehandelt hatte, aber nie würde man ihm nachsagen können, den Schwanz einzukneifen und den Problemen aus dem Weg zu gehen. Gerade die schlechten Erfahrungen wertete er als nützliche, denn jede Erfahrung legte sich als eine weitere Schicht um all die früheren Erfahrungen und vervollständigte das Bild von dem, der er zu sein sich redlich bemühte.

Manchmal wurde seine Philosophie auf eine harte Probe gestellt. Manchmal schienen sich die Fäden des Tages nur zu einem absurden Knäuel verheddern zu wollen. Er seufzte, dann sagte er: »Stellen Sie sie durch, und, Angela, würden Sie Kitty für mich anrufen und ihr sagen, daß ich ganz bestimmt heute abend pünktlich bin?«

Er wand seine Aufmerksamkeit dem Telefon zu. »Mr. Knox, wir haben uns kurz bei dieser Feier der Konservativen bei Vita Huntingdon kennengelernt, und da Ihre Tätigkeit hier in der Region ja allgemein bekannt ist, habe ich mir gedacht, ich melde mich einmal bei Ihnen. Mein Mann ist letzte Woche verstorben ...«

Die Stimme klang entschieden und gedämpft zugleich, als ob die Sprecherin nicht wünschte, daß ihr Gespräch mitangehört würde am anderen Ende der Leitung. Julian kramte in seiner Erinnerung nach einer Mrs. Maud Campion. Der Anruf war alles andere als ungewöhnlich, er kannte diese Art von Angeboten. Profitgier war schon immer dazu geeignet, Hemmschwellen zu überschreiten, und weil er in der Region wohnte und aus seiner Profession keinen Hehl macht, hatte

Portcullis einige Projekte am Laufen in und um Lymouth. »Geht es um eine Immobilie?«

»Ja, gewissermaßen.«

»Dann sollten wir unbedingt einmal darüber sprechen. Ich muß Sie dazu allerdings mit unserer Geschäftsstelle verbinden, die sich um Immobilien kümmert. Ich selbst habe eine weit geringere Funktion hier. Ich leite bloß den Laden.« Er sprach mit der ihm eigenen Lockerheit, in die sich gern Ironie mischte, die weniger gefestigte Charaktere leicht aus dem Konzept brachte. Das Wort »leiten« klang in seinem Kopf nach. Das Telefon zwischen Schulter und Ohr geklemmt, rief Julian mit einem Druck auf die Tastatur seines Laptops eine neue Tabelle mit Umsatzzahlen auf.

»Ich verstehe sehr gut, Mr. Knox. Ich möchte aber lieber mit der Geschäftsführung reden.«

Der Ton war ganz alte Schule. Julian sah zu Angela und zog eine fragende Augenbraue hoch. Angela hatte die undankbare Aufgabe, Julian zur anstehenden Sitzung zu scheuchen. »Um was handelt es sich denn nun genau?«

Agnes wühlte in den Taschen ihres Morgenmantels nach einem Taschentuch und fand eins, das, wie zu erwarten, klitschnaß war. Seit John gestorben war, hatte sie nichts anderes getan, als zu heulen – heimliche Tränen, die aus ihr herausbrachen, wenn sie gerade nicht Termine vereinbarte oder Leute traf. Sie war völlig erschöpft.

Es kommt nur daher, weil ich so erschöpft bin. Die Erschöpfung lähmt einen, und man hat das Gefühl, man überlebt einen solchen Verlust nicht. Aber ich werde ihn überleben. Sie dachte an Johns Schlüssel am Schüsselbrett, an seinen Platz am Tisch. Sie erinnerte sich daran, wie sie zu ihm aufgeblickt hatte, als er sie durch das Haus geführt hatte, und daran, wie er seine Hand auf ihre Schulter gelegt und zu ihr gesagt hatte, daß die schlimme Zeit für sie jetzt vorüber sei. Sie hatte einen Zufluchtsort gefunden, einen Ort, wo sie aufwachsen konnte.

Der Morgen dämmerte, es war der Tag nach der Beerdigung, und Agnes hatte es aufgegeben, länger nach Schlaf zu suchen. Die ewigen Nörgeleien ihrer Tante, die ganzen organisatorischen Dinge hatten sie vollends aus der Fassung gebracht. Noch in tiefster, kältestarrer Nacht war sie aufgestanden und hinübergegangen zum Fenster. Ihre Füße hinterließen Abdrücke auf dem Holzfußboden. Die Dunkelheit war dick wie Samt.

Draußen in den Wiesen klapperte der Fluß über eisige Steine.

Im Laufe der Jahre hatte sie sich an schlaflose Nächte gewöhnt – *nuits blanches*, wie Pierre sie nannte –, hatte sich daran gewöhnt, früh aufzustehen mit müden Knochen und nervösen Magenbeschwerden. Es half alles nichts. Die Schlaflosigkeit kam mit der Arbeit, mit jeder neuen Beziehung und jetzt mit dem großen Verlust. Sie hatte es aufgegeben, dagegen anzukämpfen, denn aus irgendeinem sonderbaren Grund glaubte Agnes, sie gehöre zu ihr und sei erst der Beweis dafür, daß sie wirklich lebe.

Die Kälte biß ihr ins Fleisch und riß an ihren nackten Füßen. Sie schlang die Arme fester um den Leib, eine defensive Geste, die sie in letzter Zeit häufiger an sich beobachtet hatte, das heißt: die sie an sich seit Pierre beobachtet hatte.

Glücklichsein und Unglücklichsein gehörten so eng zusammen, daß sie an der Hüfte miteinander verwachsen waren wie siamesische Zwillinge, das Unglücklichsein hielt aber länger an. Dennoch wollte Agnes nicht zulassen, daß es ihr Leben dominierte. Manchmal träumte sie von warmen Küchen, in denen sie glücklich war – was sie überraschte, denn mit Kochen hatte sie nicht viel am Hut, sie tat es daher als eine verschüttete Erinnerung ab, die irgendwo im Innern ihrer Seele beim Stichwort Zufriedenheit aufgerufen wurde. Mit Sicherheit gab es ein schlaues Buch, das einem alles über die tiefenpsychologische Bedeutung von Küchen verriet.

Agnes wollte vor allem leben, und zwar so intensiv, wie es ihr irgend möglich war, und der Ehrgeiz, der sie trieb, war kein oberflächlicher. Sie war geschlagen und verwundet worden, und jetzt litt sie wie ein Hund, weil eine Zeit der Liebe zu Ende gegangen war und vor ihr das große Unbekannte lag, aber sie wollte wissen, wer sie war und wie sie diese Person am besten wurde.

Draußen überzog das heller werdende Licht die Wiesen mit einer matten Glasur. Mein Land. Sie zitterte vor Stolz und Furcht, als sie die Worte laut wiederholte: *»Mein Land.«*

Mit großem Schwung, der die Ringe klingen ließ, zog sie den Vorhang ganz zur Seite und betrachtete die Umrisse, die sich langsam vor ihren Augen zu Formen verfestigten: das Land, die Bäume, die Mauer an der Straße, die sich hinunterschlängelte bis zum Dorf.

Stille. Nur das Geräusch des Flusses, der über die ewiggleichen Steine schnellte, über die er seit Menschengedenken floß.

Agnes fröstelte und klopfte sich auf die Oberarme. *Ihr Land und ihr Haus*. Flagge House hatte seinen Namen nach dem Fluß und den Sumpf-Schwertlilien erhalten, für die die Gegend hier früher bekannt war. Heute sah man sie nur noch vereinzelt, doch in einem guten Jahr überzogen sie nach wie vor das ganze Ufer mit ihren blaßgelben Tupfen und gaben einen kleinen Eindruck davon, wie es zu früheren Zeiten hier ausgesehen haben mochte.

Der Boden war gut, ebenso lehm- wie kalkhaltig bot er den unterschiedlichsten Pflanzen Nahrung, und dort, wo der Fluß eine Schlaufe beschrieb und langsamer dahinfloß, bedeckten ihn Moosteppiche und fettes Gras.

In der Vergangenheit waren Gestalten über dieses Land gezogen, zielstrebig und rastlos, Gestalten, die dieses Land kannten und von ihm lebten. Ihre Agnes, die tote Agnes auf dem Porträt, dürfte zu ihnen gehört haben. Mit raschelnden Seidenröcken, mit Spitzenborten, die ihren Busen umspielten, und klimpernden Ohrringen.

Schlaflos und ausgelaugt spürte Agnes das Gewicht all dieser Menschen auf ihren Schultern lasten. Etwas war zu Ende gegangen. Etwas Neues begann.

Kapitel 2

Maud liebte es, französische Ausdrücke in ihre Rede einfließen zu lassen, eine Gewohnheit, die sie während ihrer jährlichen Ferienaufenthalte mit John in Deauville angenommen hatte. Es geschah nach Lust und Laune und immer dann, wenn Maud die nötige Aufmerksamkeit erregen wollte. Sie selbst behauptete indes, es habe mit ihrem inneren Ohr zu tun, das sie nun einmal empfänglich für fremde Sprachen mache.

Es war am Vormittag nach der Beerdigung. Man hatte die gestrige Trauerveranstaltung einer Manöverkritik unterzogen und wandte sich nun dem Thema zu, was als nächstes zu tun sei. Maud reagierte wie zu erwarten gereizt.

»*Comment?*« schleuderte sie Bea entgegen. Bea, Mauds Schwester, war ebenfalls verwitwet und lebte seit dem Tod des Mannes vor sieben Jahren in Flagge House.

»Ich finde, du hättest nicht sagen sollen, was du gesagt hast.« Bea wirkte blaß und wie in sich zusammengesunken. Sie goß Tee in Tassen und reichte sie herum.

Maud war nicht wenig überrascht von Beas Attacke. Vor Schreck wiederholte sie ihre Frage auf englisch: »Was sagst du da?« Es geschah nicht oft, daß Bea ihre Schwester kritisierte, aber wenn sie es tat, dann vor Zeugen.

»Ich fand es nicht recht, was du zu ihm gesagt hast an dem Morgen ... kurz bevor er ... du weißt schon ...«

Mauds große, strahlende Augen – sie mußte einmal eine außergewöhnlich schöne Frau gewesen sein – verfinsterten sich. »Ich würde meinen, daß du mir gefälligst Trost zu spenden hast.«

Maud trug einen ihrer selbstgestrickten Pullover, eine elegant wirkende Kreation aus trauerflorschwarzer Angorawolle. Der Straßring, den sie zusammen mit ihrem Ehering trug, funkelte sein schwarzes Funkeln, das niemanden täuschen konnte, der nur ein wenig von Diamanten verstand. »Ist das etwa zu viel verlangt?«

Agnes hockte mit ihren Tanten am Küchentisch, unter einer Zimmerdecke, an der gelbe Flecken Wolkenformationen bildeten, umgeben von einem Durcheinander von Kochtöpfen und ungeöffneten Suppendosen, die die Tanten am Leben zu erhalten schienen. Die Kälte kroch um ihre Füße, und ein feiner Geruch von Schimmel, der vom undichten Fenster herkam, machte sich heute penetranter als sonst bemerkbar.

Agnes nahm einen Schluck aus ihrer schweren Teetasse, die einstmals in einer Bahnhofsgaststätte Dienst getan hatte, bevor sie irgendwann auf dem Flohmarkt gelandet war. Der Tee schmeckte tot, wenn so etwas möglich war. Agnes' Magen rebellierte. Trauer war eine merkwürdige Sache, sie schlich um einen herum wie ein lauernder Tiger und fiel über einen her, wenn man gerade glaubte, sie in Schach halten zu können. Anders als Schuld zum Beispiel, die, wie Agnes aus Erfahrung wußte, sich nicht groß mit Herumschleichen aufhält.

Gleich mußte sie einschreiten. Mit großem Vergnügen hatte sie einmal ein Buch gelesen, in dem beschrieben wurde, wie Familien ihren Mitgliedern stets fest definierte Rollen zuteilten – dem Versorger, dem Versager, dem Träumer –, und jetzt war Agnes die ihre zugeteilt worden. Es war ihr recht. Man erwartete diese Rolle von ihr, und sie selbst wollte gar keine andere spielen. Sie wußte es, und die Tanten wußten es, daß sich Maud und Bea bei aller Streiterei höchst einig darin waren, daß Agnes sich schon kümmern werde, um die aktuelle Streitigkeit ebenso wie um die Zukunft insgesamt. *Agnes wird schon wissen, was zu tun ist.*

»Ich mußte John die Wahrheit sagen. Ich bin so erzogen worden, daß man immer die Wahrheit sagt.« Maud hob die Augen gen Decke und senkte sie rasch wieder, als sie die Spinnen bemerkte. Sie blickte Agnes an. »Du warst nicht der einzige Mensch in seinem Leben« sagte sie mit Bitterkeit in der Stimme. »Ich war es, mit der er verheiratet war, nicht wahr.«

Bea starrte wie gebannt den kümmerlichen Lorbeer an, der den Zugang zum Gemüsegarten bewachte. »Es war nicht nett, Maud.« Sie sah ihre Schwester nicht an. »Man will doch in Frieden sterben.«

Agnes holte tief Luft. »Was hast du denn so Schreckliches gesagt, Maud?«

Mauds Drachentötermiene sagte: Du schiebst mir für nichts die Schuld in die Schuhe. »Daß ich das Wort ›Erbe‹ einfach nicht mehr hören kann, und daß die Tatsache, daß ihm ein solches Haus gehört, ja wohl kein Grund ist, hier zu hausen wie im Mittelalter, und daß ich umziehen will, in einen Bungalow, wo alles neu und schön und warm ist. *Das* habe ich Schreckliches zu ihm gesagt.«

Agnes starrte Maud an. Normalerweise erwartete man von einer Ehe, daß sie ein friedlicher Hafen war. Pierre hatte das auch so gesehen, was ihn nicht davon abgehalten hatte, neben seiner Madeleine auch noch eine Agnes mit ihrer Schuhgröße neununddreißigeinhalb und dem langen aschblonden Haar anzuhimmeln. Was dazu geführt hatte, daß diese Agnes in aller Unschuld, nein, in aller Naivität, vier Jahre darauf gehofft hatte, daß Pierre seine Frau in ihrer geräumigen Wohnung in der Rue Jacob in Paris verlassen würde und die drei Töchtergrazien noch dazu.

Sie kannte die Töchter, als wären es ihre eigenen gewesen. Wo sie auch hinging, was sie auch tat, die Kinder waren immer da, wie die niedlichen Putten am Rand von alten Gemälden: Katrine, die Kluge, Claudine, die Schöne, und Mazarine, der pummelige kleine Engel der Familie. Sie war eifersüchtig auf sie, und das war das einzige, was Pierre zu denken gab.

Pierre trug sie auf Händen, und Agnes haßte ihn dafür und haßte sich für ihren Haß.

Das war, bevor Madeleine bei ihr eines Abends im Hotel auftauchte und ihr auseinandersetzte, wie sehr die Familie unter der Situation litt und daß Pierre, sollte er etwas anderes behaupten, die Unwahrheit sage. Danach war nichts mehr wie früher, und da Pierre nun tabu war, begehrte sie ihn um so mehr. Doch je mehr sie ihn begehrte, um so mehr dachte sie an Madeleine, bis Madeleine schließlich auf sonderbare Weise ihr Denken mehr bestimmte als alles andere.

Schließlich teilte sie Pierre mit, daß es vorbei sei und sie nicht mehr nach Paris kommen werde. Agnes hatte begriffen, daß es irrelevant ist, was in einer Ehe gut und was schlecht läuft. Man wächst um einen Menschen herum wie Fleisch und Muskeln um Organe. Das trennte man besser nicht ...

Maud zuckte mit den Schultern. »Sieh mich nicht so vorwurfsvoll an, Agnes. Ich hatte gute Gründe, und John wußte es. Vielleicht hat er mich auch gar nicht mehr gehört.«

»Hat er wohl.« Bea war zum Äußersten entschlossen.

Maud war nicht dumm. Ihr war bewußt, daß sie zu weit vorgeprescht war, und beschloß, einen versöhnlicheren Ton anzuschlagen. »Diese Haus ist ein Klotz am Bein, Agnes, und du solltest es so schnell wie möglich verkaufen. Es hat uns allen nur Scherereien bereitet. Denk doch mal nach. Wir könnten ein bißchen Geld bekommen und uns irgendwo was Vernünftiges kaufen.«

Agnes umschloß mit ihren Händen fester die Teetasse, aber sie schwieg. Ein leeres Faß kann nicht überlaufen, und angesichts der Stimmung, in der sich Maud befand, war es das beste, so leer wie möglich zu sein.

»Um nur ein Beispiel zu nennen: Die Decke im blauen Schlafzimmer ist feucht«, sagte Maud, »und das Dach wird immer schlechter.«

»Ich weiß, ich weiß«, sagte Agnes. Maud hatte ein Gespür für Details. »Ich hab's notiert.«

»Vor langer Zeit«, so hatte Maud einmal in einem ihrer sanftmütigeren Momente dem jungen, ängstlichen Kuckuck erzählt, der da in ihr Nest gefallen war, »vor langer Zeit mußten John und ich einmal das Dach ausbessern. Materialermüdung, nehme ich an. Die Dachdecker fanden einen Teller in den Sparren, einen von den Delfter Fayencen. Eins der Hausmädchen muß ihn kaputtgemacht haben und hatte sich nicht getraut, damit herauszurücken. Sie hätte gewiß ihre Stellung verloren.«

Daß ein Teller eine solche Wirkung auf einen Lebenslauf haben konnte, hatte Agnes erschüttert. Sie wollte die Scherben gern sehen, und Maud erfüllte ihr den Wunsch. Agnes hatte sie in ihren Händen gewiegt, unförmige Bruchstücke, indigo-blau und grau, die es von Holland über eine dunkle See bis hierher in den sonnenlichtgesprenkelten englischen Salon verschlagen hatte. Wenn sie sich konzentrierte, konnte sie noch immer spüren, wie die scharfen Kanten ihr die Haut ritzten.

»Warum sollten wir denn nicht verkaufen?« Maud spürte, wie die Chance auf einen schönen, sauberen, warmen Bungalow schwand.

Agnes trank ihren Tee aus. So deutlich, als stünde er in der Küche, hörte Agnes die Stimme ihres Onkels. »Familie, Tradition, Geschichte, Verwurzelung ...« Das war der Auftrag, den ihr Onkel ihr erteilt hatte. Zugegeben, für Maud konnten diese Argumente nicht besonders überzeugend sein, für Agnes hingegen waren sie es sehr wohl. »Ach übrigens«, sagte Agnes, »die Austen-Bände sind aus seinem Schlafzimmer verschwunden. Jemand muß sie mit rausgenommen haben. Wißt ihr, wo sie sind?«

»Es war wirklich nicht nett«, sagte Bea noch einmal. Sie wandte sich ruckhaft ab. Sie zitterte wütend.

Maud schenkte sich noch eine Tasse Tee ein. »Gott sei Dank bin ich wenigsten keine echte Campion«, sagte sie. »Es ist einfach zu lächerlich.«

Agnes und Bea wußten beide sehr genau, was dieser Seitenhieb zu bedeuten hatte. Maud hatte sich immer ausgeschlossen gefühlt, ein Eindringling, der fünfundvierzig Jahre versucht hatte, zum erlauchten Kreis dazuzugehören und doch seinen Platz nicht gefunden hatte.

»Können wir nicht vernünftig darüber reden?« Bea sah vor Empörung ganz krank aus.

Agnes nahm ihre Tasche auf den Schoß und holte ein Notizheft hervor. »Wir müssen erst noch ein paar Dinge klären, dann können wir essen.«

»Ich decke den Tisch«. Bea richtete sich schwerfällig auf.

Maud beobachtete ihre Schwester, die sich an Porzellan und Silberbesteck zu schaffen machte. »Nicht diese Löffel für die Suppe, Bea«, rief sie im nächsten Moment, »wie häufig soll ich dir das noch sagen?«

Zwei Stunden später steckte Agnes ihre Tante Bea ins Bett und trug ihr auf, wenigsten eine Stunde lang auszuruhen. Maud zog sich in das kleine Wohnzimmer, die ehemalige Butler-Kammer, zurück, wo der Fernseher und der Videorekorder standen. Wenige Minuten später drang Musik durch das Haus.

Agnes war im Arbeitszimmer ihres Onkels mit dem Sortieren von Briefen und Rechnungen beschäftigt, als sie die vertrauten Klänge hörte. Sie wußte genau, was Maud jetzt sah. Zunächst ein bodenloses mächtiges Alpenpanorama in Grüngrau, in dem plötzlich ein Fleck erscheint. Dann fuchtelt der Fleck mit einem Arm und gibt ein paar glockenhelle Töne von sich. Plötzlich folgt ein gewagter Schwenk nach unten, und der Fleck wächst sich zur Schauspielerin Julie Andrews aus. Maud saß einmal mehr vorm flimmernden Altar und huldigte dem ewigen *Meine Lieder, meine Träume*.

Agnes biß die Zähne aufeinander und rief Bel an, ihre Geschäftspartnerin bei Five Star, der TV-Produktionsfirma, die sie zusammen betrieben. Bel arbeitete von London aus, und beide hielten ständigen Kontakt. Sie hatten gerade angefangen, die Terminplanung für ihr neuestes Projekt durchzugehen, einen Film mit dem Titel *Das Verschwinden der englischen Äpfel*, als sie Maud aufschreien hörte. Agnes stürmte nach unten, Maud saß noch immer vorm Fernseher, in dem alles in Farben und Klängen schwelgte. Maud war wie betäubt.

»Es ist so traurig. Ich ertrag es nicht.« Maud preßte eine Hand vor den Mund.

Agnes hockte sich neben sie. »Maud, John war achtzig. Vielleicht wollte er noch nicht sterben, aber ...« Sie brachte es nicht über sich, weiterzusprechen.

Maud richtete sich steif auf. »Ach, das«, sagte sie. »Nein, ich meine, sie ist so jung und schön, so rein, ich ertrag es einfach nicht.«

Agnes sah hin. Julie Andrews durchschritt in ihrem Hochzeitskleid den Mittelgang der Kirche, und der Chor sang mit Engelsstimmen. Agnes zählte langsam bis fünf, dann beugte sie sich vor, um die karierte Decke enger um Mauds spitze Schultern zu legen. »Du weißt doch, daß das hier dein Zuhause ist. Und das wird immer so bleiben. Du darfst dir keine Sorgen machen.«

Maud ließ ihre Hand nach unten sacken und bedachte Agnes mit einem Blick, in den sich Verständnislosigkeit und Wut mischten. Agnes wußte nur zu genau, wie schnell Maud auf die dramatische Schiene umschwenken konnte. Aber diesmal überraschte Maud sie. Sie streckte den Arm aus, und der Straßring zitterte wie ein stechendes Insekt, und alle Aggression verwandelte sich in mitleidiges Bedauern. Sie zupfte an einer Falte ihrer ledrigen Haut am Handgelenk. »Sieh her. Alt. Ausgetrocknet. *Fatiguée*. Wenn du dieses Haus übernimmst, wirst du auch so enden.«

»Pscht, Maud!« Agnes versuchte, sie milde zu stimmen, aber Maud faßte sie fest an.

»Glaub mir.«

1939 bis 1945 war die Zeit eines großen Krieges, und es war die Zeit des Morsealphabets.

Bevor ein Agent eine Botschaft von der Front in die Heimat schickte, mußte er sie zunächst in eine Zahlenfolge umwandeln. Diese wurde nun erneut verschlüsselt und erst in dieser komplett veränderten Gestalt gesendet.

Die Idee der doppelten Verschlüsselung faszinierte Julian Knox. Codes aller Art hatten ihn schon immer interessiert, und als er in einem Buchladen über die Memoiren des Leiters der Sonderoperationseinheit SOE im Zweiten Weltkrieg gestolpert war, hatte er es gekauft. Er war beim Kapitel über Ver- und Entschlüsselungstechniken angelangt. Der mathematische Aspekt war hochinteressant. Die Codes wirkten so schlicht, so sauber, nichts deutete auf ihren riskanten Einsatzort hin oder auch auf die hochkomplizierten Berechnungen, die ihnen zugrundelagen. Er liebte auch den Nervenkitzel, den es bereitete, einem Objekt nachzujagen, das sich im kryptographischen Dunkel versteckte, und es ans Licht zu zerren. Er liebte das Rätselraten und – war der Schlüssel erst einmal gefunden – diese geniale Einfachheit.

Er dachte an Sicherheit und Gefahr, Klartext und Doppelcodierung, als er über die Autobahn fuhr, von London nach Lymouth, wo er wohnte und wo Kitty, seine langjährige Lebensgefährtin, auf ihn wartete. Er nahm sich vor, noch einen Abstecher nach Charlborough zu machen, es war nur etwa acht Meilen westlich von Lymouth gelegen, und Mrs. Campion hatte gesagt, er könne jederzeit vorbeikommen. Warum also nicht am Freitag nachmittag. Es paßte außerdem bestens in seine Wochenendplanung.

Nachdem Mrs. Campion ihren Anruf beendet hatte, war die gute Angela sofort in Aktion getreten. Sie hatte alle relevanten Unterlagen aus der Akte mit allgemeinen Informationen zum County kopiert, die sich, weil Portcullis in dieser Region so aktiv war, immer auf dem neuesten Stand befand. Darunter war auch eine detaillierte Gebietskarte, die den Flußlauf und die vorhandenen Bauernhöfen zeigte, die genutzten Agrar- wie Weideflächen, die Gemeinden, die Straßen, Wege, Zäune und Hecken. Angela hatte auch eine Karte von Charlborough beigelegt, in die sie mit einem Textmarker die Eisenbahnlinien, die Kirchen, das Pfarrland, die Sportplätze, die Schule und die Parks eingekreist hatte. Julian verlangte, daß sich jeder im Team so genau wie möglich über die jeweiligen Objekte informierte, und da er ein fairer Chef war, galt diese Forderung auch für ihn selbst.

Er war in Gedanken ganz bei dem Aspekt der Subversion, ja gleichsam der Erotik, der in dem Akt der Entschleierung eines Codes lag, als er von der Autobahn abfuhr und das Moorgebiet erreichte, das den gemütlichen, prosperierenden Küstenort Lymouth von Charlborough trennte, wo man darum kämpfte, daß nicht auch noch die letzten Läden dichtmachten und die Buslinie eingestellt wurde.

Als er die Auffahrt von Flagge House erreichte, bedurfte es nur eines flüchtigen Blicks, um eine erste Diagnose zu stellen: Noch war vielleicht keine Leichenstarre eingetreten, aber um den Patienten stand es nicht sehr gut. Der ältere Gebäudeteil, das Hauptgebäude, war sehr reizvoll, aber die viktorianischen Anbauten schrecklich, und die Ausbesserungen und Reparaturen, die ausgeführt worden waren, um Mauern zu stützen und das Dach abzudichten, trugen zum Bild des Flickwerks noch bei.

Traue keinem Haus über dreißig. Es ist ein Faß ohne Boden. In aller Regel sind die Dächer verrottet, die Fenster undicht, und besonders übel sind die unsichtbaren Mängel. Warum hielt sich ein altes Haus besser, das andere schlechter? Es gab verschiedene Möglichkeiten. Besitzer überschuldeten sich, Familien zerfielen, die Kraft und die Energie schwanden. Als leidenschaftsloser Darwinist akzeptierte Julian die Ungerechtigkeit des Zufalls und des Überlebens und baute sie in seine persönliche Philosophie ein, auf deren Grundlage er sein Geschäft betrieb.

Er verlangsamte das Tempo und fuhr im Schrittempo, um sich einen Eindruck von dem Areal zu machen. Seine Leute konnten hier mit einer Reihe von hübsch gestalteten, aber günstigen Einfamilienhäusern Wunder wirken. Hinter dem

Haus, auf der feuchten Wiese, war Platz genug für zwei schön gelegene luxuriösere Projekte, deren Verkauf die Kosten der anderen subventionieren würde. Unterm Strich, wenn er einmal Eigennutz durch Gemeinnutz teilte, war das Ergebnis für ihn auf jeden Fall vielversprechend.

Er parkte seinen Wagen neben dem Eingang zu einem, wie es aussah, alten Gemüsegarten. Es hatte zu regnen begonnen, und Julian holte zunächst seine Jacke aus dem Kofferraum, bevor er durch das Tor trat, das sich in der Mauer befand. Julian fand sich tatsächlich in einem von einer Backsteinmauer umschlossenen Garten wieder.

Mit Kennerblick registrierte er, wie an manchen Stellen die Mauer weggesackt war, sah die Glasscherben, die überall den störrischen, unwilligen Boden übersäten. Dieser Ort hatte seine Kraft eingebüßt, er hatte den Kampf aufgegeben. Julian bückte sich und hob eine der Glasscherben auf. Es war ein dickes, altertümliches Glas, grün getönt und mit Bleirückständen, überzogen wie von Schneckenspuren. Höchstwahrscheinlich ein Bruchstück jener viktorianischen Glasglocken, die dort hinten bei den Frühbeeten entsorgt worden waren.

»Verzeihung«, sagte eine Stimme, »können Sie mir sagen, was Sie da tun?«

Ein junge Frau mit blondem, notdürftig zum Zopf geflochtenem Haar kam vom gegenüberliegenden Eingang auf ihn zu. Sie hatte die Hände tief in den Taschen ihres dunkelblauen Parkas vergraben. Ihre Haut leuchtete, aber unter den Augen war ein Schatten von Erschöpfung zu sehen, und die Lippen ihres großes Mundes verrieten Verärgerung. Der Gesamteindruck war der einer hochgewachsenen Schönheit, die ihre Schönheit nicht zur Schau stellte, ja sie sogar vernachlässigte. Erwischt, dachte er sich. Ein Gefühl, das er seit Urzeiten kannte.

Nicht ausgerechnet jetzt, dachte er.

»Das ist Privatbesitz«, teilte sie ihm mit.

Agnes hatte Maud mit Julie Andrews alleingelassen, hatte sich ihren Parka geschnappt und war nach draußen gegangen. Der Regen strich ihr über die Wangen, ein leise flüsterndes Nieseln, das alles klamm machte, was es berührte. Agnes wollte zum Unterstand in den Gemüsegarten gehen.

Ein Mann trieb sich dort herum, groß, gutgekleidet, mit rötlich-blondem Haar. Er betrachtete eine Glasscherbe, und wie er da hockte, signalisierte er Tatendrang, ja, Angriffslust. Sie bemerkte, daß er unter seiner zerknautschten Jacke ein gutes Jackett trug, ganz der weltgewandte Geschäftsmann. Ein Typ von Mann, den Agnes mied, wenn es irgend ging.

Sie sprach ihn an. Er ließ die Scherbe fallen und wandte sich ihr zu. Agnes sah in ein Gesicht, das Bildung, Fachkenntnis, Klugheit und ein klein wenig Traurigkeit verriet. Es erinnerte sie an die griechischen Masken, die ein lachendes und ein weinendes Gesicht zeigten. Für das zweite war sie immer empfänglich. Ihre Finger kneteten in den Taschen mit Fusseln herum. »Sie haben hier nichts zu suchen.«

Der Mann richtete sich auf. »Eine Maud Campion hat mich angerufen und mich gebeten, herzukommen. Das Haus soll anscheinend verkauft werden.« Er betrachtete Agnes' rotglühendes, wütendes Gesicht. Der Regen rann in kleinen Sturzbächen von ihrer Stirn. »Sie haben älter geklungen am Telefon.«

»Das kommt wohl daher, daß nicht ich es war, der sie angerufen hat. Maud Campion ist meine Tante. Aber man hat Sie leider falsch informiert. Oder aber«, fügte sie kalt hinzu, »Sie haben da etwas falsch verstanden.«

Der Mann zog heftig die Augenbrauen zusammen, rührte sich aber nicht von der Stelle. »Das glaube ich kaum«, entgegnete er.

Die Journalistin und Reporterin in Agnes machte sich im Geist Notizen. *Mag es nicht, wenn seine Autorität in Frage gestellt wird.*

Er zuckte mit den Schultern, und sein perfekt geschnittener Anzug folgte gehorsam der Bewegung. »Ein herrliches

Fleckchen Erde«, sagte er höflich. »Muß früher mal sehr schön hier gewesen sein.«

Wie wahr. An der Mauer hinter ihm hatte sich früher ein spalierter Pfirsichbaum befunden, die Nägel waren noch an Ort und Stelle und zogen rostige Muster über die blaß-rosa Backsteine. Im Schatten seiner reifen, saftigen Früchte waren Mangold, Spinat und junge süße Bohnen gediehen. Aber, wer immer er war, der Mann paßte nicht ins Bild.

»Es wäre ein lohnendes Objekt«, sagte er schnell und schien in Gedanken zu rechnen.

Agnes war kurz davor zu platzen. »Vielleicht suchen Sie lieber was unten im Dorf. Das Haus bei der Kirche steht leer. Es ist gräßlich verklinkert, architektonisch dem Siebziger-Jahre-Vorort-Stil verpflichtet, es steht zum Teil auf dem Kricketfeld, das für alle Zeiten dem Dorf gehören sollte, aber der Bauherr und der hiesige Beamte von der Bauaufsichtsbehörde haben irgendwas gedreht, zum Teufel mit den alten Verordnungen.« Sie sah noch einmal seinen Anzug an. »Aber der Preis ist gut.«

»Klingt furchtbar«, sagte er mitfühlend, »also genau das richtige für mich. Ordinär, aufdringlich und, wie es scheint, überteuert.« Er wischte einen dicken Regentropfen von seiner Nasenspitze. »Sie haben mich durchschaut.«

Agnes konnte es nicht vermeiden, sie mußte grinsen. »Dann ist ja alles geklärt, und sie müssen hier nicht länger im Regen herumstehen.«

Er schien nachzudenken. »Dem ist nicht ganz so. Da wäre noch Mrs. Campion, mit der ich sprechen müßte.« Als Agnes nicht reagierte, fuhr er fort: »Meine Firma erschließt Baugelände. Als ich mit Ihrer Tante sprach, äußerte sie unmißverständlich, daß dieses Grundstück zur Disposition steht.«

»So, so«, sagte Agnes nach einigem Zögern. »Zur Disposition.«

»Ich weiß, was Sie denken.«

»Was denn?«

Er antwortete nicht gleich, sondern zog nur eine Augenbraue hoch. »Irgendwer muß schließlich Häuser bauen. Man *kann* es auch mit Sinn und Verstand tun.«

Das war ein alter Hut, und sie hatte gedacht, er hätte ein bißchen mehr zu bieten. »Mit Sinn und Verstand«, höhnte sie. »Anscheinend nicht. Sehen Sie sich das Haus am Ende der Straße an, wenn Sie aus dem Dorf herauskommen. Da stand einmal ein Hain mit uraltem Baumbestand, Wald-Anemonen wuchsen dort. Jetzt sieht man dort Plastik-Swimmingpools und Glasbausteine.

»Ich wollte Sie nicht aufregen.«

»Mein Onkel liebte diese Anemonen. Er ist letzte Woche gestorben.«

»Das tut mir leid.«

Sie sah ihn verwirrt an und erkannte, daß er ihr sagen wollte, daß er wußte, was Trauer bedeutet.

Er sagte: »Ich habe leider kein Taschentuch, aber ich wette, jemand wie Sie hat immer eins bei sich.«

»Habe ich nicht.« Sie dachte an die zubetonierten Anemonen.

»Dann ist nur gut«, fuhr er fort, »daß Sie keine Wimperntusche tragen.«

Für eine Weile herrschte Schweigen zwischen ihnen.

Seine Füße zertraten knirschendes Glas, als er sich zurückzog. Der Regen war stärker geworden. »Es gibt durchaus einen Grund, um ein heruntergekommenes Haus abzureißen.« Er drehte sich um und sah ihr in die Augen. »Ein Haus wie dieses kann Ihnen das letzte Geld aus der Tasche ziehen, und es gibt immer Bedarf an neuen Wohnungen.«

Agnes riß sich zusammen. »Sehr schön«, sagte sie gepreßt, »meinetwegen. Aber nicht hier.«

»Wie Sie meinen.« Er tippte eine silberne Glasscherbe mit seiner Schuhspitze an. Er schien zu überlegen, was er als nächstes tun solle. »Ich mache immer wieder die Erfahrung, daß die Erben nicht unvoreingenommen über solche Dinge reden können, und wie überall gibt es auch hier pro und contra.« Er lächelte wieder, er wirkte jetzt eher defensiv. »Ich kann es ihnen nicht verdenken. Wer bedenkt schon, daß wir zur Förderung des Gewerbes in der Region auch Häuser und Dienstleistungen für die Menschen brauchen. Aber ich halte Sie auf.« Er wandte sich zum Gehen. »Bitte entschuldigen Sie mich bei Ihrer Tante.« Sein Blick strich kurz über die verwahrlosten Glashäuser und Frühbeete, den traurigen Boden. »Ich sollte mehr segeln«, fügte er an. »Da gibt es keine Diskussionen, und niemand geht auf einen los und will einem ans Leder.« Er drehte sich zu Agnes um. »Segeln Sie?«

»Segeln? Nein.«

Sie ging voraus und brachte ihn zum Wagen. Er öffnete die Tür, dann holte er sein Portemonnaie aus seiner Jackett-Innentasche. »Hier, meine Karte.«

Sie sah das weiße Stück Karton an. »Sehr freundlich, aber ich wüßte nicht, wozu.« Die Karte hing locker zwischen Daumen und Zeigefinger. Es gab eigentlich keinen Grund, unhöflicher zu sein, als sie ohnehin schon gewesen war. Agnes streckte die Hand aus, nahm die Karte und las den Namen, der dort gedruckt stand. Jetzt dämmerte es ihr. »Ich weiß, wer Sie sind. Sie haben hier in der Gegend überall ihre Finger drin. Deswegen ist Maud auf Sie gekommen.«

Eine sonderbare Hochstimmung hatte sie ergriffen, als sie dem Wagen nachsah, wie er über die Auffahrt schließlich davonfuhr.

Kapitel 3

Samstag

Warum bist du gestern abend nicht gekommen?« fragte Kitty Richardson Julian Knox, als sie aus dem Bett stieg und ihm entgegenkam, um ihn zu begrüßen. »Ich habe mit dir gerechnet. Wie immer. Ich habe gewartet.«

Das hatte sie allerdings. Sie hatte lange am Fenster ihrer kleinen, reetdachgedeckten, geschmackvoll umgebauten Bauernkate gestanden an diesem Freitagabend, das Knirschen der Kiesauffahrt wollte ihr schon in den Ohren klingen, und in ihrer Haltung glich sie Agnes, die ihrerseits am Fenster von Flagge House Posten bezogen hatte, aber davon konnte Kitty nichts wissen. Hier, in Kittys Haus, das sich die junge Frau von ihrem eigenen Geld gekauft hatte, hingen jedoch schöne, teure Vorhänge an den Fenstern, und wenn diese Vorhänge eine gewisse Ähnlichkeit aufwiesen mit denjenigen in Julians Haus, das man von hier aus auf der anderen Seite der Bucht sehen konnte, dann lag es daran, daß Julian ein und denselben Innenarchitekten damit beauftragt hatte, beide Häuser in einem Aufwasch zu gestalten.

»Es tut mir leid, Kitty«, sagte Julian, und Kittys Miene verfinsterte sich, denn Julian klang nicht *sehr* traurig. »Am Morgen war der Teufel los, und auf dem Weg runter habe ich mir noch ein mögliches neues Projekt angesehen. Als ich endlich in Lymouth war, war es schon spät, und ich wollte noch die

Zahlen durchgehen, deswegen bin ich direkt nach Cliff House gefahren. Kannst du mir noch einmal verzeihen?«

Elender Lügner, dachte Kitty, denn Julian wußte nur zu gut, daß Kitty immer wartete, egal wie spät es wurde. Er hatte es vorgezogen, sich in sein Haus, das wie ein Schwalbennest an der Klippe hing, zurückzuziehen, um abzuschalten, und Kitty verachtete ihn dafür. Er wußte, daß Kitty sein Haus im Blickfeld hatte und sehen würde, wie bei ihm das Licht anging. Er wußte, was Kitty empfinden, wie enttäuscht sie sein würde.

»Warum hast du nicht angerufen?«

»Es war schon so spät. Wie gesagt.« Er schwieg. »Du hast doch das Licht bei mir gesehen, Kitty, dann ist doch alles in Ordnung.«

Er wußte, daß sie nicht eher zu Bett gehen konnte, bevor sie nicht wußte, daß er wohlbehalten angekommen war. »Es ist nie zu spät«, sagte sie trotzig. »Wie häufig soll ich dir das noch sagen.« Der Freitagabend war für sie beide heilig, ein Abend der ausführlichen Vorbereitung und des großen Wartens. An diesem Freitag hatte sie zunächst lange am Fenster gewartet, im Wohnzimmer war der Tisch gedeckt, und in der Küche wurde das Essen kalt. Dann hatte sie sich mit einem Whisky aufs Sofa gesetzt und sich den schlafenden Julian in Cliff House vorgestellt, wie er ruhig und sanft atmete. Ihr fern war und kaum noch zugehörig.

Es darf mich einfach nicht verletzen, sagte sie sich und spürte das altvertraute, bedrohliche, heiße Gefühl in sich aufsteigen.

Es darf nicht sein.

Julian hatte es natürlich wiedergutgemacht und war auf seinem morgendlichen Spaziergang mit dem ersten Sonnenstrahl bei ihr vorbeigekommen. Er roch nach Meer und Kälte, und als er sich über sie beugte, um sie zu küssen, preßte sie ihre Lippen erleichtert an seine Wange.

Sie legte ihren Kopf auf seinen Brustkorb. Sie liebte es, seinen Herzschlag zu hören. »Fünf Minuten. Dann habe ich das Frühstück fertig, gut?«

Er ließ sich lang aufs Bett fallen und schloß die Augen. Sie konnte nicht anders, sie mußte noch einnmal fragen, warum er gestern abend nicht gekommen war, wie er es versprochen hatte. Er nuschelte: »Ich wollte noch ein paar Gutachten durchgehen. Die ewigen Zahlen. Die Logistik. Den ganzen Kram.«

Und dazu brauchst du mich nicht.

Kitty strich sich das Haar aus dem Gesicht, was immer ein interessantes Phänomen war. Strich sie es nach hinten, war sie eine bestimmte Person, strich sie es nach vorn oder zur Seite, war sie eine andere. Verwandlungen dieser Art waren ihre Stärke, denn sie war eine Frau, die sich zu dem machte, was andere gern in ihr sehen wollten. Was andere *Männer* gern in ihr sehen wollten, um genau zu sein, Männer, die es Kitty ermöglichten, so zu leben, wie sie lebte. Es war ihr egal. Es fiel ihr vor allem nicht schwer. Wenn Kitty vielleicht nicht im landläufigen Sinne gebildet war, so wußte sie auf jeden Fall mehr als so mancher andere um die Bedeutung dieser Wandlungsfähigkeit.

Das Bild von Julian, der bäuchlings auf dem Bett lag, war in dem großen Schlafzimmerspiegel zu sehen. Davor im Spiegel, sie selbst. *Ich vergöttere ihn.* Kitty richtete ihre Aufmerksamkeit auf ihr eigenes Spiegelbild. Ja, sie war so, wie er sich das wünschte und damit so, wie sie sich es wünschte: klein, zart, blond mit zart getönten Strähnchen, schöner Körperbau.

Julian setzte sich schwerfällig auf, griff sich das Telefon und tippte eine Nummer. »Patrick Leach«, deuteten seine Lippen stumm für Kitty an.

»Aha.«

Es hatte keinen Zweck zu protestieren. Julian war abhängig von Leach, dem hiesigen Bauamtsleiter, von Leach und seinen Informationen, mit denen er nicht zuletzt im privaten

Gespräch und am Wochenende herausrückte. Natürlich hatte es nichts mit dem Geschäft zu tun, spotteten Leachs Gegner, daß seine Freunde aus dem Baugeschäft ihn so sehr in seiner Arbeit unterstützten. Ich hasse die Leaches dieser Welt, dachte Kitty bitter und unsinnigerweise. Julian erzählte ihm von seinem Interesse an einem gewissen Haus, und ob Patrick nicht mal dies oder jenes nachsehen könne. Er nannten einen Namen, Campion. Wie die meisten Leute aus der Region, kannte Kitty entweder die Leute oder sogar das Haus. »Gibt es da irgendwelche Schwierigkeiten?« fragte Julian.

Er legte den Hörer auf und legte sich mit einer Miene zurück, die Kitty bereits kannte. Sie bedeutete, daß er ein Projekt an der Angel hatte, das ihn herausforderte und stimulierte. Sie bedeutete, daß er auch in nächster Zeit wieder wenig Zeit für sie haben würde.

Wenn sie ehrlich mit sich war, und Kitty gab sich alle Mühe, ehrlich mit sich zu sein, dann war ihre Wut im Grunde eine Form von Trauer und Hilflosigkeit und mitnichten das heftige, reinigende seelische Gewitter, das es nach dem Rat der Psychotherapeuten sein sollte.

Na los, sei ehrlich. Sie liebte Julian mit einer Leidenschaft, die dieser nicht erwiderte und auch in Zukunft nicht erwidern würde.

Heutzutage war Geliebte zu sein nur eine Teilzeitbeschäftigung. Eigentlich ziemlich altmodisch. »Ich bin klug genug, um zu wissen, daß ich ein Dinosaurier bin«, hatte Kitty ihrer Freundin Amy anvertraut. »Aber ich bin nicht klug genug, um was dagegen unternehmen zu können.« Amy hatte widersprochen. Seit über zwanzig Jahren verfolgte sie nun Kittys Karriere, wie sie taktvoll und diskret von Liebhaber zu Liebhaber wechselte (es waren gar nicht allzu viele), immer vorausgesetzt, sie verfügten über die nötigen finanziellen Ressourcen. Kitty war bislang ziemlich gut gefahren, gab Amy zu bedenken, um *einiges* besser jedenfalls als eine Krankenschwester oder eine kleine Sekretärin. »Dein Beruf ist es, ausgehalten zu werden, Kitty, und du bist in diesem Geschäft eine ganz große Nummer. *Man muß die Nerven behalten in dieser Branche, also mach keinen Fehler, Kitty.*«

Sie war schön, diskret, charmant, und sie würde nie Kinder bekommen – sie brauchte ihre ganze Kraft, um sich auf sich selbst zu konzentrieren –, so und nicht anders mußte es sein, wollte sie ihr Leben nicht gefährden.

Zugegeben, sie hatte dafür gekämpft.

Sie hatte eigentlich nicht vorgehabt, als ewige Geliebte ihr Leben zu fristen. Kitty hatte einfach den Fehler begangen, immer wieder an verheiratete Männer zu geraten. Es wurde ihr zur Gewohnheit, ja, sie war geradezu süchtig danach, wenn sie das zu Beginn auch nicht merkte. Sie konnte einfach nicht aufhören. In der ersten Zeit *wollte* sie glauben, daß Robin und Harry und Charles irgendwann ihre Frauen verlassen. Später hielt sie sich die Vorzüge vor, die es hat, als Single zu leben und sich allenfalls von goldenen Ketten binden zu lassen. Ihre Lebensumstände hatten sie zu der beruhigenden Einsicht gelangen lassen, daß es immer Männer geben würde, die eine Geliebte suchten.

Aber die Dinge hatten sich geändert.

»Ich könnte einen Orangensaft gebrauchen, Schatz«, bat sie. »Danach mache ich dann das Frühstück.« Sie hatte ihn so weit, daß er lieb und artig aufstand, um ihren Wunsch zu erfüllen. Kitty nahm ein Kosmetiktuch, rieb sich ihr Gesicht trocken und trug dick eine reichhaltige Creme auf. Sie betrachtete die klebrige, mattglänzende Masse an ihren Fingerspitzen: ihre Waffe und ihre Investition gegen ... ja, gegen was? Gegen das Schwinden der Schönheit, die ihr früher als selbstverständlich und unveränderlich erschienen war, die sich nun aber, mit achtundvierzig, ihrer Herrschaft entzog.

Kitty stand auf und setzte sich aufs Fußende des Bettes, strich mit ihren perfekt manikürten Fingern über die zurückgeschlagene Tagesdecke und dachte an die Dinge, die sich hier zugetragen hatten, die gemeinsam erlebte Lust, die ausgetauschten Zärtlichkeiten. Der gestrige Freitag war beileibe nicht der erste Freitag, an dem Julian nicht erschienen war, aber die Ausfälle wirkten bedrohlicher, wenn man das Gefühl hatte, daß der Abhang, den man herunterrutschte, steiler wurde, daß sich der Abgrund schneller näherte.

War all das von Bedeutung? Die Begriffe Freiheit, Freiraum und die ganzen anderen Umschreibungen, die Julian so gern verwendete, um ihre Beziehung zu charakterisieren, waren, so schien es Kitty zuweilen, sehr teuer erkauft. Tatsächlich hatte sie begonnen, dieser Ausdrucksweise zu mißtrauen, seit sie Julian liebte, wie sie vorher noch keinen geliebt hatte. Die meisten Menschen wollten im Grunde auch gar keine Freiheit. Sie war einfach, nun ja, *zu* frei.

Theo, der liebe Theo, der verrückte Theo aus Australien, der dreimal die Woche im Rahmen seiner Therapie bei ihr im Haus putzte und den Garten machte, er verstand sie. »Mir mußt du nix erzählen«, sagte er immer wieder. »Ich weiß, was Sache ist: Er is' zu blöd. Er is' einfach zu blöd. Echt.« Und Kitty genoß die Wärme, mit der Theo ihr dafür dankte, drei Tage aus seiner Anstalt befreit zu sein, in der er sonst lebte. Das brachte das Eis in ihrem Herzen in wenig zum Schmelzen, wenn auch nur ein wenig.

Zu lieben war so anstrengend, es machte so hilflos und abhängig, es konnte so wehtun. Ich habe mir wirklich alle Mühe gegeben, mich von guten Umgangsformen, Zärtlichkeit und finanzieller Zweckmäßigkeit leiten zu lassen, und ich habe bewiesen, daß ich es kann. Und doch überrascht es mich immer wieder zu sehen, wie grausam die Liebe einem alle Bemühungen zunichte macht.

Bevor Julian am Sonntagabend Lymouth wieder verließ, verabschiedete er sich von Kitty und sah noch einmal kurz in Cliff House vorbei. London war der Ort, wo er arbeitete und schlief. Kittys Kate war ein Ort, wo sich ebenfalls ein wichtiger Teil seines Lebens abspielte. Aber hier, in der großzügig geschnittenen, lichtdurchfluteten viktorianischen Villa war sein Zuhause. Es thronte hoch oben auf der Klippe und hatte seinen eigenen Zugang zum Strand. Hier hatten sich die Teile, die das Ganze seiner Person bildeten, zusammengefügt. Es war ein komplizierter, mühsamer Prozeß gewesen. Hier, wo besonders im Frühjahr der Geruch von Salzwasser mit dem Sumpfgeruch des Marschlandes wetteiferte, strichen Vögel über die Wellenkämme, und wenn die See rauher wurde, hörte er das Mahlen der Steine, wie Schiefer über Granit und Granit über Schiefer schliff. Wenn das Meer sich zurückzog und nichts als versprengte Reste von Algen und Geröll wie einen Ausschlag auf dem weichen Sand zurückließ und wenn der feuchte Fuß der Klippen wieder Land betrat, überkam Julian die alte Lust, nach Fossilien zu suchen. An warmen Sommertagen begann der Sand zu flimmern, die Steine wurden heiß und die See schien durchsichtig. Dann hörte er unter seinen Füßen den Sand knirschen, hörte das Glucksen eines nahen Strudels, das klatschende Eintauchen eines Seevogels, und er entdeckte, einmal mehr, die Kraft der scheinbar unbedeutenden Dinge – einer Muschel, eines Steins, eines Stück Holz – und war glücklich.

Manchmal kamen ihm am Strand alte Erinnerungen und nahmen wieder lebhaft Gestalt an. Dann erinnerte er sich, wie sehr er sich gewünscht hatte, erwachsen zu werden, nicht nur, weil er dachte, dann Antworten auf die Fragen zu erhalten, die ihn so beschäftigten, sondern auch, weil er sich vorgestellt hatte, daß Erwachsensein bedeutete, nie mehr allein zu sein.

Cliff House hatte seinen Eltern gehört. Sie hatten sich selbst ebenso wie ihre Freunde reichlich in Erstaunen versetzt, als sie Julian in die Welt setzten; die Eltern hatten die Vierzig längst überschritten. »Gar kein Problem«, sagten die Frauen von Lymouth, die ganz aufgeregt über die so offensichtliche Existenz von Sexualität im fortgeschrittenen Alter waren, »reife Eltern bekommen die intelligenteren Kinder.«

Intelligenz bedeutete Julians gebildetem Vater und seiner schweigsamen Mutter viel, und auch sonst machten sie sich an seine Erziehung mit den besten Vorsätzen und Absichten, doch leider vergeblich. Die beiden waren zu alt, Julian zu jung.

»Die Vorstellung und die Freude über ein intelligentes Kind ist das eine, es zu haben und erziehen zu müssen, etwas ganz anderes«, hatte man Julians Vater mehr als einmal sagen hören.

Ratlos und überfordert hatten sie ihren Sohn vor allem sich selbst überlassen.

Seine Kindheit und Jugend verliefen im Eilverfahren und im Alleingang, und bei der ersten sich bietenden Gelegenheit war Julian verschwunden, um sein Glück in der großen Welt zu machen. Nach Hause zurück kehrte er Jahre später nur, um seine Eltern zu beerdigen. Julian hatte mit seiner Vergangenheit abgeschlossen. Er begann, alles, was ihn in dem Haus daran erinnern mochte, ein für allemal zu beseitigen.

Cliff House wurde umgekrempelt. Neue Badezimmer wurden installiert, altertümliche Heizstrahler rausgeschmissen, ein Panoramafenster zur Bucht gebaut. In Cellophan eingehüllte Polstermöbel wurden aus London geliefert und schwere, gesteppte Vorhänge wurden an die Fenster gehängt. An die großen, freien Wände kam ausschließlich Gemälde, Landschaften, Seestücke, Bilder, in denen das Licht vorherrschte und jene Einsamkeit, nach der es Julian in seinem Haus so sehr verlangte.

In dieser Zeit hatte er Kitty kennengelernt, und beide hatten sich zusammengetan. Kitty hatte ihm beim Umbau geholfen, wenn auch nur ein wenig. Cliff House war Julians Domäne. Kitty hatte ihre eigene, und die Freiheit und die Rückzugsmöglichkeiten waren der Schlüssel zu ihrer nun bereits zehn Jahre währenden Beziehung. Räume, in die man sich zurückziehen konnte, bedeuteten Platz, Licht, Ungebundenheit – Dinge, die ihm wichtiger als alles andere waren.

Es war kalt an diesem Sonntagabend im Januar, dennoch verließ Julian das Haus, nachdem er seine Zeitschriften und Bücher gepackt hatte – darunter auch *Verdeckte Ermittlungen*

–, ging durch den Garten bis zum Weg, der am Klippenrand entlangführte, und machte sich an den rutschigen Abstieg hinunter zum Strand.

Die Kälte war eisigtrocken und naß zugleich. Der Wind brüllte und fegte noch den letzten Rest Wärme aus seiner Kleidung. Seine Lippen wurden spröde.

Es war so, wie Julian es liebte.

Mutter Natur war zumeist nicht sehr verschwenderisch mit ihren Gaben, im Fall der jungen Frau in dem Gemüsegarten hat sie sich dafür um so mehr ins Zeug gelegt. Was waren das für Gene? Vom Vater, von der Mutter? Hatte es da einen plündernden Wikinger irgendwo in der tiefsten Vergangenheit gegeben? Sie war groß, blond, am Haaransatz spielte die Farbe ins Weiße, ihre Haut glänzte und die Augen leuchteten grau. Sie sah phantastisch aus und hatte anscheinend Temperament, dachte er in einem Anflug von Euphorie, zu dem er sich für gewöhnlich am Beginn einer neuen Eroberung hinreißen ließ. Noch hatte sie sich nicht erprobt, ließ nur die Muskeln spielen, und gerade das machte sie geheimnisvoll.

Nicht jetzt?

Sie ähnelte nicht im mindesten Kitty. Seine abschweifenden Gedanken ließen ihn stutzen, und es war in jedem Fall nicht der richtige Moment, um sich in ein Abenteuer zu stürzen. Er wußte, wie gefährlich es war, sich abzulenken zu lassen, wenn die Umsatzzahlen den Bach runtergingen.

Ein aufblitzendes Licht ließ Julian aufmerken. Oben auf dem Panoramaweg, der Kittys Kate und Cliff House verband, *war* Kitty. In ihrer babyblauen Kaschmirjacke winkte sie mit einer Taschenlampe hin und her. Alles an ihr und an ihrer Bewegung verriet die große Liebe zu ihm. Sie mußte ihn gesehen haben und winkte jetzt zum Abschied. Nach einem Moment des Zögerns hob Julian den Arm und winkte zurück.

Im Auto, auf dem Weg zurück nach London, arbeitete er eine Strategie aus, wie er sich einen genaueren Eindruck verschaffen konnte von Flagge House und seiner Besitzerin.

Kapitel 4

Bel rief am Montag nach der Beerdigung an: »Geht es dir gut? Tut mir leid, ich konnte nicht kommen, aber ich habe an dich gedacht.«

»Immerhin was.«

»Ja, spotte nur«, sagte Bel, »aber du weißt doch, Babys und Tote – ich komme mit diesen Extremfällen einfach nicht zurecht.«

Zugegeben, dachte Agnes, es ist immer gut, wenn man weiß, wo man seine Grenzen hat, gleichzeitig hätte sie Bel gern hier gehabt, mit ihren blauen Strähnen im Haar und den passenden Fingernägeln, Bel, die Trostreiche.

Sie und Bel hatten sich vor fünf Jahren entschlossen, Five Star zu gründen. Weil sie beide gut waren und die notwendige Portion Glück hatten, lief der Laden wie geschmiert. Im letzten Jahr hatten sie zwei Preise gewonnen mit einer Reportage über Kleinkredite in der Dritten Welt und mit einem Bericht über Walfänger in Neufundland. Sitz der Firma war Bels Apartment in Notting Hill Gate, wo Agnes, die es vorzog, in Flagge House zu wohnen, übernachtete, wenn sie in London war und dafür Bel einen Teil der Miete zahlte.

Bel war vier Jahre älter als Agnes, und sie besaß ein untrügliches organisatorisches Gespür. Sie war ein Riesentalent mit einer unglaublichen Erfahrung, aber irgend etwas in ihrem Innern hinderte sie daran, das zu bekommen, was sie bekommen wollte. Sie griff immerzu nach den Sternen, flog dann aber ein Komet vorbei, kniff sie – ein Besäufnis, ein grippaler Infekt –, irgend etwas passierte immer, und Agnes mußte in die Bresche springen. Ein ewiges Hin und Her zwischen Genialität und Katzenjammer, das war Bel, und Agnes wäre für sie durchs Feuer gegangen.

Bel raschelte an ihrem Ende der Leitung bedeutungsschwanger mit ihren Unterlagen. »Was gibt es denn?«

Bel klang skeptisch, was untypisch für sie war, denn von Skepsis hielt sie nicht viel. Es hieß bei ihr entweder ja oder nein. »Ein Bauer hat angerufen, von irgendwo in eurer Ecke da«, sie betonte jedes Wort, als ginge es um etwas Epidemisches, »und er meint, er hätte was für dich, was dich interessieren könnte, einen Stapel Briefe aus dem Zweiten Weltkrieg. Briefe von einem Bauern an seine Freundin. Es dreht sich alles um den Bauernhof und um ihre Liebe. Er sagt, die Briefe würden nur so lodern vor Leidenschaft und würden einen vom Hocker hauen. Es gibt über vierzig. Zwei hat er geschickt.«

»Nichts für uns«, sagte Agnes.

»Das sieht er anders. Er betreibt anscheinend einen Bio-Bauernhof oder irgend etwas in der Art, und jetzt hat der Hofbesitzer ihm den Pachtvertrag gekündigt, weil er das Ganze an einen Grundstücksentwickler verscherbeln will. Der Mann meint, die Briefe könnten ihm vielleicht die nötige Publicity verschaffen.

Agnes strich ihren Rock glatt. »Warum wendet er sich nicht direkt an die BBC?«

»Anscheinend hat er den Artikel über den Tod deines Onkels in eurer Käsezeitung gelesen. Die Vorstellung, daß du das Haus geerbt hast und daß du Besitzerin von Five Star bist, hat ihm wohl besonders gefallen. Er glaubt, du könntest ihn verstehen.«

Jack Dun, Landwirt, an seine geliebte Mary, die ihn im Dezember 1942 verlassen hatte:

Nachdem wir uns verabschiedet hatten, ging ich übers Moor. Alles, Bäume, Gräser, selbst die Steine waren weiß und zerbrechlich vor Kälte. Ich ging den alten Viehtreiberpfad entlang, am Eichenhain vorbei, und ich hörte, wie die Äste an den Bäumen stöhnten und vom Eis niedergedrückt wurden. Weiter oberhalb, bei Tolly's Spring, hielt ich inne und ließ den Blick über mein Land schweifen. Im Winter ist es möglich, die Zeichen und Markierungen der alte Landverteilung auszumachen. Der Streifen gehörte William, der dort Robin, und jener gehörte seiner Lordschaft. Man kann das Land lesen, Mary, wenn man sich darum bemüht.

Ich sah auf uraltes Besitzrecht, auf eine uralte Liebe, die sich der Erde eingeprägt hatte, damit sie Frucht trage. Ein Land, das den Menschen vertraute, die auf ihm tätig waren.

Ja, dachte Anges, ich verstehe ihn.

Am frühen Morgen ging Andrew Kelsey in den Stall und sah nach den Kühen, wie er es im Winter zweimal täglich tat. Er war ein drahtiger, wettergegerbter Mann, mit dikkem, struppigem schwarzen Haar, das hier und da erste graue Strähnen aufwies, gekleidet mit einem sauberen Holzfällerhemd und Kordhose. Seine Bewegungen waren ruhig und routiniert, zwischendurch streichelte er hier ein Tier, warf einen prüfenden Blick auf ein anderes. »Ruhig, meine Schönen, immer mit der Ruhe.«

Er sprach mit ihnen in diesen Momenten gedämpften Schweigens, bevor der Tag endgültig die Nacht besiegt. Für Uneingeweihte sieht jede Kuh gleich aus. Für den Kennerblick ist jede einzigartig. Andrew identifizierte sie sofort und so instinktiv, wie Eltern ihr Kind erkennen. Wenn er sich ihnen näherte, wurden sie für gewöhnlich unruhig in ihren Liegeboxen, und er meinte zu spüren, daß sie sich nicht ganz gleichgültig gegen ihn preßten. Wieso auch nicht? Er behandelt sie mit Respekt und Freundlichkeit, und er sorgte dafür, daß sie auf frischem Stroh in Boxen lagen, die ihnen genügend Raum boten.

Es war so eisig, daß der Mist- und Heugeruch zurücktrat und nur die Kälte übrigließ. Andrew verriegelte die letzte Box, legte zwei Futtersäcke schon für den Nachmittag bereit und fuhr dann den Transporter in den Hof, denn er erwartete Agnes Campion.

Er konnte die Nähe des Moors im Norden spüren, wenn er es von seinem Hof aus auch nicht direkt sehen konnte. *So alt, so geduldig.* Ihn verzauberte diese Idee der Vorzeitigkeit diese Moors, unvorstellbar alt, älter jedenfalls als die von Menschen gemachte Landschaft drumherum.

Seine Finger schmerzten, wie immer. Mittel- und Ringfinger seiner rechten Hand waren einmal gebrochen, nichts Ungewöhnliches in seinem Beruf, aber das Blut floß nun nicht mehr mit der nötigen Leichtigkeit an seinen gichtigen, dicken Fingergelenken vorbei, es sei denn, er ballte sie. Das Blut lief durch seine Finger, und die Worte in seinem Kopf wirbelten umeinander, wie seine geliebten Vögel oben bei der Nordweide.

Bald würde es keine Bienen mehr geben, die die Wiesen nach Nahrung absuchten, und auch keine Wiesen mehr. Das war der Lauf der Dinge. Keine Grillen im Getreide. Keine Insekten. Keine Pilze, deren Myzel unter der Erde sich immer weiter verzweigt. Keine Hasen in Sicht, die auf kalkweißen Felsnasen Ausschau halten. Keine Lerchen, die wie schwarze Pfeile durch die Luft schießen. Keine Schlüsselblumen, kein Wiesenknopf, kein Leinkraut, kein Rotbrauner Frauenschuh.

»Frühstück.« Penny, seine Frau, hatte das Küchenfenster kurz aufgestoßen, herausgerufen und es gleich wieder geschlossen, nachdem ihrem schlafmüden Gesicht die Kälte brutal entgegengeschlagen war. Sie klang ... nicht wütend, aber beunruhigt, sie konnte gar nicht mehr anders.

Die Worte entglitten ihm.

Andrew betrat das Haus durch den Hintereingang, stieß sich die Stiefel von den Füßen, wusch sich die Hände und ging auf Socken durch die Küche. Penny war am Herd mit der Bratpfanne beschäftigt. Ihre Küche war wie immer tadellos aufgeräumt, das Geschirr säuberlich im Geschirrschrank gestapelt, die Töpfe glänzten, und auf einer Magnettafel war der Wochenplan angeheftet, außerdem wichtige Adressen und verschiedene Einladungen zu Veranstaltungen im Ort. Neben dem Fenster, durch das man über den Hof sehen konnte bis hin zu der Ansammlung alter Eichen, die die Grenze des Bauernhofes markierten, lag ein Stapel mit den neuesten Frauenzeitschriften, die Pennys Lebenslektüre ausmachten. Woche für Woche kaufte sie sich mehrere Hefte, und jedes Jahr wurden es mehr. Sie las sie Wort für Wort. Was sie in der Welt an Erklärungen brauchte, suchte und fand sie hier. Und wenn sie einen Artikel über Unfruchtbarkeit fand, legte sie die Zeitschrift offen hin für Andrew. Doch damit erreichte sie nur, daß er erst recht auf stur schaltete. Er ignorierte die Zeitschrift. Penny und Andrew waren kinderlos geblieben, und den Platz des Kindes nahm nun eine große Leere zwischen den Eheleuten ein. Zu Beginn hatten sie noch darüber gesprochen, hatten Ärzte aufgesucht, doch als die Aussichten auf Erfolg geringer wurden, wurden auch die Gelegenheiten seltener, da Andrew sich nachts Penny zuwandte oder umgekehrt.

Er hatte irgendwann begonnen, die Zeitschriften und ihre Pseudoinformationen zu hassen, besonders in den ersten Jahren ihrer Ehe, als Penny jedesmal eingeschnappt reagierte, wenn er sie mit ihrer Lektüre aufzog, was nie hämisch gemeint war, denn Andrew war ein freundlicher Mann.

Penny stellte die Teller mit Rührei und Speck auf den Tisch, und beide begannen, schweigend zu essen, während sie dem Radio lauschten. Schließlich richtete sie den Blick auf ihn und fragte: »Wann wollte diese Frau kommen?«

Früher hatte Andrew es geliebt, wie Penny ihn angeblickt hatte. Liebevoll und voller Vertrauen. Ihre Augen schienen dann größer zu sein als sonst. Jetzt fühlte er sich unwohl unter ihrem prüfenden Blick, als würde sie seine geheimsten Regungen durchschauen, seine im tiefsten Innern gehegte Überzeugung, daß auf der Welt nur Raffsucht und Vorteilnahme herrschten.

»Sie hat gefragt, ob sie früh kommen kann, weil sie noch in Exbury zu tun hat. Zehn? Halb elf? Hängt vom Verkehr ab.«

Penny wusch ab, und das Abwaschwasser schwappte bedenklich. »Das bedeutet dann wohl, daß der Herr wieder einen auf künstlerisch macht.« Das bedeutete vor allem: Und mich läßt du wieder außen vor.

Andrew unterdrückte ein Seufzen. Er hatte einmal die Dummheit begangen, zu erwähnen, daß er, wäre er nicht Bauer geworden, gern Schrifsteller geworden wäre und vielleicht Gedichte geschrieben hätte. Penny hatte sich sofort daraufgestürzt. »Jemand, der so wenig mit der Sprache am Hut hat wie du«, sagte sie. »Jemand, der kaum einen geraden Satz bilden kann, der nie mit jemandem spricht.« Das sollte bedeuten, daß Andrew nicht diese langen, eheüblichen Gespräche mit Penny führte, die diese sich erhofft hatte, und die sie wohl grundsätzlich für »offen« und »heilsam« hielt. Von Stund' an hatte sie alle Bedürnisse und Wünsche Andrews als Kritik aufgefaßt und sein Schweigen als tiefe Entfremdung von ihrer Ehe.

In letzter Zeit hatte Andrew überlegt, ob Penny was mit einem anderen hatte, vielleicht mit Bob Howell, der seinen Bauernhof auf der anderen Seite des Moores betrieb. Er hatte keinen Beweis, nur so ein Gefühl – eine unbedachte Anspielung im Gespräch, ein Telefonat, das beendet wurde, als er die Küche betrat, Bob, der ihn in der Gastwirtschaft kaum noch ansah. Und das Komische war: Es war ihm im Grund egal. Vielleicht glaubte er auch nur, daß es ihm egal sei, und in Wirklichkeit hatte es etwas mit der allgmeinen Veränderung zu tun, die sein Leben umzuwälzen drohte. Und seine Ehe? Wenn er ehrlich war, mußte er zugeben, daß er und Penny längst nicht mehr wie ein Paar lebten.

Er kramte in seinen Taschen nach einem Blatt, auf dem er sich Notizen gemacht hatte, fand es und glättete es auf dem Tisch.

»Was hat *das* jetzt schon wieder zu bedeuten?« fragte Penny. »Was ist das für eine Geschichte mit diesen Briefen?«

Er hob den Kopf. »Und was hat *das* jetzt schon wieder zu bedeuten?«

Ihr Blick wich dem seinen aus. Dann nahm sie einen Topf vom Bord und setzte ihn demonstrativ schwungvoll auf den Herd. »Das beantwortet nicht meine Frage.«

»Nicht?« gab er zurück. Sein Geheimnis zog sich in die hintersten Winkel seines Innern zurück.

»Vergiß nur nicht, daß wir einen Hof vor dem Untergang bewahren müssen«, sagte Penny nach einer Weile des Schweigens. »Du mußt kämpfen, Andrew, also lenk dich besser nicht mit solchen Sachen ab.«

Andrew hörte, wie ein Auto auf die Auffahrt fuhr, und ging nach draußen, um Agnes zu begrüßen. Als sie dem Wageninnern entstiegen war, machte Andrew große Augen. »Das Foto in der Zeitung wird Ihnen aber kaum gerecht«, brachte er ungeschickt hervor und führte sie in die Küche zu Penny.

Die Küche war schlicht eingerichtet, aber warm, reinlich und geschmackvoll. Ein Geschirrschrank, durch dessen Glastüren man blaues Porzellan sah, zwei hohe Stühle mit Armlehnen, ein großer, auf Hochglanz polierter Spiegel an der Wand, der eigentlich nicht in eine Küche gehörte, sich aber hier sehr gut machte. Im Gegensatz zu ihrem hochgewachsenen, schlanken Ehemann war Penny klein und stämmig, mit herausgewachsener Dauerwelle und etwas verkniffenem Blick. Von ihren Augen gingen eine Menge Falten aus, in denen die Haut deutlich heller war als der übrige Teint. Als Penny sich daranmachte, Kaffee zu kochen, fragte Agnes nach dem Alter des Hauses und mußte erfahren, daß es viel jünger war, als sie angenommen hatte.

»Dieses Haus? Das wurde in den Sechzigern gebaut.« Offensichtlich übernahm Penny in dieser Ehe die Funktion der Sprecherin. Sie trug das vollbeladene Tablett hinüber zum Tisch. »Das alte Haus ist zusammengebrochen. Charlie Stone, der Vater des jetzigen Besitzers, hat dann dieses Haus gebaut und hat es an Andrews Vater verpachtet. Nach seinem Tod hat Andrew die Pacht übernommen. Jetzt will Jonas, Charlies Sohn, uns vor die Tür setzen.«

»Andrew hat hier also sein ganzes Leben lang gewohnt?«

»Ja.« Penny wirkte müde und kurz angebunden. Auf Agnes machte sie den Eindruck einer Frau, die im Laufe der Jahre enttäuscht worden war, ganz langsam und zunehmend stärker.

»Und Sie sagen, er will sie einfach vor die Tür setzen?«

Mann und Frau wechselten einen Blick, dann zuckte Andrew mit den Schultern. »Wie ich Ihrer Kollegin bereits sagte, der Besitzer hat Schulden gemacht. Jetzt will er an einen Grundstücksentwickler verkaufen. Hier soll eine Wohnsiedlung hingesetzt werden.«

»Gibt es da kein Gesetz, das so etwas verhindert?«

»Das ist genau das Problem«, sagte Andrew. »Der Pachtvertrag ist in den sechziger Jahren erneuert worden, und der Besitzer hat in einer Klausel hieb- und stichfest festgelegt, daß er den Vertrag jederzeit kündigen kann.« Er ballte die rechte Hand zur Faust und rieb mit der linken die weißen, angeschwollenen Knöchel. »Unser Anwalt ist noch mal alles Wort für Wort durchgegangen.«

Sie bemerkte einen Anflug von Verzweiflung in seiner Stimme.

Andrew fuhr fort: »Wir betreiben hier Viehzucht nach strengen ökologischen Richtlinien. Keine Pestizide, keine Herbizide, keine Fungizide, keine Hormone, keine Tierschindereien. Die Kühe grasen auf gesunden Weiden, die Kälber bleiben beim Muttertier. Das Fleisch verkaufen im gesamten Süden. Der Markt wird größer für Bio-Fleisch.«

Der Glaube an alte Traditionen und altes Wissen faszinierte Agnes immer, und allmählich wurde sie warm mit diesem langsam redenden Bauern, der sich durch und durch für sein Land verantwortlich fühlte.

»Sie sagten, Sie haben dem hiesigen Bibliothekar die Briefe gegeben«, sagte sie. »Wäre es möglich, daß ich die mal sehen könnte? Vielleicht könnten wir ja etwas daraus machen. Es gibt da eine Sendung, die im Herbst wieder anläuft, sie heißt *Menschen wie du und ich.* Vielleicht kennen Sie die. Das ist ein Zehnminuten-Format, und das Thema ist, gewöhnliche Menschen mit ihren Berufen vorzustellen. Zufällig werden jetzt gerade ein paar Beiträge mit historischem Hintergrund gesucht. Aber ich bin auf Ihre Unterstützung bei der Recherche angewiesen.«

»Ach so?« sagte Penny und versteifte den Oberkörper. »Was denn für eine Recherche?«

Agnes hatte die Körpersprache verstanden. »Echtheitsnachweise. Dazu dienen in der Regel Testamente, Wahllisten, amtliche Erhebungen, diese Art von Dokumente. Aber keine Sorge, Bel, meine Partnerin, ist darauf spezialisiert. Normalerweise gibt es da keine Probleme.«

Andrew holte einen unscheinbaren grauen Ordner hervor. Auf dem Rücken stand: Futter – Bestellungen.

»Hier waren die Briefe zusammen mit Rechnungen für Kraftfutter und dergleichen abgeheftet.« Er schob den leeren Ordner über den Tisch. »Zeitlich völlig ungeordnet«, sagte er. Er griff nach einem ledernen Tabaksbeutel, der auf dem Tisch lag, und seine nicht zugeknöpften Hemdsärmel rutschten über die Handgelenke, die warm und braun aussahen wie Nußbaumholz.

Er ließ Agnes an Sommer und Wiesen denken, an Felder, Brombeeren und Hagebutten, an Frühherbstnebel, die in der Morgensonne schmelzen. Ihr Blick schweifte von ihm ab und traf auf den Spiegel, der ihr das Bild des eigentümlichen Trios am Tisch zurückwarf: Penny, verbittert und unfreundlich; Andrew, konzentriert und von seinem aufregenden Fund völlig gefangen. Und sie selbst? Aufmerksam zuhörend, mit der ruhigen Ausstrahlung von Professionalität, die sie sich in den Jahren angeeignet hatte. Die Wintersonne hatte ihren Stand verändert; das Licht traf auf den Spiegel und stach Agnes in die Augen.

»Sind Sie sicher, daß der Verfasser der Briefe, dieser Jack, daß er hier in Tithings gelebt hat?«

Andrew knetete eine Häuflein Tabak in ein hauchdünnes Papier und formte mit den geschwollenen Fingern daraus seine Zigarette. Ein Streichholz flammte auf, und Tabakrauch stieg auf zur Zimmerdecke. »Die Grenzmarkierungen, von denen er spricht, kenne ich wie meine Westentasche.«

»Und sonst wissen Sie nichts von Jack?«

»Nein.«

Agnes machte sich weitere Notizen. »Manchmal sind Erinnerungen die einzige Quelle. Wir müssen in der Gegend herumfragen. Ich könnte mir vorstellen, daß er nach dem Zweiten Weltkrieg fortgegangen ist. Vielleicht ist Mary nicht zurückgekehrt, und ihn hielt hier nichts mehr ...«

Andrew schnitt ihr das Wort ab: »Sicher nicht«, sagte er und pochte mit der Faust ungeduldig auf den Tisch. »Er wäre hiergeblieben. Er hätte den Hof niemals aufgegeben. Niemals.«

Der Stuhl quietschte auf den Steinfliesen, und Penny richtete sich auf. Mit einer Geste, die Agnes nicht recht zu interpretieren wußte, goß sie den Rest ihrer Tasse in die Spüle. Eine merkwürdige Stille folgte. Agnes mußte sich etwas einfallen lassen, um das Gespräch wieder in Gang zu bringen: »Könnten Sie mir vielleicht den Hof zeigen, wenn Sie nicht gerade zu beschäftigt sind?«

Sie spürte die Blicke der anderen Frau in ihrem Rücken, als Andrew sie nun über den Hof zum Viehstall führte. Penny hatte ihr ein Paar Gummistiefel gegeben, die zu klein waren, und sie konnte nicht umhin, sich vorzustellen, daß Penny Gefallen bei dem Gedanken an ihre verkrampften Füße fand.

Um ihre Füße zu entspannen, lehnte sich Agnes weit über den erstbesten Pferch. Sie inhalierte den köstlich Geruch von Vieh und warmem Stroh, von pulsierender Haut, von Hufen voller Mist, vermengt mit einem Hauch von Seifenlauge.

Andrew stieß ein Gatter auf. »Sie werden auf ganz traditionelle Weise aufgezogen. Das bedeutet, daß sie so schnell oder langsam wachsen, wie es ihrer Natur entspricht. Sie werden keinen Streßsituationen ausgesetzt. Ich versuche, auf dem ganzen Hof rein ökologisch zu wirtschaften. Manchmal läßt es sich nicht vermeiden, daß man Antibiotika einsetzen muß, wenn ein Tier krank ist. Aber wir benutzen unter Garantie keine Wachstumshormone.«

Agnes sagte zu den Kühen, daß sie sich glücklich schätzen könnten. Andrew klopfte einem Tier auf die warme Flanke. »Das könnt ihr, meine Schönen, nicht wahr? Ich halte sie in Familiengrupen zusammen, Tanten, Cousinen ...«

»Haben Sie schon immer als Landwirt gearbeitet?«

»Schon immer. Mein Vater hatte früher einen großen Hof oben in Yorkshire, dann sind wir hier runtergezogen.« Er streichelte das Ohr von einer Kuh neben sich, fast zärtlich. »Das steckt im Blut.« Der Satz wurde mit überraschender Inbrunst gesprochen. Agnes nickte ein wenig irritiert. »Das und so manches andere auch«, fügte er leiser hinzu, dann wechselte er das Thema. »Ich zeige Ihnen den Rest des Hofs. Es klart auf, und im Moor muß man den richtigen Augenblick erwischen. Wie gesagt, ich benutze praktisch keine Chemie. Wußten Sie, daß das Erdreich mancher größeren Höfe regelrecht tot ist? Ökologisch tot. So was kann mir nicht passieren.«

»Ich habe mal einen Film darüber gemacht.«

Er lächelte sie schüchtern und anerkennend an.

Zusammen gingen sie zur Nordweide, und Andrew wies auf ein paar niedrige Häuser aus unbehauenem Granit, die im Moor beisammen standen. »Das sind die ältesten Bauernhöfe dieser Region. Älter als alles, was hier sonst steht. Teile davon stammen aus dem dreizehnten Jahrhundert.«

Schöne Kameraeinstellung. Agnes betrachtete die massiven Quader, die in das Graubraun des Moors gesetzt worden waren. Ein Bild der Ruhe und längst vergangener Zeiten.

Er zog die Augenbrauen fragend hoch und sah Agnes herausfordernd an. »Ich kenne das hier alles in- und auswendig.« Er stieß erstarrte Kaskaden von Brombeeren beiseite, um Agnes den Durchgang zu erleichtern. »Da drüben ...« Andrew wies zur Straße, die sich wie ein Schutzwall um den Hof herumwand, und Agnes wurde klar, daß das eigentliche Ziel ihres Spaziergangs war, ihr diesen Flecken Erde zu zeigen.

Er sagte: »Dort will Arcadian Villages die erste Häusergruppe der Siedlung hochziehen. Die zweite Häusergruppe soll später folgen, sie wird sich bis rüber zu unserem Garten hinziehen. Insgesamt sollen hundertundfünfzig Häuser entstehen.«

Sie spürte seine Verbitterung und Wut so körperlich wie den Wind, der ihr scharf um die Nase strich. »Ich glaube, ich kann nachvollziehen, wie Sie sich fühlen. Bei mir war gerade jemand, der mein Haus kaufen wollte. Ich kann Ihnen gar nicht sagen, wie entsetzt ich war.« Sie dachte an ihre hitzige Rede, mit der sie Julian Knox davon in Kenntnis gesetzt hatte, daß ihr Haus nicht zu verkaufen war. »Und was ist nun als nächstes geplant?«

Er zuckte mit den Schultern. »Die Stadt hat den ursprünglichen Bauantrag abgelehnt, aber gestern wurde uns schriftlich mitgeteilt, daß das Unternehmen in Revision gehen wird. Die Anhörung wird im Juni sein. Wenn wir Recht bekommen, können wir das Umweltamt einschalten und so die Sache auf jeden Fall in die Länge ziehen.«

Die Planer waren Profis. Sie hatten einen Riecher für Bauland. Agnes sah es praktisch vor sich. Die Lage traumhaft, die Anbindung an die Straße perfekt. Andrews Hof war ganz offensichtlich der geeignete Ort, um den Bevölkerungsüberschuß von Exbury anzusiedeln. »Es tut mir leid«, sagte sie mit echter Sorge in der Stimme.

»Die denken, sie können mich leicht einschüchtern«, murmelte Andrew, mehr zu sich als zu Agnes. »Ein kleiner Mann, der Angst hat vor den großen Kapitalisten. Das haben sie sich so gedacht.«

Die Schüchternheit und die stille Art des Mannes waren trügerisch. Dies war ein Mann, der bereit war zu kämpfen. Keine Frage. Sie sah ihn verstohlen von der Seite an. Unter der wettergegerbten Haut brannte ein Feuer, und Menschen mit einer Mission hatten häufig etwas magisch Anziehendes: Sie schafften es irgendwie, andere Menschen mitzureißen. Wieso sollte ein so vorbildlich geführter Hof geschlossen werden? Sie hätte am liebsten ausgerufen: »Ich stehe hinter Ihnen.« Doch dann kam sie sich seltsam albern vor.

Der Wind hatte gedreht. Sie knöpfte ihre Jacke zu. Der Kragen kratzte feucht an ihrem Kinn. Andrew ließ den Brombeerstrauch zurückschnellen, zwängte sich an ihr vorbei, und wieder roch sie diesen Geruch des Hofs.

»Was ist das da?« fragte sie und zeigte zu einer Reihe weißer Kästen unter der Hecke.

Er wandte sich kaum um. »Meine Bienen.«

Als sie beschirmt von Eichen zurück nach Hause fuhr, behielt Agnes den Rückspiegel im Auge. Auf dem Hof stand Andrew Kelsey wie angewurzelt, die Hände in den Taschen, mit offenen Hemdsärmeln, und blickte zur Nordweide, die sich zum Moor hin erstreckte. Wie ein hochaufgerichteter Findling stand er da, konzentriert und geduldig.

Erst am Nachmittag zum Tee kam Andrew wieder herein. Penny sah nicht von ihrem Magazin auf, sondern sagte nur: »Sie sieht gut aus, schon möglich, aber ich wette, sie kann nicht mal Wasser kochen.«

»Ja, schon möglich«, sagte Andrew.

»Als Bäuerin würde sie nicht taugen.«

»Das trifft sich gut, denn ich glaube nicht, daß sie so etwas in der Richtung plant.« Er trank seinen Tee. »Pen, ich wollte noch mal schnell in die Wirtschaft. Siehst du nach den Kälbern?«

»Klar.«

Erst als er und sein alter Freund Jim ihr Bier bestellt hatten, fiel Andrew auf, wie bereitwillig Penny zugestimmt hatte. Normalerweise mußte er seinen Stippvisiten in der Gastwirtschaft mit zähen Verhandlungen erwirken.

Das Wetter war endlich freundlicher geworden, und der Mond stand hoch am Himmel, als Andrew schließlich über die von Schlaglöchern übersäte Straße zurück nach Tithings fuhr, vorbei an der Gruppe von Eichen weiter bis zum Moor. Die Axt, die er hinten im Wagen liegen hatte, rumpelte gegen die Werkzeugkiste, und er dachte: Mist. Immer ist irgendwas unerledigt, nicht überprüft, nicht weggeräumt.

Er fuhr durch uraltes Land; Dämonen wüteten hier. Es war ein fruchtbares Becken voll blutroter Erde, in säuberliche Quadrate zerschnitten von dünnen Pfaden und regentriefenden Hecken. Der Wind, der den ganzen Nachmittag und Abend geblasen hatte, zerrte an den Ästen der Eichen, an denen er vorüberfuhr. *Eichenherzen.* Andrew grüßte sie, Sinnbild der Freiheit, des Muts und des internationalen Handels. Unter ihrem Blätterdach hatten die Elemente Hochzeit gehalten mit den edelsten Gestalten der Sagenwelt. Der Grüne Ritter, Robin Hood, der Wald von Arden ...

Oben, im vollgestopften Schlafzimmer des Bauernhauses, war das laute Ticken des Weckers zu hören. Andrew schlug die Tagesdecke vom Bett zurück und blickte auf die Patchworkdecke, die Pennys Mutter für sie beide gemacht hatte. Das war sonderbar. Penny legte sonst immer die Decke sorgfältig zusammen, immer und ohne Ausnahme. Andrew fühlte mit der Hand auf Pennys Seite auf der Suche nach einer warmen, weichen Hüfte und fand nichts.

Er knipste das Licht an. Das Bett war leer, wie der ganze Raum. Auf dem Kopfkissen lag ein Zettel, den er sich schnappte. »Ich gehe fort«, hatte sie geschrieben, »weil Bob mich braucht. Du brauchst mich nicht und hast mich nie gebraucht. Meine Sachen hole ich ein anderes Mal. Viel Glück bei deinem Kampf um den Hof.«

Andrew schlich ins Badezimmer, ihm war übel.

Als es ihm endlich gelang, in eine Art Halbschlaf zu fallen, träumte er von Jack. Er sah ihn vor sich, groß und kurzsichtig, das Moor durchstreifend, an Mary denkend. Er war einer, der Zeiten und Entfernungen von Sonne und Mond berechnen konnte, und der mächtiger wurde und immer deutlichere Gestalt annahm, je mehr Andrew von ihm in seinen Briefen schrieb, von ihm preisgab, in der Absicht, so viele Menschen wie möglich zu täuschen und ihnen die Augen zu öffnen für das Übel, das seinen Hof befallen hatte.

Wer ein Feld bestellt oder eine Blume hegt
oder einen Baum pflanzt, der ist ein rechter Mann.

Kapitel 5

Anfang Februar erhielt Agnes Post von Andrew Kelsey, er schickte ihr siebzehn Briefe von Jack an Mary, und Agnes ließ alles stehen und liegen, um sie zu lesen.

Sie nahm sie behutsam in die Hand. Das waren zerbrechliche Artefakte, die Geheimnisse hüteten, die man ihnen entlocken mußte. Sie waren auf verschiedenen Sorten von Papier geschrieben, aber alle waren sie stockfleckig und ausgeblichen, berieben fast bis zur Durchsichtigkeit. Einige waren mit dickem, weichem Bleistift verfaßt, andere in wässriger königsblauer Tinte. Die Handschrift war veränderlich in ihrer Lesbarkeit, sie verriet Zeiten der Verzweiflung und Überforderung. Das Sichten und Entziffern beschäftigte Agnes bis in den Nachmittag.

Hinterher machte sie sich daran, sie in die richtige Reihenfolge zu bringen. Agnes war noch ganz aufgewühlt. Wie es schien, hatte Mary den Hof verlassen, ohne eine Nachricht zu hinterlassen oder nur vage anzudeuten, wohin sie ging, und hatte den Geliebten – der für den Krieg anscheinend nicht tauglich war (war er zu alt? gesundheitlich nicht in der Lage zu dienen?) – sich selbst überlassen. Um sich zu beruhigen, ihrer zu gedenken vielleicht, schrieb Jack detailliert vom Alltag auf dem Hof und immer auch von seiner Liebe zu Mary. Die Attribute ihrer Schönheit wurden liebevoll ausgemalt – die Form und Farbe ihrer Augen, ihr schöner Rücken, ihre grazilen Füße. Offenbar ein hochempfindsamer, wortgewandter

Mann, schilderte er immer und immer wieder, wie er sich in sie auf den ersten Blick verliebt hatte. »Ich habe nicht geahnt«, schrieb er, »wie man sich in Sekundenschnelle so ganz und gar sicher sein kann. Wie Gefühl und Verstand plötzlich in eins fallen, wenn uns Amors' Pfeil trifft.«

Nachdem sie fertig war, lief sie im Arbeitszimmer ihres Onkels auf und ab, das gerade groß genug war, um solches zu gestatten. *Ihr* Arbeitszimmer. Die Briefe hatten sie überzeugt, daß das Thema funktionieren würde. Nur wie? Sie nahm das Telefon und wählte die Durchwahl von Dickie, einem Redakteur bei der BBC, mit dem zusammen sie bereits mehrere Projekte realisiert hatte.

Eine Stunde später war sie mit ihrem Terminkalender beschäftigt, als Maud in der Türöffnung erschien. »Es ist jemand am Telefon, der dich zu sprechen wünscht«, sagte sie in der überhöflichen Art und Weise, die Agnes immer wieder sprachlos machte.

»Was hat das zu bedeuten, Maud?«

»*Rien*«,sagte Maud und zog sich zurück.

Agnes nahm den Hörer auf. »Hätten Sie Lust, mit mir etwas trinken zu gehen?« fragte Julian Knox. »Bitte.«

»Warum sollte ich?«

»Warum sollten Sie nicht?« gab er zurück. »Nächste Woche Dienstag, halb sieben im Buzacki's.«

Agnes stieß einen Seufzer aus. »Ich vermute, Sie haben mit Maud gesprochen.«

»Das ist in der Tat richtig.«

»Dann muß ich wohl kommen, um das Bild wieder geradezurücken.«

»Das müssen Sie wohl.«

Dezentes Gläserklirren war zu vernehmen im Buzacki's, überall glänzte Spiegelglas und Chrom, und auf den Tischen leuchteten angestrahlte Glasschalen mit teuren Nüssen und selbstgemachten Chips.

Sie mußte ihren ersten Eindruck revidieren. Dieser Mann war nicht der erfolgreiche Karrierist, der bei ihr im Garten herumgeschnüffelt hatte. Er war nach wie vor nobel gekleidet und herausgeputzt, aber er schien müde, besorgt, und Agnes wollte nur allzu gern wissen, warum.

»In Sekundenschnelle« hatte Jack in seinem Brief geschrieben. Agnes nahm sich von den Nüssen. »Ich nehme an, Sie sind meiner Tante wieder zu Leibe gerückt. Das ist nicht sehr aufrichtig.« Sie sah ihm direkt in die Augen. »Finden Sie nicht?«

»Aufrichtig? Ja und nein. Ihre Tante war sehr darauf bedacht, daß ich Ihnen zurede und sie umstimme. Ich hingegen wollte sie wiedersehen. *Ergo*. Ist das jetzt Unaufrichtigkeit?«

Sie beugte sich vor. »Eine alte Frau für seine Zwecke zu benutzen?«

»So nennen Sie das?« Er fuhr sich mit den Fingern durch sein rot-goldenes Haar und zerstörte das edle Antlitz und ersetzte es durch ein Lausbubengesicht. »Sie hat mich praktisch gekidnappt, Ihre energische Frau Tante, und ich mußte beim Leben von Julie Andrews schwören, daß ich alles unternehme, um sie zu überreden.«

Agnes hatte beinahe Mitleid mit ihm. »Sie hat *Meine Lieder, meine Träume* ins Spiel gebracht?«

Er drehte die Handinnenfläche nach oben und machte eine Miene, die besagte: Mir sind die Absurditäten der menschlichen Existenz gewiß nicht fremd und zuweilen amüsieren sie mich auch, aber das hier war starker Tobak. »Ich möchte es mal so sagen: Ich hatte den alten Streifen in seiner Bedeutung bislang nicht so recht gewürdigt. Nachdem sie fertig war, blieb mir gar nichts anderes übrig.«

Freundlichkeit alten Tanten gegenüber war nicht das, was sie von ihm erwartet hatte. Humor auch nicht. Vielleicht war er ein Jekyll-Hyde-Charakter, eine Pest im Sitzungszimmer, lieb und aufgeschlossen abends zu Hause. Solche Typen gab es. Auf jeden Fall hatte er etwas Geheimnisvolles an sich, und so etwas sprach Agnes immer an. Agnes drehte das Weinglas verträumt zwischen Daumen und Zeigefinger. Es war nie gut, zu hohe Erwartungen an jemanden zu stellen, das sollte sie mittlerweile begriffen haben.

»Vernünftige Häuser bedeuten Lebensqualität«, sagte er und breitete seine Argumente aus wie Edelsteine im Schaufenster des Juweliers. »Wir müssen Profit machen. Warum nicht beides miteinander kombinieren?«

»Flagge House steht nicht zur Disposition.«

»Selbstverständlich.« Er schenkte ihr Wein nach. »Das verstehe ich. Aber Dinge ändern sich zuweilen, glauben Sie mir. Und Sie halsen sich enorme Kosten auf für die Instandhaltung.« Er machte eine Pause. »Und Sie werden belagert werden, von Leuten, die Ihnen gute Ratschläge erteilen wollen.«

»Sagen Sie mir: An wen soll ich mich wenden?«

Wieder das kurze, ironische Lächeln. »An mich ganz offensichtlich nicht. So, und jetzt habe ich gesagt, was ich zu sagen hatte, ich habe mein Versprechen Ihrer Tante gegenüber erfüllt. Gehen wir zum gemütlichen Teil über?«

Seine Kapitulation war zu voreilig, und Agnes schöpfte sofort Verdacht. Sie setzte ihr Glas ab und stützte ihren Kopf auf die Hände. »Sollten Sie nicht lieber mit der Sprache herausrücken?« fragte sie. »Was Sie wirklich von mir wollen?«

»Keine schlechte Idee.« Er schnappte sich die letzte Nuß aus der Schale. »Sie sehen aus wie eine Lehrerin«, sagte er. »Ich erkenne Lehrerinnen blind.«

Sie hatte die Finten und Fährten der Verführung schon ganz vergessen, der Verführung und der Lust, und die Aufregung, die damit verbunden war. Dieses feine Prickeln des Vorgefühls von Glück. Noch vor ein, zwei Wochen hätte sie es nicht für möglich gehalten, doch wer weiß, wer weiß: Vielleicht war das Gespenst einer alten, unglücklichen Liebe endlich und ein für allemal verscheucht.

»Würden Sie mit mir irgendwann einmal segeln gehen?«

»Ja. Wenn es Ihnen nichts ausmacht, daß ich keine Ahnung vom Segeln habe.«

Er mußte sie sehr genau beobachtet haben, denn jetzt streckte er seine Hand aus und legte sie auf die ihre. Schlanke Finger, die ihr gefielen. Seine Haut, die ihr gefiel. »Ich habe mich gefragt, ob Sie den Tod Ihres Onkels bereits ein wenig verarbeitet haben. Geht es schon besser?«

Sie sah auf ihre vereinten Hände. »Es geht schon.«

»Gut.« Er zog seine Hand fort, und das Verlangen schoß so übermächtig durch ihre Glieder, daß sie buchstäblich nach Atem rang.

Nach einer Weile fragte er, ob sie gerade an einem Projekt arbeite, und sie erzählte ihm von den Briefen und von Andrew Kelsey. Sie mußte auch bekennen, daß sie Mühe hatten herauszufinden, wer Jack und Mary eigentlich waren. Es war vor allem so schwierig, weil es keine Briefe von Mary gab. »Sie scheint sich in Luft aufgelöst zu haben. Jack hat völlig im dunkeln getappt. Aber es ist merkwürdig, denn Jack scheint so vernarrt in sie gewesen zu sein, und nach seinen Briefen zu urteilen, war sie es auch.«

»Es kann tausend Gründe gegeben haben«, sinnierte Julian. »Im Krieg ist alles anders.«

»Aber diese Geheimnistuerei.«

»Ja, Geheimdiensttätigkeit vielleicht.« Julian füllte wieder die Gläser. »Es gab eine Einheit für Sonderoperationen im Zweiten Weltkrieg, die besonders gern Frauen für verdeckte Ermittlungen rekrutierte. Jack klingt, als wäre er gebildet gewesen, und vielleicht konnte Mary irgendwelche Sprachen und wurde in der Aufklärung eingesetzt. Ich lese gerade ein Buch darüber. Wenn man mal annimmt, daß Mary an die Front geschickt worden ist – sagen wir nach Frankreich –, dann hätte sie allerdings keine Briefe nach Hause schreiben können.«

Nicht schlecht, dachte Agnes und betrachtete fasziniert, wie er das Weinglas hielt.

»Können Sie sich das vorstellen, was es bedeutet, völlig isoliert zu leben, gefangen in einer ganz eigenen Welt, ohne Zugang zur Welt der anderen?« Sein Ton war sachlich, aber seine Körpersprache verriet, daß er wußte, wovon er sprach.

In Sekundenschnelle.

Isoliert zu sein und einsam, war das bestimmende Gefühl in Agnes' Erinnerungen, so lange sie denken konnte. Sie hatte es weit gebracht im Einsamfühlen. »Ja, kann ich«, antwortete sie, »ohne jede Mühe.«

»Es ist nur eine Vermutung, aber ich schicke Ihnen das Buch gern, wenn Sie wollen.«

»Bemühen Sie sich nicht, ich sage meiner Kollegin Bel Bescheid, sie kümmert sich drum.«

Er schien gar nicht zuzuhören. »Stellen Sie sich das doch mal vor«, ereiferte er sich, »auf der Flucht, in ständiger Alarmbereitschaft. Gleichzeitig dieses In-sich-Zurückgezogene, dieser Rückzug in sich selbst.«

Nicht schlecht, gar nicht schlecht.

Die Luft zwischen ihnen schien elektrisch aufgeladen, und ihr Magen spielte Blitzableiter. Agnes mußte sich zusammenreißen, um einen klaren Kopf zu behalten.

»Ich bin die nächsten acht Tage auf Reisen«, sagte er schließlich, »sehen wir uns danach wieder?«

»Um was zu tun?«

»Was würden Sie denn gern tun?«

»Nun ja ...«, antwortete sie und spürte ihren rasenden Puls an der Halsschlagader.

Die nächste Woche über brachten Agnes und Bel im Vorzimmer der BBC-Abteilung für Fernsehreportagen zu. »Das sage ich dir«, flüsterte ihr Bel zu, »wenn wir diese Geschichte durchkriegen und die Zahlen stimmen, dann gehen wir shoppen, okay?«

Bel versuchte immer, Agnes zu animieren, sich ein bißchen aufzuhübschen, und zugegeben, in letzter Zeit hatte sie sich vernachlässigt.

»Ich kann deine ausgebeulten Hosen nicht mehr sehen, und zu Hause scheinst du alle Spiegel abgehängt zu haben. Pierre war ein dummer Hund, und du hast mit ihm abgeschlossen, und es ist höchste Zeit, daß du dich mal zum Friseur deines Vertrauens begibst.«

»Du klingst schon wie er«, murmelte Agnes.

Pierre hatte Agnes ausgeschimpft, weil sie so wenig Wert auf Eleganz legte und der englischen Unsitte frönte, schluderig herumzulaufen, und sie hatte ihm was von Oberflächlichkeit und inneren Werten erzählt. Er gab nur zurück: »Agnes, bist du wirklich so naiv? Willst du Erfolg im Leben, oder nicht?« Sie war richtig wütend auf ihn geworden, sie war sich ihrer Sache so sicher gewesen ... Agnes war zur Sparsamkeit erzogen worden. Zum ersten Mal dachte sie an Pierre, ohne das begleitende Gefühl von Schmerz und Demütigung. *Sehr gut.*

»Okay«, sagte sie und sah die Überraschung in Bels Gesicht. »Gehen wir shoppen!«

Also gut«, sagte Dickie zur Eröffnung der Besprechung. »Was habt ihr zwei Hübschen für mich?«

Sie saßen in einem dieser Sitzungsräume mit riesigen getönten Fensterscheiben und ohne einen Hauch von Luft – abgesehen von dem klimatisierten Luftersatz mit seinen durch alle Räume gepusteten Bakterien. Auf dem ovalen Tisch stand eine ganze Batterie von Mineralwasserflaschen. Vorausgesetzt man erwischte ihn am Morgen, war Dickies Gespür für ein publikumswirksames Feature untrüglich, und Agnes vertraute ihm blind. Sie skizzierte ihm zwei Ideen, die Jack-Mary-Briefe und ein Vierzigminüter über den DDT-Muttermilch-Skandal in Indien.

»Muttermilch. Klasse«, rief Dickie. »So etwas sollten wir unbedingt mal machen. Nett und politisch korrekt. Da können wir punkten. Die andere Sache ...« Er schüttelt den Kopf. »Ich weiß, wir haben gesagt geschichtliche Themen, aber ich weiß nicht recht. Ist mir nicht sexy genug.«

Agnes sagte: »Tatsächlich gibt es noch die Geschichte hinter der Geschichte. Der Bauer soll vom Hofbesitzer rausgeschmissen werden. Der will das Land an eine Baugesellschaft verscherbeln, die da Siedlungen hochziehen will. Der Hof existiert seit dem sechzehnten Jahrhundert.«

Dickies Miene heiterte sich auf. Bel reagierte schnell wie der Blitz und ließ die Tabelle mit der Kostenaufstellung über den Tisch gleiten. Er warf einen Blick drauf. »Versuch nicht, mich über den Tisch zu ziehen.«

»Warum sollte ich das tun?« fragte Agnes arglos.

»Weil du skrupellos bist, meine Liebe, darum. Ich kenne dich immerhin schon eine ganze Weile.« Dickie las weiter. »Und wer ist diese Mary?« fragte er.

»Seine Geliebte. Wir glauben, daß sie fortging, um irgendwo zu kämpfen. Eine Theorie lautet, daß sie für den Geheimdienst als Agentin tätig war.«

»Oha, na dann«, sagte Dickie, »bestens. Das mag ich. Feindliche Linien, Frauen in vorderster Front, Mata Hari, Intrigen, Krieg. Großartig.«

Obwohl sie bis spät in die Nacht über den Budgetzahlen gesessen hatte, erwachte Agnes erholt und frisch am nächsten Morgen in Flagge House. Sie hatte heute drei Termine in London, außerdem eine Nachbesprechung mit Bel, und dann wollte sie noch mit Jed, ihrem Lieblingskameramann, einen trinken gehen. Sie reckte und streckte sich, dann sank sie wieder zurück aufs Kissen. Es war zu früh, schon große Schlüsse zu ziehen, ein kribbeliger Flirt-Anfall bei einem Glas Wein machte noch kein neues Leben.

Sie schlurfte ins Badezimmer und versuchte, sich auf die anstehenden Termine zu konzentrieren. Das Muttermilch-Projekt brauchte mehr Geld. Woher sollte sie das bis zum Herbst beschaffen? Ein weiteres Problem: Jed war anscheinend für ein anderes Projekt gebucht worden. Aber keine Lösungen tauchten wie aus dem Nichts auf, sondern nur Bilder

der blauen, sonnenbeschienenen See. Überall war Licht, und überall waren Farben. Ein tiefblaues Meer, über das sie mit der Unbändigkeit der Frischentlassenen dahinschoß.

Unten fand sie ein überzähliges Exemplar der Briefe, die abgetippt und zu einem Reader zusammengeheftet worden waren. Sie steckte das Heft in einen wattierten Umschlag und legte ihre Visitenkarte dazu. Darauf notierte sie: »Vielleicht hätten Sie gern ein Exemplar.«

Sie schickte es an Julian Knox.

Kapitel 6

Die Visitenkarte lag oben auf dem Zeitungsstapel in der Küche in Cliff House. Kitty bemerkte sie sofort. Sie nahm sie in die Hand. »Wer ist Agnes Campion?«

»Ein möglicher Kunde.«

»Aha.«

Kitty suchte die Karte nach weiteren Indizien ab. War die Antwort sein übliches Ausweichen? Sie kannte ihn nur allzu genau und wußte, daß er eher die ganze Nacht durcharbeitete, als sich ihren Fragen zu stellen. Und *wie* er Fragen haßte, o ja. Vor allem, wenn Gefühle im Spiel waren. Aber waren nicht alle Männer so?

Julian verschloß die Kühltasche und stellte sie auf den Boden. Dann streckte er die Hand aus und nahm Kitty mit Schwung die Visitenkarte aus der Hand. »Geschäfte, Kitty, nichts weiter.«

Er log. Sie wußte es, aber sie mußte so tun, als wäre es ihr gleichgültig. Kitty legte den Kopf zur Seite, in einer Weise, die Julian immer leicht beunruhigte. Julian hatte ihr gesagt, daß sie damit albern aussah, aber Kitty konnte es nicht ändern. »Sei nicht so gereizt.«

»Dann schnüffel nicht.«

»Natürlich nicht.« Kitty nahm ihre teure babyblaue Jacke und legte sie sich über die Schultern. »Warum mußt du mitten im Winter ein Picknick machen? Warum lasse ich es zu, daß du so mit mir sprichst?« Sie wollten nach Lincolnshire, wo Julian einen seiner Wochenendbesuche auf einer Baustelle machen wollte, was er, als Geschäftsführer der Firma, eigentlich nicht tun mußte, aber, so hatte er es Kitty erklärt, es war unklug, als Imperator sein Imperium nicht zu kennen.

»Es ist so gut wie Frühling. Es wird dir gut tun. Und mir auch.« Julian grinste und gab ihr einen Kuß auf die Wange. »Komm.«

Alles war in bester Ordnung. Wie immer.

Trotzdem drückte ihr die Visitenkarte auf die Stimmung, als sie neben Julian im Wagen saß. So war es immer, hatte sie festgestellt. Furchtbar kleine Dinge lösten unverhältnismäßig große Reaktionen aus.

Agnes Campion.

Sie fuhren durch den Fen-Distrikt. Das Land war so flach, daß es Kitty schwindelte. In regelmäßigen Abständen durchzogen schnurgerade Entwässerungsgräben den Boden. Ein wütender Wind schüttelte den Wagen und fegte über die Felder, die so weitläufig waren, daß Kitty argwöhnte, es hätte sie in die russische Steppe verschlagen.

Meile um Meile ging das so. Es war eine so ganz andere Welt als die anmutige, mit hell-roten Backsteinbauten dekorierte Landschaft, die sie kannte, und doch hatte sie sich vorgenommen, mehr über diesen Landstrich zu erfahren und hatte einen Reiseführer über die Region gelesen. Hier gab es traditionell vor allem Bauerndörfer. Das Leben war bestimmt von den Jahreszeiten und den ewiggleichen Arbeitsabläufen der Landwirtschaft, hier wurde Vieh gezüchtet und der Acker bestellt – sie liebte das Wort »bestellen« –, doch mittlerweile hatte auch im Fen-Distrikt die moderne Technologie Einzug gehalten. Sie sah aus dem Seitenfenster. Wenn man jedoch diese Landschaft genau besehe, so hieß es in dem Führer, könne man indes noch die Spuren der alten Zeit entdecken.

Plötzlich, wie durch ein Wunder, veränderte sich der Anblick, das Marschland wuchs über sich hinaus, und die Straße erklomm eine Steigung, die sie die Hochebene der Lincoln

Wolds erreichen ließ. Kitty war wie verzaubert. Sie holte ihren Führer hervor und las laut vor: »Das Zentrum des englischen Wollhandels befand sich hier. Der großzügige Baustil kündet von Zeiten blühenden Handels. Der Dichter Alfred Lord Tennyson lebte hier und nannte die Landschaft einen ›Hort alten Friedens‹.«

In Horncastle bog Julian nach rechts Richtung Skegness ab. Nach einigen Meilen erreichten sie die Ausläufer von Loutham, von wo aus man am Horizont bereits das Meer erahnen konnte. Wenig später hielt er den Wagen am Rand eines freien Areals an, auf dem, etwas abseits, die Gerippe zukünftiger Häuser zu sehen waren. »Willkommen in der Tennyson-Siedlung.«

Sie stiegen aus, und Kitty in ihrer blauen Jacke fröstelte demonstrativ. »Wieso ausgerechnet hier? Es ist einfach nur windig hier und so ... unschön.«

»Tja, Bristling hat nun einmal die große Fabrik kurz vor Boston gebaut, und hier ist der ideale Standort für eine Schlafstadt für die Arbeiter.«

»Und wo«, begann Kitty und mußte sich selbst wundern, »wo schlafen jetzt Fuchs und Hase?«

Julian kramte nach seiner Jacke auf dem Rücksitz. »Ich wußte nicht, daß du so eine große Naturfreundin bist, Kitty, mein Schatz.«

»Bin ich auch nicht.« Kitty kämpfte mit einem Seidenschal, den sie sich um den Kopf binden wollte. »Aber vielleicht werde ich eine.« Sie sah Richtung Meer. Abgesehen von ein paar vereinzelten Bäumen bot die traurige Landschaft dem Auge keinerlei Reiz. In Gedanken versunken, wandte sich Kitty wieder zum Wagen.

Während Julian mit seinen Leuten in dem Wohncontainer seine Sitzung abhielt, machte Kitty sich auf den Weg zur nächsten Stadt, wo sie sich den Spaß erlaubte, die Billigläden zu stürmen. Sie kaufte eine blau-weiß-gemusterte Stola für ihre Stola-Kollektion, einen kleinen Spiegel für ihr Treppenhaus und einen hölzernen Kohleneimer mit Messingbeschlägen als Geschenk für ihre Mutter. Ihre Kreditkarte zu zücken, ließ noch jedesmal einen Schauer der Genugtuung über ihren Rücken laufen.

Schließlich fuhr sie zurück zur Baustelle, um Julian abzuholen, der noch immer mit dem Architekten im Gespräch war. In deutlich besserer Stimmung zog sie sich Gummistiefel an und machte sich daran, das Gelände zu umrunden, das einen Umfang von mehr als einer Meile hatte. Zum Meer hin war bereits das Fundament für eine Mauer gegossen worden, aber Kitty war klar, daß keine Mauer Schutz bieten würde vor dem unerbittlichen Wind, der eiskalte Polarluft mit sich brachte, oder vor dem Regen, der das Meer peitschte.

Sie ging die andeutungsweise vorhandenen Straßen und Fußwege entlang, bis sie irgendwo im Nichts endeten. Es war Teil einer Form von Selbsttherapie, die sie sich auferlegt hatte und die vorsah, daß sie mehr Neugier zeigte. Es war noch nicht lange her, daß sie diesen Mangel an Neugier bei sich entdeckt und als bedrohliches Anzeichen des Alterns gewertet hatte.

Am äußersten Ende der Siedlung befand sich ein Haus, das kleiner war als alle anderen. Es stand quer zu den übrigen Reihen und hatte die Front zum Meer hin. Die blasse Wintersonne beschien seinen Gerüstpanzer und die hohlen Fensterstürze.

Sich einen Weg durch herumliegende Backsteine und Matsch bahnend, ging Kitty zu dem Haus und warf einen Blick ins Innere. Irgendwer würde hier einziehen, würde hier Bilder aufhängen, sich den Kopf darüber zerbrechen, wohin mit dem Sofa und wohin mit der Schrankwand, würde die Verandatür zum winzigen Garten hin öffnen, würde in der Küche Speck braten und die Vorhänge vorziehen, um den Winter auszusperren. Wie sie so vor sich hinstarrte, hörte sie eine innere Stimme, die sagte: »Mit irgend etwas muß man anfangen.«

Kitty stand da und hing ihren Gedanken nach, bis sie vor Kälte ernsthaft zu frösteln begann.

An diesem Abend, in dem Hotelzimmer, das sie genommen hatten, fragte sie Julian, warum dieses eine Haus so viel kleiner war. Er sah von seinem zusammengehefteten Manuskript auf, das er zur Zeit las, und erzählte ihr, daß das Teil der Philosophie sei. »Modernes Wohnen, Kitty.« Heutzutage ging jede zweite Ehe kaputt, Mütter lebten als Singles, und Großmütter waren nicht mehr in die Großfamilie eingebunden. Es gab einen steigenden Wohnungsbedarf für alle diejenigen, die nicht in Familienzusammenhängen lebten. »Die individuelle Lebensgestaltung hat sich geändert«, fügte er an, und Kitty wußte nur allzugut, was er meinte.

»Warum halten Ehen nicht, was meinst du?«

Aber Julian hatte sich schon wieder seinem Text zugewandt. »Eine schwierige Frage«, antwortete er. »Höchstwahrscheinlich haben wir irgendwann einfach genug von uns. Liegt in der Natur der Sache, da kann man nichts machen.«

Blödmann, dachte sie. *Alter Blödmann*. Hör mir auf mit diesen Sprüchen.

Als Julian wieder in seine Lektüre vertieft war, betrachtete Kitty eine Weile die Tapete. Dann rutschte sie tiefer auf ihr Kopfkissen. Sie las so gut wie nie, dafür hörte sie Radio. Schließlich wagte sie es doch: »Was liest du da?«

Julian sah auf sie hinunter. Dann beugte er sich vor und streichelte sie. »Eine ganz erstaunliche Sammlung von Liebesbriefen.«

Kitty wurde hellhörig. »Wessen?«

»Die eines Bauern. Er hat sie im Zweiten Weltkrieg geschrieben. Seine Geliebte war in den Krieg gezogen.«

»Die Frau ist in den Krieg gezogen?«

»So scheint es.« Julian war seltsam aufgeregt, und Kitty wußte nicht, warum. »Hör dir das an, Kitty. Er schreibt, daß er sich von ihrer Abwesenheit nährt wie ein Vampir. ›Begierig weide ich mich an meiner ungestillten Lust, die mir die

Lippen versehrt und den Schlund versengt ...‹« Er legte das Manuskript auf den Nachttisch, warf sich mit einer für ihn so typischen schwungvollen Bewegung aufs Bett und machte kurzentschlossen das Licht aus.

Der Schreiber wußte, wovon er sprach, dachte Kitty. Er weiß, was ich fühle. Sie wollte die Hand ausstrecken und sich ebenso begierig an dem Fleisch gütlich tun, das sie so sehr vergötterte, aber Julian war zu still, zu still, als daß sie es gewagt hätte.

Mit irgend etwas muß ich anfangen.

Am Sonntag nachmittag waren sie zurück in Lymouth, und Julian fuhr Kitty zu ihrer Kate, half ihr, die Sachen auszupacken und verkündete, daß er die Nacht in Cliff House verbringen werde, da er noch zu tun habe. Zu ihrem großen Erstaunen hörte Kitty sich sagen: »Julian, ich habe nachgedacht. Ich habe mir überlegt ... es muß sich etwas ändern.« Sie wußte, was er erwidern würde, daß jetzt nicht der rechte Zeitpunkt sei, daß er zu viel um die Ohren habe, ob das nicht warten könne, deswegen streckte sie die Hand aus, zog ihn in die Hausdiele, schloß die Tür und lehnte sich gegen sie. »Nein, du gehst jetzt nicht. Ich laß dich nicht eher gehen, bis wir geredet haben.«

»Kitty ...«

Ihr Mut stand auf wackeligen Füßen, und so kamen die Worte in einem einzigen Schwall heraus. »Ich möchte, daß wir heiraten, wir passen zusammen, und es wäre alles so viel einfacher.«

Mit geballten Fäusten wartete sie auf eine Reaktion. Sie wünschte sich so sehr, in Cliff House zu wohnen, es war so geräumig und komfortabel, so einzigartig gelegen am Meer. Sie würde es hegen und pflegen, eine Trophäe, die sie sich verdient hätte nach zehn Jahren. Wie perfekt sie zusammenpassen würden, sie und das Haus. Die hellen Panoramafenster, der Blick auf die See, das gleißende Sonnenlicht, der Garten, dem sie ihre besondere Aufmerksamkeit widmen würde. »Sag doch was«, flehte sie.

Er sah sie nicht an – ein schlechtes Zeichen. »Ich möchte dir nicht wehtun, Kitty.«

Sie spürte, daß er sich in die Enge getrieben fühlte (oder war es Gleichgültigkeit?), und litt tausend Tode darum, aber sie bohrte weiter. »Warum nicht, Julian?« Er steckte die Hände in die Taschen, und ihr fiel ein, wie die Visitenkarte von Agnes Campion ihr aufs Gemüt geschlagen hatte. »Gibt es jemand anderen?«

Jetzt sah er sie an, freundlich, zu freundlich, und für einen Augenblick glaubte sie, daß sie es getroffen hätte.

»Ich bin mir nicht sicher.« Sie stieß einen schmerzlichen Laut aus und verfluchte die Abmachung, die sie getroffen hatten, immer offen und aufrichtig zu sein. »Auf jeden Fall glaube ich, wir sollten alles so lassen, wie es ist. Ich kann nicht genau sagen, warum, und ich weiß, daß ich dir eigentlich eine Erklärung schuldig bin. Ich bin nur zufrieden mit dem, was wir erreicht haben ...«

»Du mußt doch wissen *warum*, Julian?«

Er schüttelte den Kopf. »Kitty, wenn ...«

Rätselhaftes »Wenn«.

Vor Kittys geistigem Auge nahm ein Bild der Zukunft mit erschreckender Deutlichkeit Gestalt an. Kein Julian, der im Lehnstuhl neben dem Fenster saß, eine große Leere auf der anderen Seite ihres Bettes, das Kitty jeden Freitag mit einem frischen Baumwoll-Laken bezog und das noch den Abdruck seines Körpers zeigte, wenn er am Sonntag wieder ging.

»Halt stopp«, sagte sie, ihr Mut und ihre Entschlossenheit waren wieder auf Normalmaß geschrumpft. »Ist schon in Ordnung. Ich hab's nicht so gemeint.«

Er kam auf sie zu, nahm sie in die Arme und drückte ihr einen Kuß auf das blondierte Haar. Die Erniedrigung, die dieser Kuß für sie bedeutete, ließ sie erzittern. »Macht es dich, so wie es ist, nicht glücklich? Das will ich nicht. Du mußt es mir sagen.«

»Nein«, log sie, »so ist es nicht.«

Julian nahm ihre Hand, zog sanft an ihren Fingern, einen nach dem anderen. »Ich sähe es lieber, daß wir es bei dem belassen, wie es ist. Ich hoffe einfach, daß ich gut genug für dich sorge und daß es dir noch immer hier in Lymouth gefällt.«

»Ob es mir hier gefällt?« Kitty war zu erschöpft, um sich zu verstellen. »Was weißt du davon, wie die Wochentage für mich aussehen?«

Jetzt zog er die Umrisse von Kittys Fingernägeln nach. »Nichts. Denk nicht an die Wochentage.« Sein Finger strich ihren Arm hoch. »Es ist so schön, dich zu berühren, Kitty«, murmelte er, und sie hatte das gräßliche Gefühl, daß diese Worte eigentlich nicht für sie bestimmt waren. »Das habe ich immer schon an dir geliebt. Daß du so ... gepflegt bist.«

Feigling, hätte sie ihm am liebsten entgegengeschleudert. Feigling.

»Zarte, zärtliche Kitty.«

Sie haßte seine väterliche Tour, wußte aber gleichzeitig, daß er es nicht so meinte. Er wollte ihr Komplimente machen, und Kitty konnte zur Kenntnis nehmen, daß auch der versierte Julian nicht frei von Ungeschicklichkeiten war. Sie hob ihre schönen, perfekt geschminkten Augen und sah ihn an.

»Bitte dramatisier nichts, Kitty.«

Auf seine Weise verhielt sich Julian loyal, denn jetzt wußte sie mit Bestimmtheit, daß es eine andere gab. Seine Warnung war eine Form der Treue – jener Treue, auf die sie sich geeinigt hatten.

Es herrschte Stille, nur das leise, gedämpfte Rauschen der See war zu hören.

O mein Gott, dachte Kitty. Steh mir bei.

Geduld. Instinkt. Erfahrenheit und Perfektion im Bett. Die Bereitschaft, loszulassen. Das waren die Zeugen, die Kitty zu ihrer Verteidigung aufrief. Sie reckte den Kopf und küßte Julian auf den Mundwinkel, sie wußte, daß ihn das erregte. »Vor langer, langer Zeit«, flüsterte sie und zog mit der Zunge den

Rand seines Kiefers nach, »lebte einmal eine schöne Prinzessin ...« Julian lachte und rückte näher an sie heran. Ach, dachte Kitty. Sie spürte, daß er reagierte, und stachelte ihn noch mehr an, in dem sie mit ihren Zähnen sanft an seiner Unterlippe knabberte. »... die lebte in einem Turm. Sie war unberührt.«

Julian schlang seine Arme enger um Kitty. »Und sie wartete auf nichts anderes, als daß ein Prinz des Weges käme. Eines Tages kam er, und zum Glück war er groß, schön und reich.«

Geborgen in Julians Armen seufzte Kitty. »Aber er hatte einen Fehler.«

»Ach ja?«

»Er tat immer so klug. Und im Bett konnte er ihr nicht das Wasser reichen.«

»Du kleiner Teufel«, sagte Julian und zog sie noch enger an sich. »Was soll das heißen?«

Kittys Lebensgeister erwachten. Sie kannte dieses Gespräch. In der einen oder anderen Form hatte sie es mit allen ihren Männern durchgespielt. »Und was willst du jetzt tun?«

»Ich könnte mir die Kugel geben, oder ...«

»Oder?«

»Ich könnte mir sagen, daß die Anschuldigung eine elende Verleumdung war, und könnte die Lüge ein für alle mal aus der Welt schaffen, auf meine Weise.«

Kitty entschlüpfte ihm und entwich zur Treppe. Sie zielte mit einem Lehrerinnenzeigefinger auf Julian. »Bleib, wo du bist, Julian. Keinen Schritt weiter.«

Sie wandte sich um und floh die Stufen hoch.

Um Mitternacht erwachte Kitty. Julians Kopf ruhte an ihrer Schulter, und sie mußte lächeln. Er war geblieben, und es waren diese wunderbaren Momente, die sie für ihre Zweifel, ihre Ratlosigkeit und ihre Zukunftsängste entschädigten.

Erst als sie wieder eindämmern wollte, bemerkte sie, daß Julian noch wach war.

Kapitel 7

Jims Reaktion auf die Nachricht, daß Penny ausgezogen war, traf Andrew. »Ich fass' es nicht. Penny ist 'ne treue Seele, so eine geht nicht einfach. Hast sie anscheinend schlecht behandelt.«

Hatte er sie schlecht behandelt? Andrew führte sich sein Verhalten vor Augen. Schlecht behandelt? Er glaubte eigentlich nicht. Die Erleichterung, allein im Haus sein zu können, war indes groß, gleichzeitig packte ihn merkwürdigerweise jedesmal Trauer, wenn er an seine Frau dachte. Zwei Tage nach ihrem Auszug – Andrew war noch immer schockiert von ihrem mickrigen Abschiedsbrief – hatte sie Tithings einen Kurzbesuch abgestattet. »Um alles mit dir zu regeln«, sagte sie.

Er hatte unterdessen nachgedacht, und er bemühte sich um Sachlichkeit, als er Penny sagte, daß sie natürlich recht daran tat, fortzugehen, wenn sie woanders, bei einem anderen Mann, glücklicher war, selbst wenn dieser andere Mann der dumme Bob war, den er von Herzen verabscheute.

Sie hatte ungeduldig zugehört, dann sagte sie: »Du willst nur dein Gewissen beruhigen, Andrew.«

Sie ließ ihn zurück mit einer leeren Küche, seinen Kühen und seinen Briefen.

Er freue sich, schrieb er an Agnes, daß die Leute von *Menschen wie du und ich* offensichtlich Gefallen an seiner Geschichte gefunden hätten, er habe aber inzwischen erfahren, daß das Revisionsverfahren für Anfang Juli angesetzt sei.

Wenn Agnes also wünsche, daß er bei den Dreharbeiten dabei sei, wäre es das beste, sie und ihr Team kämen in der letzten Maiwoche.

Er versprach, ihr in den nächsten Tagen die übrigen Briefe zuzuschicken. Für heute lege er ihr ein Flugblatt der Umweltgruppe bei. *Schon gewußt,* prangte dort in zu fetten Lettern, *daß bereits 200 000 Meilen englischer Hecken vernichtet wurden? Das enspricht dem neunfachen Erdumfang!!!*

Darunter waren in einer Liste diejenigen Vogelarten verzeichnet, deren Lebensraum damit vernichtet worden war. Steinhuhn, Hänfling, Singdrossel, Zaunammer und viele andere mehr. Darauf hatte Andrew geschrieben: »Könnte man darüber nicht auch etwas machen? Ich treibe und verflechte nach wie vor meine Hecken wie in den alten Zeiten. Bei mir haben die Vögel nichts zu befürchten. Bis bald.«

Es war nicht ungefährlich, noch weitere Briefe schreiben zu wollen, aber Agnes hatte ihn angeregt – nicht, daß er noch zusätzliche Anregung brauchte, aber sie hatte den Glanz einer anderen Welt verbreitet, einer Welt, in der das, was man sagte und tat, eine Wirkung hatte. Ihre Sendungen *bewegten* die Leute.

Er öffnete die Schreibtischschublade und entnahm ihr einen Bogen von dem Papier, das er oben auf dem Speicher gefunden hatte, spitzte den altmodischen Bleistift an und setzte ihn auf das holzhaltige Blatt. Er wollte ihre Konturen nachempfinden, sie in ihren Farben zeichnen und heraufbeschwören, was sie bei ihm ausgelöst hatten. Sie war bei dem Treffen frisch und strahlend in sein Leben getreten und hatte Penny mit leichter Hand daraus verdrängt. Agnes aufs Papier zu bannen, war ein Akt jener Lust und Leidenschaft, die seine Briefe für gewöhnlich so lebendig und plastisch machten.

Agnes war Mary geworden. Und Mary war der Auslöser gewesen, der eine Kraft und eine Stimme in ihm wachrief, die sein Leben lang in ihm geschlummert hatten.

Agnes schob Bel Andrews Flugblatt hinüber, den er seinem Brief begelegt hatte. »Ich denke, der Ansatz ist perfekt. Wir müssen praktisch nur die Kamera draufhalten.«

»Wenn du meinst.« Bel war nicht begeistert.

Sie hatten ihre wöchentliche Lagebesprechung. Bel berichtete, daß ihre Nachforschungen in Sachen Jack Dun so gut wie nichts erbracht hatten. »Ag, ich finde, wir sollten uns nicht länger damit aufhalten. Das sieht alles nach verdammt viel Arbeit aus. Die Kelseys haben keinen Schimmer, wer dieser Typ sein soll, und auch sonst niemand in der Gegend. Und du kannst mir glauben, ich habe allerhand Leute angerufen.« Sie betrachtete ihre Fingernägel. »Seien wir ehrlich. Im Grunde interessiert es auch niemanden, außer ein paar Grüne vielleicht.«

Agnes hatte ihre Aufzeichnungen durchgeblättert. Sie sah besorgt auf. Bel und sie waren sich sonst immer einig, was die Firmenphilosophie anging. »So kenne ich dich gar nicht.«

Bels Reaktion kam prompt. »Nein, aber wir hatten auch noch nie mit einem Spieler wie diesem Andrew Kelsey zu tun.« Sie überflog den großen Kalender, der an der Wand hing, und trug zwei neue Aufnahmetermine ein.

Agnes wußte, daß Bels Meinung stets ernst zu nehmen war. Sie runzelte die Stirn. »Wie kommst du darauf, daß er ein Spieler ist? Du hast ihn doch gar nicht kennengelernt.«

Bel hielt den Blick abgewandt. »So ein Gefühl.«

»Dein Gefühl täuscht dich. Der Stoff ist top.«

»Das ist einfach nicht professionell. Du bist scharf auf einen Bauern.«

Sie reagierte mit hitzig jugendlichem Übereifer: »Bin ich nicht. Und selbst wenn, würde das nichts an der Tatsache ändern, daß diese Briefe es echt in sich haben.«

»Und was wäre das? Sag es mir.«

»Daß sie von dem erzählen, was uns verlorengeht in der Welt.«

Was uns durch die Finger rinnt, was sich einfach in nichts auflöst. Was stirbt.

Sie dachte an diese Unterredung, als sie sich in Flagge House auf eine Reihe von Gesprächen vorbereitete. Die Dinge lagen immer viel komplizierter, als es auf den ersten Blick den Anschein hatte. Das hatte sie inzwischen gelernt. Aber das Vertrauen in den eigenen Instinkt gehörte auch dazu, und Andrew besaß nun mal das überzeugende Pathos des Benachteiligten. Vielleicht führte der Umstand, keine Eltern und Geschwister zu haben, dazu, daß man zu sehr von sich eingenommen war, vielleicht sollte sie daher um so mehr auf kritische Stimmen wie Bel achtgeben. Und Agnes wußte nur zu gut, daß jeder Mensch dazu neigte, Sand in die Augen derjenigen zu streuen, die sich unterstanden, ihn kritisch zu betrachten.

Das Haus war das beste Beispiel. Umgeben von seinen feuchten Wiesen, mit seinem Gemüsegarten, seinem herrschaftlichen Parterre, seiner schönen Backsteinfassade und seinen großen Fenstern war Flagge House ein Traum. Und doch war ihr *selbstverständlich* klar, daß die Vögel mit ihren scharfen Krallen unter dem Dachvorsprung am morschen Gebälk kratzten, bevor sie sich ins winterliche Grau aufschwangen, daß Spinnen alles mit ihren seidenen Weben überzogen und daß die Mäuse ganze Festungen bauten aus vermodertem Holz und stibitztem Leinenstoff.

Sie nahm ihren Rucksack und verließ ihr Schlafzimmer.

Melodiefetzen aus *Meine Lieder, meine Träume* lenkten ihre Schritte in Richtung des ehelichen Schlafzimmers. Sie klopfte an.

Die Schwestern saßen in dem mächtigen Bett mit seinen schweren Bettpfosten, in dem sie ganz offensichtlich beide die Nacht verbracht hatten. Maud strickte, und Bea hatte sich Kissen in den Rücken gestopft und las. Trotz der vielen Bettdecken wirkten die Schwestern verfroren, und im Zimmer herrschte ein durchdringer Geruch von Verbranntem.

»Ja, ist denn das die Möglichkeit!« rief Maud aus. »Du kommst und gehst, Agnes, wir wissen gar nicht mehr, wo du immer steckst.«

»Und ob ihr das wißt. Ich habe es euch gestern zweimal gesagt, daß es spät werden würde.« Agnes ging hinüber zum Kamin und hob einen verkohlten Stoffetzen auf. »Maud, hast du wieder Sachen verbrannt?« Maud hatte die dumme Angewohnheit, alles Unliebsame, Papiere oder Kleider, zu sammeln und in der nächstbesten Feuerstelle in Brand zu setzen.

»Feuer ist eine saubere Sache, Agnes, Feuer reinigt die Luft.«

»Uns war so kalt gestern abend«, klagte Maud. Auf der rechten Hand hatte sie einen neuen blauen Fleck vorzuweisen.

Agnes spürte, wie sich diese Hand um ihren Arm schloß und zudrückte – der Druck war so schwach, ihr Arm so stark. Agnes richtete sich auf, hob die Augen und sah in den Spiegel, der auf dem Kamin stand. In diesem Zimmer hatten immer die Bräute der Campions gewohnt. Zwei Porträts zierten noch die Wand: eine Régance-Schönheit in blau-weiß-gestreifter Seide und eine viktorianische Matrone.

»Ich hoffe, du hast nichts Wichtiges verbrannt«, sagte sie bloß.

»Uns ist so langweilig«, maulte Maud. »*So* langweilig. Nicht wahr, Bea, Liebes?«

»Langweilig? Ich finde, du übertreibst, Maud.«

»Habt ihr schon gefrühstückt?«

»Nein, noch nicht.« Bea ließ die Beine über den Rand des Bettes baumeln. »Du mußt müde sein, Agnes. Ich mach dir was zu essen.«

Agnes drückte sie sanft zurück in die Kissen. »Ihr bleibt, wo ihr seid. Ich mache Frühstück.« Sie sah auf ihre Uhr. »Die Leute kommen um halb elf.«

Maud hieb ihre Stricknadeln in das Wollknäuel mit der tödlichen Präzision eines Samurai: »Welche Leute? Weiß ich davon?«

Bea und Agnes sahen sich an. »Liebes«, sagte Bea, »der Anwalt kommt und die anderen Leute, nicht wahr. Du hast es doch versprochen.« Sie beugte sich vor und entwand ihrer Schwester die Strickarbeit, ein filigran gemusterter Babyschal, den diese fest umklammerte. »Laß uns aufstehen, ja?«

Maud zog eine Grimasse, und die rosigen Überreste ihrer Gesichtsmaske vom Vorabend bildeten Risse. Bea strich darüber. »Komm, wir machen dich wieder hübsch.«

Agnes sagte versönlich: »Ich stecke sie ins Eßzimmer, da ist es so kalt, daß sie nicht lang bleiben.«

Der Anwalt Peter Bingham kam mit Mr. Dawkins, dem Steuerberater ihres Onkels und treuhänderischen Verwalter dessen, was vom Campionschen Vermögen noch übrig war. Sie waren gerade im Flur, als ein ihnen unbekannter Porsche mit Schwung die Auffahrt hinauffuhr und knirschend direkt vor der Haustür zum Stehen kam. Ein untersetzter junger Mann entstieg dem Wagen und kam eilig und seine Krawatte bindend zu ihnen gelaufen.

»Hallöchen«, sagte er, »ich bin Paul. Ich komme wegen der Schätzung für den Erbschein. Ich habe angerufen.« Sein flinker Blick prallte von Wand zu Wand, fiel dann wieder zu Boden. »Ist nur eine Sache von Minuten.«

Maud, die gerade die Treppe heruntergeschritten kam, sagte: »*Tien*, ich würde meinen, es handelt sich hier um eine Sache von Jahrhunderten, junger Mann.«

»Hallo«, sagte Agnes und streckte die Hand aus.

Paul beachtete sie nicht. Er war damit beschäftigt, das Ende seiner Krawatte in den Hosenbund zu stopfen. »Wie gesagt, dauert nicht lang.« Er ließ seinen Aktenkoffer aufschnappen und entnahm ihm ein Laptop und setzte sich damit vis-à-vis dem Porträt der alten Agnes. »Also, ich persönlich stehe ja nicht auf das alte Zeug. Ich kapier nicht, was die Leute daran finden.« Er machte sich daran, die einzelnen Gegenstände zu betrachten, die Lampe aus gesponnenem Glas, die auf dem dreifüßigen Tischchen stand, in dessen Mitte ein Schiff mit vollen Segeln über ein Glasmeer segelte. Wenn man die Lampe einschaltete, jagte das Schiff über ein Meer aus Licht.

Agnes schätzte ihn auf höchstens fünfundzwanzig.

Pauls Aufmerksamkeit wandte sich dem Elefantenfuß zu, der als Schirmständer diente. »Schon besser. Sachen aus Fernost gehen immer.« Für einen Augenblick verriet sein Tonfall einen Anflug von Interesse. »Wie alt ist das hier eigentlich?«

Sie sagte ihm, daß das davon abhing, in welchem Teil des Gebäudes man sich aufhielt. Mit wissendem Lächeln erwiderte er: »Ist also alles ein bißchen zusammengeflickt, was?«

Das Eßzimmer befand sich im viktorianischen Flügel, der von einem gewissen Archibald Campion an das Hauptgebäude angebaut worden war. Archibald hatte sein Geld mit Jute gemacht. An den Fenstern hingen schwere Brokatvorhänge, an den Wänden langweilige Porträts jüngerer Campions. Der Raum ging nach Norden raus. Innerhalb von Minuten waren alle durchgefroren und dachten nur noch an die Kälte.

Sie saßen mit tauben Füßen an dem großen Eßtisch und versuchten, sich auf ein gemeinsames Vorgehen zu einigen. Peter Bingham war jung, engagiert und kannte sich mit Computern aus. Er und Agnes waren schnell auf einer Wellenlänge. Mr. Dawkins hingegen ging zweifellos seinem Ruhestand entgegen und gehörte einer anderen Welt an.

Bingham bemühte sich, den Frauen vor Augen zu führen, daß, obwohl John Campion alles ihm mögliche unternommen hatte, um das Haus in Schuß zu halten, in letzter Zeit doch nur noch die nötigsten Wartungen vorgenommen worden waren.

»Das weiß ich«, sagte Agnes. »Ich habe mich ab und zu mit ihm darüber unterhalten, aber für gewöhnlich hat ihn das Thema zu sehr aufgeregt.«

Agnes war Sitzungen gewohnt, auch sie zu leiten, fiel ihr nicht schwer, aber dieses Gespräch drohte aus dem Ruder zu laufen: Maud verlangte erstens den sehnlichst erwünschten Bungalow und zweitens mehr Geld zum Leben. Als sie damit nicht weiterkam, bestand sie wenigstens auf der Installation einer modernen Zentralheizung. Danach brach sie, völlig uncharakteristisch für sie, in Tränen aus, und Bea mußte ihr zu Hilfe eilen, um sie zu trösten.

»Mrs. Campion«, sagte Bingham, dem die Situation sehr unangenehm war, »das Testament besagt unmißverständlich, daß sie in diesem Haus wohnen bleiben können, so lange sie es wünschen. Es besteht keine Notwendigkeit in einen Bungalow oder sonst irgendwohin zu ziehen. Das wäre, um genau zu sein, auch gar nicht möglich.« Er wandte sich Mr. Dawkins zu. »Nicht wahr, Mr. Dawkins?«

Mr. Dawkins blätterte energisch in seinen Papieren.

»Haben Sie vielleicht auch etwas dazu zu sagen, Mr. Dawkins?« Maud schnaubte verächtlich durch die Nase, und Agnes ahnte, daß die beiden alte Kontrahenten waren.

»Wie Sie ja wissen, Mrs. Campion, haben wir eine gewisse Summe beiseitegelegt, um die Erbschaftssteuer begleichen zu können. Aber nicht mehr.« Mr. Dawkins wagte nicht, Maud anzusehen.

»'tschuldigung.« Paul streckte den Kopf zum Zimmer herein. »Wenn es irgendwo einen Kaffee gäbe, ich würde nicht nein sagen ...«

Bea war auf den Beinen, bevor er zu Ende geredet hatte. »Ich hole welchen. Es ist alles vorbereitet.«

Mr. Dawkins sah gequält aus. »Ich denke«, sagte er an Agnes gewandt, »Sie werden sich um einen Kredit bemühen müssen, wenn Sie Reparaturen am Haus vornehmen wollen.« Er wühlte noch einmal in seinen Papieren. »Natürlich gibt es Fördermittel für ein derart altes Haus ... Vielleicht wäre Denkmalschutz eine Möglichkeit.«

Agnes legte ihre Fingerspitzen zusammen und stützte den Kopf darauf. »Wieviel haben wir?«

Mr. Dawkins nannten eine Summe, und Agnes stöhnte auf.

»Ach, gut daß Sie noch da sind.« Pauls Kopf tauchte wieder auf. »Ich hatte da einen klitzekleinen Unfall mit meinem

Kaffee auf der Treppe. Sie hätten nicht zufällig einen Lappen hier?«

Um ein Uhr waren alle gegangen. Zurück blieb ein Trio erschöpfter Frauen. Agnes wollte sich ums Mittagessen kümmern und begab sich in die Küche auf der Suche nach einem Topf, um Kartoffeln zu kochen. Sie fand einen in der Vorratskammer, in dem ein Haufen schlammfarbener Socken einweichte.

Das Telefon klingelte. »Kleines«, sagte Dickie von der BBC, »ich erwisch dich nie. Will nur schnell die Info durchgeben, daß das Budget klargeht. Für den liebeskranken Bauern und die Muttermilch-Sache. Wäre schön, wenn wir wüßten, wohin die Bäuerin getürmt ist. Und: lieber gestern als heute ...«

Sie seufzte, wischte sich die Hände an der Schürze ab und machte sich wieder daran, Kartoffeln zu schälen.

»Agnes«, Maud stocherte lustlos im Essen herum, daß Agnes schließlich auf den Tisch gebracht hatte, »John hat dich gebeten, daß du dich um mich kümmerst, stimmt's?«

»Ja«, sagte Agnes argwöhnisch.

»Also dann ...« Agnes hatte sich immer gefragt, wie Augen *arglistig* aussehen konnten, die Augen ihrer Tante konnten es jedenfalls, »ich würde nämlich sehr gern diese Reise mitmachen, auf den Spuren von *Meine Lieder, meine Träume.*« Maud wartete Agnes' Reaktion nicht erst ab. »Man fliegt nach Österreich, und dann fährt man zu den Originalschauplätzen des Films, und den Abschluß bildet ein Ausflug nach Salzburg.«

Agnes ahnte, was kam.

»Bea und ich müssen mal raus. *Wirklich.*«

Bea schien es peinlich zu sein. »Es muß nicht *unbedingt* sein. Wir wollen dir bestimmt keine Umstände bereiten.«

»*Bitte*«, winselte Maud.

Agnes sah auf ihre Uhr. »Ich werde sehen, was ich tun kann.«

»Du kommst blendend mit diesem schrecklichen Dawkins aus, aber ich, ich brauche auch ein bißchen Geld, für mich und für Johns Grabstein. Das muß man regeln.« Maud rieb gereizt einen Lippenstiftkringel weg, der sich in ihrem Mundwinkel gebildet hatte.

»Ich sehe, was ich tun kann.« Aber es gab keine Möglichkeit, der nächsten Attacke auszuweichen.

»Ich begreife einfach nicht, warum John mir nicht das Geld vermacht hat. Warum mußt du alles verwalten?« Maud wechselte nahtlos in die Rolle der betrogenen Witwe – eine Rolle, der sie unendlich viele Facetten entlocken konnte. Aber wenn Agnes genauer darüber nachdachte, dann mußte sie ihr zugestehen, daß sie in der Tat betrogen worden war. »Du hättest es am Ende ohnehin bekommen, Agnes. Verstehst du, warum dein Onkel mich so hat hängen lassen?«

Bea setzte ihre versteinerte Miene auf, und Agnes wußte, daß sie sich tief in sich zurückzog, in eine Kammer in ihrem Innersten, wohin ihre Schwester nicht folgen konnte. Agnes nahm all ihr Mitleid zusammen. Sie durfte nicht ungerecht sein, aber Maud war manchmal wie ein alter Motor, mal schnurrte er anstandslos, dann wieder lief das Öl aus, und die Maschine flog einem fast um die Ohren.

»Es ist so grausam von John, daß er mich übergangen hat, und es ist so gemein von dir, das auch noch zu akzeptieren.« Maud warf Bea einen Blick zu, der zu besagen schien: Siehst du, ich habe ihr gesagt, was Sache ist.

Aber Agnes war nur wütend: »Höchstwahrscheinlich hast du das Wort ›Bungalow‹ ein paar Mal zu häufig in den Mund genommen.«

Mr. Dawkins, danach gefragt, wieviel Geld denn locker gemacht werden könne, antwortete schlicht: Keins. Punktum. Und wenn sie, Agnes, verzeihe, wundere er sich, daß Mrs. Campion nur im entferntesten daran habe denken können.

»Es gibt keinerlei Reserven?«

Mr. Dawskins zögerte. »Nein«, sagte er dann in einem ungewohnt gereizten Tonfall. »Anscheinend habe ich mich nicht klar genug ausgedrückt, Mrs. Campion. Es gibt nicht annähernd so etwas wie Reserven.«

Agnes beschloß, die Österreichreise aus ihrer eigenen Tasche zu bezahlen, und Maud quittierte diesen Entschluß mit jenem selbstzufriedenen Lächeln, mit dem sie vor langer Zeit erfolgreich John Campion den Kopf verdreht hatte, aber nicht mit einem Dankeschön.

»Agnes, Liebes«, sagte Bea schnell, um in die Bresche zu springen, »vielen, vielen Dank.«

Agnes wunderte sich selbst, aber in ihrem Hals hatte sie einen Kloß. Wut? Enttäuschung? Erschöpfung? Sie schnappte sich die Jacke von der Garderobe und verzog sich in den Garten.

Nichts. Unbrauchbarer Boden, unbrauchbare Gewächse, unbrauchbare Gebäude.

Der Nachhall von Stimmen und Trauer.

Sie schloß die Augen, vergrub die Hände in die Taschen und fand dort die Visitenkarte. Ihre Stimmung hellte sich auf, und sie sagte sich, daß sie ihn auf jeden Fall anrufen werde.

Kapitel 8

Im späten Frühling wurden die South Devons auf die Sommerweiden getrieben, blonde, etwas blöde Schönheiten, die im Winter besonders gehätschelt werden mußten, sonst gingen sie ein. Nicht zu vergleichen mit den robusten Welsh Blacks. Das waren Tiere mit Charakter.

Andrew sah auf den Kalender, der über seinem Schreibtisch an der Wand hing. Der 15. März. Was seine Arbeit anging, war Andrew die Gewissenhaftigkeit in Person, er wußte auf die Minute genau über jeden Arbeitsvorgang, über jedes Vorkommnis, das den Hof betraf, Bescheid. Der Tag der Revisionsverhandlung, der 10. Juni, etwa war in Großbuchstaben eingetragen, einen Tag nach der Abkalbungswoche, und zwei Wochen vorher war mit spitzem Bleistift eingetragen: »Agnes Campion und Filmleute«.

Die Zeit eilte dahin. Sie rann ihm durch die Finger. Der Computer fuhr hoch, und Andrew begann, die Tabellen zu aktualisieren. Betsey, Bill, Caro, Carlo ... Tammy, Violet ...

Früher war Penny ihm zur Hand gegangen. »Ich mache die Hälfte von allem, was anfällt in dieser Ehe«, hatte sie verkündet, und sie hatte zwanzig lange Jahre lang Wort gehalten. Sie saß in der Küche, er in seinem Arbeitszimmer, riefen sich Zahlen, Namen und Daten zu, während sie sich durch einen Haufen Papier kämpften.

Wenn er jetzt an diese friedlichen, arbeitsreichen Zeiten dachte, erschienen sie ihm in einem wärmeren Licht als noch bis vor kurzem. Der Frühling, das Kalben – Andrew mußte zugeben, daß dies eine besonders arbeitsintensive Zeit für Penny war. »Alles ist irgendwie ... trächtig«, hatte sie einmal geseufzt. Eine Verschwörung von Fauna und Flora, um diejenige zu verhöhnen, die unfähig war, zu empfangen. »Es kommt von den Pestiziden«, schimpfte sie, »die die anderen Höfe einsetzen. Die haben mir die Eierstöcke ruiniert.«

Eine Gestalt am Fenster ließ Andrew aufblicken, und zu seiner großen Verblüffung sah er Penny, die sich auf das Fensterbrett lehnte. Sie trug einen ihrer abgewetztesten Anoraks. »Hallo Andrew.« Sie hatte sich eine Tuch um dem Kopf gebunden und hatte einen für sie ungewöhnlichen pinkfarbenen Lippenstift aufgetragen. Sie war sichtbar nervös, und Andrew nahm sofort eine Abwehrhaltung an. Er machte sich nicht die Mühe, aufzustehen. »Was machst du denn hier? Hat man dich rausgeschmissen?«

Pennys rauhe Wangen waren ungewöhnlich bleich. »Ich bräuchte ein paar von meinen Sachen. Kleider. Aber laß uns nicht jetzt darüber reden. Ich glaube, Caro geht es nicht gut, du solltest besser den Tierarzt anrufen.«

Innerhalb von Sekunden war er im Stall bei der schweißgebadeten Färse und tastete die Lage des Kalbs ab. Die Kuh hatte Schmerzen, und ihre harten plumpen Flanken senkten und hoben sich mit jedem Atemzug. Andrew fluchte leise. Ganz offensichtlich eine Steißlage, und der Tierarzt arbeitet auch nicht umsonst. Die Devons kalbten für gewöhnlich leicht ab, aber es gab immer eine unter ihnen, die Schwierigkeiten hatte.

»Wie sieht es in der Sorgenkasse aus?« Penny nahm ein Tau von einem Haken und warf es in Andrews Richtung. Sorgenkasse hatten sie eine Spardose genannt, in die sie unterm Jahr gewisse Beträge für alle möglichen Eventualitäten einzahlten.

»Nichts zu wollen.« Die finanzielle Lage war nie besonders rosig gewesen auf dem Hof, und für gewöhnlich waren es die unvorhergesehenen Kosten, die ihnen die größten Schwierigkeiten bereiteten. Andrew fluchte noch einmal leise, dann sah er die leidende Kuh an. »Also gut, mein Mädchen«, sagte er. »Keine Sorge, das kriegen wir schon hin. Immer mit der Ruhe.«

Er wußte, was Penny jetzt dachte. *Du hast die Kühe immer besser behandelt als mich. Zu ihnen bist du zärtlich, zu mir warst du es nicht.*

»Du mußt nicht warten«, sagte er unvermittelt, denn sie hatte recht, und er wollte jetzt nicht daran denken. »Ich kümmere mich um sie, bis Peterson da ist.«

Pennys Haltung änderte sich in vertrauter Manier. »Tu nicht so. Du brauchst Hilfe hier. Dafür ist das Tier zu kostbar.«

»Na schön.«

Zusammen richteten sie die Box her, arbeiteten Hand in Hand, wie sie es immer getan hatten, bis draußen auf dem Hof ein Lieferwagen vorfuhr. Der Tierarzt verlor nicht viele Worte.

»Steißlage«, sagte er. »Kaiserschnitt. Kommen wir nicht drum 'rum.«

Andrew rechnete in Gedanken die Kosten durch, aber da es keinen anderen Weg gab, konnte er es genausogut bleiben lassen. Penny band nur noch Caro fest, dann spritzte Peterson ein lokales Anästhetikum und setzte den ersten schwungvollen Schnitt mit dem Skalpel. Die Haut klappte mit einem reißenden Geräusch auf und legte den ausgedehnten Uterus frei. Caro verhielt sich ruhig, sie schien jetzt ganz offensichtlich keine Schmerzen mehr zu haben. Mit vorsichtigen Griffen hob Peterson das Kalb, das nur aus Beinen und großen runden Augen zu bestehen schien, ins Leben und legte es neben das Muttertier ins Stroh.

»Ich gehe dann mal«, sagte Penny und steckte die Hände in die Anoraktaschen.

Die beiden Männer waren ganz mit Caro beschäftigt, keiner reagierte. Der Geruch des Bluts war frisch und dumpf gleichzeitig, irgendwie primitiv. Peterson war noch nicht damit fertig, die Wunde zu vernähen, da kuschelte sich die Mutter schon an ihr Kind, rieb es zärtlich mit der Schnauze. Die Kuh sprach zum Kalb, und das Kalb sprach zur Kuh, und das Band zwischen Mutter und Kind war für alle Zeiten geknüpft. Während die Männer zusahen, blickte das Kalb zu seiner Mutter auf, dann, mit einem Ausruf, stieß es seine feuchte Schnauze in ihre versehrte Flanke.

Peterson steckte seine Instrumente wieder ein, und Andrew holte den Wasserschlauch, um den Boden abzuspritzen. »Schönes Bild«, sagte Peterson. »Wenn man heutzutage in die Ställe kommt, denkt man, man ist in einer Fabrik. Aber na ja, wir dürfen nicht sentimental sein.«

Andrew betrachtete den Zementboden, das korrodierte Metall, die leeren Futtertröge, das blutgetränkte Stroh, die friedvolle Krippenszene und dachte in einem Anflug von Euphorie: Ja.

Zu seiner Überraschung war Penny noch da, als er schließlich wieder in die Küche zurückging. Sie hatte ihr Kopftuch abgebunden, und ihr trockenes, ausgebleichtes Haar fiel wirr um ihr Gesicht. »Ich denke, du wohnst hier nicht mehr.« Doch getragen von seinem neuerwachten Optimismus fügte er versöhnlicher hinzu: »Es ist etwas verwirrend für mich.«

Sie legte ihre Hände auf den Tisch und stemmte sich ab, um aufzustehen. »Ich habe mir nur schnell einen Tee gemacht. Die Küche ist ein Saustall. Aber das wundert mich nicht. Ich wollte dich etwas fragen.«

Er zog seinen blutverschmierten Overall aus und ließ ihn auf den Boden fallen. Penny zeigte mit dem Finger drauf. Andrew zuckte mit den Schultern und hob ihn auf. »Was wolltest du fragen?«

Ihre Fingerspitzen spielten Klavier auf der Tischplatte, eine nervöse, fragile Musik. »Diese Briefe ...« Sie zögerte. »Warum hast du mir nicht gleich von ihnen erzählt, als du auf sie gestoßen bist? Warum hast du die Sache so lange für dich behalten? Du hast dieser Frau eher davon erzählt als mir.«

Er zuckte wieder mit den Schultern. »Das war keine Absicht. Ich habe sie gefunden. Du warst bei deiner Mutter. Ich habe sie weggeschickt, und dann habe ich nicht mehr an sie gedacht. Ich habe erst wieder an sie gedacht, als die Leute mit ihrer Recherche anfingen.«

Das Klimpern auf dem Tisch wurde lauter, dann verstummte es. »Du wolltest sie nicht mit mir teilen«, sagte sie tonlos.

»Weshalb fragst du dann?«

Sie nestelte am Reißverschluß ihres Anoraks herum. »Das zeigt wohl, daß ich die letzte war, der du dich anvertraut hast. Das ist alles.« Sie stellte ihren Stuhl ordentlich unter den Tisch und trat einen Schritt zurück von jenem Möbel, auf dem sie soviel Zeit ihrer Ehe verbracht hatte. »Ist nicht so wichtig.«

Er erkannten an ihren geballten Fäusten, daß sie darauf hoffte, daß er ihr widersprach und sich entschuldigte. Andrew wußte in der Tat nur zu genau, was Penny von ihm erwartete, aber er konnte sich nicht dazu durchringen. Er sah an ihr vorbei, sah den Tisch an, der noch von der Politur glänzte, die Penny ihm geradzu leidenschaftlich verpaßt hatte, wenn sie das Haus saubermachte, und er fühlte seine eigene Mitleidslosigkeit wie einen körperlichen Schmerz.

»Deswegen habe ich dich verlassen.« Ihre Stimmte war brüchig vor Erregung. »Ich habe das nicht mehr ausgehalten.«

Ihre Trauer schloß den schweigsamen Ehemann und die nicht geborenen Kinder mit ein, die Gefahr, die dem Hof drohte, das Fehlen einer Zukunftsperspektive und den Kampf, den sie eigentlich zusammen kämpfen sollten. Und Andrew fühlte wie sie.

Müde und gereizt, wie ein Fisch auf dem Trockenen, kletterte Bel unsicher aus dem Zug auf dem Bahnsteig von Charlborough, wo Agnes sie mit Terminkalender, Budgetzusage und der Post bereits erwartete. Ihre schlechte Laune verschlimmerte sich noch, als sie Agnes sichtete – in einer derben alten Hose und mit notdürftig zusammengestecktem Haar. »Ach du liebe Zeit«, rief sie ihr zu. »Du lernst es wohl nie.«

Bel hatte ihren eigenen Kaffee aus London mitgebracht und beugte sich jetzt über einen randvoll gefüllten Becher, den Agnes ihr freundlicherweise gemacht hatte. »Diese Küche ist eine Katastrophe, Agnes. Das solltest selbst du einsehen.«

Agnes' Blick wanderte nach oben zu den Watte-Lianen, für die die Spinnen verantwortlich zeichneten. »Es ist wohl keine so gute Idee, dich zu fragen, ob du mit mir von hier aus Five Star machen willst?«

»Du machst Scherze, oder?«

»Natürlich.«

Der Sack mit der Post war groß, und es verging eine halbe Stunde, bis Agnes dazu kam, einen großen Umschlag von Julian Knox zu öffnen, in dem er ihr ein fotokopiertes Kapitel aus *Verdeckte Ermittlungen* schickte sowie eine Einladung zu einem Empfang am nächsten Freitag, verbunden mit der Anmerkung, ob Sie Lust habe, hinterher noch einen trinken zu gehen.

»Aha«, sagte Agnes, die mehrmals versucht hatte, ihn bei Portcullis zu erreichen und sich von Angela hatte sagen lassen müssen, daß er unterwegs sei.

»Spionage als Metapher, oder wie oder was?« Bel fand über ihrem Koffein zur alten Bissigkeit zurück.

»Metapher für was?«

Bel war Expertin, wenn es darum ging, Agnes' Gesichtsausdruck zu deuten. »Ich fürchte, du siehst da was falsch«, sagte sie schon wieder müder, »Kreuzzug wäre treffender.«

Agnes konnte nicht widersprechen. Der Plan war gewesen, mit Bel das Haus zu besichtigen. Aber selbst mit einer Ration Kaffee war Bel denkbar schlecht gerüstet. Agnes verkürzte das Programm, strich den Dachspeicher und ließ, angesichts von Bels Stiefeletten aus Schlangenleder-Imitat, auch den Gang runter zum Fluß bleiben. Doch Bel zeigte sich schwer beeindruckt von den hohen Räumen und der herrschaftlichen Diele, wenn ihr ehrfürchtiges Erschauern auch ein bißchen übertrieben war.

Agnes wies auf die großen Steinplatten hin, die von unzähligen Füßen im Laufe der Jahrhunderte ganz ausgetreten waren, auf die abgewetzte Stelle am Treppenpfosten, wo unzählige Generationen sich festgehalten hatten, um in den ersten Stock zu steigen, und auf die Brandstelle im Holz des unteren Teppenabsatzes, die – so ging die Familiensage – von dem glühendheißen Hufeisen eines fliehenden Pferdes herrührte, das Nachrichten einer verlorenen Schlacht im Bürgerkrieg überbrachte. Beim Flurfenster beugte sie sich über einen Sessel und klopfte auf das bestickte Polster, woraufhin Wolken von Staub durch die klare, kalte Luft wirbelten. Wie soll ich aus dieser Geschichte nur heil herauskommen? fragte sie sich und dachte an die viel dickeren Staubschichten oben auf dem Speicher und an den zerbrochenen und versteckten Porzellanteller, über dem einst eine Magd bittere Tränen vergossen hatte.

Bel blieb vor dem Porträt der anderen Agnes stehen. »Sieht ziemlich herb aus. Wer ist das?«

Agnes erzählte ihr, daß sie im Alter von neununddreißig im Kindbett gestorben war und einen Ehemann, neun Kinder und einen großen Haushalt zurückgelassen hatte.

Bels Gereiztheit kehrte zurück. »Sie war keine Frau, sie war eine Gebärmaschine. Kein Wunder, daß sie aussieht wie ihre eigene Großmutter.«

Agnes berührte vorsichtig das gemalte Gesicht. Die Lippen der anderen Agnes waren ruhig und entschlossen. Das Seidenkleid war mit Spitzen besetzt, und der Spiegel, den sie in ihrer weißen, mit Ringen geschmückten rechten Hand hielt, spiegelte die Möbel und Gemälde im Raum. »Sie hat es akzeptiert, oder jedenfalls nicht in Frage gestellt. So waren die Konventionen damals. Und als Ausgleich dafür besaß sie einen herausgehobenen Status.«

»Wohl eher Magengeschwüre.«

»Wahrscheinlich.« Agnes ließ sich auf der obersten Treppenstufe nieder. »Ich versuche, mir immer vorzustellen, was sie gefühlt haben mag, während ihrer letzten Schwangerschaft. Ob sie Angst hatte, ob sie geahnt hat, daß sie diesmal kein Glück mehr haben würde?«

Bel zuckte mit den Schultern. »Ich hoffe, sie war wütend. Wärst du das nicht? Er kann sie nicht geliebt haben, wenn er einfach nicht aufgehört hat, ihr Kinder zu machen.« Sie schlug die Absätze ihrer Schlangenstiefel zusammen. »Vezeiht, mein Herr und Gebieter, aber Ihr habt es versäumt, mich zum x-ten Mal zu schwängern. Zu Diensten, Sir. Ich bin bereit, den Todesstoß zu empfangen.«

»Aber sie hatte eine Familie«, hielt Agnes dagegen. »Das bedeutete viel damals. ›Liebwerte Fraue. Kein Geschöpf erfreuet mich mehr, außer Gott.‹ Das hat ihr Mann auf den Einband ihres Haushaltsbuchs geschrieben, nachdem sie gestorben war, und auf ihren Grabstein ließ er setzen: ›Von einem, der sie hat geliebet‹.«

»Ein Glück«, sagte Bea und holte sich Zigaretten heraus, »daß Kinderkriegen heute eine Frage der freien Entscheidung ist.« Sie steckte sich eine an und stieß einen geringschätzigen, langen Rauchkringel aus.

»Ja«, sagte Agnes nach einer Weile, »ein Glück.«

Kapitel 9

Freitag

Für gläubige Katholiken gab es an diesem Tag nur Fisch, für Kitty gab es an diesem Tag nur ihre Körperpflege. Es war für sie zum Ritual geworden, seitdem sie so lebte, seit den Harrys, Robins und Charles' – und Julian –, seit einer Zeit also, da ihre Haut noch zart und geschmeidig und die betriebene Pflege mehr Eitelkeit denn Notwenigkeit war.

Die Zeiten hatten sich geändert, und Kitty sah sich gezwungen, Maßnahmen zu ergreifen gegen steifer werdende Knochen und schlaffer werdende Hautpartien. Der Feind – das Alter – mußte bekämpft werden, wo er sich zeigte, mit Übungen aller Art, Salben und Cremes und diskreten Besuchen beim Schönheitschirurgen. Kitty war sich bewußt, daß sie sich dem Spott und der Verachtung derjenigen aussetzte, die so etwas nicht nötig hatten (noch nicht jedenfalls) oder die der Ansicht waren, man solle sich zufriedengeben mit dem, was man hatte, mit knackenden Gelenken, Hängebusen und allem was dazugehörte, aber für Kitty war die intensive Beschäftigung mit ihrem Körpfer selbst schon eine wirksame Therapie.

Ich bin in einer Welt großgeworden, sagte sie sich, in der uns erzählt wurde, unsere wichtigste Aufgabe bestehe darin, uns so herauszuputzen, daß wir den Männern gefallen. Ich habe meine Lektion gelernt, und ich fange jetzt bestimmt keine neuen Sitten an.

Jeder weiß im übrigen, daß die alten Sitten einfach besser funktionieren.

Sie suchte andere Frauen nach verräterischen Anzeichen ab. Hatte die da ein paar Lachfalten mehr als letztens, und war das der Ansatz zu einer Speckrolle dort auf der Hüfte? Oder gab es einen dickerwerdenden Oberarm zu registrieren oder das verräterische Erschlaffen der Haut zwischen Nase und Kinn? Wenn sie solche Zeichen fand, war Kitty auf verschämte, heimliche Weise glücklich, daß sie nicht allein war. Und doch, auch in die schwesterliche Solidarität drängte sich der Konkurrenzgedanke. *Sie* hielt sich eben doch noch besser als die anderen. Ihre Oberarme waren schlanker, ihr Kinn glatter und runder, ihre Schenkel straffer.

Manchmal stellte sie sich vor, sie könnte wieder fühlen wie damals, könnte das Gefühl von Freiheit noch einmal spüren, das ihr jüngeres Selbst verspürt hatte, die Unbekümmertheit, das grenzenlose Selbstvertrauen. Dann konnte sie die Welt tatsächlich noch einmal mit anderen Augen sehen, und sie stellte sich vor, es müsse möglich sein, aus dem goldenen Käfig auszubrechen, in dem Julian sie hielt. Aber das währte nie lang: Angst und Furcht brachten sie wieder auf den Boden der Realität zurück. Es war lächerlich zu glauben, sie könnte ihren Lebensunterhalt auf herkömmliche Weise verdienen. Und außerdem liebte sie Julian viel zu sehr.

Aber erst mußte dieser Freitag vorbeigehen.

Der Morgen. Neben ihrem Frühstückstablett lagen mehrere Zeitungen, die fortgeräumt werden mußten. Kitty bezog aus ihnen ihre Informationen über Entwicklungen in der britischen Wirtschaft ebenso wie über die neuesten Premieren im Londoner West End; sie beabsichtigte, davon Gebrauch zu machen, wenn sie mit Julian beim Abendessen saß. Es war heutzutage wichtig, über die richtigen Informationen zu verfügen.

Es folgte das Morgenbad und die Prozedur des Eincremens, Massierens und Knetens und schließlich der eigentlichen Verwandlung. Als Kitty ihr Make-up aufgelegt hatte, schüttelte sie den Morgenmantel ab und ging zum Kleiderschrank und öffnete eine Schublade. Sie war randvoll mit Seidenblusen, jede einzelne teuer und edel. Eine zweite Schublade enthielt Kaschmirpullover, grau, naturweiß und schneeweiß. Kitty suchte sie durch. Die Berührung schickte ihr ein luxuriöses Kribbeln auf die Haut. Dann hatte sie den Tagespulli gefunden.

Sie schlüpfte in noch nicht getragene hochhackige Schuhe aus Krokodilleder, dann nahm sie sich den Wirtschaftsteil der *Times* vor.

Ja, es stand gut um ihre Anlagen. Jeder ihrer Liebhaber hatte ihr etwas hinterlassen, einer hatte sie sogar mit einer ziemlich großen Summe in seinem Testament bedacht (was einen Heidenaufstand bei den Verwandten verursacht hatte). Zu ihrer eigenen Verwunderung hatte Kitty irgendwann bemerkt, daß sie ein Gespür für den Aktienmarkt besaß, nicht nur für das Auf und Ab von Gewinn und Verlust, sondern sie wurde auch nie leichtsinnig und hielt so jeden Verlust in engen Grenzen.

Am Anfang, als Julian noch völlig vernarrt in sie war (aber nicht vernarrt genug, um sie zu heiraten), hatte er sich die Zeit genommen, ihr den Markt zu erklären. Der Markt sei eine Kurve, die entweder hoch- oder runterging. Aber man müsse genau hinsehen. Von Nahem betrachtet stelle sich heraus, daß jeder Abschnitt der Kurve wiederum aus einer weiteren Kurve bestand. »Von der muß man profitieren«, hatte er gesagt, »nur darf man nicht von dieser Kurve auf die Gesamtkurve schließen.« Kitty mußte immer lächeln, wenn sie an diese Zeit dachte. Es war so typisch für ihren Geliebten, er hatte sie immer unterbrochen, hatte ihr geschmeichelt und wollte ihr auf jeden Fall seine Sicht der Dinge begreiflich machen. Ach, er war einfach unwiderstehlich gewesen, als er damals seine Theorie vortrug: leidenschaftlich, lebhaft, energisch.

Sie hatte im übrigen sofort begriffen. In gewisser Weise hatte sie ihr ganzes Leben nach diesem Motto gelebt.

»Für viele in der Finanzwelt ist er ein rotes Tuch«, hatte ihr damals eine Party-Bekanntschaft zugeraunt, »man hält dort nicht viel von seinen Theorien. Man sagt, daß er zwar fromme Reden hält, aber gleichzeitig völlig skrupellos handelt. Wenn Sie meine Meinung wissen wollen«, hatte die Möchtegern-Freundin geseufzt, »die Leute wollen nicht angespuckt werden und dann zu hören kriegen, das sei nur zu ihrem Besten, nicht wahr.«

Damals hatten diese Worte Kitty beunruhigt, denn man wußte nie, worauf man sich bei einem sexuellen Abenteuer einließ. Das war, bevor sie sich in ihn verliebte. Inzwischen kannte sie Julian auf ganz andere Weise. Sie wußte – sie wußte es, weil sie ihn liebte –, sie wußte, daß seine unterkühlte, unnahbare Art der Schutzschild einer tiefsitzenden Angst war, die sie nach wie vor nicht richtig erfassen konnte und wohl auch nie erfassen würde.

Kitty hatte ihre Finanzen selbst in die Hand genommen, und Julian war damit mehr als einverstanden. Sie hatte in ihm einen liebenswürdigen Berater und genoß über die Maßen ihre wöchentlichen Fachsimpeleien.

Kitty nahm zum Frühstück eine Grapefruit und schwarzen Kaffee zu sich. Dann schluckte sie diverse Vitamintabletten, überprüfte den Kühlschrank und zog schließlich ihre babyblaue Jacke über. Seit Jahren hatte sie schon ihren festen Termin am Freitagmorgen bei der Kosmetikerin: Punkt neun Uhr dreißig bis elf. Das Resultat waren seidenglatte Unterarme und Beine und wohlriechende, geschmeidigmassierte Schultern. Jetzt war es Zeit für den Wochenendeinkauf.

Es war voll in Lymouth. In den letzten zwei Jahren waren neue Supermärkte am Ende der Hauptstraße aufgetaucht und hatten für zusätzliche Käufer aus der Region gesorgt. Sie kam aus dem zweiten, dem exklusiveren der beiden, als sie Vita Huntingdon traf, in den Händen mehrere Einkaufstaschen, auf denen noble Monogramme prangten.

Kitty lächelte. »Was haben Sie denn vor?«

»Daisy Wrights Fünfzigster.« Vitas großes, knochiges Gesicht war ganz rot geworden. »Ein ziemliches Ereignis.« Kaum hatte sie diese Information weitergegeben, bereute sie es schon. Kitty wußte, warum: Sie war nicht eingeladen.

Kitty spürte, wie das Fallgitter vor ihr niederging, das sie hier in Lymouth von allem ausschloß. »Wie nett«, sagte sie mit gespielter Munterkeit. »Da wird wohl ordentlich was los sein?«

Vita versuchte ihren Lapsus wettzumachen. »Sie feiern an einem Mittwoch«, sagte sie, als erkläre dies das Fehlen der Einladungskarte auf Kittys Kaminsims. »Nun, da kann Julian ja nicht, oder? Es ist am Nachmittag, in einem Festzelt. *Draußen*. Ich werde mir Thermo-Unterwäsche anziehen müssen.« Vita verdrehte die Augen und ihre Kiefer mahlten, während sie sich weiter zum Thema ausließ. Dann schluckte sie. »Jetzt muß ich aber!«

Kitty trat zur Seite. »Ein wunderschöner Tag, nicht wahr.«

»Kann man wohl sagen.«

Es ist nicht so sehr die Tatsache, daß ich ausgehalten werde, dachte Kitty und wechselte die Einkaufstaschen von einer Hand in die andere, sondern es ist die Unsicherheit meiner Stellung. Sie glauben, daß ich mich jederzeit einem ihrer Ehemänner an den Hals werfen könnte. Sie glauben, ich hätte alle Tricks auf Lager und sei damit gefährlich. Der Witz ist, daß sie höchstwahrscheinlich vor langer Zeit aufgehört haben, selber in die Trickkiste zu greifen. Und sie wollen lieber nicht mehr daran erinnert werden.

Sie mußte lächeln. Es war schon richtig. Sie kannte die Tricks. In- und auswendig.

Kitty verstaute ihre Einkäufe im Wagen und fuhr zurück über eine sonnenüberflutete Küstenstraße. Die Farbe des Wassers war, wie so häufig an diesem Teil der Küste, hell und frühlinghaft blau und klar und schien eine große Ruhe auszustrahlen.

Wie dumm von ihr, sich von Vita verunsichern zu lassen.

Ohne groß nachzudenken hielt sie den Wagen an und stieg aus. Die Sonne war fast sommerlich grell. Kitty kramte nach ihrer Sonnenbrille und überlegte, ob sie einen kleinen Spaziergang unternehmen sollte, aber in ihren teuren Stöckelschuhen wäre sie nur im Sand eingesackt und hätte sich zwischen den Steinen die Füße gebrochen.

Wenn man eine verheiratete Frau war, wurde man zu fünfzigsten Geburtstagen eingeladen, aber als Single oder als geschiedene Frau mußte man sich mit Kaffeekränzchen begnügen.

So sei es.

Die Seemöwen schrien und ließen sich von wärmeren Luftströmungen höher und höher tragen. Kitty empfand eine plötzliche Verstörung beim Anblick der unendlichen Weite der See, seiner schier unfaßbaren Fülle, und sie wandte sich ab. An einem schwarzen, schweren Felsbrocken wenige Meter vor ihrem Wagen rann ein Rinnsaal Sand den Abhang hinunter, ein Sandkorn nach dem anderen stürzte in die Tiefe, wie die Tage in ihrem Leben.

Sei ehrlich, Kitty.

War es ihr wirklich so wichtig? *Ehrlich* zu sein? Man war in diesen Zeiten nicht mehr so sehr auf viele Freunde aus, sondern auf wirkliche Freundschaft und Nähe. Es war nicht schlimm, daß Kitty oft tagelang allein war – wenn man von Theos Anwesenheit einmal absah, versteht sich. Manchmal, wenn die Phase des Alleinseins allzu lang wurde, wurde sie nervös und überlegte, irgend etwas zu unternehmen. Sollte sie zu einem Vortrag gehen? Eine Lunch-Party geben? Einen Mal-Kurs besuchen? Doch nichts von all dem vermochte sie zu überzeugen, und eine innere Stimme blies ihr unaufhörlich ein: »Sieh dich um! Überleg noch mal!«

Sie ließ den Motor an. Die See war heute so *unglaublich* blau, es erinnerte sie an die aufregende Zeit mit Julian, als sie sich schließlich gestattet hatte, ihn zu lieben, wie sie weder Charles noch Harry noch Robin je geliebt hatte. Der Salzgeruch, das Züngeln einer Welle, die sich am Strand gebrochen hatte, ein Wirbel eisiger Luft, der sich seinen Weg durchs Autofenster gebahnt hatte – es war Zeit zu fahren.

Als sie zurück war in der Kate, hängte Kitty ihre blaue Jakke über einen wattierten Bügel. Sie verströmte einen schwachen Geruch von nasser Wolle und Salz, und für einen kurzen Augenblick fühlte sie sich ganz entsetzlich leer, wie es ihr immer wieder geschah. Mit einem kleinen Schrei vergrub sie ihr Gesicht in Julians Ersatzjacke, die hier für gewöhnlich auf dem zweiten Bügel hing.

Das Telefon in ihrer kleinen, aber modern eingerichteten Küche klingelte, als sie gerade die Einkäufe auspackte.

»Kitty«, sagte Julian, »ich schaffe es heute abend nicht. In Ordnung? Komm doch morgen früh zu mir rüber, ja? Tut mir leid.«

»Was hast du vor?« Kitty fühlte die Enttäuschung wie Blei in ihren Knochen.

Es folgte eine kurze Stille. »Ich führe Agnes Campion aus. Nach dem Portcullis-Empfang.«

»Ach ja, das Mädchen mit der Visitenkarte.«

»Ja.«

Es gab nicht mehr zu sagen. Hin und wieder machte Julian, nun ... so etwas. Es war nichts Ernstes, und Kitty mußte zugeben, daß es ihr freistand, dasselbe zu tun. Aber sie wollte diese Freiheit nicht. Es war Teil ihrer Vereinbarung, daß jeder den anderen gewähren ließ, und Julian betonte immer wieder, Kitty könne ihm vertrauen. Sie bemühte sich so sehr, es zu tun, aber immer wenn es wieder soweit war, fühlte sie sich wie am Rande eines Abgrunds, der von Mal zu Mal tiefer und dunkler wurde.

Sie war drauf und dran zu fragen, warum sie nicht zu der Portcullis-Veranstaltung eingeladen worden war – es war schließlich ihre Rolle, an seiner Seite zu sein, oder nicht? –, doch Julian kam ihr zuvor und sagte: »Also dann Kitty, wir sehen uns Samstag.«

Sie legte auf.

»Tagchen.«

Theo kam in die Küche gestürmt, in der Hand den Kunststoffbehälter mit seiner Ausrüstung: Staubtuch, gewaschen und gebügelt; Tücher zum Feuchtwischen; Arbeitsklamotten; eine alte Nagelbürste für hartnäckigere Ecken; Domestos – das verräterischste Erkennungsmerkmal aller Hygienefanatiker; Möbelpolitur; Reiniger für die Edelstahlspüle; Scheuerpulver; WC-Reiniger; Fensterputzmittel; Desinfektionsmittel.

Mit stierem Grinsen sah er die reglose Kitty an. »Na, meine Schöne, wie geht es uns heute?«

Sie nahm die Hand vom Telefon und fühlte sich sofort ein wenig getröstet. »Prächtig. Und du?«

Einen Augenblick spiegelte Theos panische Miene das Chaos, das in seinem Innern herrschte. Aber da es Kitty war, die fragte, und da er Kitty so sehr mochte, riß er sich zusammen. »Total doof im Moment, wenn du's wissen willst, aber was soll's.«

»Haben sie deine Medikamente neu eingestellt, Theo?«

Er zuckte mit den Schultern. »Keine Ahnung.«

»Komm! Teetrinken!« Kittys Lebensgeister erwachten. Wenn es Theo so richtig mies ging, stürzte er sich mit besonderer Verve auf die Hausarbeit, die Maxiflasche Domestos in der einen Hand, einen Schrubber in der anderen, und ruhte nicht eher, bis das ganze Haus blitzte und roch, wie ein keimfreies Feldlazarett, so daß Kitty erst einmal alles Fenster aufreißen mußte.

Sie waren beide Außenseiter, und die gelegentlichen Ausbrüche der zerstörerischen Kämpfe, die Theos verwirrter Geist kämpfte, waren ein kleiner Preis für die Wohltat, daß sie ihn hatte. »Daß *wir uns* haben«, pflegte Theo sie zu verbessern.

Am Freitagnachmittag, in der Londoner Wohnung, hakte Bel einen Finger in Agnes' Gürtel und nahm sie ins Schlepptau: »Da ist dann wohl das kleine Schwarze angesagt.«

Agnes ließ sich in Bels Schlafzimmer ziehen. »Schwarz steht mir nicht.«

»Hör auf mich, meine Liebe«, Bels zarte Hand lag schwer auf Agnes' Schulter, »in eine Schlacht geht man nur in kompletter Rüstung. Das sagt dir jeder General.« Sie öffnete ihren Kleiderschrank. »Ein Jammer, daß du so ein langes Elend bist.«

In Bels Welt war alles ab Konfektionsgröße vierzig riesig. »Jeder hat sein Kreuz zu tragen«, murmelte Agnes, gehorchte freudig und dankbar und zog ihren Pullover aus.

Also wartete Agnes in einem schwarzen Trägerkleidchen (»Ich hole mir den Tod«, hatte sie protestiert. »Berufsrisiko«, hatte Bel zurückgegeben, »und das Geflirte wird dich schon aufwärmen«) und heftig funkelnden Ohrringen auf Julian Knox, der darauf bestanden hatte, sie abzuholen.

Julian kam pünktlich auf die Minute. Er war blaß und wirkte etwas gehetzt, seine ersten Worte waren dennoch: »Sie sehen phantastisch aus.«

»Vielen Dank.« Der raschelnde Stoff streichelte Agnes' Haut. »Tut mir leid, daß Sie meinetwegen so einen Umweg machen mußten.«

»Ich wollte Sie abholen.« Als Julian ihr in den Wagen half, fügte er hinzu: »Ohne jeden Hintergedanken.«

»Ich nehme mal an, daß das Unfug ist«, gab Agnes zurück und lachte, glücklich und aufgeregt angesichts der verheißungsvollen Perspektive, die sich vor ihr auftat.

Während er den Schlüssel ins Zündschloß steckte, sah er unverwandt ihr Haar an, das sie heute offen trug. »Sie haben recht«, sagte er schließlich, und beide lachten sie.

Um halb elf ging Kitty nach oben in ihr schönes Schlafzimmer, zog sich aus, legte ihre Kleider zusammen, nahm zwei von den homöopathischen Schlaftabletten (die waren verträglicher für die Haut). Sie wirkten nicht.

Kapitel 10

Der Empfang sollte in einem umgebauten Reihenhaus aus den Zeiten von Queen Anne in der Nähe des Parlaments stattfinden. Die Veranstaltung war dazu da, erklärte Julian, die wichtigsten Leute in London davon zu überzeugen, daß eine Bebauung der Uferpromenade bei Peterborough rentabel sei. Organisiert hatten dies die Lobby-Agenturen, die Portcullis zu diesem Zweck beschäftigte. Auch ein Minister hatte sein Kommen angekündigt.

»Aber dann sind Sie ja Gastgeber«, rief Agnes aus. »Und ich bin schuld, daß Sie zu spät kommen.«

»Ja, das sind Sie wohl.« Die Vernachlässigung seiner Gastgeberpflicht schien ihn nicht groß zu kratzen, und Agnes bewunderte seine ironische Gelassenheit. »Aber nur *ganz* wenig zu spät.«

»Sie hätten mir doch was sagen können.« Agnes huschte schnell aus dem Wagen.

Er schob seinen Arm unter ihren. »Das hätte ich vielleicht tun sollen, aber es gibt keinen Grund, sich Sorgen zu machen. Es werden noch nicht allzu viele Leute da sein. Diese Leute kommen spät und gehen früh, und das Ziel ist, in dieser kurzen Zeit möglichst viel zu trinken und reden.«

Aber als sie schließlich hinaufgegangen waren und den herrschaftlichen, großzügig geschnittenen Raum betraten, sahen sie bereits einige niedere Chargen aus dem Ministerium das Büffet belagern mit einer Miene, die zum Ausdruck brachte, daß kein Jahrgangssekt der Welt in irgendeiner Form Einfluß auf ihre Entscheidungen nehmen konnte.

Agnes' Hochstimmung verstärkte sich noch. Die Party schien interessant zu werden, sie würde auf jeden Fall eine Menge mit Bel zu tratschen haben, die Umgebung war wunderschön, und später sollte es noch ein großes Essen geben. Sie strich mit der Hand über den Stoff ihres Kleids und fuhr mit Befriedigung die Rundung ihrer Hüften entlang. Manchmal stimmte einfach alles, und es war möglich, Fehler, die man gemacht hatte, einfach hinter sich zu lassen. Es war nur wichtig, niemals seine Hoffnungen aufzugeben, seine Sehnsüchte und seine Würde, sondern dort weiterzumachen, wo man vielleicht an anderer Stelle zu früh aufgegeben hatte.

»Darf ich Ihnen Chantal vorstellen.« Julian brachte ein gestyltes Mädchen im Minikleid in Agnes' Gesichtskreis. Sie sah mit großen Augen bewundernd zu Julian auf. »Chantal arbeitet als Agentin in unserem Brüsseler Büro und hält uns auf dem Laufenden, was da unten so läuft. Chantal, vielleicht haben Sie Agnes schon mal im Fernsehen gesehen.«

Chantals Miene schaltete um in professionelles Interesse. »Leider nein.« Sie lächelte mit großen, vielsagenden Augen Agnes an. »Ach, und was macht Kitty?« Sie hatte die Frage an Agnes vorbei an Julian gerichtet.

Kitty?

Seine Antwort kam unverzüglich. »Ihr geht es gut. Sie kommt bald mal wieder nach London. Sie läßt grüßen. Agnes, da sind ein paar Leute, mit denen ich sprechen müßte.« Er ließ sie stehen und war im nächsten Moment in den Klauen von zwei bekannten Politikern.

Chantals Gesichtsausdruck blieb unverändert, als sie Agnes erklärte, daß ihre Aufgabe es sei, dafür zu sorgen, daß die richtigen Politiker die wichtigsten Informationen aus dem Haus erhielten, und mit ihnen Besichtigungstermine zu arrangieren. Dann sprachen sie über die Kunst, verschiedenste Interessensgruppen zu manipulieren, was, so stellten sie höflich übereinstimmend fest, auch die Hauptaufgabe der Politik sei. Chantals wacher Blick huschte immer wieder von Agnes hinüber zu Julian, der jetzt mit einer Gruppe von Geschäftsleuten und Politikern im anderen Teil des Raums stand.

Wer ist Kitty?

Ein Schauer lief ihr über die nackten Arme und produzierte Gänsehaut. Dem großen Rausch folgte die große Ernüchterung. Kitty war ohne jeden Zweifel seine Frau, und sie mußte sich vorhalten, daß sie so etwas hätte ahnen müssen, daß sie vorher durchaus ein paar Fragen hätte stellen können und vor allem, daß sie schön dumm war, sich ins Rampenlicht locken zu lassen, wo allen klar sein mußte, daß sie nicht die Frau an seiner Seite war.

Sie sah sich um, sah die erlauchte Gesellschaft und fühlte die Gleichgültigkeit und die Gier dieser Leute. Chantal redete unbekümmert über die Anstrengungen, ehemalige landwirtschaftliche Einrichtungen in Wohnungsprojekte zu verwandeln, und Agnes mußte an Andrew Kelsey denken. Sie fühlte auch in seinem Namen den Ärger in sich aufsteigen.

Als Julian nach einem Gespräch unter vier Augen mit dem Minister wieder an ihrer Seite erschien und bereits die ersten Gäste das Haus verließen, sagte sie: »Es tut mir leid, aber ich bin sehr müde. Ich glaube, ich gehe jetzt besser nach Hause.«

Es war offensichtlich, daß diese Begründung vorgeschoben war, dennoch sagte er sofort: »Selbstverständlich.«

Nach einer schweigsamen Fahrt erreichte der Wagen die Wohnung. »Sie scheinen verärgert zu sein«, sagte er. »Ist Ihnen jemand zu nahe getreten? Falls ja, möchte ich um Verzeihung bitten. Ich dachte nur, daß Ihnen der Trubel gefallen könnte.«

Es war, als hätten all ihre früheren Gespräche nie stattgefunden. Eine merkwürdige Steifheit herrschte zwischen ihnen. »Er hat mit gefallen«, antwortete sie, »und Sie waren sehr freundlich.«

Er drückte mit den Fingern seine müden Augen. »Ich bin auch völlig geschafft, ich wünsche Ihnen also eine gute Nacht.«

Die Geste berührte sie, und sie kam hinter ihrer Deckung hervor. Sie mußte ohnehin wissen, wer diese Kitty war. Sollte er ihr erzählen, daß sie seine Schwester war. Sie wollte alles bereinigen und noch einmal von vorn anfangen können, den ganzen Abend noch einmal wiederholen. »Hätten Sie vielleicht Lust auf einen Teller Rührei mit hochzukommen? Ich glaube, Bel ist nicht da.«

Er lehnte sich in seinem Sitz zurück. »Ist das Ihr Ernst?«

»Mein absoluter Ernst.«

Er zögerte, und sie war erschreckt, daß er in dieser Situation auf die Stimme der Vernunft zu hören schien. Doch dann sagte er, daß er gern mitkäme – wenn sie nicht zu müde sei, um das Ei in die Pfanne zu schlagen, und Agnes lachte und erzählte ihm, daß sie immer eine lausige Köchin sei, egal ob müde oder munter, und plötzlich war der Bann wieder gebrochen.

Er saß auf dem Sofa mit einem Glas Wein in der Hand und sah ihr zu, wie sie aus der Küche gerauscht kam und wieder hineinhuschte. »Es gab noch einen Grund, warum ich Sie eingeladen habe.«

»So?« Sie drückte ihm Besteck, Servietten und Gewürzständer in die Hand. »Würden Sie das wohl auf den Tisch bringen, ich hole mir nur noch schnell eine Strickjacke.«

»Sie haben mir diese Briefe geschickt, und ich bin ebenso begeistert wie Sie. Ich habe daher Angela gebeten, mal ein bißchen nachzuforschen. Ich weiß, es ist Zufall, daß ich gerade dieses Buch da lese über die Sondereinheit im Zweiten Weltkrieg, aber es gibt Hinweise darauf, daß meine Theorie vielleicht zutreffend ist.«

Er zog ein gefaltetes Blatt Papier aus seiner Tasche, und während Agnes das Salatdressing zubereitete, las er ihr vor: »›Das Archivmaterial zeigt, daß ab Juli '42 die ersten weiblichen Agenten für die SOE nach Frankreich gingen. Sie hatten sich zuvor einer mindestens sechsmonatigen Ausbildung unterzogen.‹ Das würde mit dem Datum von Jacks erstem Brief passen, der vom Januar '42 ist. ›In verschiedenen Teilen des Landes gab es Trainingslager, unter anderem in Guildford, Arisaig in Scotland and Beaulieu.‹«

Agnes stellte das Essen auf den Tisch, und während sie aßen, tauschten sie Informationen und Gedanken aus – eine gemeinsame Geschichte nahm Gestalt an. Sie überlegten, wo Mary trainiert und mit der üblichen Kriegspropaganda indoktriniert worden sein mochte. »Meinen Sie nicht, daß sie mit ihm darüber gesprochen hätte?« Die Eier lagen schon bald schwer im Magen, und Agnes war schnell satt. Sie legte Messer und Gabel beiseite.

»Nicht unbedingt. Vielleicht wollte sie Jack ohnehin verlassen und nutzte den Krieg nur als Mittel zum Zweck.«

Julian und Agnes blickten sich über den Tisch hinweg an. Vielleicht war ja an Julians Theorie etwas dran? »Aber selbst im Krieg muß man sich doch jemandem anvertrauen?«

»Kommt darauf an. Ich weiß von vielen Fällen, wo wahre Liebe im Spiel ist, und doch vertraut man sich nicht restlos alles an, aus guten Gründen.«

Sie füllte die Gläser neu, beobachtete, wie der Rotwein in die Gläser schwappte und sich dann langsam beruhigte. »Weswegen sind Sie so freundlich zu mir, des Hauses oder meinetwegen?«

»Dreimal dürfen Sie raten.« Julian nahm sich einen Apfel aus der Obstschale und schnitt ihn halb durch. »Warum sind Sie so freundlich zu mir, wenn Ihnen auf der Party ganz offensichtlich jemand etwas von mir erzählt hat.«

»Dreimal dürfen Sie raten.«

Sie sahen sich in die Augen. Dann lehnte er sich vor und küßte sie.

»Sag mir, wer Kitty ist« flüsterte sie, während eine Woge von Gefühlen sie überspülte, die abrupt aufhörte, als er sich zurücklehnte und sich mit den Fingern durchs Haar fuhr. Ich kenne diese Bewegung bereits, dachte sie.

Sie ließ nicht locker. »Ich finde, ich sollte das wissen, findest du nicht?«

Die Entspanntheit und gute Laune war aus seiner Miene gewichen, an ihrer Stelle waren Kälte und Distanz getreten. O nein, dachte sie, nicht schon wieder, dachte sie. Nicht schon wieder.

»Hättest du etwas dagegen, wenn ich dir ein anderes Mal erzähle, wer Kitty ist?«

Das ihr bestens vertraute Gefühl von Wut und lähmender Hoffnungslosigkeit ergriff Besitz von Agnes. »Es würde mir allerdings etwas ausmachen«, sagte sie. »Ich weiß nicht genau, was du zu tun gedenkst, aber wenn du mir etwas über Kitty zu sagen hast, dann solltest du das jetzt tun.«

Das permanente leise Rauschen des Verkehrs auf der nassen Straße war draußen zu hören, hie und da Stimmen, das Klicken von Autotüren und das Knallen harter Absätzen auf dem Gehsteig.

»Julian, wer ist Kitty?« Er runzelte die Stirn, aber sie blieb hart. »Warum kannst du nicht sagen, wer sie ist?«

Er sah Agnes wieder direkt in die Augen und antwortete: »Kitty und ich haben ein Arrangement getroffen, und zwar vor langer Zeit. Wir treffen uns mehr oder weniger jedes Wochenende.«

Die Erleichterung schüttelte sie, als hätte sie unvermutet einen Mundvoll Zitronensaft genommen. Er war nicht verheiratet.

Samstag

Sehr früh am Morgen war Kitty durch den Nebel gestapft, der den Weg nach Cliff House verhüllte. Sie mußte achtgeben, um auf dem feuchten Gras nicht auszurutschen. Das Meer murmelte müde vor sich hin, und Möwen stießen aus tiefhängenden Wolken herab. Wie sie so den engen, mit Geröll übersäten Weg hinaufkraxelte, sagte sie sich, daß alles wie immer sei. Alles war ganz normal.

Kitty betrat das Haus durch den Wintergarten, ging kurz zu den weißen Korbstühlen, um die blauen Wedgewood-Kissen aufzuschütteln. Dann schlich sie leise ins Haus und blieb bei der offenen Tür zu Julians Arbeitszimmer stehen. Er sammelte hier seine Fossilien – ausgestorbene Seeungeheuer mit unaussprechlichen Namen, dumme, gefräßige Wesen.

Sie huschte hinein, um sich die Tiere anzusehen. Auf Julians Schreibtisch lag eine Akte offen. Oben auf lag eine Liste in Julians Handschrift. »Virginia, Marie, Claude, Katrine.« Kitty starrte die Liste an, und eine eisige Hand griff nach ihrem Herz und drückte zu. Virginia? Katrine?

Sie legte die Liste beiseite, um zu sehen, was sich in der Akte befand. »Ich bin mir selbst zum Feind geworden ...«

O ja, allerdings, dachte sie. Auch ich bin mein eigener Feind: Mein alter Körper ist es auf jeden Fall. Sie blätterte die Seiten durch. »5. Juni. Meine Liebste. Ich mache mir Sorgen. Ich kann nicht anders, aber ich habe große Angst, daß du in Gefahr schwebst, daß dein weißer, schlanker Körper hungert, leidet ... Vergiß nie, daß du versprochen hast, zurückzukommen.«

Kitty ließ sich schwer auf den Schreibtischstuhl fallen. Tränen begannen ihr die Wangen hinabzulaufen, und sie hinderte sie nicht, als sie ihr übers Kinn liefen.

Eine Hand legte sich auf ihre Schulter und ließ sie vor Schreck auffahren. »Was, bitte schön, tust du da?« fragte Julian.

Sie sah zu ihm auf, ihr verschwommener Blick sah seine eiskalten Augen, und ihr Mut sank: »Was glaubst du denn, daß ich tue? Ich lese diese Briefe hier.«

Er seufzte und fuhr sich mit den Fingern durchs Haar. »Du spionierst mir nach, Kitty.«

Sie schluchzte. »Ich weiß. Ja, ich weiß.«

Julian war plötzlich aufgewacht, nachdem ihm ein Traum schwer zu schaffen gemacht hatte. Er war am Strand entlanggelaufen. Seine Füße waren tief in den Sand eingesunken, der so heiß war, daß er sich die Fußsohlen verbrannte. Er hatte die Arme auseinandergebreitet und drehte sich im Kreis, um die Hitze ganz in sich aufzunehmen. Unvermittelt befand er sich im Wasser und rang um Atem. Hinter einem verschwommenen Schleier sah er Steine, Sand und einen ganzen Wald von wogenden Seegräsern.

Er lag wach und dachte über diesen Traum nach, dessen Bildsprache und Symbolik erschreckend eindeutig war. Er *war* ins Tiefe geraten.

Nicht jetzt.

Er dreht sich um und knetete das Kissen. Am Freitagmorgen hatte ein Journalist vom *Guardian* angerufen und wollte wissen, ob die Gerüchte wahr seien, nach denen die Rendite bei den Projekten in Hastings und Bornemouth weit hinter den Erwartungen zurückblieb. Julian hatte es halbwegs geschafft, das Bild geradezurücken. Aber es war ein schlechtes Omen.

Es war nicht gut, sich gerade jetzt mit Agnes Campion einzulassen. Warum hatte er dann, als er ihre Wohnung verließ, gefragt, ob sie sich wiedersehen könnten? Daß sie nicht geantwortet hatte, machte die Sache auch nicht besser. Er hatte noch einmal gefragt, und sie hatte gesagt, daß sie sich erst wieder mit ihm treffen werde, wenn das Thema Kitty geklärt sei. Julian hatte eigentlich nicht erwartet, daß Agnes eine Frau mit Skrupeln war.

Kitty? Kitty war der Dorn in Julians Fleisch, der sich immer nur noch tiefer bohrte. Ein Dorn, der ihm eine Mahnung war, Buße ... ein Anker war sie. Wie sollte er das diesen grau leuchtenden, verwirrten Augen erklären?

Er hatte gute Nacht gesagt und war gegangen.

Das Geräusch gedämpfter Schritte in der Küche riß ihn aus seinen Gedanken. Kitty.

Er hörte ein unterdrücktes Weinen.

Agnes wußte nur zu genau, daß sie krankhaft auf Madeleine fixiert war. Madeleine die perfekte Mutter, Agnes die ruchlose Sünderin. Madeleine war schwindelerregend weich und verführerisch, ein wenig füllig, immer von einem Duft umgeben, kraftstrotzend. Agnes stellte sie sich im Kreis ihrer Lieben vor, sah die Einrichtungsgegenstände ihrer Wohnung, sah mittendrin die leidende Ehefrau.

Die drei Töchterchen mit den Elfengesichtern, in geblümten Schürzenkleidchen und weißen Söckchen. Die Wohnung in der Rue Jacob, in modischem Grün und Weiß gestrichen. Das Porzellan, die Gläser, die Bücher.

Aber all diese Gedanken, die ganze häusliche Szenerie, die sie sich von einem widerwilligen Pierre schildern ließ, verhinderten nicht, daß Agnes an der Affäre festhielt. Sie hatte ihre Lektion erst noch lernen müssen, den blanken Egoismus der Leidenschaften und die unendliche Selbsttäuschung.

Doch Madeleine hatte triumphiert. In ihrem gemeinsamen Bett lag sie neben Pierre, und es war Agnes, die ihre Eifersucht auf die rechtmäßige Gattin immer weiter nährte. Gleichzeitig hatte sie die Sorge der anderen Frau begreiflich gefunden und ihren Wunsch, Agnes ihre Wut und Verzweiflung spüren zu lassen. In dieser Hinsicht hatte Madeleine Erfolg auf der ganzen Linie gehabt, denn Agnes litt, wie sie nie zuvor gelitten hatte, und im Bewußtsein um ihre objektive Schuld litt sie vielleicht noch ein wenig heftiger, grausamer und selbstzerstörerischer, als wirklich nötig gewesen wäre.

Vielleicht hatte Madeleine auch das einkalkuliert.

Dieses Schema durfte sich nicht wiederholen; sie durfte vor allem nicht wieder in den Teufelskreis von Hoffnung und Selbsthaß geraten. Doch das Grausame an der Geschichte mit Julian war, daß in dem Moment, da er ihr von Kitty erzählte, sie vor Freude fast einen Luftsprung gemacht hätte. Sie hatte sich verliebt.

Kapitel 11

Der März ging zu Ende, und man wahrte abwartende Distanz. Der April kam störrischer und wenig frühlingshafter daher, regenreich und sturmgebeutelt, und erst der Mai stellte ein gewisses Gleichgewicht her. So empfand es jedenfalls Agnes. Sie sah Kitty vor sich – nun, sie sah das Bild vor sich, das sie sich von Kitty machte –, wie sie in ihrem Reich regierte, und sie sah Julian, das Haar zerwühlt, mit müden, sorgenvollen Augen, wie er ihr und dem Thema auswich. Und Agnes selbst?

Sie gab sich Mühe, Julian zu vergessen. Eine heldenhafte Anstrengung. Bel und sie hatten die Planung für die nächsten sechs Monate fertiggestellt, hatten Gelder organisiert, Termine festgeklopft. Sie genoß jetzt eine fast arbeitsfreie Zeit und konnte sich ganz auf das Haus konzentrieren.

Mein Haus, dachte sie, so schwer verwundet von all den Gestalten, die unter seinem Dach gewandelt waren, von den zahllosen Tritten, die ihm die Füße jahrhundertelang versetzt hatten, von schlagenden Wettern, von fehlender Energie und mangelndem Geld.

Zunächst ein Gutachten. (»Wenn du scharf auf Depressionen bist«, hatte Julian seinerzeit bei ihrem Rühreiessen gesagt, »hol dir einen Gutachter ins Haus.« Und hatte angefügt: »Das sind sehr gründliche Leute.«)

Daran bestand kein Zweifel. Mr. Harvey war wirklich gründlich. Er warf einen Blick auf das Haus und brachte dann einen elektronischen Zollstock zum Einsatz, der das Summen einer Hummel von sich gab.

»Regelmäßige Wartungsarbeiten«, teilte er Agnes mit dem Eifer eines Missionars mit, den es in den hintersten Winkel der heidnischen Welt verschlagen hatte, »können verhindern, daß man eines Tages böse Überraschungen erlebt, und leider hat ihr verstorbener Herr Onkel in dieser Hinsicht keine großen Anstrengungen unternommen, wenn Sie verstehen.« Er folgte fasziniert dem Flug seiner elektronischen Hummel, drückte irgendwelche Knöpfe. »Ein historisches Haus erhält sich nicht von selbst.« Sein Ton war voller Tadel.

Sie begaben sich in den Wohnraum, wo Mr. Harvey ebenfalls Maß nahm, hierhin und dorthin lief und sich Notizen machte. Ab und zu blieb er fasziniert vor einem Riß oder einer Fuge in der Wand stehen, vor den eingefallenen Schamottesteinen des Kamins und vor allem vor den großen Fenstern, die auf die Terrasse hinaussahen.

Schließlich sagte er: »Eine Renovierung ist immer kostspielig, aber es kommt auch darauf an, was man will: eine Restaurierung von grundauf oder nur Ausbesserungen hie und da.«

»Wollen Sie die Auswahl treffen, was man erhält und was nicht?« Agnes berührte einen Vorhang, dessen Farbe fast vollständig verblichen war. »Wohl kaum, oder?«

Mr. Harveys Maschine brummte beifällig. »Ich würde jetzt gern den Keller und die Abstellräume sehen.«

Die Keller nahmen die gesamte Breite des Hauses ein, und es herrschte Dunkelheit und eine klamme und durchdringende Kälte. Agnes ging voran. »Der hier wurde der Frauenkeller genannt«, erklärte sie und schämte sich fast für ihre Ahnen, die hier Menschen hatten arbeiten lassen. »Hier haben sie Obst und Gemüse eingemacht und Fleisch geräuchert. Der Herrenkeller ist hinter dieser Tür. Dort wurde der Wein und das Bier gelagert.«

Das Maßnehmen, das Brummen und Notieren fing wieder an. So gewissenhaft Mr. Harvey auch war, besaß er doch auch ein schauspielerisches Talent. Er hielt perplex inne, wartete eine dramatische Sekunde ab, fuhr dann mit der Hand über die Wand, auf der ein fleckiges Gemälde, Schimmel auf Backstein, entstanden war. »Grundmauerfeuchte. Eine unendliche Geschichte, Mrs. Campion.« Um das ganze Ausmaß des Dramas zu veranschaulichen, stampfte er mit dem Fuß auf und zeigte ihr, wo der Schlamm feuchte Rahmen um die Kopfsteine zog.

Agnes wurde schweigsam. Sie wußte, daß der Tod hier gewesen war, ein unschöner Tod, jedenfalls stand es so in den alten Dokumenten. Archibald Campion war ein notorischer Prahlhans gewesen, er hatte unter dem Dach der East India Company Reichtümer angehäuft im Handel mit Kardamom, Musselin und Jute und brannte nun darauf, hier einen pompösen viktorianischen Flügel anzubauen. Als die Männer die ersten Spatenstiche taten, um das Fundament zu legen, stießen sie auf einen ganzen Haufen menschlicher Knochen. »Daß sie menschlich waren, daran bestand kein Zweifel«, hatte Camilla Campion, Archibalds Frau, notiert. »Einige von ihnen waren schrecklich verkohlt, und wir fürchteten uns sehr vor den Fäulnisbakterien.« Man kam zu dem Ergebnis, so berichtete sie, daß diese Menschen der Pest zum Opfer gefallen waren, denen man ein christliches Begräbnis auf dem Friedhof versagt hatte.

Aufgewühlt die Erde und aufgewühlt die Seelen: Sie sträubten sich in ihrer Qual und ihrer großen Unruhe gegen die Mauern und die Stille.

Mr. Harvey war aufgebracht von dem, was er herausfand. Seine Maschine klickte und kam zur Ruhe. »Ich muß Ihnen leider mitteilen, daß im Laufe der Jahre das Bodenniveau draußen angestiegen ist. Das muß wieder abgetragen werden, und dann muß eine eigene Dämmschicht aufgetragen werden.«

»Ich mache Ihnen erst einmal einen Kaffee, Mr. Harvey, und dann besprechen wir alles weitere.«

Während sie in der Küche beim Kaffee saßen, hielt Mr. Harvey Agnes einen freien Vortrag, in dem das Wort »schadhaft« besonders häufig zum Einsatz kam. Das Dachgebälk war schadhaft. Das Mauerwerk war schadhaft, wobei noch das Problem des Rußes hinzukam – »Schwefelsäure, Miss Campion, die sich durch die Vermischung von Rauch und verdampfendem Wasser, das durchs Mauerwerk dringt, bildet – führt bei Männern zum sogenannten Schornsteinfegerkrebs«. Weiteren Schaden verursachte die Feuchtigkeit auf dem Dachspeicher, eine vermutete Verseuchung durch Poch- und Splintholzkäfer sowie der wuchernde Efeubestand an der Fassade des viktorianischen Flügels.

»Ja, ja, ich weiß«, sagte Agnes. Sie sah auf ihre Kaffeetasse, die unberührt vor ihr stand. »Von welchen Summen reden wir?«

Mr. Harvey machte es sich auf seinem Stuhl bequem und ließ mit leiser Stimme ein paar Zahlen vom Stapel. »Zigtausend.« Er blickte ihr in die Augen. »Machen Sie sich keine Gedanken, wenn Sie erstmal die Fünfzigtausend überschritten haben, sehen Sie das alles nicht mehr so eng.«

Endlich verkündete Mr. Harvey, daß er dann soweit wäre. Schicksalsergeben begleitete Agnes ihn zu seinem Wagen, der bei der Mauer des Gemüsegartens geparkt war. Er tätschelte die Wand. »Ah, so etwas mag ich. Geben Sie mir eine Mauer«, sagte er, »und ich erzähle Ihnen ihre Geschichte. Wie bei dieser zum Beispiel.« Er zeigte drauf. »Englischer Blockverband. Nicht zu verwechseln mit dem Flämischen Verband.«

»Auf keinen Fall«, sagte Agnes in einem Anfall von Galgenhumor.

»Wie ich auf der Herfahrt bemerkt habe, besteht ihre Außenmauer unten beim Fluß aus behauenem Flint und Backstein. Ist hier und in Hampshire seit der Römerzeit üblich. Muß ausgebessert werden.« Er warf dem Haus noch einen letzten verstohlenen Blick zu. »Die Fugen in der Außenmauer müßten neu verstrichen werden. Allerdings müssen Sie es farblich auf alt trimmen, sonst gibt es Ärger mit dem Denkmalschutz.« Er zwängte sich hinters Steuerrad. »Regenrinnen? Müssen komplett ausgewechselt werden. Gußeisen, fürchte ich, aber vielleicht kommen wir bei den Außenabflüssen mit Glasfaser davon.«

Dann erbarmte er sich und fuhr, vorsichtig, davon.

Das Haus blutete aus, und Agnes sah sich außerstande, für eine Transfusion zu sorgen.

Eine Stunde später rief Peter Bingham an und berichtete, daß er einen Telefonanruf aus London erhalten habe, von einem Grundstücksmakler, der wissen wollte, ob Flagge House zum Verkauf stünde. Eine Wohnungsbaugesellschaft und ein privater Unternehmer, der sich darauf spezialisiert hatte, alten Baubestand in Mehrfamilienhäuser umzuwandeln, hatten ebenfalls Interesse angemeldet.

»Moment mal«, sagte Agnes. »Haben Sie mit Mr. Harvey gesprochen? Nein, antworten Sie nicht! Es ist ohnehin egal.«

Während Agnes mit Mr. Harvey beschäftigt war, hatten die Schwestern Einpacken geübt für ihre *Meine Lieder, meine Träume*-Reise. Jedenfalls Maud. Das Schlafzimmer war eisig, und eine niedergeschlagene Agnes schimpfte sie aus, daß sie nicht den Heizlüfter angestellt hatten, den sie extra angeschafft hatte, um Mauds Pyromanie im Zaum zu halten. Mit klackenden Schritten auf dem Parkett durchquerte sie den Raum und dreht das Gerät auf volle Stärke.

Draußen glitt kraftstrotzend und ungebärdig der Fluß vorüber, die reichen Regenfälle hatten ihn fast über die Ufer treten lassen.

»Wir möchten dir helfen, Geld zu sparen«, sagte Bea und hockte sich näher an die Wärmequelle.

Maud huschte durch den Raum, ließ hier und dort ein Kleidungsstück liegen und wühlte scheinbar ziellos in einem Stapel aussortierter Blusen und Strümpfe herum. Bea hielt sich geduldig im Hintergrund und sprang nur ein, wenn es galt, ein Mindestmaß an Ordnung wiederherzustellen.

»Nur einen Koffer, oder, meine Liebe? Was meinst du?« Bea machte sich daran, Strümpfe nach Farben zu sortieren.

»Du wolltest schon immer bestimmen«, sagte die ältere Schwester. »Schon immer.«

Beas Hände hielten nicht inne. »So? Dick hat das nicht gestört. Er war immer sehr zufrieden damit, wie ich den Haushalt geführt habe.«

Mauds große Augen verschleierten sich. »Dick«, sagte sie gehässig, »war ein Engel in Person.«

Bea ließ die Strümpfe aus der Hand fallen und sank auf den Rand des Bettes. »Ja, das war er, oder etwa nicht?« Ihre übliche Gelassenheit hatte einen Riß bekommen und zeigte ihren ganze Kummer. »Und ich vermisse ihn so sehr.«

Agnes setzte sich neben Bea und legte ihr einen Arm um die Schultern. »Was vermißt du am meisten an ihm?«

Bea strich über die Falten ihres Kleides. »Ich vermisse ... ich vermisse unser Unterwegssein. Immer weiter, immer weiter sind wir gekommen ... Ich kann nicht genau erklären, was ich meine. Auf jeden Fall endete es mit seinem Tod.« Die Concertina aus Stoff glitt durch ihre Finger.

Maud ließ sich nicht beeindrucken und sortierte geschäftig weiter ihre Kleider. Sie hielt sich eine Bluse an, warf sie fort, nahm eine andere auf. »Bei der fehlt ein Knopf.« Sie schwang herum und legte sie aufs Bett. »Wann willst du mit Dick denn mal ... *unterwegs* gewesen sein? Sag mir, wenn ich mich irre, aber ich dachte, ihr hättet euer gesamtes Eheleben in Shaftesbury verbracht. Oder war das irgendwie metaphorisch gemeint?« Ihr Stimme wurde lauter, kindische Wut mischte sich in ihren Tonfall.

Agnes drückte Bea fester an sich. »Bea, meine Liebe.«

Bea streckte den Arm nach Mauds Bluse aus. »Gib sie mir. Ich bügle sie.«

Maud drückte die Bluse an sich. »Fühlst du dich dann besser?«

»Maud!« Agnes bemühte sich, ruhig zu bleiben.

»Gib mir die Bluse, Liebes.« Bea war so blaß geworden, daß Agnes einen Schreck bekam.

»Hast du deine Tabletten genommen?« fragte sie.

Maud warf noch einen prüfenden Blick auf ihre Bluse, dann warf sie sie ihrer Schwester hin. »Da.«

Agnes nahm sie aus Beas Schoß, legte sie zusammen und beiseite. »Du kannst dich später darum kümmern. Ist alles in Ordnung, Bea?«

»Aber ja. Aber natürlich.« Bea nahm wieder Haltung an und wirkte fast wie immer. Ihr Gefühlsausbruch schien ihr unangenehm zu sein. Nervös drehte sie an dem Ehering an ihrem knöchrigen Finger. »Vergiß, was ich gesagt habe. Ich war etwas durcheinander. Aber die Gewohnheit ...«, sie überlegte, »... mit jemandem zusammenzuleben ... das muß man erst wieder verlernen.«

»*Alors*.« Maud baute sich vor ihrer Schwester auf. »Ehen sind dazu da, ausgestanden zu werden wie Steuererklärungen oder Politik, weil nun mal kein Weg drumherumführt.«

»Maud, das ist dummes Zeug«, murmelte Bea.

»Ich bin alles mögliche, aber nicht dumm.« Mit einer ungewöhnlichen Geste legte sie Bea eine Hand auf die Schulter. »Ich würde mir wünschen«, sagte sie, »daß ich John vermisse.«

Die Eifersüchteleien waren in eine Flaute geraten.

Julian rief am nächsten Tag an. »Agnes? Ich habe nachgedacht. Hättest du Lust, am Wochenende mit mir zu segeln? Ich erzähle dir dann alles über Kitty, wie versprochen.«

Vielleicht hatte er das Kitty-Problem gelöst. Agnes stellte sich vor, wie sie nachsichtig und verständig reagieren würde, und nahm sich vor, kein betretenes Schweigen aufkommen zu lassen. Aber so weit kam es gar nicht. Julian erwartete Agnes beim Bahnhof – ihr Auto war in der Werkstatt – und fuhr mit ihr direkt zum Strand. Dort machte er sich sofort daran, das Boot, eine J-24, flottzumachen, gab knappe Kommandos, und Agnes' euphorische Stimmung machte eine Kehrtwende.

Die Brise war steif, die See kabbelig, und trotz aller Öljacken und -hosen waren Agnes' Extremitäten sofort nur noch Gänsehaut. Ihre Unwissenheit machte sie ungeschickt, und Julians Befehlston wurde bedrohlicher. »Ich habe dir gesagt, daß ich nichts davon verstehe«, protestierte sie, als er ihr zurief, die Schot an der Klampe zu belegen.

Er schien nicht zu begreifen. »Was hat das damit zu tun?«

Schließlich schossen sie mit knatterndem Segel und klappernden Schoten hinaus aus dem Schutz der Bucht ins offene Meer.

Als sie die Sandbank passiert hatten, begann der Wind zu heulen, und das Ufer hob und senkte sich stürmischer. Hier draußen war die Sonne heller, greller, reflektiert von der weißen, windzerzausten Unendlichkeit der See, über die Agnes als staunende Reisende hinwegglitt.

»Ich sage es nur ungern«, rief Julian an der Ruderpinne. »Aber du solltest besser aufpassen. Der Wind wird stärker, es dürfte etwas unruhig werden.«

Agnes klammerte sich hilflos an die Bootswand.

»Wir machen eine Wende«, brüllte Julian, der Wind peitschte sein Haar hin und her. Agnes verlor das Gleichgewicht und fiel der Länge nach zu Boden.

»Anfängerglück«, sagte Julian ungerührt.

Wie sie es haßte, nutzlos zu sein. Sie kämpfte sich in eine sitzende Position und rieb potentielle blaue Flecken. »Das kann einen Seemann nicht erschüttern«, sagte sie wütend.

Eine unbequeme halbe Stunde später nahmen sie Kurs auf die Küste. Agnes schauerte bereits im Vorgefühl auf festen, trockenen Boden unter den Füßen, die Lust am Segeln war ihr längst vergangen und zwar gründlich. Sie ließ sich tiefer auf ihre Bank sinken und versuchte, ihre schrumpeligen, geröteten Hände irgendwie in der Ölkleidung verschwinden zu lassen. Julian hingegen schien sich pudelwohl zu fühlen. Er war ganz offensichtlich in seinem Element.

»Ist dir nicht kalt?« fragte sie und fügte, als er den Kopf schüttelte, mit einer Inbrunst hinzu: »Ich hasse dich.«

Zurück an Land, gingen sie zu einem Frittenverkäufer, der mit seinem Wagen am Hafen haltgemacht hatte, und setzten sich dann auf die nächstbeste Bank, um schweigend zu essen. Die Kälte ließ Agnes immer wieder fröstelnd zusammenzukken, ein Schluckauf stellte sich ein und sie zitterte.

Julian legte ihr seine Öljacke um die Schultern. »Es hat dir nicht besonders gefallen, was?«

Sie schüttelte den Kopf.

Er nahm ihr die leere Pommes-Frites-Tüte aus der steifen Hand. »Es war vielleicht unklug, bei unruhiger See rauszugehen. Du lernst es leichter, wenn ein laues Lüftchen weht.«

»Ich soll segeln lernen?«

»Ja klar.«

»Seit wann?«

»Seit du mich kennengelernt hast.«

»Ich verstehe. Entschuldigung, daß ich dich frage. Es hat mich nur interessiert.«

»Eine verständliche Frage.«

Er knüllte die Papiertüten zusammen, blinzelte und beförderte sie mit gezielten Würfen in den Papierkorb. Die Pommes Frites und der starke Tee wirkten Wunder. Agnes vergrub ihre nackten Füße im Sand, und das Schaben Tausender kleiner Körner prickelte auf ihrer Haut. Sie steckte die Hände in die Ärmel der wasserfesten Jacke und spürte schon wieder die alte Wärme.

Julian beugte sich zu ihr herüber und entfernte einen salzigen Fleck von ihrer Nasenspitze. »Ich glaube, ich gehe zu Fuß.«

Er führte sie den Strand nach Osten entlang in Richtung Cliff House. Sie hatten ablaufendes Wasser und suchten sich ihren Weg zwischen feuchten Steinen, glucksenden Prilen und glänzenden Algen. Agnes blieb stehen, um eine Muschel mit einem messerscharf gezackten Rand aufzuheben. »Wie lang lebst du schon hier?«

Sie spürte, daß er darüber nicht häufig sprach, aber jetzt tat er es. Unterkühlte Eltern, ein kleiner Junge, sich und seinen Spielsachen überlassen, schweigend absolvierte Mahlzeiten, nichtgefeierte Geburtstage. Sie sah einen kleinen Jungen mit einer schmuddeligen kurzen Hose, der auf einem Fahrrad die Straße entlangfährt, zu den Dünen, um Vögel zu beobachten, der ein einsames Picknick veranstaltet, zur Musik der Sturmmöwen, die die Klippen umschweben, der zurückfährt, müde und kalt, und ein Haus betritt, in dem der Strom rationiert ist, weil die Eltern Sparsamkeitsfanatiker sind. In ihrer Phantasie erschien er ihr winzig klein in der unendlichen Weite der Landschaft, die ihn umgab, und sie hörte in all dem Getöse des Windes das Schluchzen des Jungen, dessen zehnter Geburtstag vergessen worden war.

Man hat kein Recht, einem zarten, hilflosen Kind wehzutun. Niemand, niemals.

»Kindheit ist anscheinend Glückssache«, sagte sie. »Man kann bei den falschen Eltern, in der falschen Haut oder im falschen Land geboren werden.« Sie ließ die Muschel in den Sand fallen.

Sie sahen sich an und waren beide überrascht, über die Intensität des Blicks.

»Das beste an der Kindheit ist, daß sie irgendwann vorüber ist«, sagte Julian schließlich.

Als Agnes zwölf Jahre alt war, hatte sie scheinbar fröhlich zwischen den Mauern des Gemüsegartens herumgetobt, aber ihr ständiger Begleiter war die gräßliche Furcht, noch einmal verlassen zu werden. »Deswegen gehen wir wohl zurück. Um uns zu beweisen, daß wir erwachsen geworden sind.«

»Nicht unbedingt. In meinem Fall stand Cliff House einfach zur Verfügung. Und ich brauchte ein Basislager.«

Eine Windböe warf ihr eine Handvoll Haare in den Mund, Agnes schüttelte sich. »Jeder nach seiner Façon.«

»Ganz meine Meinung.« Er grinste und steckte ihre Hand unter seinen Arm.

Sie liefen weiter, kickten Seegras und kleine Steine aus dem Weg. Im Frühlingslicht wirkten Steine, Holz und der Sand weiß und schwerelos. Die Möwen segelten über ihnen. Wenn man eine Beziehung hinter sich hatte und eine neue sich anbahnte, waren sofort wieder die alten Gefühle da. Aber nein, es waren nicht die alten. Alles andere als das.

Julian verlangsamte seine Schritte und wies nach oben. »Da drüben ist Cliff House. Und da hinten ... «, er zögerte, »... wo der Höhenweg entlangführt, da wohnt Kitty.«

»Kitty lebt hier? Ihr wohnt getrennt?« Sie blieb stehen.

»Ich habe dir doch versprochen, von ihr zu erzählen.«

»Ich bin ganz Ohr.«

Sie meinte sein Seufzen über dem Getöse des Windes gehört zu haben. »Wie gesagt, ich verbringe die meisten Wochenenden mit Kitty.«

»Verstehe.« In Wahrheit war sie weit davon entfernt, zu verstehen. »Unterhalb der Woche nicht?«

»Eigentlich nicht. Manchmal kommt sie rauf nach London.«

Agnes fragte: »Warum hast du mich hierher mitgenommen? In Kittys Revier?«

Julian antwortete nicht gleich. Statt dessen wies er mit dem Finger auf einen Felsvorsprung, unter dem gepreßter Lehm und Muschelschalen eine üppige Versteinerung hervorgebracht hatten. »Als Junge habe ich Stunden damit zugebracht, Versteinerungen zu suchen, und die besten habe ich hier gefunden. Meistens dort, wo man es am allerwenigsten erwartet hat. Ich habe gelernt, die Suche nie aufzugeben. Dummerweise hat sich die Geschichte herumgesprochen, und irgendwann kamen hier die professionellen Fossilienjäger in ganzen Scharen an.« Er schwieg, dann fuhr er leiser fort: »Kitty und ich gestatten uns einen gewissen Spielraum. Das war so abgemacht. Es hat lange Zeit funkioniert.«

Eine Möwe schrie hinter ihnen und stürzte sich ins Meer.

Agnes hielt wieder an und befreite ihren Mund erneut von Haarsträhnen. »Funktioniert es auch für Kitty?«

»Ich weiß nicht mehr so genau«, sagte er.

»Und für dich?«

Er zögerte. »Unsere Vereinbarung sah vor, daß wir für eine Weile getrennte Wege gehen, wenn uns danach ist.«

»*Sah* vor?« wiederholte sie.

Er sah hinab. »Dinge ändern sich.«

In der Küche von Cliff House machte Julian Tee und holte Gebäck aus dem Speiseschrank. »Ich habe eine Haushaltshilfe, wenn Kitty nicht da ist und sich um alles kümmert.« Er nahm das volle Tablett und führte Agnes in den Wintergarten, der einen Panoramablick über das Grundstück und das Meer bot. Durch die Scheiben wirkte die See zahm und still. Julian hatte noch immer seine zerknitterte, salzige Jeans vom Segeln an, er hatte die Haare gekämmt und die störrischen Wirbel einigermaßen gebändigt. Der kleine, einsame Junge war in irgendeinen Schrank zurückgestellt worden.

Agnes trank ihren Tee. »Wer macht den Garten?« fragte sie, aber sie dachte nur an die Sache mit Kitty. Wie paßte diese Frau, diese Wochenendfrau, ins Bild? Wollte er sie loswerden und sie durch eine anderen Wochenendfrau ersetzen? »Dinge ändern sich«, hatte er gesagt, und sie mußte die Augen schließen angesichts der vielen Fragen, die diese paar Worte aufwarfen. Wie hatte sie auch glauben können, daß Julian unbelastet in ihr Leben treten würde?

»Theo. Er ist in Behandlung in der hiesigen Psychiatrie. Er arbeitet auch für Kitty. Er vergöttert sie, um genau zu sein. Gartenarbeit und Putzen ist Teil seiner Therapie.«

»Ich brauche einen Theo. Kann nicht jeder einen haben?«

»Agnes, darf ich dir etwas sagen? Paß auf, daß dir das Haus nicht über den Kopf wächst. Ein Haus zu erhalten *um jeden Preis* ... das ist nicht gut. Überleg es dir gut.«

Er sah so aufrichtig besorgt und ängstlich aus, ihretwegen, daß sie ihn hätte küssen mögen, um ihn zu beruhigen. »Und du hast mir erzählt, ich solle niemandem trauen.«

Das Telefon klingelte und er stand auf. »Entschuldigung. Dauert nur einen Augenblick.«

Der Augenblick dehnte sich. Die Minuten verstrichen, sie konnte ihn im Nebenraum sprechen hören. Das Tageslicht schwand, und die Sonne hing am Horizont wie eine überreife, purpurne Frucht, so leuchtend, daß Agnes sie gern berührt hätte. Sie stand auf, verließ den Wintergarten und ging zu dem Tor, der zum Panoramaweg führte.

Der Weg war schmal, und die Klippe fiel steil ab, im Dunkeln war es sicherlich nicht ungefährlich, hier zu laufen. Hier und da zweigte ein Weg ab, um sich hinunter zu dem schmalen Streifen Strand zu winden, der gesäumt war von schwarzen Felsbrocken und Pfützen, wie von einer Halskette funkelnder schwarzer Diamanten. Das ersterbende Sonnenlicht ließ Steine und Pfützen aufleuchten, und jeden Moment konnten Meerjungfrauen auftauchen, um das Martyrium der menschlichen Liebe zu schmecken, und Neptun würde auf der schäumenden Woge herangeritten kommen, um seine Rechte geltend zu machen.

Draußen auf hoher See glitt eine Tanker von Ost nach West. Weiter vorn am Strand hatte die hereinkommende Flut einen Teppich gewebt aus Orangenschalen, Tang, verrosteten Dosen und Plastikflaschen.

»Dinge ändern sich«, wiederholte sie und spürte, wie erste Strahlen wahren Glücks auf sie trafen. Der verlorene Sohn kehrte zurück.

»Hallo«, sagte eine Stimme von weiter unten. »Darf ich fragen, wer Sie sind?«

Agnes fuhr herum. Superschlank, supergestylt, honigblond, abweisende Haltung ... Das mußte Kitty sein.

Kapitel 12

Sie ist wirklich ... jung.

Zweimal in ihrer Laufbahn war es zu der Art von Konfrontation gekommen, zu der sie instinktiv auch diese zählte, und beide Male hatte sie die Kontenance bewahrt. Nimm die Niederlage mit Anstand hin, handel eine anständige Ablösesumme aus und geh deiner Wege.

Diesmal war es anders. Die Liebe zu Julian veränderte die Situation. Angesichts dieses Mädchens mit seinem offenen, etwas verträumten Blick fiel Kitty aber kaum eine andere Möglichkeit ein. Fortlaufen? Zurück ins kalte, einsame Schlafzimmer flüchten und die Wunden lecken? Nein. Wie groß ihre Furcht auch war, ein Rest Verstand war Kitty geblieben.

»Ich bin Kitty.« Sie streckte die Hand aus.

»Ich dachte mir, daß Sie es sind.« Das Mädchen schüttelte ihr die Hand. Ihr Griff war sicher und geschäftsmäßig. Vielleicht hatte Kitty auch nur alles ganz falsch verstanden? »Julian hat von mir gesprochen?« Kittys Gesichtszüge verrieten einen Anflug von Erleichterung.

»Ja. Er hat mir gezeigt, wo Sie wohnen. Ich bin Agnes Campion.«

»Ich weiß, wer sie sind. Die junge Frau mit dem Haus und den Lilien. Die Frau mit den Briefen.«

Sie schien überrascht. »Sie wissen von den Briefen?«

»Julian hat mir davon erzählt. Er weiß, daß mich so etwas immer ganz besonders interessiert.« Winzige Pause. »Er erzählt mir so ziemlich alles.«

»Natürlich.« Agnes verdaute die Information.

Kitty betonte jedes Wort einzeln. »Ich sollte heute eigentlich meine Mutter besuchen, aber sie hat mich wieder ausgeladen. Sie wissen ja, wie Mütter sind.«

Agnes' ungutes Gefühl wurde stärker. »Meine Mutter starb, als ich zwölf war. Aber ich kann es mir vorstellen.«

Für einen kleinen Moment ließ Kitty die Maske fallen. »Das tut mir leid.«

Ein Funken von Sympathie sprang zwischen den beiden Frauen über. *Einsamkeit. Ich weiß Bescheid.* Aber schon im nächsten Moment nahm die ältere der beiden wieder ihre feindliche Haltung ein. »Wollen wir hineingehen?«

Julian stand am Herd und rührte in einem Topf. »Ich hoffe, du magst Spaghetti mit Muscheln.« Er sah sich zur Tür um, und seine Stirn legte sich in tiefe Falten.

»Meine Güte, Kitty! Ich dachte, du bist bei deiner Mutter.«

Sie drängte sich zwischen Agnes und Julian, stellte sich auf Zehenspitzen für einen Kuß. Er gehört mir, sagte sie. Du sollst nicht stehlen. Im Kunstlicht war Kittys Schönheit wirklich beeindruckend: Das war der Rahmen, der zu ihrem Äußeren paßte, und sie war sich dessen bewußt. Geschmeidig, entspannt, dunkelrot gefärbte Lippen, der exquisit gepflegte Teint wie aus feinstem Porzellan. Sie war in bequeme Seiden- und Kaschmirstoffe gehüllt, ihr Haar perfekt geschnitten und geföhnt, die Nägel manikürt. Keine Frau mit einem bestimmten, unverwechselbaren Stil, aber eine, die mit jedem Detail ihrer Kleidung feminines Selbstbewußtsein signalisierte.

»Mutter hat mal wieder alles durcheinanderbekommen und sich noch etwas anderes vorgenommen.« Kitty sah auf ihre Uhr. »Bleibt Agnes über nacht?«

»Nein«, beeilte sich Agnes zu sagen. »Julian hat mich hergefahren, und ich wollte den letzten Zug zurück nehmen. Ich glaube, ich sollte jetzt wirklich mal langsam los. Kommt nicht gleich einer?«

»Es gibt keinen Spätzug am Samstag«, sagte Kitty. »Nur in der Woche.«

Agnes glühte vor Scham, es war unfair, Kitty etwas vormachen zu wollen. »Ich komme schon irgendwie nach Hause. So weit ist es nicht.«

Aber aus irgendwelchen Gründen schnitt ihr Kitty den Fluchtweg ab. »Den Feind stellen und vernichten«, hatte der Befehl gelautet, den ihr Urgroßvater, der berühmte General Mabey, seinen Männern am Khyberpaß erteilt hatte. Keine schlechte Idee. Sie setzte das Lächeln einer Hosteß auf, die den wehrlosen Gast in die Ecke getrieben hat. »Warum bleiben Sie nicht? Platz gibt es genug. Wir können Sie morgen früh zum ersten Zug bringen, wenn Sie es wünschen. Dann können Sie noch in Ruhe mit uns zu Abend essen ... und wir können was trinken.«

Na bitte, sie hatte das Heft in die Hand genommen. Kitty der Arrangeur. Wir sind doch alle erwachsene Menschen und können mit solch einer Situation umgehen. »Kommen Sie«, sagte sie schnell. »Das ist also abgemacht.« Sie trieb Agnes die Treppe hinauf. »Sie können sich nehmen, was Sie brauchen. Ich habe alles mögliche von mir hier.« Sie öffnete eine Schlafzimmertür und sagte, sehr leise: »Ich bleibe auch.«

Nachdem sie ihre Botschaft losgeworden war, scheuchte sie Agnes in ein perfekt eingerichtetes Badezimmer und holte aus einem Schrank Handtücher und einen Waschlappen. »Ich bringe Ihnen einen Pullover von mir. Sie müssen ja frieren.« Sie sah sich Agnes' Jeans und das zerknitterte T-Shirt an. »Brauchen Sie sonst noch etwas?«

Agnes schüttelte den Kopf. »Das ist sehr freundlich von Ihnen.«

Kitty wußte, daß Agnes wußte, daß es nicht um Freundlichkeiten ging und bemerkte zu ihrem Erstaunen, daß aus dem Zusammentreffen womöglich sogar eine gewisse Befriedigung gezogen werden konnte. Die Erkenntnis öffnete ihr eine ganz neue Perspektive: *Ich kann sie einfach fortschicken.* Und sie spürte, wie sich ihre durchtrainierten Muskeln anspannten. Schnell, bevor der Mut sie verließ! Trotz aller Arrangements und sexueller Übereinkünfte, es blieb noch ein Element des Primitiven. Kampf! Kampf bis in den Tod! Mit großer Genugtuung schritt Kitty in ihren Hochhackigen die Treppe hinunter, aber auf der letzten Stufe kippelte sie, und der Schuh rutscht ihr weg. Sie konnte sich gerade noch am Geländerpfosten festhalten.

In der Küche erwartete Julian sie mit einem Glas Wein in der Hand. Er schien ganz ruhig. »Was ist das für eine Geschichte mit deiner Mutter, Kitty?« Er sah Kitty streng an. Er las in ihr wie in einem Buch. »Was sind das für Spielchen, Kitty?«

»Sollte ich diese Frage nicht lieber dir stellen?« gab sie wütend zurück.

Er reichte ihr ein Glas Wein. »Nein, ich finde nicht. Ich habe dir von Agnes erzählt, und ich habe dir erzählt, daß ich mich ein paarmal mit ihr getroffen habe. Ich habe dir gesagt, daß ich mit ihr segeln gehen werde.« Er sah sehr verärgert aus. »Du hättest wenigsten vorher anrufen können.«

Kitty nahm sich noch vom Wein. »Warum hast du sie nur hierhergebracht, mein Gott? In unser Haus?«

Er sah in ihr Glas. »*Mein* Haus.« Als er hörte, wie Kitty ein heftiges Seufzen mühsam unterdrückte, wurden seine Gesichtszüge weicher. »Kitty. Es tut mir leid. Das war nicht richtig.«

Ihre Angriffslust war verraucht. Sie wollte ausrufen, daß sich so ein Arrangement wie das ihre vielleicht wer weiß wie aufgeklärt, modern und cool anhöre, und ja, sie hatten sich versprochen, immer offen und ehrlich alles beim Namen zu nennen. Aber jetzt, wo es zum Härtetest kam, überspülte sie ein heißer Strom von Verzweiflung und drohte Kitty zu ertränken. Sie hatte irgendwo einen Artikel gelesen – wo schon wieder? – in einem ihrer Blätter, die sie auf der Suche nach

Konversationsstoff durchsah –, in dem gegen die Kurzlebigkeit heutiger Beziehungen gewettert und behauptet wurde, daß die Menschen nicht ohne Religion und nicht ohne feste Strukturen und damit nicht ohne ein gewisses Maß an Unfreiheit zurechtkommen könnten.

»Wieso kannst du mich nicht ganz annehmen? Warum kann ich nicht mit dir zusammenleben ... offiziell?«

Er stellte sein Glas auf den Tisch und sah nach der Muschelsoße. Oben im Gästebadezimmer konnte man Agnes hören, wie sie einen Wasserhahn zudrehte, das Fenster öffnete. Julian sah so traurig und verwirrt aus, wie Kitty sich fühlte. »Kitty, wir fangen immer wieder von vorne an. Vielleicht sollten wir noch einmal alles neu überdenken?« Er fuhr sich mit der Hand durchs Haar. »Vielleicht habe ich mich verändert. Aber ich hoffe, ich habe dich nie hintergangen.«

»O nein, hör bitte auf.«

Ja, er war immer ehrlich zu ihr gewesen. Sie konnte ihm in dieser Hinsicht keine Vorwürfe machen. Vom ersten Moment an, da sie seinem zupackenden, inbesitznehmenden Charme erlegen war, hatte er bekannt, daß eine feste Bindung, Treue nichts für ihn seien. Aber sie hatte gelernt, daß Ehrlichkeit allein nicht an wahre, tief empfundene Gefühle heranreichte. Ehrlichkeit war viel eher ein bequemer Deckmantel.

»Komm her.« Julian bezwang seinen Ärger. Er legte seinen Arm um ihre Schulter. »Ich habe das hier nicht gewollt.«

Ihr kleiner Aufstand war niedergeschlagen worden und ließ Kitty erschöpft zurück. Sie bemühte sich um einen sachlichen Ton. »Du hast recht. Reden wir nicht mehr darüber. Es gibt Wichtigeres.«

»Sehr gut.« Er ließ seine Hand um ihre Hüfte gleiten und war einmal mehr überrascht von Kittys zartem Körperbau. »Wollen wir essen?«

Sie wandte sich ihm zu und streckte die Hand nach dem von ihr geliebten Gesicht aus, das ihr so vertraut war und das sie doch nie ganz deuten konnte.

Während sie die Spaghetti aßen, unterhielten sie sich über *Menschen wie du und ich*, ein einigermaßen unverfängliches Thema, und stellten Überlegungen zur Identität von Mary an. Kitty vermutete, daß sie vielleicht eine Hausangestellte war oder Jüdin, irgend jemand, der in der damaligen Gesellschaft ohne Status war, und als Agnes erwähnte, daß Bel verschiedenen Spuren nachging, unter anderem auch der SOE-Theorie, unterbrach Kitty sie und fragte: »Warum muß es denn gleich so dramatisch sein? Warum nicht wie im täglichen Leben? Viele gewöhnliche Menschen haben sich im Krieg in den Falschen verliebt und mußten gehen, weil sie irgendwo als Erntehelfer arbeiten mußten oder ihre Eltern pflegen ...«

Wie nur, um alles in der Welt, war Agnes in diese Situation geraten? Kittys Überraschungsangriff war ein voller Erfolg gewesen. Agnes spürte, wie sie von Julian beobachtet wurde, während sie selbst Kitty dabei zusehen mußte, wie sie lächelte, sich das Haar zurechtlegte, Essen anbot. Kitty saß nicht auf ihrem Stuhl, sie thronte, Messer und Gabel waren Zepter und Reichsapfel. Sie wandte sich ihrem Geliebten zu, und ihr Lächeln besagte: »Ich kenne alle deine Geheimnisse.«

Sie mußte sich zwingen, auf das zu achten, was Kitty sagte.

»Haben Sie einmal daran gedacht«, fuhr Kitty fort, »daß sie womöglich schwanger war?«

Später führte Kitty Agnes nach oben in ihr Schlafzimmer. Vor Julians Schlafzimmer wandte sie sich noch einmal um und sagte: »Gute Nacht, Agnes.«

In ihrem Doppelbett zog sie Julian näher an sich heran, und trotz ihrer großen Müdigkeit ließ sie ihn den ganzen Reiz ihres weichen, verwöhnten Körpers spüren, und als sie rittlings auf ihm saß, stieß sie einen Schrei des Sieges und der Wollust aus, und Agnes hörte sie schreien. Wie beabsichtigt.

Früh am nächsten Morgen fuhr Kitty plötzlich aus dem Schlaf hoch. Julian neben ihr schlief tief und fest. Jemand ging im

Haus umher. Agnes, natürlich. Kitty kroch aus dem Bett und schlich nach unten.

Sie fand Agnes in Julians Arbeitszimmer. Sie hatte die Vorhänge beiseitegezogen und betrachtete das Meer. Im fahlen Morgenlicht wirkte sie unbeholfen, ungepflegt. Sie fühlte sich unwohl. Als Kitty den Raum betrat, fuhr sie herum, und ihr Haar – so glänzend, so begehrlich, so jugendlich – schwang mit und folgte ihrer Bewegung. »Ich habe sie geweckt, tut mir leid.«

Wie kann sie es wagen, hier hereinzukommen? dachte Kitty. Julian haßte es, wenn Leute in sein Arbeitszimmer einfielen. Sie schloß die Tür hinter sich und kam näher. »Geht es Ihnen gut?«

»Ich konnte nicht schlafen.« Tatsächlich waren müde Schatten unter ihren Augen zu sehen. »Ich wollte mir einen Tee machen, ist das in Ordnung?«

Kitty schlang den Gürtel ihres Morgenmantels um die schlanke Hüfte (die sie soviel Aufwand gekostet hatte), ihre pinkfarbenen Perlmuttfingernägel fingen das Morgenlicht ein. »Ich mache welchen.«

»Lassen Sie nur. Sie wollen bestimmt schnell wieder ins Bett.«

»Ist schon gut.« Sie streckte eine Hand aus und besah müde ihre Fingernägel, eine Taktlosigkeit, die Agnes, wie sie hoffte, als solche werten würde. Es war die Handlung einer reifen Frau, die sich mit der Macht und Schönheit einer jüngeren konfrontiert sah und sich zur Wehr setzte. Im nächsten Moment schämte sie sich für ihr Verhalten. Wie banal, wie sinnlos. Kitty besann sich auf ihre Tugenden. »Sie haben sicherlich einen vollen Terminplan. Julian hat mir erzählt, daß sie viel herumkommen.«

»Ja, das stimmt.« Agnes strich sich das Haar mit einer unsicheren Geste zurück, aber sie lächelte höflich. »Es war sehr freundlich von Ihnen, daß ich bleiben konnte ... trotz ...«

»Trotz allem«, sagte Kitty. »Ja, das war es.«

»Aber ich hätte nicht bleiben sollen.«

Kitty spürte, daß Agnes sie taxierte. Sie wollte sicher wissen, wie jemand wie sie lebte. Agnes war es gewohnt, solche Dinge zu recherchieren. Sie würde denken, daß eine Frau wie Kitty sicherlich nicht den ganzen Tag darauf wartete, bis Julian nach Hause kam. Agnes konnte nicht ahnen, daß sie, Kitty, sich ebenfalls diese Fragen stellte und zu der Erkenntnis gekommen war, daß man Warten auch als Kunst betreiben konnte, daß man es zu einer Geisteshaltung machen konnte. Einige Menschen taten etwas, andere warteten. Passivität. Was war das schon? Sie hatte irgendwo gelesen, Passivität sei eine Form der Aggression.

Und dieses Mädchen – Kitty ging zum Fenster und zog die Vorhänge richtig zurecht –, sie gehört zu denen, die über Freiheiten verfügen, von denen ich nie zu träumen gewagt habe, die man mir immer vorenthalten hat. Ihre bloße Anwesenheit besagt: Ich schulde niemandem Rechenschaft. Ich brauche meinen Freiraum. Meine sexuelle Unabhängigkeit. Die anderen Leute sind mir egal. *Sonst hätte sie es sich nicht gestattet, sich für Julian zu interessieren.*

»Ich habe leider nicht genug für ein Mittagessen im Haus, am besten bringen wir sie dann zum frühen Zug.«

Na bitte. Sie hatte es deutlich ausgesprochen. *Hau ab.*

»Ja, selbstverständlich. Ich muß zurück. Wenn Sie mich vielleicht kurz hinfahren könnten. Oder vielleicht kann ich ein Taxi bestellen?« Kitty ging durch den Raum und legte eine schlanke, kleine, entschlossenen Hand auf den Türgriff. »Kitty«, fügte Agnes hinzu, »ich weiß, daß Sie und Julian schon lang zusammen sind. Ich verstehe, daß man das nicht leichtsinnig aufs Spiel setzt.«

Zwischen der ersten Äußerung ihres Wortwechsels und dem nächsten war ein uralter Kampf aufs neue ausgefochten worden. Der Kampf um Besitzansprüche und Herrschaft. *Die Bienenkönigin*, hatte Jack in einem seiner Briefe geschrieben, die Kitty gelesen hatte, *vertreibt die junge, nachfolgende Thronanwärterin. Notfalls wird sie sie töten.*

Wie freundlich von Agnes, ihre Niederlage öffentlich einzugestehen. Kitty lächelte triumphierend. »Ich mache den Tee. Kommen Sie doch mit in die Küche. Julian mag es nicht, wenn jemand in sein Arbeitszimmer geht.«

In der Küche machte Kitty sich daran, die Rollos hochzuziehen und holte dann die Utensilien für den Tee hervor. Das sind meine, von rechtswegen, dachte sie und legte bedächtig Teelöffel in Untertassen und füllte das Milchkännchen langsam mit Milch. Ich bin Herrin in diesem Haus.

Sie blickte auf und sah aus dem Fenster. Sie spürte vor Erschöpfung jeden Muskel einzeln. Manchmal war das schiere Exisitieren mit viel zu großen Anstrengungen verbunden.

Irgendwo auf der Strecke war es zu einem Zwischenfall gekommen, und so fuhren an diesem Sonntag morgen keine Züge. Julian rief Kitty an und sagte ihr, daß er Agnes noch nach Hause fahren werde, zum Mittagessen aber wieder da sei.

Er hatte aus Cliff House ein Haus der Elemente gemacht: Licht, Sonne und Wasser. Alle unübersichtlichen, dunklen Ekken und Winkel waren gnadenlos von ihm ausgeräumt und mit weißer Farbe eliminiert worden. Er hatte jede Dekoration auf ein Minimum reduziert. Er wollte die Räume an sich zur Geltung bringen und die natürlichen Farben, so daß das Haus schwerelos und lichtdurchströmt wirkte, als würde es auf dem Meer dahingleiten.

Flagge House war anders.

»Und was hältst du von *meinem* Haus?« Agnes führte ihn herum, um ihm zu zeigen, woran ihr Herz hing. Ernst und schweigsam zog sie die schweren Vorhänge zurück, klappte die Läden des großen Fensters im Wohnzimmer auf, um das Innere zu präsentieren. Julian registrierte die beeindruckenden Maße des Raums und das honiggelbe Parkett und mußte zugeben, daß er sehr schön war.

»Manchmal«, sagte Agnes, »wenn ich mich ganz still verhalte, höre ich das Haus seufzen und atmen. Es lebt.« Sie hob einen Finger und kniff vor Konzentration die Augen zusammen. »Hör mal.«

Sie wollte ihn für ihren Kreuzzug begeistern, und weil er in sie mehr – viel mehr – als nur halb verliebt war, lauschte er. Agnes machte sich an den übrigen Läden zu schaffen. Eine Lichtsäule nach der anderen schoß in den Raum, um unerbittlich die Spuren zu zeigen, die die Zeit hinterlassen hatte. Wasser hatte das Parkett mit einem Fleckenmuster überzogen und hier und da die Bohlen in die Höhe getrieben. Über dem mittleren Fenster war der Sturz gefährlich gesackt.

»Es ist phantastisch«, sagte sie, »findest du nicht?« Liebe machte so blind, dachte er und wunderte sich, wie sehr er von all dem berührt wurde.

Agnes führte ihn weiter, verweilte genießerisch in jedem Raum – dem Privatarchiv, das, wie sie erklärte, das Arbeitszimmer ihres Onkels gewesen und jetzt ihr eigenes Arbeitszimmer war, das lindgrüne Eßzimmer, die Küche. Sie zeigte ihm die ausgetretenen Treppenstufen, das Fenster mit den bunten Butzenscheiben und den schweren Bleifassungen, durch das die Frauen der Campions ihren Männern nachgeblickt hatten, wenn sie in den Kampf oder an den Hof ritten oder fortgingen, um neue Teile der Erdkugel zu entdecken.

Sie war drauf und dran, ihn vergessen zu lassen, daß es noch etwas anderes als Flagge House gab. Sie verfügte über magische Kräfte. Julian folgte ihr wie ein Hündchen und ließ sich bereitwillig mit Blindheit schlagen.

Sie stellte ihn oben auf die oberste Stufe der Treppe der Terrasse und wies auf die Wiesen und den Fluß. »Wir haben kein Recht, das zu zerstören.«

Er riß sich zusammen, so weit es ging, und sagte: »Wir müssen überleben. Und überleben heißt, in Konkurrenz treten zu anderen, die unser Territorium für sich beanspruchen wollen.«

»Gewiß.«

Sie gingen zurück zu seinem Wagen, der bei der Mauer zum Gemüsegarten geparkt war. »Hier hast du mein Territorium zum ersten Mal unbefugt betreten.«

»Hast du mir vergeben?«

Sie zupfte an ihrem Zopf. »Nein.«

»Zu Recht.« Er steckte die Hände in die Taschen. »Agnes ... ich wollte ...« Er spürte, wie sie zurückwich.

»Wußtest du, daß man Wände wie Bücher lesen kann?« sagte sie im Plauderton. »Ich will mal eine Sendung darüber machen ...«

Julian unterbrach sie, indem er sie bei den Schultern packte. Verwirrt und verzweifelt sah er ihr ins Gesicht, als suche er nach einer Begründung dafür, warum er so auf sie reagierte. Seine Welt war immer übersichtlich und geordnet gewesen. Kittys Lustschrei von gestern abend klang ihm im Ohr.

»Wir reden nicht über das, worüber wir reden sollten«, sagte er gereizt. »Sieh mich an, Agnes.«

Ihre Augen waren feucht. »Es gibt nichts zu bereden, Julian. Ich habe gesehen, was los ist. Ich kenne die Situation. Ich war schon einmal mit einem verheirateten Mann zusammen.«

Er spürte ihre Trauer. Er spürte Kittys Trauer. Er spürte seine eigene Unsicherheit, spürte eine heraufziehende Katastrophe.

»Was dich mit Kitty verbindet, sollte nicht zerstört werden«, hörte er sie sagen. »Es gibt Sachen, die müssen bleiben. Es gibt schon zu viel Zerstörung überall.«

»Dann also keine Treffen mehr?«

Sie sah ihm ins Gesicht. »Ja«, sagte sie. »Geh. Bitte geh, und laß mich in Frieden.«

Er zog sie an sich. Sie roch, wie er es in Erinnerung hatte. Weich, rein, nach Blumen, doch jetzt war ein Hauch von Salz hinzugekommen. Wie er sie so an sich drückte, fühlte Julian, daß er von Jahrhunderten Besitz ergriff: von Ziegeln, die längst ihre Farbe eingebüßt, hatten, von Holz, das zerfressen, von Gemäuer, das von Flechten überzogen war.

Agnes löste sich aus seinem Griff, als Maud um die Ecke stolziert kam, angetan mit Sonntagshut, Straßring und dicker Brosche. Sie war gut drauf. »Agnes hat Ihnen hoffentlich Tee angeboten. Mit Kuchen können wir leider nicht dienen, aber so ist das nun einmal bei uns. Bescheidenheit ist demokratisch, oder nicht? Und so sitzen wir hier in unserer ganzen Pracht und üben uns fröhlich in Bescheidenheit wie die ehrenwerte Mrs. Cadogan in ihrer Sozialwohnung.«

Kapitel 13

Agnes fuhr die Tanten nach Heathrow, küßte sie und lieferte sie ihrer Reiseleiterin aus, einer Frau im geblümten Dirndl, die ein Schild mit der Aufschrift »16. Mai. Treffpunkt für Barone und Marias« in der Hand hielt.

Beas Wange roch nach Weichspüler, Mauds nach süßlichem Puder. Sie stieß mit einem Finger in Agnes Oberarm. »Geht mit Gott, aber geht! Das denkst du doch, oder? Sei ehrlich.«

Agnes steckte ihnen noch eine Zeitschrift ins Handgepäck. »Denkt daran, mir eine Karte zu schreiben!«

»Denk daran, mit diesem netten Herrn über das Haus zu sprechen!« gab Maud zurück.

Agnes war am späten Abend zurück in Flagge House. Jetzt noch zu kochen, schien ihr zu mühselig, also entschied sie sich für ein Glas Wein und machte es sich auf Mauds Sofa in der Butler-Kammer mit einem Exemplar der Jack-Mary-Briefe gemütlich.

Sie las bis spät in die Nacht. Die Spätsommersonne beschien ihren Nacken, sie schmeckte das Aroma von kaltem, süßem Cidre auf der Zunge, spürte das Gewicht des Arms ihres Geliebten, der sie umschlungen hielt. Jack an Mary. Liebende in Zeiten des Krieges, und ein Mann und eine Frau, die sich entschlossen hatten, ein gemeinsames Leben zu führen.

Als sie fertiggelesen hatte, ließ sie das Manuskript neben sich aufs Kissen sinken. Es war im Grund nichts geschehen zwischen ihr und Julian, ein paar schönen Worte, keine gebrochenen Herzen, nicht wie beim letzten Mal.

Was war eine Liebesaffäre? Ein großes stürmisches Donnergrollen der Leidenschaft, gefolgt entweder von großem Bedauern, großer Trauer oder dem Geklapper von Töpfen, Wäschewaschen und dem unangenehmen Geruch eines Kühlschranks, den weder sie noch er saubermachen will.

Magersüchtige behaupteten, Hungern mache stark, und emotionale Askese sei der Schlüssel zum Glück. Es war auf jeden Fall der sicherste Weg, um sich voll und ganz auf die Arbeit konzentrieren zu können. Man war geistig schlanker, aktiver und ausdauernder ohne das emotionale Fett.

Manchmal stellte Agnes sich vor, wie andere Leute sie sahen. Erfolgreich und ehrgeizig. Ihre Bühne: die Welt. Ihre Themen: alles, was in der heutigen Gesellschaft Relevanz hatte, politische Themen, soziale, ökologische, die Schrecken des Krieges, der Verlust der Werte, der Hilferuf der bedrohten Feldmaus. Es fesselte sie – Gottlob – nichts an Heim und Herd, an Doppelbett und Wiege. Sie mußte nicht selbstlos sein oder ihren Gesichtskreis bewußt verengen. Die Arbeit war es, die ihr das Gefühl gab, ganz zu sein, ein eigenständig denkender, aktiver, schöpferischer Mensch.

Agnes war – mochten solche Betrachter sagen –, eine moderne Frau.

Sie schloß das Manuskript, als das Telefon klingelte.

»Ich bin's«, sagte Julian. »Ich muß dich sehen.«

»Aber ich möchte dich nicht sehen.«

Eine Weile war es still. »Ich rufe aus einem Gasthof im Dorf an.«

Julian mußte das Hämmern ihres Herzen gehört haben.

Fünf Minuten später kam er an, mit einer Tragetasche voller Champagner, geräuchertem Lachs, ländlichem Graubrot. Er war sonnengebräunt vom Segeln, aber unter seinem Teint wirkte er blaß und erschöpft. »Ich hoffe, du bist mir nicht böse.« Er beobachtete sie, wie sie die Leckereien auspackte und auf dem Tisch aufbaute. »Ich habe es wirklich versucht, nicht zu kommen, aber ich hatte eine derartig anstrengende Woche im Büro.«

»Weiß Kitty davon?« fragte sie ruhig, nahm zwei Gläser aus dem Schrank und schnitt Brot.

»Nein.«

»Wirst du es ihr sagen?«

»Höchstwahrscheinlich.«

Er war so geschickt. Kam hinter ihre Verteidigungslinie gekrochen, um ihr zu sagen, daß sie gebraucht werde. Agnes legte den Lachs auf ein Holzbrett. »Es funktioniert nicht.«

»Nein, es funktioniert nicht, aber hier bin ich. Agnes, sieh mich an.«

Nach kurzem Zögern blickte sie auf und sah ihn an.

»Mein Gott«, sagte er.

Sie nahm ein Glas Champagner von ihm entgegen, trank und sah an die Decke. Die Spinnen waren in ihren Nestern, und in dem spärlichen Licht lagen die Wände im tiefen Schatten. Sie nahm noch einen Schluck Champagner, nicht gut auf leeren Magen. Eine Minute später wußte sie bereits nicht mehr, was an Julian Knox in ihrer Küche so verwerflich sein sollte. Vielmehr schien es ihr sogar sehr richtig so. »Was war los mit Portcullis?« fragte sie leichthin und spürte, wie der Champagner weitere Regionen ihres Gehirns lahmlegte. »Habt ihr zuwenig Wiesen gefunden zum Zubetonieren?«

Er runzelte die Stirn und bot ihr ein Sandwich an. »Hier, du solltest was essen, du siehst ausgehungert aus«, sagte er. »Aber da du so freundlich nachfragst, es sieht in der Tat nicht rosig aus. Der Kurs ist gefallen, und ich habe mich höchstwahrscheinlich bei den beiden Projekten im Norden verkalkuliert. Im Süden ist jede Menge Bedarf an Wohnungen, aber der Norden hinkt hinterher, und die Profite im Norden sollten eigentlich die höheren Kosten im Süden finanzieren. Aber laß uns nicht davon sprechen. Ich habe dir etwas mitgebracht.« Julian nahm seine Jacke, holte einen DIN-A-5-Umschlag aus der Innentasche und gab ihn ihr. »Guck nicht so skeptisch. Da, nimm.«

Sie gehorchte. In dem Umschlag befanden sich Kopien zweier engbeschriebener Seiten.

»Na mach schon, lies«, drängte er.

»Nummer 20. Virginia Marie Lacey. Deckname: Claude. Rasche Auffassungsgabe. Leicht gebaut, aber agil. Macht sich eigene Gedanken über Aufträge, kann Objektivität wahren. N.B.: Nicht trinkfest; man muß ihr einschärfen, die Hände davon zu lassen. Sehr jung, noch ein wenig unreif nach unserem Dafürhalten.« Der Bericht war mit Initialen unterzeichnet und auf den 12. Mai 1942 datiert.

Der zweite Text war in einer anderen Handschrift verfaßt. »Nummer 20. Deckname: Claude. Ausgezeichnetes Französisch. Leichter Akzent, kann auf Kindheit in Kanada geschoben werden. Hervorragende Morse-Fähigkeiten. Manchmal etwas störrisch, hat Schwierigkeiten mit ihrem unmittelbaren Vorgesetzten. Ungehorsam bei Nachteinsatz. Kein Freund von Sprengstoff ...«

»Ich habe mir gedacht, daß es dich interessiert.«

Mary? Eine kleine, zu junge, zu allem entschlossene Person, die ihren Nachteinsatz ohne den Trost eines doppelten Whiskys absolvieren muß. Agnes strich die geknickten Seiten glatt und fühlte ein warmes Gefühl der Solidarität mit dieser mutigen Frau in sich aufsteigen. »Wie bist du da rangekommen?«

»Imperial War Museum. Die sind da sehr zuvorkommend. Nach dem, was ich weiß, sind die meisten SOE-Dokumente nach dem Krieg vernichtet worden, aber ein paar haben überlebt. Viel wurde ohnehin nicht schriftlich festgehalten, aber diese Ausbildungsberichte waren in der Bibliothek.«

Sie nahm einen erneuten Schluck vom Champagner. »Soll das heißen, du hast einen Nachmittag in der Bibliothek herumgesessen, um mir das hier zu besorgen?«

Er nahm ihr das Glas aus der Hand und stellte es auf den Tisch. »Es waren höchst angenehme Stunden. Stunden, in denen ich nicht an meine Probleme gedacht habe, und ich denke nun einmal lieber an dich als an Portcullis. Oder ist es schlimm, daß ich es bin, der dir die Seiten bringt?«

Agnes sah beschämt auf ihre Füße, die ihr größer erschienen, als sie sie in Erinnerung hatte. Julian war näher gekommen, und Agnes merkte, daß der Champagner sie ganz atemlos gemacht hatte. Sie versuchte, Klarheit in ihre Gedanken zu bringen. »Ja, es ist schlimm.« Sie verschränkte die Arme, um eine Barrikade zwischen sich und ihm zu errichten.

Er schien zu denken, daß sie betrunken sei, und der Umstand trieb ihr die Zornesröte ins Gesicht, obwohl sie nur zu gut wußte, daß er recht hatte. Er legte ihr eine Hand unters Kinn und hob ihren Kopf. »Ich glaube, ich bin ebenso scharf auf deinen Körper wie auf dein Haus.«

»Du meinst das Land, gib es zu«, entgegnete sie. »Du willst mein Land plündern, wie Wilhelm der Eroberer oder wer es auch war.«

»Nicht ganz. Das heißt, ich gebe zu, daß ich das Geräusch der Abrißbirne liebe, wenn sie auf jahrhundertealte englische Mauern trifft, aber nicht, weil ich etwas gegen Schönheit hätte, sondern im Gegenteil.« Er lächelte, um die Wirkung seiner Worte zu mildern. »Ich bin nun einmal der Meinung, daß das natürliche Lebensalter von Flagge House abgelaufen ist.« Er rückte noch näher heran und vergrub seinen Finger in einer Handvoll zusammengesteckten Haars. »Wie buhlt man um eine Frau, so?«

Sie nickte.

»Und so?«

Sie war machtlos.

»Und wie lautet Eure Antwort, Gnädigste?« Sein Atem schlich sich einen kurvenreichen Weg von ihrer Schulter hoch bis zu ihrem Mund.

»Es hat keinen Zweck ...«

»Was?«

Aber der Champagner hatte ihr Denkvermögen in Mitleidenschaft gezogen. Sie ließ sich auf den Küchenstuhl sakken und legte den Kopf in die Hände. Sie wollte essen, ihren Hunger stillen, und sie wollte irgendeine Sicherheit, an die sie sich halten konnte.

Sie spürte seine Hände, die sich über ihre Schultern zum Nacken bewegten. »Was machst du?« murmelte sie.

»Ich öffne dein Haar.« Er klang überrascht, daß sie fragte. »Das wollte ich schon längst mal machen.«

Sie nahm seine Hand, und seine gebräunten Finger verschränkten sich mit den ihren. »Verstehst du denn nicht? Da ist immer noch Kitty.« Sie krallte sich fester in seine Hand.

Er besaß den Anstand, sie nicht anzusehen. »Wenn ich ehrlich sein soll, dann kann ich im Moment wirklich nicht an Kitty denken.« Seine Finger machten Musik auf ihrer Haut. »Aber wir haben nun einmal eine Verabredung getroffen, und nicht erst gestern. Man kann sich erlauben, etwas zu tun, wenn man es zu tun wünscht. Es ist nicht so kompliziert. Man muß nicht gleich eine Gewissensfrage daraus machen.«

Das war wohl wahr. Schwindelig von trunkenem Glück krallte sie sich wieder in seine Hand. »Liebes«, sagte Julian, »sieh mich nicht so traurig an. Ich ertrage es nicht.«

»Schampus ...« Sie fühlte beschwipste Wogen durch ihren Körper gehen. »Schmeckt köstlich.«

»Es reicht.« Er zog sie in die Diele und hievte sie die Stufen hoch.

Oben auf dem Treppenabsatz zögerte er, dann stieß er ihre Schlafzimmertür auf, hob sie hoch und trug sie zum Bett. Agnes sah die sich drehende Decke, seufzte und ließ los.

Agnes dachte: Ich hatte schon vergessen, wie das ist. Dann korrigierte sie sich: Nein, denn so wie dieses Mal war es noch nie gewesen.

Alles war so körperlich. Die hämmernden Herzen, das heftige Atmen, die vibrierenden Leiber. Die Welt war in Bewegung, und Agnes eilte, um Schritt mit ihr zu halten.

Das Licht vom Flur verfing sich in Julians Gesicht: ernst, fast animalisch. Wie der Fuchs. Nein, stimmte auch nicht. Der Fuchs strich durch ihre Wiesen, um hier zu trinken, sein Fell klettenübersät und stumpf geworden von Wind und Wetter. Manchmal hörte sie ihn heiser bellen, nachts.

Erschöpft wandte sie sich Julian zu und küßte ihn. Er strich mit der Hand die Rundung ihrer Schulter hinab. »Du bist unglaublich schön, Agnes, weißt du das?«

Ein Hochgefühl ergriff sie, und sie atmete tief ein, um den Moment des Wohlgefühls zu dehnen. Dann drehte sie sich ein wenig und schlang ihre Arme um seinen Hals. Er kuschelt seine Wange auf ihre Schulter und – Agnes mußte sich wundern – schlief im nächsten Moment ein.

Sie erwachte vom Geräusch des Flusses mit den ersten Sonnenstrahlen. Sie drehte den Kopf. Julian schlief noch, eine Hand von sich gestreckt. Er sah erschöpft und verwundbar aus, die große Selbstsicherheit war weg.

Sie war schon einmal an diesem Punkt gewesen. Vor längerer Zeit. Sie sah Julian an, und das Wohlgefühl, die Euphorie, war einem vertrauten, unguten Gefühl gewichen, der Ahnung, daß man sich wieder in Schwierigkeiten manövriert hatte.

Agnes kroch aus dem Bett, erzitterte, als die kalte Luft ihren Körper berührte, schnappte sich ihren Morgenmantel und ging vorsichtig den Flur hinunter ins Badezimmer, wo sie die Tür hinter sich verschloß. Es war wichtig, daß es nicht noch zu weiteren Intimitäten zwischen ihnen kam.

Während das Wasser in die Badewanne lief – in die riesige alte edwardianische Wanne mit den Klauenfüßen, die immer ewig brauchte, bis sie einigermaßen voll war –, rieb sie ihr Gesicht mit einer Lotion ab. Dann sah sie sich im Spiegel genau in die Augen und stellte ein paar Berechnungen an. Seit Pierre hatte sie zu keiner Form von Verhütung greifen müssen, und die Sache letzte Nacht war riskant. Ihre Berechnungen ergaben, daß sie sich keine allzu großen Sorgen machen mußte, und die leichte Panik verflüchtigte sich so schnell, wie sie gekommen war.

Sie lag im warmen Wasser, ihr Kopf schmerzte, ihr Gesicht brannte, ein dicker blauer Fleck blühte auf ihrem rechten Schenkel. In den Winkeln der Badezimmerwände waren ähnliche Flecken, orchideengrün und braun. Die billige Bastmatte, die Maud vor einiger Zeit vor die Wanne gelegt hatte, hatte Risse und zerfranste immer mehr.

Sie kämpfte mit dem Gasherd, als Julian in die Küche geschlurft kam, ungekämmt und verschlafen. »Das heiße Wasser geht nicht.« Er sagte es ganz ruhig, Agnes war dennoch wütend.

»Ja, weil ich es verbraucht habe«, gab sie zurück. »Du mußt noch ein bißchen warten. Das ist nicht Cliff House.«

»Habe ich das behauptet?« Er setzte sich an den Küchentisch und legte sein Kinn auf die Hände. »Bist du immer so schnell gereizt?«

»Nein, nie«, sagte sie und wurde noch wütender. »Ich bin sogar bekannt für meine Ausgeglichenheit, frag die Leute in meinem Team.«

Er trommelte mit einem Messer auf dem Tisch, und sie errötete bei dem Gedanken an die letzte Nacht. »Ich wollte es nur wissen, für die Zukunft.«

Ihre Wangen glühten noch, als sie Kaffee machte. Der Kaffee belebte sie ein wenig. Sie schob Julian über den Tisch eine Tasse zu. »Julian ...«

Er hob eine Hand. »Keine Vorwürfe beim Frühstück. Ganz alte Regel. Was passiert ist, ist passiert.«

Lernte man nie dazu?

Sie nahmen das Frühstück mehr oder weniger schweigend ein. Irgendwann setzte Julian seine Tasse ab und sagte: »Agnes ...«

Viel zu hastig sah sie auf. »Ja? Was?«

Er sah sie an. »Ach, nichts.«

»Ich habe beschlossen, daß du gehen mußt, Julian.« Agnes schaffte es endlich, ihn anzusprechen, der Frühstückstisch war übersät mit Essensresten, die Tassen waren geleert. »Ich weiß nur sehr wenig über dich und Kitty, aber genug, daß mir klar ist, daß ich es nicht wieder ...«, sie ließ Wasser ins Spülbecken laufen und tauchte das Geschirr ins Wasser, »... daß ich nicht wieder ... mit dir schlafen werde. Ich kann Kitty nicht leiden lassen.«

Er betrachtete die abgewetzte Maserung des Tisches. »Heißt das nicht, auf zwei Hochzeiten gleichzeitig tanzen zu wollen?« Er klang müde und enttäuscht.

Sie setzte sich an den Tisch und stützte den schmerzenden Kopf in ihre Hände. »Ja«, pflichtete sie traurig bei. »Es ist ein Jammer, aber so etwas kommt vor.« Sie sah ihn durch ihr Fingergitter an. »Julian, du hast mir nie gesagt, wie lang du schon mit Kitty zusammen bist.«

Seine Stimme klang heiser. »Zehn Jahre. Und wir sind gut miteinander ausgekommen. Wir sind ein eingespieltes Team.«

Zehn Jahre im gemeinsamen Bett, zehn Jahre geteilte Nähe, von der Agnes keine Vorstellung und auf die sie kein Anrecht hatte. Körper, die sich voller Vertrauen berührten, die Sorgen, Nöte, Freuden, Stille teilten. Pläne und Erwartungen, die man gemeinsam hegte. Das war Kittys Revier, nicht das ihre. Kitty hatte sich zu einem Teil dieses Terrains gemacht, Kitty hatte die Grenzen abgesteckt, hatte es kultiviert, hatte ihr Haus darauf errichtet.

»Gab es schon häufiger Krisen?«

»Kitty war bislang immer treu und ergeben.«

»Aber du nicht?«

»Nein.«

Agnes fühlte mit der anderen Frau. Sie wußte, was Kitty an diesem Mann liebte: seine Energie, sein hinreißendes Haus, seine Freundlichkeit, sein Talent, Geld zu verdienen, seinen Humor. Seine Ernsthaftigkeit. Das Kind in ihm, das in schmuddeliger kurzer Hose im Felsen nach Fossilien sucht.

Sie verstand Kitty sehr gut, denn sie liebte ihn aus denselben Gründen.

Julian redete weiter: »Kitty und ich haben die Regeln beide gemeinsam aufgestellt.«

»Aber ist sie glücklich damit?«

»Mal ja, mal nein.«

»Und bist du glücklich damit?«

Julian überlegte. »Ich bin zu beschäftigt, um mir diese Frage zu stellen.« Er sah in das Gesicht gegenüber. »Sei mir nicht böse.«

»Ich bin mit mir selbst böse.« Die Küche von Flagge House war ein zu großer Saustall, um hier ernste Dinge zu besprechen, und erst recht, um gewisse Dinge zu beenden. »Du mußt zu Kitty zurückgehen. Ihr habt zehn Jahre lang Treuepunkte gesammelt ... Außerdem will ich bestimmt nicht Teil eines Harems werden, und darauf liefe es ja wohl hinaus. Ich will so etwas nicht. Mir sind meine Liebesbeziehungen zu wichtig.« Sie sah ihm wieder direkt ins Gesicht, das sie vor ein paar Stunden noch so heftig geküßt hatte. »Es tut mir leid.«

Er zuckte mit den Schultern in einer Weise, die verriet, daß er getroffen war, dies aber nicht zeigen wollte: »Nimm es nicht so schwer. Das hier ist nicht alles, Agnes. Am Ende sind das Fleisch und die Versuchung nur kleine Bestandteile des großen Lebens.« Sie kniff die Augen enger zusammen, und er schob die beiden Blätter mit Virginia Maries Ausbildungsberichten über den Tisch. »Nimm wenigsten die hier.«

Sie nahm die Blätter in die Hand. »Danke.«

Der Stuhl quietschte über den gefliesten Boden. Er stand hinter ihr, und sie spannte sich an. Er hob das schwere Haar aus ihrem Nacken, drückte seinen Lippen auf den Muskelstrang, der unter ihrer Haut zu ahnen war, und verließ den Raum.

Agnes verbrachte den nächsten Morgen damit, die Bände der Jane-Austen-Ausgabe ihres Onkels zu suchen. Seit seinem Tod waren sie verschwunden, und sie hatte bislang keine Zeit gefunden, nachzusehen, wo sie geblieben waren. Sie wollte sie wiederhaben. Sie ging alle Bücher im Arbeitszimmer durch, krempelte das Wohnzimmer um, die Schlafzimmer, die Kisten oben auf dem Speicher, ging dann noch einmal ins Arbeitszimmer, um sich zu vergewissern. Nein, sie waren nicht da.

Schließlich kehrte sie, mit leeren Händen, wieder um, ging nach oben in ihr Schlafzimmer, hob ihre auf dem Boden verstreuten Kleider auf, machte das Bett, breitete die Tagesdecke sorgfältig darüber und öffnete das Fenster.

Sie dachte an Julians stürmisches, versiertes Liebesspiel im Bett, ihre eigene Lust, sah das ausgelaugte, verwundbare Gesicht auf dem Kopfkissen wieder, hörte sein Seufzen im Schlaf, dachte an ihren Streit – und setzte sich abrupt auf die Bettkante. Einige Dinge konnte man haben, andere konnte man nicht haben, und zwar niemals. Das war ein Gesetz, das es zu beachten galt. Alles andere war Anarchie.

Kapitel 14

Eine Woche später holte Agnes die Tanten mitsamt einer Ladung zusätzlicher Einkaufstüten vom Flughafen ab und fuhr sie nach Hause.

Maud war wie gewöhnlich am Sticheln. »Bea mußte im Hotel bleiben. Leute mit Herzproblemen durften die Ausflüge in die hohen Berge nicht mitmachen.«

»Das war nicht schlimm. Ich habe es mir im Hotel gemütlich gemacht.« Bea machte einen rundum glücklichen Eindruck. »Die meiste Zeit hat die Sonne geschienen. Die Farbenpracht hätte dir gefallen, Liebes.«

»In den Fleischgerichten waren Haare.« Maud fuhr herum und sah Bea auf dem Rücksitz streng an. »Und du hast das noch gegessen.«

Agnes achtete nicht weiter auf diese und weitere kulinarische Unzulänglichkeiten und konzentrierte sich auf die Autobahnausfahrt. Dann wandte sich Maud wieder dem Thema Busausflüge zu. »Den besten hat Bea verpaßt«, verkündete sie mit Genugtuung in der Stimme und erzählte, wie schön warm es an dem Tag gewesen sei und daß alle das gesagt hätten und es wäre schon fast *zu* warm gewesen. Immer höher habe sich der Bus gewunden, habe die Welt hinter sich gelassen, bis nur noch Stille und Grün und ein unglaublich reines Licht geherrscht habe. »Und hier«, habe der Reiseleiter über Bordlautsprecher verkündet, »hier ist der berühmte Vorspann von *Meine Lieder, meine Träume* gedreht worden.«

Agnes konnte nicht an sich halten. »Maud, weißt du, daß Julie Andrews die meiste Zeit während der Dreharbeiten im Pelz herumlief, weil es so schrecklich kalt war.«

Maud zog eine Schnute. »Wenn ich ... wenn ich einem phantasielosen Menschen wie dir doch nur beschreiben könnte, wie ich dort empfunden habe.« Zu beschreiben, was genau sie empfunden hatte, war Maud in der Tat nicht gegeben, sie war es einfach nicht gewohnt, in Metaphern zu sprechen. Dachte sie an eine Art seligen Loslassens und eine Erfahrung von Reinheit, die wir in unserer Welt so sehr missen? »Ich war einfach hin und weg, wenn du es genau wissen willst. Vor allem, als wir zu der Gartenlaube kamen, wo der Baron und Maria sich küssen.« Sie fröstelte. »Wir müssen wohl Feuer anmachen, wenn wir nach Hause kommen, ich bin ganz durchgefroren.«

Agnes parkte vor dem Haus. Die Tanten waren wieder da. »Hat dir der Urlaub gefallen, Bea?«

Bea war dabei, ihre Taschen zusammenzukramen. »Aber ja, Liebes, es war wunderschön.«

Maud wartete, daß Agnes ihr aus dem Wagen half. »Es ist ein Kreuz mit den menschlichen Beziehungen«, verkündete Maud unvermittelt. »Aber man beißt sich durch.«

»Ja, man beißt sich durch«, sagte Agnes ernst. »Hast du was mit dem Bein, Maud?«

»Die Hüfte. Sie wird schlimmer.« Sie humpelte in die Küche. Ihr Blick fiel sofort auf die Spüle und die beiden Kaffeebecher, die seit Julians Besuch noch dastanden. »Hattest du Gäste über Nacht, Agnes?«

»Hatte ich, ja.«

»Über Nacht?«

»Ja, Maud, über Nacht.«

»Ich nehme an, es war der nette Landwirt, von dem du uns erzählt hast.« Bea hatte damit begonnen, ihre Duty-free-Beutel zu entleeren. »Habt ihr über den Film gesprochen?«

»Um ehrlich zu sein«, sagte Agnes, »der war es nicht.«

Der Blick, den Maud Agnes zuwarf, verriet weniger Ablehnung als Neid.

Die Gartenlaube war nicht das einzige, was Maud gefallen hatte. Beim Kaffee und im Zuge ihrer lebhaften Ausführungen fiel der Name Freddie mehr als einmal. Freddie hatte sich anscheinend mit den beiden angefreundet und hatte ihnen viel geholfen, aber eine genaue Erklärung, wer er war, folgte nicht, bis Maud schließlich Agnes unter vier Augen im Arbeitszimmer erwischte.

»Agnes«, fing Maud in ungewöhnlich höflichem Ton an, »wir haben für morgen jemanden zum Essen eingeladen. Bist du da? Es ist Freddie. Er wird dir gefallen.« Ihr Ring blitzte, als sie den Ärmel ihrer neuen, moosgrünen Strickjacke glattstrich. »Da bin ich ganz sicher.«

»Ist das ein Wunsch oder ein Befehl?«

Maud klimperte mit den Wimpern. »Manchmal kannst du furchtbar schnippisch sein.«

Agnes blickte Maud skeptisch an. »Was du eigentlich wissen willst, ist, ob ich für euch kochen kann, oder?«

»Nun, da du es schon erwähnst ...«

So fand sich Agnes, die eigentlich über dem *Menschen wie du und ich*-Drehbuch hatte sitzen wollen, am nächsten Tag in der Küche wieder. Während sie Johannisbeergelee in den Bratensaft rührte, verfluchte sie den vorsintflutlichen Herd und betete, er möge genügend Hitze entwickeln, um das Fleisch gar zu bekommen. Durchsichtige Geleeknorpel schwammen in dieser Ursuppe, und Agnes hoffte, daß es besser schmeckte, als es aussah.

Geräusche in der Diele verrieten Agnes, daß Freddie nahte. Sie legte den Holzlöffel aus der Hand.

Festlich herausgeputzt und straßglitzernd führte Maud stolz den Gast in die Küche. »Agnes, das ist Freddie Loupe. Freddie, das ist die Nichte meines Mannes. Sie macht die Sendung über diese Briefe.«

Der Blazer erregte Agnes' Aufmerksamkeit. Er glänzte, weil er seit viel zu vielen Jahren viel zu heftig abgebürstet worden war. Selbst die Knöpfe waren übertrieben blank. Ein Angeber, stellte sie fest, und höchstwahrscheinlich einer mit wenig Phantasie. Er war großgewachsen, aber seine vorbildlich manikürten Fingernägel wiesen einen Stich ins Bläuliche auf, was auf Herzprobleme hinwies. Aber um ganz sicherzugehen, daß ihn keiner zum alten Eisen warf, hatte er sich das Haar in einem blendenen, geradzu schwindelerregenden Weiß gefärbt.

Er schüttelte Agnes die Hand und sah ihr kurzsichtig ins Gesicht. Sie war überrascht, denn er hatte ein nettes Lächeln. Er räusperte sich und sagte: »Ihre Tante wird nicht müde, ihre Gaben zu rühmen.«

Nicht erst seine Betonung des Wortes Gaben verriet Agnes, daß er log. Maud würde sich eher die Zunge abbeißen, als irgend jemandes Gaben zu rühmen.

Im Laufe des Abends gab Freddie eine Anekdote nach der anderen zum besten, die er von seinen zahllosen Reisen mitgebracht hatte wie ein Großwildjäger Trophäen. »Ich bin ein alter Hase«, sagte er, »ich kenne das Angebot rauf und runter.« Agnes stellte sich vor, wie er von Witwe zu Witwe, von Honigtopf zu Honigtopf zog, und sich überall schadlos hielt. Sie empfand es als ihre Pflicht, die Tanten vor einem Spieler und Hochstapler zu beschützen, und nahm sich vor, herauszufinden, wer dieser Freddie Loupe war. Sie fand heraus, daß Freddie Loupe einer war, der das Leben liebte und wünschte, daß andere dies ebenso taten. Gegen ihren Willen erlag Agnes seinem Charme.

Die Gesichter der Tanten glühten wein- und glückselig.

Agnes beobachtete sie mit einem unguten Gefühl. Sie hatten sich *beide* in Freddie verliebt.

Der Abend endete mit Freddies Beteuerung, er werde die Schwestern mit ins hiesige Theater nehmen. Als er sich von Agnes verabschiedete, sagte er: »Sie haben da ein wirklich schönes Haus, Verehrteste, aber ich möchte nicht mit Ihnen tauschen. Ich habe das schon häufig genug miterlebt. Viel historischer Balast und noch mehr Steuern. Vielen Dank für den großartigen Abend.« Er tippte sich an den Nasenflügel. »Sollten Sie je an Verkaufen denken, sagen Sie es mir.«

»Wie fandst du ihn?« fragte Maud, noch bevor die Tür richtig ins Schloß gefallen war. Aber Agnes fand keine Gelegenheit zu antworten. Bea kam ihr zuvor: »Ach, er ist einfach reizend. *Rei-zend.* Er ist ein so netter Mann.«

»Er ist *mein* Freund, Bea.«

»Gewiß, meine Liebe.«

Agnes legte ihre Arme um sie beide und schob sie zur Treppe. Zwei alte Damen: Maud mit ihrem Nußknackergebiß, die alte Hexe aus dem Märchen, und Bea, das unscheinbare Mauerblümchen, das immer mit der kalten Kammer vorliebnehmen muß. Eines Tages würde Agnes wie eine von ihnen sein. Oder wie beide zusammen.

Nachdem man sich gute Nacht gewünscht hatte, ging Agnes zurück ins Arbeitszimmer, um sich wieder der Post zuzuwenden und dem vernachlässigten Terminplaner. Es war Mitternacht, als sie nach oben ging.

Die Gewinde der Wasserhähne im Badezimmer waren am Ende, und sie griff zu der Kombizange, die zu diesem Zweck immer bereitlag. Wütend drehte sie den Hahn zu. Wenn man ihn ließe, würde jemand wie Julian Knox hier alles rausreißen. Er sah die Dinge einfach anders als sie. Er war unempfänglich für den Geist einer versunkenen Zeit, für die architektonischen Besonderheiten der edwardianischen Epoche, für die Individualität des Hauses. Er zog seine nüchternen, aseptischen weißen Badezimmer vor, normierte Spiegelschränke und einheitlich gemusterte Kaufhaushandtücher.

Sie drehte den Wasserhahn noch einen Tick fester zu. Zugegeben, das Badezimmer konnte einen neuen Anstrich gebrauchen, und der Klempner mußte mal nach dem Rechten sehen, aber ansonsten gab es nichts, aber auch gar nichts an ihm auszusetzen. Sie machte einen Schritt zurück, und die zerschlissene Bastmatte stach ihr in den Fußballen. Der Schmerz war groß genug, sie konnte ihren Tränen freien Lauf lassen.

Die Dreharbeiten wurden schließlich für die letzte Maiwoche angesetzt.

Agnes telefonierte von London aus mit Andrew, um sicherzugehen, daß alles klarging, und sie beredeten die Frage der Verpflegung und der Übernachtung – Bel und Agnes sollten in Tithings schlafen, Jed und die anderen in Pensionen.

Andrew hatte alles im Griff. »Es wird bestimmt interessant.« Sie beredeten noch dies und das, und Agnes wollte das Gespräch schon beenden, als Andrew sagte: »Ich sollte Ihnen wohl sagen, daß Penny, meine Frau, ausgezogen ist.«

»Aha.« Sie klang so ungerührt, daß es schon fast wie eine Beleidung wirken mußte, dachte sie. »Das tut mir leid. Es ist bestimmt nicht leicht für Sie im Moment. Und jetzt kommt noch unser Film hinzu.«

Am anderen Ende war es still. »Ohne sie ist es doppelt so viel Arbeit.«

Natürlich, er war Bauer und abhängig von einer tatkräftigen Frau, in dieser Hinsicht war seine Reaktion nur zu verständlich. Landwirtschaft bedeutete säen und ernten, den Ertrag verkaufen, um wieder neu zu säen. Vielleicht hatte Penny Kelsey in ihrem Innern geheime Wünsche genährt, und dies war der Zeitpunkt, wo die Saat aufgegangen war. Andere Menschen und ihre Fehler waren Agnes ein großes Mysterium. Und wie sollte es auch anders sein, wenn sie sich selbst ein Mysterium blieb.

Hinterher erzählte sie Bel, daß sie Andrews Reaktion ein wenig zu abgebrüht gefunden habe.

»Höchstwahrscheinlich sind beide froh, daß es so ist, wie es ist.« Bel spreizte ihre Finger auf einem entblößten Schenkel und betrachtete den Auberginen-Ton ihres Nagellacks. »Was sagst du zu der Farbe.«

»Bel?«

Agnes wußte, daß sie sie nicht ansehen würde. Sie wartete. Bel hatte eine untrügliche Nase, wenn irgendwo etwas faul war, und sie konnte für gewöhnlich blind auf die Stelle zeigen, wo der Hund begraben lag. Und die Stimmung war nicht gut. Wenn sie etwas zu sagen hatte – und das Thema Andrew Kelsey und die Briefe war noch nicht ausdiskutiert zwischen den beiden –, dann würde sie damit nicht ewig hinterm Berg halten. »Agnes«, fing sie an, »ich fürchte, du hast dich bei den Briefen ein klein wenig verrannt. Ich frage mich ernsthaft, warum du die Sendung unbedingt haben willst. Ich sage mir auch, daß es tausend andere Storys gäbe, um die ich mich kümmern könnte. Ist es der Brummelkopf von Viehzüchter, hast du dich in ihn verguckt?«

Ein Gedanke nahm in Agnes Kopf Gestalt an: Andrew Kelsey war ohne Frau. »Der Blickwinkel ist wichtig. Wir können zeigen, was mit unserem ländlichen Erbe geschieht. Das Thema ist gut.«

Aber Bel gab sich nicht so leicht zufrieden. »Es gibt besseres Material, mit dem man das illustrieren könnte. Ist dir mal aufgefallen, wie sehr die Briefe nach männlicher Menopause klingen? Ich bin auch absolut nicht überzeugt von dieser weiblichen Scarlet Pimpernel. Ich fürchte, sie ist eine Phantasiegestalt.«

»Also schön. Hier ist das Drehbuch«, sagte Agnes gereizt. »Sag mir bitte, was du davon hältst.«

Bel sah lustlos auf das Skript, zuckte mit den Schultern und holte ihren Nagellack hervor, um eine winzige Stelle nachzubessern. Erst dann blätterte sie es auf. Nach etwa einer Seite sah sie hoch. »Was, bitte schön, ist das?« rief sie aus und ließ eine flache Hand mit nassen Fingernägeln hochschnellen: »Nein, sag nichts. Das hier ist ein Kreuzzug, und ich bin die Dumme, die wieder die Prügel kassiert. Das erinnert mich ganz stark an die Newcastle-Geschichte.«

Es gab gewisse Dinge, die im »Unverzeihlich/Unverziehen«-Ordner abgelegt waren. Darunter war jene Reportage über das Rotlichtviertel von Newcastle, für die Agnes Bel dazu gebracht hatte, in Federboa und im Lack-Mini auf die Straße zu gehen. Bel war nur knapp einem wildgewordenen Zuhälter entkommen, der sie vermutlich halbtot geprügelt hätte.

»›Nichts scheint den Hof von Landwirt Andrew Kelsey mit seinen fünfundfünzig Hektar Weideland von den umliegenden Höfen zu unterscheiden. Eine Reihe von Nebengebäuden flankieren ein modernes Wohnhaus inmitten von bestellten oder brachliegenden Feldern. Tithings ist ein landwirtschaftlicher Betrieb, der sich auf die Rindfleischproduktion nach ökologischen Prinzipien spezialisiert hat. Kühe aller Generationen, Mütter, Tanten, Großmütter, grasen hier friedlich nebeneinander auf fetten Weiden, auf denen die unterschiedlichsten Gräser und Kräuter wachsen. Wenn die Zeit der Schlachtung gekommen ist, werden die Tiere paarweise abtransportiert, und Andrew Kelsey hat sich vorher mit dem Schlachter verständigt, damit es für die Tiere nicht zu unnötigen Wartezeiten kommt. Andrew Kelseys Hof ist in jeder Hinsicht anders als die anderen Höfe. Auf seinen Weiden finden sich nicht nur verschiedenste Grassorten, sondern auch ein Reichtum an Blumen, Insekten und Kleinsäugern, denn hier kommen keine Pestizide zum Einsatz. Während andere Landwirte den biologischen Tod ihrer Böden konstatieren, ist der Boden von Andrew Kelsey nährstoffreich, auffallend locker und fruchtbar. Besonders für Vögel ist Tithings eine Oase. Hier finden sich viele Singvögel, Mauersegler und Hausschwalben sowie der selten gewordene Hänfling. Tithings ist ein Paradebeispiel für das geglückte Zusammenleben von Mensch und Natur zum Nutzen beider Seiten. Doch dieses Paradies ist bedroht. Nachdem er seinen Kampf gegen die Gegner und Kritiker seiner Arbeitsweise gewonnen hat, droht ihn nun ein anderer Gegner in die Knie zu zwingen. Heute kämpft Andrew Kelsey gegen Bauunternehmer, die ihn von seinem Grund und Boden vertreiben wollen, um hier Wohnungen zu errichten für die erwarteten zahlreichen Angestellten im neuen Industriegebiet von Exbury. Andrew Kelsey will seinen Hof nicht aufgeben. Aber er kümmert sich auch um ein ganz anderes Erbe aus der Geschichte unseres Landes. Es führt uns zurück in die Zeit des Zweiten Weltkriegs ...‹«

Bel seufzte und legte das Skript beiseite. »So weit, so gut. Aber wir dürfen uns nicht verzetteln, sonst sind wir erledigt. Die Kritiker zerreißen uns in der Luft, wir sind unten durch und können uns dann wieder mühsam hocharbeiten. Du bist scharf auf die Briefe, aber wir haben nicht den kleinsten Beweis für ihre Echtheit, so schön sie sind. Dann ist da natürlich noch die Ungerechtigkeit-Schiene, aber beide haben nicht notwendig etwas miteinander zu tun. Und wir müssen am Ende den Kopf hinhalten, nicht Mr. Kelsey. Unser Name steht drauf, und wo unser Name draufsteht, muß ein Spitzenprodukt drin sein, Ag.« Sie wirbelte aufgebracht herum. »Du hast immer darauf bestanden, daß eine nette Geschichte nicht nur nett, sondern auch wasserdicht sein muß. Und du kannst auf dieser Basis auf *keinen Fall* eine Sendung daraus machen.«

»Ist schon gut, Bel«, sagte Agnes. »Glaube mir, ich habe verstanden.«

Sie und Bel wechselten Blicke. »Agnes«, sagte Bel, »darf ich dir was sagen?«

Agnes wartete gespannt.

»Du spinnst.«

Kapitel 15

Pünktlich auf die Minute fuhr der kleine Konvoi der Filmleute, ein Lieferwagen, drei PKWs, über den schmalen Zufahrtsweg auf den Hof, wo Andrew Kelsey sie bereits am Hintereingang des Hauses erwartete. Agnes kurbelte die Scheibe ihres Wagens hinunter, und er beugte sich zu ihr herein.

»Kommen Sie immer mit einem ganzen Troß?«

Sie lachte. »Das ist Showbiz.«

»Na, Platz genug ist hier ja.« Seine Augen verrieten ihr, daß er sich freute, sie zu sehen. »Sagen Sie Ihnen, daß sie da drüben parken können. Sonst kommen sie mit den Viechern ins Gehege.«

Agnes stellte den Wagen ab und stieg aus. Demonstrativ stöhnend kroch Bel aus ihrem Wagen. »Es war ein weiter Weg von der Zivilisation bis hierher.«

»Ich hab das gehört«, sagte Andrew, während die übrigen Crew-Mitglieder aus ihren Fahrzeugen kamen.

Die Leute, die sich seit vielen Jahren kannten, gingen, ohne viel Worte zu verlieren, sofort zu Teds Lieferwagen, dessen Heckklappe bereits offenstand und heiße Getränke bereithielt. Mit Klemmbrettern und dampfenden Bechern in der Hand stand sie herum und machten die üblichen Scherze. Es war das Ritual, um in Arbeitsstimmung zu kommen.

»Nehmt euch zu essen«, rief Ted aus, dessen Lebensinhalt darin bestand, Film-Crews mit ungesundem Fraß zu mästen. »Ihr müßt essen, Kinder.«

»Okay«, sagte Agnes schließlich, »fangen wir an.«

Jed wuchtete sich die Kamera auf die Schulter, und er, Agnes, Bel und Andrew machten sich auf den Weg in Richtung Nordweide, von wo aus man einen ungehinderten Blick auf das Haus hatte. Lange diskutierten sie über die Eröffnungseinstellung und Fragen des Lichts, und Andrew stand dabei und hörte zu. Sie hatten Glück, und der Vorspann war mit der ersten Aufnahme im Kasten, ein pastorales Genrebild mit grasenden Kühen und dem Bauerhaus im Hintergrund. Aber ein Dreh war immer voller Überraschung, und Agnes wußte, daß ihr geglückter Einstieg kein Garant für irgendwas war.

Nach einer Weile ging sie hinüber zu Andrew und stellte sich zu ihm. »Jed macht noch ein paar Füllsel.« Sie sah prüfend in den Himmel.

»Ich erkenne Sie kaum wieder«, sagte Andrew. »Sie wirken so ganz anders.«

Sie hatte diese und ähnliche Bemerkungen schon häufiger gehört. »Wirken Sie bei der Arbeit nicht anders?«

Er überlegte. »Nein, ich glaube nicht.«

Jed machte Agnes Zeichen, die ihr Klemmbrett konsultierte. »Andrew, zu dieser Einstellung wird der Off-Sprecher etwas über Ihren Hof und Ihre Philosophie sagen. Und dann machen wir ein paar Aufnahmen mit Ihnen, wie Sie die Kühe füttern. Haben Sie so viel Zeit für uns?«

»Ach, ich habe viel Zeit.« Andrew hatte seinen Mund so zusammengeniffen, daß sich kleine weiße Partikel in den Mundwinkeln bildeten. »Ich mache alles mit. Sehen Sie, Agnes.« Er ging in die Hocke, schöpfte mit der hohlen Hand ein wenig lockere Erde und hielt sie ihr unter die Nase. »Ich werde nicht zulassen, daß irgendwer darauf baut.«

Die Erde war feucht und klumpig und dunkel, gesprenkelt mit roten Tupfen. Andrew ballte die Hand zur Faust. Ein Mensch mit einer großen Wut im Bauch.

Am frühen Abend stapften Bel und Agnes zurück zum Hof, während die anderen sich in ihre Pensionen begaben und sich auf ein heißes Bad und ein kühles Bier freuten. Bel ging nach drinnen, um ein paar Telefonanrufe zu tätigen und Notizen zu machen, Agnes hingegen schlenderte weiter über den Hof. Sie fand Andrew in der Lagerhalle damit beschäftigt, Säcke mit Futter zu stapeln. Sie dachte, er habe sie nicht bemerkt. Doch dann sagte er unvermittelt, ohne sich umzublicken: »Fertig für heute?«

Sie lehnte sich an die Betonmauer und scharrte mit den Stiefeln über den sandigen Fußboden. »Der Anfang ist gut gelaufen.«

»Schön.« Er stopfte den letzten Futtersack an Ort und Stelle. Sie blickte gebannt auf eine unschöne Narbe, die einen seiner einstmals gebrochenen Finger verunzierte. Die Wunde war noch nicht ganz verheilt und schien zu nässen. »Wollen Sie mal was sehen?« Die blauen Augen blickten fragend.

Agnes mußte den Blick von der Wunde am Finger abwenden. »Ja, gern.«

Er winkte sie zu sich, führte sie um die Halle herum und zeigte in den Himmel. Er legte ihr eine Hand auf die Schulter und drehte Agnes um hundertachtzig Grad und sagte: »Sehen Sie sich das an.«

Agnes atmete tief ein. Im Norden lag das Moor wie ein hingekauertes Ungeheuer, aber im Westen war der Himmel ein Meer aus Rosenrot und Blutorange. Und am Rand dieser Palette voller Farben war die Schwärze der Nacht.

Keine Frage, das war die Heimat der alten Götter, die hier zwischen Felsen und Bäumen hausten. Sie teilte Andrew Ihren Gedanken mit, und seine Finger gruben sich in ihre Schulter. »Ganz recht. Dies Land gehört den alten Göttern, aber ich erwarte nicht, daß irgendwelche Städter das je begreifen.«

Sie war überrascht und ein wenig brüskiert. »Warum sollten sie nicht? Schließlich machen wir dafür den Film.«

»Natürlich. Entschuldigung.«

Als sie sich zurück zum Haus begaben, sagte er: »Es tut mir leid, daß Penny nicht da ist. Sie würde sich besser um Sie kümmern.« Er bückte sich, um die Axt aufzuheben, die am Vorderreifen seines Lieferwagens lehnte. »Sie sind wohl nicht verheiratet?«

»Nein.«

»Ich wünschte ...«, wieder bemerkte Agnes den inneren Aufruhr in seinem Blick, »... ich wünschte, ich hätte ein paar Dinge anders gemacht.« Er legte die Axt in den hinteren Teil des Wagens und schloß die Türen.

Bel wartete in der Küche, die noch immer Pennys Stempel trug, aber auch zunehmende Anzeichen der Verwahrlosung aufwies. Listen waren an Pinwände geheftet, ein Paar Gummihandschuhe hing an einem Handtuchhalter beim Spülbecken, die Flasche mit Spülmittel stand auf einem eigenen Untersatz, und eine Ansammlung von Messern war der Größe nach auf einer Magnetleiste aufgereiht. Doch auf dem Tisch häuften sich Papiere, Broschüren, Zeitungen. Andrew schob alles zu einem Haufen zusammen und legte ihn auf einen Stuhl, der in der Ecke stand.

»Das sind vor allem Unterlagen für das Revisionsverfahren. Die wachsen einem noch über den Kopf. Und ich schick den Mitgliedern des Interessenverbandes der Bio-Bauern immer Kopien, die wollen, daß ich sie auf dem laufenden halte.« Er war noch damit beschäftigt, den Papierhaufen zu stabilisieren, gab es dann aber auf und schmiß die Hälfte auf den Boden. »Nach einem Bericht in der hiesigen Presse bekomme ich massenweise Zusendungen, die merkwürdigsten Sachen – Broschüren für Selbstverteidigungskurse, Anleitungen zum Bau von Molotow-Cocktails, Texte über den passiven Widerstand von einer Gandhi-Gruppe. Ich hatte keine Ahnung, daß hier in der Region so viele verschiedene Gruppierungen existieren.«

»Es haben ein paar Leute angerufen.« Bel richtete sich aus ihrer embryonalen Sitzhaltung auf. »Keine Ahnung, wer das war. Die wollten wissen, wann genau das Revisionsverfahren beginnt. Ich habe die Nummer aufgeschrieben. Ich wußte nicht, was mit dem Essen ist.« Sie hatte ihren Parka noch an und zitterte sichtlich.

»Komisch, Penny ist letztens extra vorbeigekommen und hat Essen für Sie vorbeigebracht.« Andrew schlurfte zum Kühlschrank und entnahm ihr eine große Tupperdose, auf der »Dienstag« stand.

»Wir haben Mittwoch«, sagte Bel und zeigte auf die Dose.

»Schon? Dann muß ich gestern das Essen vergessen haben.« Andrew sah sich hilflos um. Mit einem Seufzer nahm Bel ihm den Behälter aus der Hand.

»Wir machen das Essen«, sagte Agnes, »wenn Sie mir zeigen, wie der Herd funktioniert.«

Bel wandte sich an Andrew: »Sie kennen ihre Kochkünste nicht.«

Andrew sagte, er würde es darauf ankommen lassen, und ging zum Geschirrschrank, dem er Gläser entnahm, und öffnete eine Flasche Wein.

»Ein heißes Bad liegt wohl nicht im Bereich des Möglichen?« fragte Bel in einem Ton, der andeutete, daß sie nichts anderes erwarte.

Andrew führte sie nach oben, und Agnes durchforstete alle Schubladen auf der Suche nach den nötigen Kochutensilien. Alles war absolut in Schuß, noch die kleinsten Kuchenformen waren in geöltem Butterbrotpapier eingewickelt und mit einem Band verschürt. Agnes starrte sie an. Pennys Umsicht hatte etwas unendlich Rührendes. Ihre Botschaft lautete: Selbst die kleinsten Dinge sind es wert, daß man sie gut macht.

Als die Kartoffelsuppe heiß war, suchte sie nach Gemüse, fand aber keins, und so rief sie die Treppe hinauf und fragte Andrew.

»Karrotten sind draußen in der Lagerhalle. Rechts neben dem hinteren Tor. In einem Papiersack.« Andrew tauchte auf dem oberen Treppenabsatz auf. Sein Oberkörper war nackt, und das Licht im Flur ließ ihn erglühen, gesund und muskulös. Es war ein gewissermaßen altmodischer Körper, aber ohne ein Gramm Fett und strotzend vor Kraft.

Agnes schluckte. »Danke.«

Als sie wiederkam, war ein vollbekleideter Andrew gerade damit beschäftigt, den Tisch zu decken.

Agnes wusch die Karotten. »Eine Tante hat mir mal gesagt, nachdem ihr Mann gestorben war, habe sie sich gefühlt, als habe ihr jemand den Magen herausgenommen. Sie lebte noch, aber ihr schmeckte einfach nichts mehr.«

Er legte letzte Hand ans Besteck an und nahm dann seinen Tabakbeutel in die Hand. »Komisch, bei mir war es anders.« Er sah die aufgereihten Messer an der Magnetleiste an. »Ich versuche mich schon selbst zu bestrafen, weil ich so leicht darüber hinwegkomme.« Fasziniert beobachtete sie aus den Augenwinkeln, wie er den Tabak zurechtzupfte und in Form brachte.

Er wickelte das Papier zur Zigarette. »Das verrückte ist, meine Ehe hätte genausogut nur Einbildung gewesen sein können. Zwanzig Jahre meines Leben sind einfach so verschwunden, ein Kurzschluß in der Erinnerung, und jetzt kann ich beim besten Willen nicht mehr sagen, wie das war, als Penny noch da war.« Ein Streichholz flammte auf. »Spricht nicht gerade für unsere Ehe. Oder für mich – wie auch immer.«

Agnes entdeckte einen Tonkrug, der sich bei näherem Hinsehen als Salzstreuer herausstellte. Sie nahm ihn, und salzte die Suppe nach. »Ich weiß nicht recht«, sie hatte ihm den Rükken zugekehrt, »eine kurzes Gedächtnis kann vielleicht auch lebensrettend sein. Wer weiß.«

»Was mir zu schaffen macht, ist, daß sie es nach wie vor nicht lassen kann, auf mich aufzupassen, noch jetzt, wo sie bei Bob wohnt«, sagte Andrew.

Es folgte betretenes Schweigen. In der Küche war es dunkel geworden. Andrew stand auf, um in der Zimmerecke Licht zu machen und stieß einmal mehr den Stapel Papier zur Seite. »Penny kann nicht mit mir zusammenleben, aber andererseits ... Also entweder hat sie mich verlassen, oder nicht.«

Agnes kostete von der Suppe. »Köstlich.«

Andrew sah mit nachdenklicher Miene auf die Zeitschriften. Dann nahm er einen Stoß auf und warf ihn in den Mülleimer. »Penny war verrückt nach den dummen Heften. Agnes, können Sie den Film machen, auch wenn wir nicht hundertprozentig herausbekommen haben, wer Jack und Mary genau waren?«

Agnes schnitt sorgfältig die Karotten in Scheiben. »Wir finden schon noch heraus, wer Jack und Mary waren. Man muß nur wissen, wo suchen.«

»Na gut.« Andrew nahm den überquellenden Mülleimer in die Hand und brachte ihn nach draußen. Durch das Küchenfenster sah Agnes, wie er zu einer Mulde ging und mit einer einzigen schwungvollen Bewegung den Müll samt der Magazine darin entleerte.

Als Bel wieder in der Küche auftauchte – gänzlich ungeschminkt: »Sieh mal, mein Country-Look« –, war gerade das Essen fertig. Hinterher tranken sie Kaffee und Whisky, und die beiden Frauen unterhielten Andrew mit Anekdoten aus der Filmbranche.

»Hatten Sie nicht Angst?« fragte er nach der Geschichte mit dem sinkenden Boot während einer Wal-Expedition.

»Irgendwie nicht.« Ohne ihre angemalten Augenbrauen sah Bel richtig niedlich aus, trügerisch mädchenhaft. »Es gibt schlimmeres als ein Bad im eiskalten Meer. Budgetverhandlungen mit der BBC zum Beispiel.«

»Lügnerin«, sagte Agnes lächelnd.

»Ich habe Angst, daß ich meinen Hof verliere«, sagte Andrew und sah in sein Glas. »Sogar sehr große Angst.« Der Whisky hatte ganz offensichtlich seine Wirkung getan. »Ich hasse Bauunternehmer, Stadtplaner, Großgrundbesitzer, Menschen die glauben, Sie könnten einfach tun und lassen, was sie wollen.«

Er schenkte sich erneut ein.

Bel war auf einen Gedanken gekommen. »Gordon der Gladitor. Das ist einer, der Ihnen weiterhelfen könnte. Er organisiert Aktionen gegen Bauvorhaben. Ich gebe Ihnen seine Adresse. Wir haben mal einen Kurzbeitrag über Öko-Aktivisten gemacht, gar nicht lange her. Sie finden ihn höchstwahrscheinlich oben in einem Baum, aber er hat immer ein Handy dabei.

»Gut«, sagte Andrew mit schwerer Zunge. »In einem Baum, haben Sie gesagt?« Die Vorstellung von einem Gladiator mit einem Handy im Baum wollte ihm wahnsinnig komisch vorkommen. Seine Schultern begannen konvulsivisch zu zucken, und sein Kopf sank nach vorn in die offenen Hände. Und dann brach Andrew vollends über dem Tisch zusammen.

Agnes und Bel sahen sich an. Bel rappelte sich auf. »Na los, Ag. Schaffen wir ihn nach oben.«

Sie konnten ihn tatsächlich nach oben bugsieren, legten ihn auf sein Bett und schlossen die Tür. Bel verfügte sich mit theatralischer Geste in ihr winziges Schlafzimmer, das, wie Andrew ihr mitgeteilt hatte, früher mal als Kinderzimmer geplant gewesen war. Agnes war ins Gästezimmer gesteckt worden.

In Anbetracht der großen Ländereien, die das Haus umgaben, war der Architekt erstaunlich knauserig gewesen und hatte gespart, wo es nur ging. Auch ihr Zimmer war klein, die Decke niedrig, und es gab kaum Platz für die beiden Betten, die in ihm standen. Stühle gab es keine, und der Kleiderschrank war zu schmal für eine Kleiderstange. Jedes Spritzen von Wasser nebenan war zu hören, als gäbe es keine Wand zwischen den Zimmern.

Von einer feinen Schicht Staub abgesehen, die die kleine Kommode bedeckte, war der Raum perfekt in Ordnung gehalten, und man erkannte Pennys Handschrift in den Vorhängen und den Bettbezügen. Am Fußende der Betten lagen zusammengelegte, gehäkelte Decken, wie man sie auf Wohltätigkeitsbasaren kaufen konnte. Agnes strich über eine. Sie erinnerte sie an Bea. Sie mochte diese Art von Decken.

Jemand hatte eine kleine Vase mit wildwachsenden Blumen und Gräsern auf die Kommode gestellt mit einem gehäkelten Deckchen als Untersetzer, um das Holz vor Wasser zu schützen. Es war eine weibliche Geste. Penny war dagewesen, vermutete sie. Penny, die zwei Rollen gleichzeitig zu spielen versuchte: ihr Heim zu verlassen und es zu verteidigen. Andrew behauptete, daß man die Haut der Ehe einfach so ablegte. Penny war da offensichtlich anderer Ansicht. Penny war losgezogen, um die frische, unverbrauchte Luft der Freiheit zu kosten. Die Wurzeln waren aber zu tief, um sie in einem Schwung herauszureißen.

Nachdem ihre Eltern gestorben waren, hatte Agnes nicht gewußt, wohin es sie verschlagen würde. Nachts rollte sie sich im Bett ganz klein zusammen und klemmte sich verängstigt die Hände zwischen die Schenkel, und sich dachte, daß sie in eine sehr böse Geschichte geraten war, aber sie wußte gleichzeitig, daß der Fehler wieder ausgebügelt werden würde – wenn sie nur lang genug wartete.

Vielleicht war es das, was Penny dachte, daß sie in die falsche Geschichte gestolpert sei, und jetzt wartete sie ab, was als nächstes passierte. Oder vielleicht war es ein schlechtes Gewissen, das sie dazu brachte, Kartoffelsuppe zu kochen, in Tupperdosen zu füllen und dem Mann zu bringen, dem sie den Rücken gekehrt hatte.

Agnes lag auf einem unvertrauten Kissen, das ihr in die Wange zwickte, und Julian kroch zu ihr ins Bett. Zärtlich und aufdringlich, müde und unruhig. Geh weg, sagte sie. Ich habe dich nicht hergebeten. Aber das stimmte nicht. Sie wünschte sich ihn so sehr her.

»*Comment?*« würde Maud fragen, und: »*Tiens*«, denn Maud hatte den Bogen raus, wie man sich durch Krisenzeiten manövrierte. Keine schlechte Gabe.

Agnes dachte an die Zufriedenheit, nach der sie so sehr suchte, daran, wie sie sich anfühlen würde, was man tun müsse, um sie zu erlangen. Sie warf sich auf die andere Seite und rieb sich die heiße Wange. Der Stachel der versäumten Möglichkeiten hatte sie noch nie so sehr gequält.

Sie erwachte von einem Poltern auf der Treppe. Schlaftrunken stand sie auf und traf draußen auf Andrew, der auf der obersten Stufe saß. »Tut mir leid«, sagte er. »Ich bin ausgerutscht.«

Sie betrachtete ihn müde. »Wie spät ist es?«

»Ich fürchte erst vier.« Agnes stieß ein leises Grunzen aus. »Ich wollte mir ein bißchen Wasser holen und dachte, es macht nicht so viel Krach, wenn ich runter in die Küche gehe.«

»Brauchen Sie eine Aspirin?«

»Nein.« Er legt eine Hand auf das Treppengeländer. »Gehen Sie zurück ins Bett. Wir wecken noch Bel.«

Er sah schrecklich aus. Agnes faßte ihm unter die Arme. »Sie brauchen Aspirin. Kommen Sie mit.«

Er schlurfte in ihr Schlafzimmer, und sie zog ein Fach ihres Rucksacks auf. »Am besten gleich zwei.« Sie schälte zwei Pillen in seine offene Hand und holte ihm einen Zahnputzbecher voll Wasser. Er nahm die Tabletten und trank den Becher leer.

Agnes schlüpfte wieder ins Bett, und Andrew sank am Fußende erschöpft auf den Boden. Mit der Faust schlug er auf seine Stirn ein. »Tut mir leid. Whisky haut mich immer um. Habe ich randaliert, dummes Zeug geredet?«

Eine schlimme Erinnerung schien ihn zu schütteln, und Agnes' Mitleid meldete sich sofort zu Wort. Da war jemand, der Trost und Beistand brauchte, und sie konnte ihm beides hier und jetzt geben. Es war nicht leicht, einen Ehepartner zu verlieren oder – Agnes wußte es nur zu gut – einen Geliebten.

Er stand auf, um das Fenster zu öffnen und frische Luft hereinzulassen. Draußen herrschte eine große Stille, und er trat zur Seite, um Agnes die ersten Finger aus Licht zu zeigen, die über die Eichenkronen krochen.

Das zerzauste Haar und die geschwungene Linie seines Rückens waren unvertraut, aber, so schoß es Agnes überraschend durch den Kopf, *dieser Mann ist zu haben*. Die Nacht stellte merkwürdige Dinge mit einem an, führte einen hinters Licht. Eine große Konstante in Agnes' bisheriger Biographie war, daß sie sich nicht so leicht auf andere einließ. *Das* war ihr Problem. Andrew dreht sich um und lehnte sich ans Fensterbrett. »Ich habe viel über Sie nachgedacht, Agnes. Ich habe noch keinen Menschen getroffen, der wirklich begriffen hat, was ich hier in Tithings eigentlich mache. Stört es Sie, wenn ich Ihnen das sage?«

Es war ein sonderbares Kompliment. »Vielen Dank.«

Sie mußte ein wenig skeptisch geklungen haben, denn er sagte: »Keine Angst, ich falle nicht über sie her.« Andrew schob seine Hände in die Ärmel seines Morgenmantels. »Sehen Sie, keine Hände. Und der Whisky ist mir in der Hinsicht auch nicht gerade eine Hilfe.« Man sah, daß ihn fröstelte.

Er wandte sich ihr zu, und sein ganzer Körper zitterte. »Ich weiß nicht mehr weiter. Ich weiß einfach nicht mehr, was ich tun soll.«

Es war eine Hilferuf. Agnes schlug die Decke zurück. »Kommen Sie, sie holen sich noch eine Lugenentzündung.«

»Ist das Ihr Ernst? Ein Rest von Anstand ist mir noch geblieben.«

»Also, Sie legen sich unter die Decke, ich krieche unters Laken, ist das in Ordnung?« Andrew ließ sich nicht lange bitten, und sein zitternder, eisiger Körper glitt neben den ihren, geschützt von mehreren Decken. Füße. Schenkel. Ein langer, schlanker Rücken. Unbekannte Knochen.

»Tut mir leid«, sagte Andrew. »Vergessen Sie, was ich gesagt habe und wie ich mich aufgeführt habe. Whisky-Gerede.«

Sie kehrte der Wand den Rücken zu. »Macht nichts.« Sie spürte, daß er sich entspannte. »Ich war neulich auf einem Empfang. Es gab Champagner, und alles war voller einflußreicher Leute, die nichts lieber tun, als alles zuzubetonieren. Die haben viel von Zukunft geredet. Aber sie meinten nur eine sehr begrenzte Zukunft, nämlich ihre Zukunft. Wir müssen also aufpassen, daß das, was wir unter Zukunft verstehen, eine Chance bekommt.«

»Hat das nicht Jack irgendwo so formuliert?«

Sie lächelte. »Hat er das?«

Sie lagen ruhig da, und ihre Atemstöße einigten sich bald auf einen gemeinsamen Rhythmus. Andrew drängte sich schwerer gegen Agnes, er suchte den Trost in der Nähe zu einem anderen Menschen, und sie schenkte sie ihm gern. Es war Solidarität von Körper zu Körper, gegen die Schrecken und die Gefahren der Nacht: eine ungeahnte, vollkommene Nähe, wie sie sich zuweilen ergibt zwischen Menschen.

Der Wecker riß Agnes aus dem Schlaf. Sie fühlte sich steif und erschöpft. Sie runzelte die Stirn und versuchte, sich zu erinnern, was gestern abend passiert war. Andrew war verschwunden. Sie schlug die Decke zurück und huschte zum offenen Fenster.

Es war ein phantastischer Frühsommermorgen, so phantastisch, daß sie auf der Stelle gute Laune bekam. Die Sonne war schon heraus, und die Luft war rein, so rein.

Grün und mit Blumen übersät erstreckten sich Andrews Wiesen und Weiden in alle Richtungen bis an den Horizont, der sich mit weiblichen Rundungen zu räkeln schien. Weit hinten sah man die weißen Kästen der Bienenstöcke und dahinter das Moor.

Kornblumen und Klatschmohn, wisperndes Gras ... Agnes stützte das Kinn in die Hände, und eine verschwenderische, lebensbejahende Sonne wärmte sie. Das Landschaftsgemälde draußen zeigte den Dialog zwischen Mensch und Natur. Ein geschickter Taschenspielertrick, denn das, was künstlich war, war natürlich geworden. Ein Meister seines Fachs – nein, ein Künstler – hatte diesen wildwuchernden, herzerhebenden Anblick geschaffen. Der Künstler war Andrew.

Er kam um die Hausecke, und Agnes lehnte sich aus dem Fenster und rief ihn an und sie sagte es ihm.

Kapitel 16

Freitag

Kitty wartete in ihrer Kate, bis ein Licht nach dem anderen Cliff House erhellte, und lief dann durch die warme Nacht zu Julian. Der Boden, über den sie die Klippe hinaufhastete, war noch trügerisch vom Frühlingsregen. Bei aller Ungeduld zögerte sie, strauchelte fast, als wäre sie den Weg noch nie gegangen, als wäre er ihr nicht so vertraut wie jede einzelne Falte in ihrem Gesicht.

Er war schon zu Bett gegangen, umringt von Ordnern und Heftern, was bedeutete, daß die Woche nicht gut gelaufen war. »Wie geht es dir, mein Schatz?« Sie warf ihre Kaschmirstrickjacke über einen Stuhl und gab ihm einen Kuß.

Er sah von seinem Laptop auf. »Hallo Kitty. Schön, daß du da bist.«

»Keine gute Woche gehabt? Der Markt war ziemlich lebhaft. FTSE hat ein deutliches Plus gemacht bei Börsenschluß, und die Aktien sind unverändert.«

Julians Lippen wurden schmal, seine Oberlehrerpose. »Es gibt bei uns kleine Probleme, ich habe dir doch davon erzählt. Um nicht zu sagen, etwas mehr als bloß kleine Probleme, Kitty. Es ist ziemlich ernst, aber ich hoffe, ich kann das hinbiegen.«

Sie spürte, wie leiser Triumph sie wärmte. Sie hatte es geschafft, ihn zum Reden zu bringen. Sie setzte sich zu ihm aufs Bett.

»Erzähl.« Wenn es ums Geld ging, konnten sie sich für gewöhnlich leicht und konstruktiv austauschen.

»Ich fürchte, wir haben die Projekte im Norden zu groß dimensioniert, und ich weiß noch nicht, wie ich den Schaden begrenzen kann.« Er lehnte sich zurück aufs Kissen und lächelte ihr verkniffen zu, was heißen sollte, daß er wütend auf sich selbst war. »Mein Fehler, Kitty. Ich war zu optimistisch und habe die anderen überredet mitzumachen. Ich habe mich zu weit rausgehängt.«

Kitty dachte darüber nach, was sie über Portcullis wußte. »Kannst du die Sache nicht einfach ins nächste Geschäftsjahr verschieben?« Sie überlegte und ließ die Projekte dieses Sommers vor ihrem geistigen Auge Revue passieren. »Oder vielleicht solltest du dich mal mit allen Teilhabern an einen Tisch setzen?«

Er überlegt. »Nein, ich glaube, dafür ist es zu früh. Aber ich denke darüber nach.« Er beugte sich vor und gab ihr einen Kuß. »Danke, für deine Hilfe.«

Sie nahm einen der Hefter und öffnete ihn. Ihr Triumph verflüchtigte sich. Es war ein Exemplar der Briefe von Jack Dun. Vorn war ein Blatt eingelegt, Briefpapier von Portcullis, auf dem Julian sich Notizen gemacht hatte: »Agenten bekamen Gedichte zum Auswendiglernen, sollte ihnen helfen, Morsecodes zu behalten. Jeder hatte anscheinend seinen Sender-Fingerabdruck; machte ihn sofort identifizierbar. Die Empfänger in der Heimat sollten auf diese Fingerabdrücke achten. Morsecode quasi als Handschrift.«

»Was ist das?« fragte sie.

»Ein paar Recherchen, die ich unternommen habe.«

»Du meinst, die Angela unternehmen mußte.« Sie trommelte mit bleischweren Fingern auf den Hefter. »Für ... Agnes Campion.« Kitty klappte das Manuskript zusammen und preßte es fest auf ihre Knie.

»Ja. Aber das Komische ist, daß mich das Thema wirklich gepackt hat. Morsecodes, das Leben im Verborgenen, diese ganzen Sachen.« Julian schloß sein Laptop und kramte seine Unterlagen zusammen.

»Das kann ich mir denken.« Sie haßte sich dafür, daß sie so verbittert klang, aber sie konnte nichts dagegen tun. »Prominente Filmemacherin und so weiter und so fort. Vielleicht wirst du noch namentlich im Abspann erwähnt.«

Sie hatte alles kaputt gemacht.

»Mein Güte, Kitty.« Julian schwang seine Beine aus dem Bett und ging zur Tür.

Sie klammerte sich so sehr an den Hefter, daß ihre Fingerknöchel weiß wurden. »Julian, soll diese Frau eine von denen werden, die ... Sie ist ja schon eine von den Wir-gehen-manchmal-unsere-eigenen-Wege ... oder?«

Er wandte sich zu ihr um. »Ja.«

Kitty sah nach unten, damit der Schmerz nur ihr Schmerz blieb. »Ich habe es mir gedacht.«

Sie hörte ihn nach unten und in die Küche gehen. Kitty öffnete noch einmal den Hefter, blätterte ihn durch auf der verzweifelten Suche nach irgendwelchen Hinweisen. An einem Brief vom 15. Juli 1943 blieb sie hängen: »Seit über einem Jahr bist Du fort, und ich muß gestehen, daß ich es allmählich mit der Angst zu tun bekomme. Als Du gingst, wollte ich fast verrückt werden, so sehr vermißte ich Deinen Körper. Ich war wie gelähmt, und eine glühende Eifersucht schnürte mir die Kehle zu. Ich träumte jede Nacht von Deiner weichen, sanften Haut ...« Kittys Magen kribbelte. So würde es ihr ergehen, wenn Julian sie verließe. Sie blätterte weiter. Der Brief vom November 1943: »Was Du getan hast, war schrecklich, Mary. Du hast mich blinden Haß gelehrt.«

Kitty schlug das Manuskript zu, als Julian mit zwei Gläsern und einer Flasche Wein zurückkam. Er stand eine Weile im Türrahmen. »Tut mir leid, Kitty.«

Sie schoß auf ihn zu, entriß ihm Wein und Gläser, zog ihn hilflos in ihre Arme und fuhr mit der Hand über sein Gesicht. »Das ist mein Fingerabdruck für dich«, flüsterte sie und preßte ihre Fingerkuppen an seine Schläfe. »Niemand anders hat diesen Abdruck, habe ich recht?« Ihre Hände glitten seinen Rükken hinunter und kamen endlich zur Ruhe. »*Habe ich recht?*«

»Ach, Kitty.«

»Ist schon gut. Laß uns ins Bett gehen.«

Samstag

Wie üblich war Julian früh auf, um vor dem Frühstück noch einen Spaziergang zu machen, während Kitty im Bett liegen blieb. Sie streckte genüßlich und zufrieden die Glieder. Vielleicht sollten sie sich einen Hund anschaffen. Dann konnten sie gemeinsam spazieren gehen, und unter der Woche würde der Hund ihr Gesellschaft leisten. Julian wollte segeln, wie er es während der Saison fast jede freie Minute tat. Kitty haßte Segeln, aber vielleicht sollte sie sich zukünftig häufiger dazu überwinden, damit er ihre Bemühungen sah.

Gestern hatte sie das himbeerfarbene Leinenkostüm gekauft, auf das sie schon so lange ein Auge geworfen hatte, und Julian hatte es bezahlt. Sie machten sich häufig gegenseitig Geschenke – es war Teil ihrer Vereinbarung. Aber kaum hatte sie die noble Einkaufstasche nach Hause getragen, hatte sie das Interesse an dem guten Stück verloren und hatte alles in die Küchentischschublade gestopft, wo es auch jetzt noch lag. Theo hatte ihr einen komplizenhaften Blick zugeworfen: »Einkauftherapie, Kits?«

Kitty schloß die Augen. Bin ich unglücklich, weil ich machtlos bin?

Nein, das stimmte nicht. Sie hatte die Macht, ihren Geliebten um teure Kleider zu bitten. Sie hatte ihr eigenes Geld und verstand es, damit umzugehen. Sie hatte einen geregelten Tagesablauf und eine Beziehung – in gewisser Weise. Am Anfang hatte sie – außer ihrem guten Aussehen – nichts gehabt, aber sie hatte etwas aus sich gemacht. Es war nicht nach jedermanns Geschmack, aber sie hatte es so haben wollen, sie hatte hart dafür gekämpft,und sie konnte ihren Standard halten. Nur hatte sie nicht erwartet, daß das gesteckte Ziel sich einmal derart verlagern würde. Als sie jung war, hatte sie ihre Gefühle in einem kleinen Kästchen verwahrt, in das sie von Zeit zu Zeit einen vorsichtigen Blick warf, das sie im übrigen aber festverschlossen hielt. Jetzt, im vorgerückten Alter, war sie eine nachlässige Concierge geworden: Sie hatte das Kästchen fallen lassen, der Inhalt hatte sich auf den Boden ergossen, und alle konnten ihn sehen.

Sie wandte den Kopf, um nach der Uhr zu sehen, und sah den zerfledderten Hefter mit den Briefen, den sie gestern abend dort hingelegt hatte.

Ach, Kitty, Kitty. Sie wußte inzwischen, daß der Körper keine so große Rolle in einer Langzeitbeziehung spielte, und daß es auch kaum eine Bedeutung hatte, wenn man diesen Körper mit jemandem teilen mußte. Aber sie hatte nicht gewußt, wie sehr es sie schmerzen würde.

Kitty begann mit ihrer zunehmend zeitaufwendigeren Morgentoilette. Kaltes Wasser, tonische Reinigungscremes, reichhaltige Tagescremes, Öle, Düfte ... Sie klatschte sich Wasser ins Gesicht. Sie seufzte. Ein unendlicher Kampf lag vor ihr. Sie würde kämpfen, taktieren, immer neue Finten versuchen, um dem Alter ein Schnippchen zu schlagen, zu verhindern, daß es über ihren Körper herfiel. Nie würde sie sich ergeben, und doch würde am Ende ihre Niederlage stehen.

Was kam dabei heraus?

Sie sah vom Waschbecken auf und betrachte das Bild im Spiegel. Mund leicht offenstehend, Haar strähnig vom Wasserdampf, die Wangen fiebrig glänzend. Ein Fisch auf dem Trockenen? Sofort brachte sie ihre Gesichtszüge in Ordnung, nahm sich ein Handtuch und rieb, bis das Glänzen aus dem Gesicht verschwunden war. Dann trug sie eine Creme auf die Hautpartie am Hals, dort, wo sich besonders viele Falten gebildet hatten. Eine duftende, feminine, gestylte und gestärkte Kitty nahm im Spiegel Form an.

So war es recht. Das gehetzte, verängstigte Wesen von eben war wie weggewischt, und sie erkannte ihr eigenes Selbst wieder.

Unten machte sie Frühstück und trug es hinüber in den Wintergarten. Später würde sie ein Picknick veranstalten. Sie würde am Strand warten, bis Julian von seinem Törn wiederkam. Sie würden sich unter den Fossilienfelsen hocken und essen, gute Freunde und Partner, und die Erinnerung an eine glühende, lodernde Nacht des Suchens und des Schenkens von Körpergefühlen würde sich in den neuen Tag mischen.

Nach dem Abendessen kam Kitty ins Arbeitszimmer, wo Julian sich mit den Portcullis-Problemen herumschlug, und schloß die Tür hinter sich.

Er sah auf. »Wenn du so rosig, weich und strahlend wie jetzt aussiehst«, sagte Julian, »bedeutet das meist Arbeit. Das Kitty-Paradox.«

»Ganz recht.« Eine Duftwolke mit sich führend, kam sie auf ihren Hochhackigen zu ihm her und baute sich vor seinem Schreibtisch auf. Julian legte seinen Stift aus der Hand, sah sie aber nicht an. Er denkt, ich sehe älter aus als letzte Woche, überlegte sie in einer Schrecksekunde und drehte nervös an dem Ring mit dem Rubin und dem Diamanten, den er ihr geschenkt hatte. Er prüft mich. »Ich weiß, wir haben gerade erst darüber gesprochen, aber ich muß noch einmal mit dir reden. Ich will das ein für allemal vom Tisch haben.« In der Stille, die folgte, spürte sie, wie ihr ein Kribbeln über den Rücken lief. »Julian, bitte, ich habe auch ein Wörtchen in der Sache mitzureden. Nach all den Jahren muß ich auch Forderungen stellen dürfen.«

Er stieß seinen Stuhl zurück und stand auf, und sie hoffte inständig, er würde sie in die Arme nehmen. Aber er ging zum Fenster. »Müssen wir wieder damit anfangen, Kitty?«

»Ich halte diese ewige Unsicherheit nicht mehr aus. Ich brauche einen Anker. Ich kann es nicht so genau erklären. Ach

... ich weiß nicht. Ich möchte einfach zu den gesellschaftlichen Anlässen mit eingeladen werden, ohne ein Schild auf dem Rücken tragen zu müssen: ›Geliebte‹.«

Er schien wirklich überrascht. »Mein Gott, was ...«

Sie ließ ihn nicht zu Wort kommen. »Du versteht es nicht, weil es nicht deine Welt ist, du kannst an nichts anderes denken als an deine Welt, aber für mich ist das wichtig. Es wird jedenfalls immer wichtiger für mich. Es geht darum, wo man hingehört.«

Er wandte sich um, sah zum Meer. »Es frischt auf«, bemerkte er – er konnte grausam sein, so grausam –, und man hörte den Wind durchs Fenster. Es dauerte sehr lang, bis er fragte: »Willst du die Wahrheit hören, Kitty?«

Es war zu spät, sich in den sicheren Hafen zurückzuziehen: Sie war auf offener See. Kitty suchte in Julians Gesicht nach einer Andeutung, einem Zeichen, aus dem sie Hoffnung schöpfen konnte, aber da gab es nichts zu deuten. »Kitty ... Ich finde ... « Panik ergriff sie, und sie stieß einen kleinen Schrei aus. Er ließ Julian innehalten und sich besinnen, er fing neu an: »Wir sind jetzt zehn Jahre zusammen. Heißt das, du willst nicht mehr?«

Sie biß sich auf die Lippe. Wie typisch von ihm, einfach den Spieß umzudrehen. Bloß keine direkte Konfrontation. Er war wie das Ölzeug seiner Segelklamotten, glatt und wasserabweisend, und sie hatte all die Jahre vergeblich versucht, durch die Schutzhülle zu ihm durchzudringen. »Ich glaube, du bist nicht aufrichtig. Ist es ...« Kitty versuchte ihre Lippen am Zittern zu hindern. »Ist es ... mein Alter? Sag es mir ganz ehrlich.«

Er kniff die Augen zusammen. »Kitty, du solltest dich wirklich nicht so aufregen.« Er sah ihr direkt in die Augen. »Kitty, wenn du eine Veränderung möchtest ...«

Und Kitty wünschte sich – wünschte sich inständig –, sie hätte nie den Mund aufgemacht, während es ihr im selben Moment klar war, daß sie gar nicht anders konnte, als zu versuchen, die Wahrheit herauszufinden. Sie wollte wissen, wie dünn und brüchig der Boden war, auf dem sie stand, aber sie fürchtete sich davor, in den Abrund zu blicken. Doch sie war an die Grenze dessen gestoßen, was still zu erdulden sie auf sich nehmen konnte. »Komm schon, Julian, ich will von dir wissen, ob es mein Alter ist.«

»Na schön, dein Alter hat vielleicht auch etwas damit zu tun.«

»Aber ... ich verstehe nicht ... ich ...« Wie ein lästiges, hilfloses Insekt attackierte sie ihn mit ihren gestammelten Worten. »Erklär es mir ... Bitte ...«

Er sah gequält aus. »Ich habe in letzter Zeit häufiger daran gedacht, eine Familie zu gründen.«

»Das gibt es doch nicht. Das kann doch nicht wahr sein. Ich hätte nie gedacht, daß Kinder mal ein Thema für dich sein könnten. Wir waren uns doch beide einig. Wir haben immer gesagt ...«, sie lachte kurz auf, »... daß wir schon genug mit uns selbst zu tun haben.«

»Du hast nie einen Zweifel daran gelassen, daß du keine willst.«

»Das stimmt.« Kitty drehte an ihrem Ring und klammerte sich an den traurigen Trost, daß die Schlacht noch nicht bis zum bitteren Ende geschlagen war. »Aber Julian, wenn das wirklich dein Wunsch ist – es gibt heute Kliniken ... das ist doch alles kein Problem mehr heutzutage.«

Endlich berührte er sie. Er legte seinen Arm um ihre Püppchentaille, auf ihre knabenhafte Hüfte. Leidenschaftslos, gleichgültig, es war die Geste eines Mannes, der einen Körper bereits in und auswendig kannte.

»Ich glaube, ich weiß jetzt, was ich wissen wollte. Aber ...« Kitty konnte nicht zu Ende sprechen. Sie entwand sich seinem Arm und verließ den Raum.

Die Tür schloß sich leise.

Es fiel ihm schwer, Kitty in die Augen zu sehen, etwas, was er bei anderen Menschen haßte und bei sich selbst noch mehr. Kittys verängstigte Augen, die sich im Moment der Lust kurz schlossen, sich gleich darauf wieder weit öffneten, um ihm zu zeigen, wie sehr sie ihn liebte. Er hatte ihre Berührungen zu fürchten gelernt, wenn sie sich gegenseitig erregten. Er wollte auch nicht mehr die exquisit gestylte Kitty, die sich ihm präsentierte wie ein Geschenk. Oder die Kitty in der babyblauen Jacke, die am Ufer mit einem perfekt vorbereiteten Picknick auf ihn wartete. Die immer auf ihn wartete. Und er haßte sich selbst für seine Ungerechtigkeit und seine Grausamkeit, aber der Haß ging nicht so weit, daß er etwas dagegen unternommen hätte.

Julian nahm das Fossil in die Hand und fuhr mit dem Finger über die rauhe Rippenstruktur hin. Im Innern war das Schneckenhaus einmal durch Scheidewände in Kammern unterteilt gewesen, verbunden durch eine Röhre, die die Zufuhr von Luft regulierte und wie bei einem U-Boot dafür sorgte, daß die Schnecke sank oder aufstieg. Alle Kammern waren miteinander verbunden, jede war für den Gesamtorganismus lebenswichtig, und doch waren nicht alle Kammern zur selben Zeit in Betrieb.

Gab es eine Kitty-Kammer? Bedauerte er, daß er ihren Lockstoffen zum Opfer gefallen war, ihrer Professionalität, ihrem perfekt geschnittenen Gesicht, ihrem sinnlichen Körper? Nein, auf keinen Fall. Aber letzte Nacht hatte er zum ersten Mal die Falten an ihrem Hals beachtet, eine gewisse Ledrigkeit der Haut, die letzte Woche noch nicht dagewesen zu sein schien. Diese Entdeckung hatte ihm einen Schreck versetzt. Nicht so sehr, daß diese Falten da waren, vielmehr daß er sie so deutlich registrierte.

Die Zeit eilte dahin, auf einen Fluchtpunkt zu und verschwand.

Julian schuldete Kitty viel. Er trug vor allem Verantwortung für sie. Die Variablen in ihrer gemeinsamen strengen Versuchsanordnung veränderten sich in einer Weise, die ihn verunsicherte. Seit er Agnes kennengelernt hatte, war er nicht mehr derselbe. Luft strömte von einer Kammer in die nächste, und Julian mußte hilflos erkennen, daß er eine Grundregel des Lebens – und des Business – nicht gebührend beachtet hatte, die besagte, daß alles in einer kontinuierlichen Veränderung begriffen ist. Er kam sich dumm vor. Dann wieder kam Hoffnung auf. Die Erkenntnis, daß sein festgefügtes Wertesystem ins Wanken geraten war, versetzte ihn bald in einen befreienden Rausch, bald in lähmende Verzweiflung.

Kapitel 17

Gordon Rice, genannt der Gladiator, lebte im tiefsten Croydon, wo er, gegen Bezahlung, Einsätze für Öko-Aktivitäten plante und leitete – gegen Bauvorhaben aller Art. Kaum waren die Dreharbeiten beendet, machte sich Andrew in aller Herrgottsfrühe auf und fuhr zu ihm mit der Begründung, das Revisionsverfahren sei im Juni und er könne noch ein paar taktische Hilfestellungen gebrauchen.

Der Gladiator war ein Morgenmuffel, aber er riß sich zusammen und brummte, er helfe gern. Er entschuldigte sich für die Gebühr, aber, sagte er, von der Sozialhilfe allein könne er seine Aktivitäten nicht bezahlen. Und wenn man noch ein bißchen drauflegte, würde er auch runter nach Devon kommen und den braven Bürgern dort persönlich zeigen, was ziviler Ungehorsam bedeutete. Sein ganzes Leben hatte er sich als Querulant erprobt, und er erkannte die Schwachpunkte des Feindes inzwischen auf den ersten Blick. Im Angebot hatte er Sit-ins auf Hauptstraßen, Anketten auf Gleisen, das Untergraben von Hausfundamenten und ähnliches.

»Du mußt sie schlagen, wo du sie triffst.« Er schlug mit der Faust heftig in seine Hand, und Andrew mußte einen Schritt zurücktreten. Es war offensichtlich: Der Gladiator war ein Mann der Tat, lang diskutiert wurde bei ihm nicht. Vielleicht hatte er dazu einfach keine Zeit. Er roch nach fauliger Erde, nach Propangas, Schwefel und Schweiß. Aber wie er so dastand, in Jeans und verschmiertem Anorak, schien er rundum zufrieden mit sich und seiner Rolle in der Welt, und Andrew beneidete ihn darum.

Der Gladiator war sein Geld mehr als wert. Er hatte jede Menge zu erzählen. »Was denen richtig wehtut, ist, wenn das Budget überschritten wird, und gar nicht gern sehen die es, wenn ihr Name dick und fett in der Presse auftaucht. Du mußt dafür sorgen, daß es Ihnen wehtut. Sie sollen leiden. Ich liebe es, wenn Sie leiden. Hast du Internetanschluß? Nein? Kümmer dich drum. So informieren wir uns. So können wir schneller sein als die. Aber vorher«, er drückte Andrew einen Stoß Papier in die Hand, »vorher lies das hier, aber paß auf, daß unsere Freunde in Blau das nicht in die Finger bekommen.«

Das erste Blatt wies einen blassen, verschmierten Schriftzug auf: HÄNDE WEG VON UNSERER ZUKUNFT.

»Eins noch«, fügte der Gladiator an.

»Was denn?«

Er konnte mit der Wahrheit nicht hinterm Berg halten. »Die anderen gewinnen. Sie gewinnen immer. Aber wir müssen trotzdem weiterkämpfen. Man darf nicht aufgeben, niemals.«

Wut stieg in Andrew auf. Er wunderte sich selbst, zu welch heftigen Gefühlsregungen er in letzter Zeit neigte. Jahrelang hatte er völlig passiv vor sich hingelebt. Dann hatte er sich entschlosen, gegen einen Großgrundbesitzer zu kämpfen, hatte die Briefe erfunden, Penny hatte ihn verlassen – all das hatte ihn verändert. Er war ein Mensch mit Emotionen und voller Tatendrang geworden. Manchmal wußte er nicht, ob das noch sein wahres Selbst war.

Der Gladiator zuckte mit den Schultern. »Wer wüßte das besser«, sagte er, »als Aussteiger wie wir.«

In diesem Moment dachte Andrew an Agnes, an die Haarmassen, die sich über das Kissen ergossen hatten. Sie schlafend gesehen zu haben, hatte etwas äußerst Erotisches und verstörend Befriedigendes für ihn gehabt, ein aufregendes Geheimnis war ihm zuteil geworden.

Sie war der Hoffnungsschimmer für seinen Hof. Agnes verstand seine Situation. Mit ihrem Film machte sie sich zum Sprecher für Tithings, vielleicht zum Retter. Der Umstand, daß er sie hinterging, beunruhigte ihn nicht. Er war sich sicher, daß sie es verstehen würde, wenn sie es irgendwann erfuhr.

Auf dem Rückweg hielt er, ohne lange zu überlegen, an einer Telefonzelle und rief Agnes in Flagge House an, um zu fragen, ob er vorbeikommen könne.

Der Lieferwagen rumpelte auf die Auffahrt, und die Windschutzscheibe war ausgefüllt von der weichen, abgenutzten Farbe der Hausfront. Bei ihrem Anblick fühlte sich Andrew sofort wohl und spürte seine große Verbundenheit zu Agnes. Ihre Begegnung war mehr gewesen als nur ein Arbeitstreffen: Es hatte ihm eine neue Perspektive eröffnet. Da er nicht wußte, wo er parken konnte, fuhr er hinters Haus und hielt beim Gemüsegarten. Wie es der Zufall wollte, kam Agnes gerade aus dem Hintereingang mit einer Schüssel mit nassen Salatblättern. Sie sah müde und abgespannt aus. »Du liebe Zeit, Andrew, ich habe Sie nicht so früh erwartet.« Aber ein zaghaftes Lächeln erhellte ihre Miene, und Andrew atmete erleichtert auf.

Er kam hinter seinem Steuerrad hervor. »Ich wollte kurz berichten, daß ich jetzt mit dem Gladiator in Verbindung stehe.«

Agnes kippte ihre Schüssel mit Salatresten auf einen niedrigen Komposthaufen. »Sehr gut.«

Die Begegnung ließ sich nicht so gut an, wie er sich dies in Gedanken ausgemalt hatte, und etwas ängstlich sagte er: »Ich habe ein Geschenk für Sie mitgebracht.«

Er öffnete ein Kühlfach im Laderaum seines Lieferwagens und entnahm ihm einen großen blutigen Gefrierbeutel. »Das war Cromwell. Oder jedenfalls sein Hinterschinken. Ich dachte, Sie würden sich über ihn freuen.«

»Hallo, Cromwell«, sagte Agnes unsicher.

Andrew schloß die Tür des Wagens. »Er ist zusammen mit Nero zum Schlachter gekommen. Nero und er waren dicke Freunde. Sie waren glücklich bei mir.«

Agnes schluckte und sah auf das Grünzeug auf dem Komposthaufen. »Wir tun es gleich in die Gefriertruhe. Und Sie bleiben am besten zum Essen da. Kommen Sie, ich stelle Ihnen meine Tanten vor, die überzeugt sind, daß Sie ein ganz lieber Bauer sind mit vielen flauschigen Lämmern und entzückenden Entchen.«

Sie legte das Stück Fleisch auf den Küchentisch und führte ihn in den düsteren viktorianischen Flügel, durch das Wohnzimmer, bis zur Terrasse.

»Maud, Bea«, sagte sie, »Andrew ist da.«

Maud hatte sich ordentlich herausgeputzt, mit einem Strohhut à la Bloomsbury, und lehnte, etwas unsicher auf den Beinen, mit dem Rücken an der Steinbalustrade. Bea saß auf einem der rostenden Gartenstühle und war am Nähen. Rostflocken waren ihr auf die grüne Strickjacke gerieselt, und ein, zwei hatten es sogar bis auf eine äußerst blasse Wange geschafft. Sie lächelte Andrew an. »Wir haben schon von Ihrem Hof gehört.«

Maud beschlagnahmte den anderen freien Stuhl. »Für einen Bauern haben Sie nicht viel auf den Rippen«, konstatierte sie. »Haben Sie keine Frau, die für Sie kocht?«

Andrew mußte grinsen. »Ich war schon immer so dünn, Mrs. Campion.«

Agnes beugte sich über Bea, und wischte die Rostpartikel von ihrer Wange. »Ich denke, ihr werdet ihn mögen.« Bea biß ihren Faden durch, und Agnes sah, daß sie einen Knopf an Freddies Blazer angenäht hatte. Sie beobachtete die kleinen Finger, die zärtlich über den Stoff strichen, ihn sorgfältig in Form legten. »Du bist immer am Arbeiten«, sagte Agnes mit einem Anflug von Rührung.

Bea sah in ihrer arglosen Art zu ihr auf. »Das hält mich in Gang. Es sind die kleinen Dinge, nicht wahr? Sie zeigen uns, was wirklich wichtig ist im Leben.« Bea legte den Blazer mit dem fürsorglichen Blick der gewissenhaften Haushälterin beiseite. »Wart ab, bis du älter bist, Agnes.«

»Und was hat Sie veranlaßt, Ihre Kühe so ganz allein zu lassen?« ließ Maud sich vernehmen.

Andrews Blick fixierte Agnes. »Ich komme gerade zurück von einem Treffen mit einem Öko-Aktivisten. «

»Einem was?«

Andrew erklärte ihr, wer der Gladiator war. »Er ist ein Experte im Graben von Tunneln, um gegen geplante Straßen und Häuser zu protestieren.«

»Tunnel? Muß das denn sein?«

Andrew sagte ernst: »Ich will meinen Hof retten. Mir ist jedes Mittel recht.«

»Wie erfrischend.« Maud zog heftig Luft ein und brachte die Puderplateaus ihrer Wangen in Bewegung. »Wir sind alle viel zu nett. *Non*? Wir bringen uns noch um vor Nettigkeit.« Sie drehte sich zu Andrew um. »*Ich* jedenfalls habe nicht länger vor, nett zu sein. Ich habe mein ganzes Leben damit vergeudet, nett zu sein.«

»Ich auch«, sagte Andrew und hatte in Maud im selben Moment eine neue Verbündete.

»Man versteht sich«, besiegelt Maud ihren Bund. »Du kannst jetzt die Getränke holen, Agnes.« Maud strich mit einer energischen Bewegung ihren Rock glatt.

»Ihr Hof interessiert uns sehr«, meldete sich Bea. »Erzählen Sie uns mehr darüber.«

Maud zappelte nervös herum, als Agnes Sherry ausschenkte. Andrew hatte gerade mit einer kurzen Beschreibung seines Betriebs begonnen, als Maud ihm das Wort abschnitt. »Agnes, hast du auch daran gedacht, daß Freddie zum Essen kommt?«

Instinktiv griff Bea zum Blazer, sorgte aber nur dafür, daß er zu Boden glitt. »Ach du liebe Zeit«, sagte sie, während Andrew die Jacke auffing und ihr wiedergab. »Ich muß sofort in die Küche und mich ums Essen kümmern.«

In der Küche hatten die sterblichen Überreste von Cromwell eine Blutlache gebildet, die vom Tisch auf den Boden tropfte, wo sich die Flüssigkeit in den porösen Fugen der Kacheln sammelte.

Nach dem Essen nahm Freddie Maud auf eine Spazierfahrt im Auto mit, und Bea, die erklärte, ihr mache das Wetter ein wenig zu schaffen, ging nach oben, um sich hinzulegen. Agnes und Andrew machten einen Spaziergang.

Von den Stufen schlug ihnen ein warmer Luftzug entgegen. »Zum Haus gehören etwa sieben Hektar Land. Früher waren es mehr, aber die Campions haben nach und nach Teile verkauft.«

Andrew schirmte seine Augen mit einer Hand ab und sah zu den Häusern, die in der Ferne über die Grundstücksmauer lugten. »Top-Lage, muß man sagen. Wer hat da gebaut?« Er wies hinüber zu einer Ansammlung von Einfamilienhäusern.

»Der Bauer hat seine Wiese verkauft, und dann kamen die Bauunternehmer, haben die Häuser hochgezogen und an Leute verkauft, die das Dorf vorher noch nicht einmal dem Namen nach kannten. Über die Hälfte von denen sind nur am Wochenende hier.«

»Wie Sie?«

Sie grinste. »He, ich *wohne* hier.«

Sie gingen über die feuchte Wiese bis zum Fluß, und Agnes überlegte, daß sie seine direkte Art mochte. Bei jemandem wie Andrew wußte man ganz genau, woran man war. Er sagte einem, was er dachte. »Ich finde die Vorstellung lustig: Sie als Öko-Krieger, mit irgendwelchen futuristischen Waffen und Spaten bewaffnet.«

»Sie haben bestimmt schon häufig Protestveranstaltungen gefilmt.«

»Allerdings.« Sie dachte an die Schwierigkeiten, die sie häufig hatte, einzufangen, was sie vor ihrem geistigen Auge sah und anderen zeigen wollte. »Aber als Beobachterin, nicht als Aktivistin.« Sie hockte sich hin und strich über das saftige

Gras. »Das muß sich ändern. Ich meine, was das Haus angeht.« Sie steckte sich einen Grasstengel zwischen die Zähne, und er bemerkte, wie weiß sie waren gegen die rosaroten Lippen. »Aber es fehlt an Geld.« Sie warf den Stengel fort.

Er sagte nervös: »Das Revisionsverfahren beginnt bald.«

»Ich weiß.« Sie schwieg. »Andrew, was wollen Sie machen, wenn Sie kein Recht bekommen.«

Stur entgegnete er: »So weit wird es nicht kommen. Oder sagen wir es so: Ich rüste mich zum Kampf. Ich werde es ihnen nicht leicht machen.« Er stecke die Hände mit einem Schwung in die Taschen, daß man befürchten mußte, sie würden aus den Nähten platzen. »Und es gibt noch die Sendung. Ich bin sicher, daß das die Situation verändern wird.«

Es kam nicht häufig vor, daß ihrer Arbeit eine solche unmittelbare Relevanz zugesprochen wurde, und sie spürte, wie ein selbstzufriedenes Glühen sie erfüllte. Andrew wischte sich Schweiß von der Stirn und räusperte sich. »Agnes, ich trinke nur selten Alkohol. Ich möchte nicht, daß sie etwas anderes von mir denken.«

Sie sah hinunter auf seine gebräunten Arme. »Andrew ...«

»Ich möchte mich für neulich nacht entschuldigen.«

»Es ist ja nichts passiert«, sagte sie.

»Penny kommt nicht mehr zurück.« Es schien ihm wichtig, ihr dies mitzuteilen. »Und wenn ich es recht bedenke, möchte ich das auch gar nicht.« Da war es. Der Fingerzeig: Der Weg ist frei für dich und mich.

Der Wasserstand des Flusses war gesunken, was nicht ungewöhnlich war im Sommer, und lange Algenbündel schwammen unter der Oberfläche wie das Haar einer Ertrunkenen. Andrew setzte sich auf seinen Hosenboden und hielt die Hand in das kalkige Wasser. »Forellen?«

»Nun, im Dorf erzählt man sich jedenfalls jede Menge Geschichten ...«

»Das da hinten scheint mir ein kleines Frostloch zu sein.« Er zeigte auf die Senke zwischen zwei alten Eichen und der nördlichen Mauer. Dann bückte er sich wieder und grub mit der Hand in der Erde.

»Lehmboden. Was Sie bräuchten, wäre eine anständige Drainage, dann hätten Sie hier das prächtigste Weideland.«

»Auf Nimmerwiedersehen, liebe Lilien.«

»Sie sollten Bienen züchten. Sie würden sich hier wohl fühlen. Jede Menge Klee. Jetzt schwärmen sie gerade. Sie könnten leicht ein Volk anlocken.«

Agnes zupfte sich einen neuen Grashalm ab. »Warum schwärmen sie?«

»Der Bienenstock wird zu voll, und wenn nicht genug den Stock verlassen, wird das Volk undiszipliniert und krank. Außerdem müssen sie jetzt die alte Königin rausschmeißen und eine neue, jüngere einsetzen.«

»Arme Königin.« Agnes ging den Weg am Ufer entlang und nickte Andrew zu. Ihre Worte wurden von der leichten Brise zu ihm getragen. »Schon komisch, oder? Sie fliegt aus, alt und erfahren wie sie ist, und weiß, ihr Liebesspiel in den Lüften wird die neue Königin hervorbringen, die ihren Platz einnehmen wird.«

Sie gingen bis ans Ende der Grenzmauer und lehnten sich gegen sie. Von hier hatte man einen schönen Blick auf das Dorf.

»Es ist alles so ordentlich und zivilisiert hier«, stellte er schließlich fest. »Kein Vergleich mit dem düsteren Moor.«

Agnes widersprach: »Soll das heißen, Autobahn und Supermarkt hätten gewonnen? Keine alten Götter?« Sie zog eine spiralige Flechte von der Wand, und unter ihren Fingernägeln stob salbeigrüner Staub auf. »Sie sind noch da. Sie haben sich nur neue Plätze gesucht, wo sie sich versteckt halten.«

Seine Hand umfaßte die ihre an der Mauer. »Ich sage nur, was ich sehe.«

An die Wand geheftet, fragte sie: »Wie gefällt Ihnen mein Haus?«

Er ließ nicht den Blick von ihren Augen: »Es ist schön.«

Agnes befreite sich, und Andrew wußte, daß er sie enttäuscht hatte.

Sie gingen zur Hausterrasse zurück. Dicke Büschel Gänseblümchen wuchsen in den Zwischenräumen der Stufen, und die Sonne beschien weiße und orangefarbene Moosinselchen, die sich überall auf dem Stein ausbreiteten. In den Bäumen gurrten die Ringeltauben.

»Sie müßten hier mal ein bißchen was machen«, sagte Andrew und überprüfte die letzte Treppenstufe mit Fußtritten, »die ist ziemlich marode.«

»Sie klingen schon wie unser Mr. Harvey.«

Andrew unterzog die Gemüsegartenmauer derselben schonungslosen Kritik, gab Tips für das fachgerechte Umgraben der Erde, das Anlegen eines richtigen Komposthaufens und wo man hier Bienenkörbe aufstellen könnte. Eine hochgezogene Braue in Agnes' Gesicht ließ ihn verstummen, und so sagte er nicht, daß vermutlich alle Schiebefenster erneuert werden müßten und daß es so aussah, als würde der Küchentrakt insgesamt wegsacken.

»Wie wär es, wenn Sie sich als erstes nur die Küche vornehmen?« wagte er immerhin vorzuschlagen, aber ihr skeptischer Blick wurde nur noch skeptischer. »Sie würden sich gleich viel besser fühlen.«

Sie bummelten im Garten umher und genossen die Wärme. Agnes hob ein paar Glasscherben und Steine auf und warf sie in die Mulde, die sie eigens dafür geschaffen hatte. Sie streckte sich. »Ich träume von einer warmen, funktionstüchtigen Küche mit honigfarbenen Fliesen auf dem Boden.« Sie lachte. »Komisch. Dabei kann ich überhaupt nicht kochen.«

Als er auf die Auffahrt fuhr und auf den Vordereingang zusteuerte, beäugte ihn Flagge House mit kritischen, feindlichen Augen. Seit jener Nacht vor drei Wochen – oder waren es drei Jahre? – war Julian die Geschichte nicht mehr aus dem Kopf gegangen, und er wußte nicht, was es war, daß ihn so wurmte: War es die Tatsache, daß Agnes ihn zurückgewiesen hatte, oder der Umstand, daß er die Kontrolle über sich verloren hatte? Er begiff das Problem, hörte die Argumente – ein egoistischer Mann, der alles gleichzeitig wollte –, aber damit war es nicht getan. Das Bild, das er sich von seinem Leben gemacht hatte – Karriere, Geliebte, das gelegentliche Abenteuer zwischendurch –, es stand ihm noch vor Augen, wurde aber an den Rändern immer unschärfer, und er spürte einen bedrohlichen Mangel an wahren Emotionen, an wahrer Zärtlichkeit, und er wollte diesen Zustand nicht länger dulden.

An Kitty dabei zu denken war ihm einfach unmöglich.

Er trat auf die Bremse. Im selben Moment kamen Agnes und Andrew aus dem Gemüsegarten. Sie gingen langsam nebeneinander, vertieft ins Gespräch, ernst und vertraut.

Agnes sah auf und zuckte merklich zusammen. Sie schickte ihm einen Blick zu, der zu fragen schien: Wieso kommst du hierher?

Julian ärgerte sich über sich selbst und ging innerlich in die Defensive. Er wartete, bis Agnes näher gekommen war.

»Ich bin gerade auf dem Weg nach Dorchester, und ich dachte, ich bring dir das schnell vorbei.« Er holte vom Rücksitz ein Video. »Angela hat das entdeckt. Nicht mein Verdienst. Aber es geht um die SOE. Ich denke, es wird dich interessieren.«

Agnes' Wangen röteten sich. »Das ist nett.« Ihre Stimme klang ungewohnt in ihren eigenen Ohren. »Darf ich dir Andrew Kelsey vorstellen, er ist der Landwirt, der die Briefe gefunden hat.« Sie drehte sich zu Andrew. »Von Julian stammt die Idee, daß Mary SOE-Agentin war.«

Julian brauchte nur Sekunden, um zu der Überzeugung zu gelangen, daß dieser Mann ebenso wie er ein Interesse an Agnes hatte. »Agnes erwähnte, daß Ihre Sache in die Revision geht«, sagte er. »Ich leite eine Firma, die Baugelände erschließt.« Er schwieg. »Wir könnten Ihnen in Ihrer Angelegenheit vielleicht behilflich sein.«

Ein Streit brach unter den Tauben in den Bäumen aus. Die Sonne verschwand hinterm Giebel des Hauses, und ein großer Schatten legte sich auf die Auffahrt. Eine nervöse, gereizte Stille folgte.

»Wie soll ich das verstehen?« Andrews Stimme klang höflich, aber lauernd.

»Ich glaube nicht, daß sich die Bezirksämter immer ein richtiges Urteil erlauben können. Sie sind zu nah an den Problemen dran, und sie lassen sich zu leicht beeinflussen. Einige Grundstücksmakler ziehen es vor, die Sache gleich richtig anzugehen und von vornherein mit den Bauplanern zusammenzuarbeiten.«

»Aber ja.« Andrews Augen verdüsterten sich zu wütendem Kobalt. »Ich nehme an, es ist ein gutes Gefühl, jedes Jahr ein Gebiet von der Größe von Bristol zuzubetonieren. Besonders wenn man die Sache richtig angeht.«

Julian gefiel der Mann. Er nahm kein Blatt vor den Mund. Seine, Julians, Kriege (und dies hier war Krieg) wurden für gewöhnlich mit trügerischen Statistiken und heimtückischen Andeutungen, mit scheinheiligen Beteuerungen und nichtssagenden Berichten gefochten. Er kannte das alles nur zu gut.

Agnes ging dazwischen. »Wir haben die Aufnahmen so gut wie im Kasten, aber wir wollen natürlich noch die Revisionsverhandlung mit reinnehmen.«

»Es wird bestimmt spektakulär«, sagte Andrew. »Wie öffentliche Hinrichtungen nun einmal sind.«

»Hat man Ihnen die Umsiedelung des Betriebs angeboten?«

Andrew fuhr herum. »Man kann ein Lebenswerk nicht einfach umtopfen wie einen Setzling.«

»Ich denke doch«, antwortete Julian mit ruhiger Stimme, denn Andrews aufrichtige Wut hatte sein Mitgefühl erregt. Er war drauf und dran seine üblichen Argumente abzuspulen: faire Kompensationszahlung, die Notwendigkeit des Wohnungsbaus, das Gleichgewicht von individuellen und allgemeinen

Bedürfnissen, die Arbeit an der Zukunft, die Vision, die auch dem Mann von der Straße eine Perspektive eröffnete. Er war von diesen Argumenten überzeugt und konnte sie in treffenden Worten und bündiger Rede den Menschen nahebringen. Aber das sorgenzerfurchte Gesicht des Bauern ließ ihn Abstand nehmen von einem Bekehrungsversuch, und so schwieg er.

Agnes streckte die Hand nach dem Video aus. »Ich sehe es mir heute abend an.«

Julian gab es ihr. »Wenn Mary eine Agentin war, dann war sie eine sehr mutige Frau. Du wirst sehen, was ich meine.«

An diesem Punkt stockte die Unterhaltung, da die beiden Männer keine Anstrengung unternahmen, sie wiederzubeleben. »Wollen wir reingehen?« hörte Agnes sich fragen und beobachtete sich dabei, wie sie mit den Armen fuchtelte und die Männer in Richtung Haus drängte. »Geht schon mal durch.«

Sie wartete darauf, daß das Wasser im Kessel kochte, als Maud und Freddie von ihrem Ausflug wiederkamen, also stellte sie noch zwei Tassen mehr aufs Tablett. Sie sah ihnen zu, wie sie über den wieder sonnenbeschienenen Hof kamen, Mauds Schritte waren ungleichmäßig, unsicher. Agnes drehte sich wieder der düsteren Küche zu. Die Zeit verran, und sie hatte es gar nicht recht bemerkt. Nächstes Jahr würde sie einunddreißig werden. Eines Tages wären ihre Schritt ebenso zögerlich und unbeholfen.

Sie schleppte das volle Tablett durch das Wohnzimmer auf die Terrasse, wo sich Freddie bereits den beiden Männern zugesellt hatte. Man war höflich zueinander. Freddie hatte es zuvorkommenderweise auf sich genommen, Schwänke aus seiner Jugend zum besten zu geben, und er erzählte gerade von den »Geschäftsgebahren zu meiner Zeit«, ein Thema, das die beiden jüngeren Männer zur gebannten Zuhörerschaft vereinte.

Agnes lächelte. Freddie war eine Seele von Mensch und begriff weit mehr, als er zu erkennen gab. Sie reichte gerade den Tee, als ein Schrei zu ihnen drang, der aus dem oberen Stockwerk zu kommen schien.

Agnes lief los, und der Tee schwappte über Tassen. »Meine Güte, die Tanten!« Gefolgt von den Männern lief sie durchs Wohnzimmer und die Treppe hinauf.

Oben fanden sie eine stöhnende Maud, die in einem unförmigen Haufen vor ihrem Schlafzimmer zusammengesunken war.

»Rührt mich nicht an«, brachte sie gequält hervor, als Agnes sich neben sie hinkniete.

»Wo tut es weh?«

»Die Hüfte.« Maud schloß die Augen. »Ich fürchte, sie ist gebrochen. Sie ist bestimmt gebrochen.«

Julian berührte Agnes' Schulter. »Wo ist das Telefon. Benommen starrte sie sein blaues Hemd mit den Perlmuttknöpfen an. »Das Telefon«, wiederholte er und schüttelte sie sanft. Sie sagte es ihm, und er verschwand.

Agnes rieb heftig Mauds Hand. »Tut es dir sonst noch irgendwo weh? Bist du mit dem Kopf aufgestoßen?«

»Ich bin gestolpert ...« Maud stöhnte wieder und verzog das Gesicht. »Über die verflixte Bohle, die du immer reparieren wolltest ...«

Es stimmte. Maud hatte sie häufig genug darauf hingewiesen. »Ach, Maud«, stammelte sie schuldbewußt. »Wie furchtbar.« Sie sah die Tante genauer an. Mauds Atmung ging schnell, und der Schock ließ ihre Haut straffer am Kinn erscheinen.

Julian kam, zwei Stufen auf einmal nehmend, die Treppe hoch. »Ein Krankenwagen ist unterwegs. Sie sind gleich da.« Er kniete neben Maud und lächelte sanft. »Soll ich Ihre Schwester suchen, Mrs. Campion?«

Tränen rannen ihr über die Wangen, als sie flüsterte: »Ja, bitte.«

Agnes sagte, das sei ihre Aufgabe, und Freddie bot sich an, ebenfalls loszuziehen, so daß es an Julian und Andrew war, sich um Maud zu kümmen.

»Wie kann ich helfen?« fragte Andrew und krempelte die offenen Hemdsärmel auf.

Julian wies auf die offene Schlafzimmertür. »Sie hätte es bequemer mit einem Kissen.«

Andrew verschwand und kam mit einem Kissen und einer gestrickten Decke, und die beiden machten sich daran, Maud das Liegen zu erleichtern. »Agnes' Schuld ...«, flüsterte Maud. »Sie hat es mir versprochen. Sie ...«

»Schon gut«, sagte Julian, »ich halte Ihre Hand, bis Ihre Schwester gefunden ist.«

Sie sah adrett und frisch aus in ihrer mit Spitzen besetzten Bluse und ihrer Lieblingsstrickjacke. Bea war in der Plättstube und legte Wäsche zusammen. Sie hatte sie gerade abgenommen und von der Aufregung im oberen Stock nichts mitbekommen. Als Agnes ihr erzählte, was geschehen war, wurde sie so bleich wie ihre Wäsche. Gerade noch rechtzeitig konnte Agnes hinzuspringen und sie auffangen, als der Tante die Knie wegsackten.

»Tut mir leid, tut mir leid«, murmelte sie, als Agnes sie, unter größten Anstrengungen, in den nächsten Stuhl setzte. »Es ist der Schock.« Eine Weile saß sie da und klammerte sich an Agnes. »Ich glaube, ich vertrage diese neuen Pillen nicht.«

Agnes rannte ins Wohnzimmer, um Freddie zu Hilfe zu rufen. Mit einer Agilität, die man ihm nicht zugetraut hätte, lief Freddie zu Bea, während draußen auf dem Hof bereits der Krankenwagen vorfuhr.

Die Sanitäter warfen einen Blick auf Maud und legten sie ohne viele Worte auf die Trage, während Bea, die es gerade an Freddies Arm die Treppe hinaufgeschafft hatte, bei diesem Anblick nun richtig in Ohnmacht fiel. Es wurde überlegt, sie ebenfalls ins Krankenhaus zu schaffen, was Agnes, die an Beas Bemerkung, die Pillen betreffend, dachte, nur befürworten konnte. Schließlich wurde die Trage mit Maud die Treppe hinuntergeschafft. Maud hielt sich an Freddies Hand fest. »Ich wußte doch, daß Flagge House mich eines Tages umbringen würde. Ich habe es immer gesagt.«

»Tja, aber das hat es nicht geschafft, nicht wahr? Nur ein kleiner Schuß vor den Bug.«

»Freddie, laß mich nicht allein, Freddie.«

»Aber, aber«, rief einer der Sanitäter mit routinierter Sanftmut. »Wir wollen sie gesund machen, nicht auffressen.«

Der Krankenwagen fuhr mit Bea und Maud fort. Andrew, Julian, Freddie und Agnes blieben auf der Hofeinfahrt zurück.

Agnes wandte sich den Männern zu. »Tut mir leid«, sagte sie, »aber ich muß ein paar Sachen für Maud zusammenpacken und abschließen.«

»Natürlich.« Freddie holte seine Autoschlüssel hervor. »Wenn Sie Hilfe brauchen, sagen Sie Bescheid ...« Er tippte sich an den Nasenflügel. »Ihr Wunsch soll mir Befehl sein.«

Andrew warf Julian einen vernichtenden Blick zu. »Wenn du meinst, Agnes. Ich muß langsam los und Jim erlösen.«

»Natürlich.« Sie nickte. »Danke für Cromwell.«

»Gern geschehen.« Als er ihr die Hand gab, spürte sie die Unebenheit an seinen gebrochenen Fingern, und die frische Narbe, dort wo er sich geschnitten hatte. Dann kroch die schlanke Gestalt in den Lieferwagen. Er warf noch einmal Julian einen Blick zu und rief dann Agnes mit übertriebener Lautstärke zu: »Wir sehen uns dann.«

Kapitel 18

Julian blickte Andrews Lieferwagen nach, wie er vom Hof rumpelte, bis er nicht mehr zu sehen war. »Es war nicht deine Schuld, Agnes. Deine Tante hat nur geschimpft, weil sie Schmerzen hatte.«

Sie schüttelte den Kopf. »Ich hätte mich wirklich längst um die kaputten Bohlen kümmern müssen.«

»Man hätte immer irgend etwas längst machen müssen«, gab er unbekümmert zurück. »König Alfred hätte besser nach dem Ofen gesehen, und Blaubart hätte sich besser in Therapie begeben.« Bei ihm klang alles so einfach, alles schien erklärbar und reparabel. »Ich schließ alles zu, während du packst«, schloß er, »sag einfach, was ich tun muß.«

Sie sah ihn an, wie ihn seine Mutter manchmal angesehen hatte, nachsichtig, aber mit einem Anflug von Ungeduld, und er hätte sie am liebsten geschüttelt und ihr gesagt, daß sie ihn nicht unterschätzen solle. Dann bemerkte er, wie blaß sie geworden war, und großes Mitleid überspülte ihn wie eine mächtige Welle. »Komm jetzt«, sagte er.

Fünfzehn Minuten später war das Haus verriegelt und verrammelt, und die beiden fanden sich bei der Auffahrt wieder. Der Abend war unbemerkt hereingebrochen. Das schwächer werdende Licht schuf neue Horizonte und hüllte Verstand und Kalkül in den zwielichtigen Mantel der Nachgiebigkeit. Die Mauersegler meldeten sich, und die Ringeltauben hatten ihre Unstimmigkeiten beigelegt. Ringsum sammelte sich die Dunkelheit, um auf ihren Einsatz zu warten.

»Kommst du zurecht?« Ihre Blässe beunruhigte ihn, und er versuchte sich daran zu erinnern, wie ein Schock zu behandeln sei. »Maud ist in guten Händen. So etwas hätte jederzeit und überall passieren können.«

»Ja, natürlich.« Sie schulterte ihren Rucksack und nahm Beas Tasche in die Hand. »Danke.«

Er holte seine Autoschlüssel hervor. »Agnes, ich fahre dich zum Krankenhaus.«

»Und was ist mit Dings – na, wo du hinwolltest?«

»Ich stehe morgen früher auf.«

»Mir geht's gut. Ich komme zurecht. Gar kein Problem. Ich bin schon mit Schlimmerem zurechtgekommen.«

»Schon klar.« Er legte ihr eine Hand auf die Schulter. Ich habe das Gefühl, ich halte dir ständig Vorträge, aber glaub mir, es hat nichts mit mangelndem Selbstvertrauen zu tun, wenn man das Angebot annimmt, im Auto mitgenommen zu werden, wenn es sich anbietet. Es bedeutet auch nicht, daß du irgendwelche Ansprüche an mich stellst. Oder Kittys Leben ruinierst.«

»Nein, nein«, sagte sie stur. »Ich kann für mich selbst sorgen.«

»Agnes«, sagte er, und der Druck seiner Hand auf ihrer Schulter ließ Agnes aufsehen. Er sagte sehr ruhig: »Bitte steig in den Wagen.«

Im Krankenhaus mußten sie lange warten. Die Unfallstation roch nach Blut und Alkohol. Es war laut, man hörte Schmerzensschreie, ungeduldiges Rufen. Es war zu warm, die Luft verbraucht. Die Ärzte waren müde und erschöpft. Mauds Bruch stellte sich als komplizierter dar, als zunächst angenommen, der Oberarzt war nicht erreichbar, und die OPs waren belegt. Außerdem hatte man sich entschlossen, Bea zur Beobachtung über nacht dazubehalten, was die ganze Angelegenheit nicht einfacher machte.

Es war bereits nach neun, als eine heftig ledierte Maud fortgeschafft wurde und Bea endlich auf Station gekommen war. Anges taumelte hundemüde zurück zum Parkplatz. Julian wartete auf sie. Er hatte telefoniert, hatte Kaffee besorgt, hatte die Schwestern interviewt und im Krankenhaus-Laden Zahnbürsten und Zahnpasta gekauft. Agnes erreichte den Wagen und sackte auf den Beifahrersitz.

»Sag nichts.« Er startete den Motor.

»Du kannst das aber, mit Krankenhäusern«, sagte sie und wurde still.

Zehn Minuten später fuhren sei vor dem Hanbury Hotel vor, dessen phantastische georgianische Fassade diskret von einigen Strahlern erhellt wurde. Es sah teuer aus. Bevor Agnes noch protestieren konnte, übernahm Julian das Kommando. »Du bleibst heute nacht hier und ich auch. Ich habe alles arrangiert. Die Vorstellung, dich heute abend mit deinem Badezimmer allein zu lassen, gefiel mir ganz und gar nicht. Das Krankenhaus hat die Telefonnummer, also bist du erreichbar.«

Sie nickte sprachlos. Er beugte sich zu ihr herüber und gab ihr einen Kuß auf die Wange. »Arme müde Agnes.«

Ein Flasche und ein Tablett mit Sandwiches erwartete sie in der Empfangshalle, die auf einen flutlichterhellten Garten blickte, den ein Genie kreiert haben mußte. Das Brot war hausgemacht, und der Schinken frisch zubereitet. Nachdem Agnes gegessen hatte, schenkte Julian ihr vom Wein nach und sprach von anderen Dingen – Malerei, Segeln, seine Faszination von Codes, das Leben im Osten.

Die Flasche Wein war leer. Agnes las die letzten Krümel von ihrem Teller auf. Eine ganze Prozession der unterschiedlichsten Gedanken zog in aberwitzigem Tempo durch ihren Kopf, während ihr Körper sich wie Blei anfühlte.

»Erzähl mir was über die Codes. Die Codes im Krieg.«

»Viel weiß ich gar nicht. Im Museum ist einer, der könnte dir weiterhelfen, wenn es dich interessiert.« Julian zuckte mit den Schultern. »Das übliche kennt man natürlich. Abkürzungen zum Beispiel. QTC bedeutete im Morsealphabet: Wir haben eine Mitteilung für euch. Oder QRU: Keine neuen Nachrichten für London.« Er stand auf und zog Agnes zu sich auf. »Wenn der Feind zwei Nachrichten verschickte, denen derselbe Code zugrundelag, selbe Länge, selbe Anordnung von Worten, dann wurde das in Geheimdienstkreisen als ›Pasch‹ bezeichnet. Die Entschlüsselungsspezialisten liebten das. Aus so einem Pasch konnte alles mögliche abgeleitet werden, das Überleben vieler Menschen konnte von einem Pasch abhängen.« Er schwieg eine Weile. »Ab ins Bett.«

Als sie bei Agnes' Zimmertür angekommen waren, zog Julian die Plastikkarte durch den Schlitz, öffnete und trat beiseite. »Mein Zimmer ist am Ende des Flurs. Morgen früh sehen wir uns leider nicht, ich muß früh raus, aber ich habe ein Taxi für dich für zehn Uhr bestellt.«

Sie lehnte sich an den Türpfosten. »Aristoteles hat gesagt, man kann nur glücklich sein, wenn man redlich ist. Demnach dürftest du ein sehr glücklicher Mensch sein, Julian.«

»Agnes ...«

»Nein«, kam sie ihm zuvor. »Es ist alles gesagt. Nur eins noch: Ich verbiete dir, schlecht von meinem Badezimmer zu reden.«

Er reichte ihr die Plastikkarte. »Schlaf gut, Agnes.«

Agnes setzte ich aufs Bett. Erschöpft wie sie war, genoß sie es, sich die Kleider vom Leib zu reißen. Als sie im Bett lag, wollte der sehnlichst erwartete Schlaf nicht sofort kommen, und die große Schwärze machte ihr angst. Und was hatte Aristoteles noch gesagt? Der Weg zum Glück kennt keine Abkürzung.

Es stimmte. Wohin sie sich auch wandte, sie stieß auf Hindernisse. War das so verwunderlich? Sie hatte sich nun einmal ganz naiv vorgestellt, daß nach der Enge und den Beschränkungen der Kindheit die große weite Welt auf sie wartete. Daß sie stark genug wäre, aus dem Käfig auszubrechen und mit den Anforderungen, die das Leben täglich an sie stellte, spielend und lässig fertig zu werden. Vielleich lag es daran, daß sie sich jetzt so erschöpft und ausgelaugt fühlte. Vielleicht stimmte es auch, daß eine verkorkste Kindheit zwangsläufig einen verkorksten Erwachsenen hervorbrachte, der die Dinge immer zu kompliziert sah und mit sich selbst nicht ins Reine kam. Es gab Menschen, die durchs Leben zu schweben schienen, alles von A bis Z richtig machten, den Anforderungen genügten, die an sie gestellt wurden, und die Bedürfnisse befriedigten, die sie selbst hatten. Sie heirateten, bekamen Kinder, scharten Enkel um sich und gediehen prächtig.

Bei dem, was Agnes bisher angepackt hatte, war hingegen immer irgendwie der Wurm drin. Pierre. Das Haus. Julian.

Sie nahm die Flasche Mineralwasser, die auf dem Tisch stand, und trank ein Glas. Sie hatte es immer noch nicht geschafft, ihren Hang zur Schwarzmalerei zu überwinden. In ihrer Pubertät hatte ihr alles mögliche als Auslöser dienen können: »Der Herr ist mein Hirte« zur Melodie von Brother James gesungen, ein flüchtiger Anblick einer lohfarbenen afrikanischen Landschaft und vor allem das spukhafte Bild der im Kindbett sterbenden Agnes – mit den weißen Gesichtchen der sie umringenden Kinder. Ein leerer Stuhl. Das entsetzliche Gefühl, daß ihr ein Anker fehlte. Das Gefühl, daß niemand außer ihr gewisse Kleinigkeiten beachtete, Details des Lebens, über die sie mit niemandem reden konnte. Wenn sie ihrem Onkel davon erzählte, wie sie sich fühlte, pflegte er zu entgegnen, daß das ihre Art sei, dem Tod der Eltern nachzutrauern, was nur allzu einleuchtend klang.

Darin bestand wohl auch Julians Anziehungskraft. Agnes trank noch ein Glas Wasser. Sie konnte ihn sich so gut als kleinen, wortkargen Jungen vorstellen auf seiner Suche nach Fossilien. Sie spürte die Windböen, roch das Salz des Meeres, hörte das leise Aufprallen des Meißels auf dem Felsen, hörte das Gleiten und Rieseln des Schotters. Sein ernster, entschlossener Gesichtsausdruck.

Später als Erwachsene hatte sie ihre Katastrophenseligkeit einigermaßen in den Griff bekommen. Sie war sogar ziemlich stolz auf sich gewesen. Deswegen mochte sie auch Reportagen so sehr. Man mußte mit Katastrophen, mit Elend und Verzweiflung sachlich und distanziert umgehen. So hielt man sie sich vom Leib. Verpaßte ihnen eine klar umrissene Gestalt. Nutzte ihr Potenzial zu etwas Kreativem.

Doch jetzt war alles wie früher. Pierre hatte einmal zu ihr gesagt: *Du bist einfach nicht gerissen genug.*

Während der Nacht erwachte sie mit einem Druck im Magen und schmerzenden Gliedern. Sie hatte vom Fluß geträumt und versucht, sein Paradox aufzulösen. Wasser floß durch Zeit und Raum und veränderte sich nicht. Und doch hörte es nie auf zu fließen.

Als sie am nächsten Morgen nach Flagge House zurückkehrte, schien ein Leichentuch es zu umhüllen. Die Stille rührte nicht von Schlaf, sondern von Tod. Aber als Agnes die Diele betrat, blies ein Orchester einen Tusch. Krachen im Gebälk, Getrippel von Mäusen, Reiben von Stein auf Stein, von Stein auf Holz.

Sie bückte sich, um die Post vom Boden aufzuheben und sog die feuchte, modrige Luft ein. »Abfluß und Kanalisation«, hatte Maud sich bitter beklagt. Darauf lief also das Leben am Ende hinaus. Kein Wunder, daß Maud ihr Herz an einen Musikfilm hängte.

Agnes rief im Krankenhaus an und erfuhr, daß Maud die OP bestens überstanden habe. Bea war von den Ärzten untersucht worden und kam am Nachmittag wieder nach Hause. Mrs. Innes, erklärte die Schwester, habe sich bereits um den Transport gekümmert, und sie, Miss Campion, solle sich keine Sorgen machen.

Agnes ging in die Küche. Sie wusch das Teegeschirr vom Vortag ab, fegte den Boden, räumte den Kühlschrank auf und wischte den Herd – Arbeiten, die Frauen seit Jahrhunderten verrichteten, die sie, Agnes, jetzt aus eben dem Grund verrichtete, weil sie nicht daran denken wollte, daß sie eine Frau war.

Sie war gerade im Arbeitszimmer und telefonierte mit Bel, als Bea ankam.

Sie trug deutlich sichtbar Mauds Straßbrosche am Revers und den Ring und sah fröhlich und erholt aus. »Huhu, meine Liebe, es tut mir ja so leid, daß ich dir solche Umstände bereitet habe, aber es geht mir wieder bestens. Diese netten Schwestern haben es mir gesagt, ich habe die Pillen in der falschen Reihenfolge genommen.«

Agnes fühlte, wie vertraute Bande an ihr zogen. Sie führte Bea in die Küche. »Es wäre vielleicht klug, wenn du mir die Pillen geben würdest, meinst du nicht? Dann mußt du dir keine Gedanken machen.«

»Ach, das wäre reizend von dir.«

»Bea, wer hat dich nach Hause gefahren?«

Der Krankenhausaufenthalt hatte Wunder bei Bea bewirkt – sie wirkte fröhlich und aufgekratzt wie ein junges Mädchen. »Freddie«, sagte sie. »Wer sonst?«

Kapitel 19

Penny quälte sich mit der Frage, ob sie Tithings einen Besuch abstatten sollte. Sie hatte inzwischen so viel Zeit damit verschwendet, das Für und Wider abzuwägen, daß es dumm gewesen wäre, jetzt nicht zu gehen. Bob sah es gar nicht gern, wenn sie fortblieb, und würde bei ihrer Rückkehr garantiert wieder nörgeln, aber was sollte es? Die Erkenntnis, daß es ihr egal war, was Bob dachte, war eine der Überraschungen, von denen sie in der letzten Zeit mehr als genug erlebt hatte.

Die Wurzeln einer Ehe waren kräftiger und zäher als sie sich vorgestellt hatte. Sie auszureißen schmerzte, und ihr Versuch, ihr Leben endlich in den Griff zu kriegen, hatte bislang nicht viel gebracht. Was man an einem Menschen, mit dem man lange zusammengelebt hatte, vermißte, waren nicht so sehr seine guten Seiten, sondern seine schlechten. Die Schwächen und Launen des anderen erlaubten es einem, mit den eigenen Schwächen und Launen zu leben. Und sie kannte Andrew in- und auswendig.

Der Tagesablauf in Tithings war genau festgelegt, und so ging sie in aller Frühe, wenn Andrew beim Schlachter sein würde, dann hatte sie etwas Zeit, allein zu sein mit dem Hof. Nur eine kleine Weile. Pennys Heimweh nagte empfindlich an ihr und untergrub das Selbstbewußtsein, das sie für sich in Anspruch nahm – denn sie sah sich selbst als pragmatisch und vernünftig an. Eine Frau, die nicht klagte, sondern handelte.

Das erste, was ihr auffiel, war, daß die Zeitschriften verschwunden waren. Auch das schmerzte, aber nachdem sie sich einen Tee gemacht hatte und die Sache recht bedachte, fand sie, daß es wohl nur gerecht war. Andrew hatte es immer gehaßt, wie sie die einfachen Hochglanzwahrheiten für bare Münze genommen hatte. Ein druckfrisches Exemplar ihrer Lieblingszeitschrift lag in ihrem Wagen, und sie war versucht, sie zu holen, konnte sich aber gerade noch zurückhalten. Statt dessen nahm sie den Hefter mit dem Skript zu dieser Fernehserie in die Hand, der auf dem Tisch lag. Anges' Visitenkarte lag obenauf. Auf die Karte hatte sie geschrieben: »Das ist die dritte Fassung. Es rundet sich.«

Agnes interessierte Penny nicht – für Penny war sie eine Frau von einem anderen Stern –, aber alles, was mit den Briefen zu tun hatte, zog sie magisch an. Es waren die Briefe gewesen, die, in ihren Augen, Andrew aus dem Gleis gebracht hatten.

Alles ist voller Gerüche – Pollen, Blumen, Gräser, frühe Früchte. Die Welt ist überschwemmt mit Geruch und mit dem sommerlichen Rauschen der scharrenden Tiere, der umherschwirrenden Insekten, der Vögel. Es gibt nichts Schöneres auf der Erde als dieses Moor …

Dieser Jack brauchte dringend einen Arzt. Das war ja wohl nur die halbe Wahrheit. Was war mit dem ewigen Schlamm und Dreck? Und den mühsamen Wegen zwischen den Hecken, die so eng beieinanderstanden, daß man nie sah, wohin man ging? Was war mit den mißgünstigen Nachbarn, dem Tratsch, der nicht enden wollenden Arbeit, der Kälte, der Feuchtigkeit? Den ewigen Geldsorgen? Was war mit kranken Tieren, Mißernten? Den Verschleißerscheinungen, die man tagtäglich am Leib spüren konnte, dem Älterwerden? Warum erzählte er nichts von den Enttäuschungen?

Die Natur konnte schön sein, das wollte Penny zugeben, aber die frische Landluft und der gemütliche Nachmittagstee konnten nicht darüber hinwegtäuschen, daß das Leben auf dem Land keine Idylle war. Ganz im Gegenteil.

Penny schloß den Hefter, nahm ihre Wartehaltung wieder ein und versuchte, das Chaos, den Dreck in der Küche geflissentlich zu übersehen. Eine Weile saß sie noch so herum, dann hielt es sie nicht mehr auf dem Stuhl. Sie sprang auf, ging zum Putzschrank und zog die Schublade auf. Sie war leer, und Penny stieß sie wütend wieder zu, wie jemand, der in seinen schlimmsten Vorahnungen bestätigt worden war.

Sie zwang sich, wieder Platz zu nehmen und *nichts* zu tun.

Der Wagen kam auf den Hof gefahren, und dann tauchte Andrew in der Küche auf. »Du schon wieder?«

Er sah sie reglos an – und auch das schmerzte. Konnte er nicht wenigstens wütend gucken, eifersüchtig, traurig, *irgendwie*?

»Hat Bob genug von dir?«

Andrew und Bob waren vor Jahren einmal beim Thema EU-Quoten heftig aneinandergeraten, seither pflegten sie ihre Feindschaft und hatten es darin zu einiger Virtuosität gebracht. Manchmal überlegte Penny, ob sie wohl deswegen zu Bob gegangen war, *um Andrew zu einer Reaktion zu zwingen.* Sie gab resigniert zurück: »Ich verdiene wohl keine andere Bemerkung.«

»Nun ja ...« Andrew klang eine Spur weniger feindich gesinnt. »Was kann ich für dich tun?«

Penny faltete die Hände über ihrer leeren Teetasse. »Ich bin vorbeigekommen, weil ich wußte, daß heute der erste Tag der Anhörung ist. Vielleicht kannst du Unterstützung gebrauchen.« Damit hat er nicht gerechnet, dachte Penny mit einem Kloß im Hals.

Andrew ließ sich schwer auf den Stuhl beim Tisch fallen. »Das ist nett. Du überraschst mich. Ich dachte, ich hätte dich ganz und gar an den großen Bob verloren.«

Sein Stimmungsumschwung setzte Penny zu. Ihre Augen füllten sich. Verstohlen rieb sie sich übers Gesicht und fragte: »Geht es dir auch gut? Kommst du zurecht?«

Seine Antwort überraschte sie noch mehr: »Und du, Penny, kommst du zurecht?«

Sie zuckte zusammen und sagte ihm die Wahrheit: »Ich weiß nicht recht.«

»Ich bin ziemlich nervös wegen heute nachmittag.«

»Ich mache Kaffee.« Sie stand auf und suchte in der Küche nach der Kaffeekanne. Vor langer, langer Zeit hatte sie hier jeden Millimeter auswendig gekannt, jetzt befand sie sich auf fremdem Gebiet. Und sie konnten niemandem als sich selbst dafür die Schuld geben.

Andrew betrachtete den Becher mit Kaffee, den Penny ihm reichte. »Sag mir eins, Pen, ziehst du Bob wirklich mir vor? Ich habe damit ... Schwierigkeiten. Der, den ich am meisten verachte und hasse. War das Absicht?«

Penny dachte an den leeren Putzschrank, und alte Wunden platzten wieder auf. Typisch Mann, in dieser Situation an seine gekränkte Ehre zu denken. »Liebe Marge, der einzige Grund, warum mein Mann unglücklich ist, daß ich gegangen bin, ist der, daß er vor den anderen dumm dasteht ...« Sie zuckte mit den Schultern. »Ich habe Tag für Tag, Jahr für Jahr, getan, was von mir erwartet wurde. Ich habe gekocht, ich habe saubergemacht und so weiter und so fort. Aber du hast nie mit mir geredet, Andrew. Ich wette, du hast diesem Mädchen vom Fernsehen bereits mehr erzählt.« Sie warf ihm einen Blick unter ihren kurzen, farblosen Augenlidern zu. »Bob wollte mich haben, oder jedenfalls hat er das gesagt, und ich war so ... so ratlos.«

»Der Moment war wirklich passend.«

»So weit habe ich gar nicht gedacht.«

Die echte Verzweiflung mußte ihr deutlich anzusehen sein, jedenfalls war er so gnädig, einen beschämten Gesichtsausdruck anzunehmen. »Es tut mir leid, daß ich dich enttäuscht habe, Penny. Du hättest mir früher sagen sollen, wie du empfindest. Ich war mir so sicher, daß du auf meiner Seite wärst und wüßtest, worum es mir geht.«

»Ich war immer auf deiner Seite, und du solltest nichts anderes behaupten.«

Seit Jahren hatten sie nicht so offen geredet. Andrew sah aus dem Fenster. »Das kommt ein bißchen spät, nicht wahr, Pen? Jetzt, wo das Kind in den Brunnen gefallen ist.«

»Ist es das denn?«

Wie komme ich da wieder raus? Sie holte verschreckt Luft. Sie hatte es ständig in den Magazinen gelesen, wie kriselnde Ehen wiederzubeleben waren und wie man sich an einem Liebhaber schadlos hielt, aber jetzt stand sie irgendwo zwischen Regen und Traufe. Die Tips und Tricks hatten weiß Gott nicht das Resultat erbracht, das sie sich erhofft hatte. Wie baute man eine Brücke zu einem Mann, der so sachlich und nüchtern war.

Andrews Hand glitt über den Tisch in Pennys Richtung. Aus dem Ehegleis geworfen zu sein war für beide eine neue Erfahrung und beide waren ins Straucheln geraten. »Nicht weinen, Penny«, sagte er.

Ihre Hand kroch zu der seinen. »Hast du eine neue?«

Sein entschiedenes Lächeln veriet ihr alles. »Gut möglich, Penny, du mußt dir um mich wirklich keine Sorgen machen. Ich wünsche dir mit Bob nur das beste, ehrlich.«

Wenn sie unter Druck stand, floh Penny für gewöhnlich in ihre Routine. Sie zog die Hand zurück und holte aus ihrer Kunststoff-Umhängetasche ein Notizbuch. »Gut, ich mache eine Liste der Dinge, die wir erledigen müssen.«

Später brachte Andrew Penny zu ihrem Wagen, wo sie zunächst die Rückbank freiräumen mußte, um Platz zu machen für weitere Stapel mit ihren Klamotten. Andrew sah die vom vielen Waschen ausgebleichten Pullover und Jeanshosen, die Männerstiefel und gestreiften Männerpyjamas, die Penny bevorzugt trug. Schließlich richtete sich Penny auf und knallte die Tür zu. »Keine Ahnung. Aber es waren die bescheuerten Briefe«, sagte sie. »Mit ihnen hat der ganze Ärger angefangen.

Wenn du sie nicht gefunden hättest, wäre jetzt alles in Ordnung.«

»Nein«, sagte er. »Es hat alles viel früher angefangen.«

»Na dann«, sagte sie und stieg ein. »Ich bin jedenfalls sehr glücklich mit Bob. Er paßt perfekt zu mir.«

Als Penny fortgefahren war, ging Andrew zur Nordweide, um nach den Kühen zu sehen. Die South Devons standen alle dicht beieinander, die Welsh Blacks trieben sich weiter hinten bei der Hecke herum. »Ihr alten Rassisten«, rief er leidenschaftlich. Sie stießen ihn an und rieben ihre feuchten Schnauzen an seiner Handinnenfläche, und er bückte sich, um das Euter einer South-Devon-Kuh zu untersuchen. Es war ein bißchen zu rot. Aber anscheinend keine Entzündung. Pennys verbrauchtes, wütendes Gesicht stand ihm noch lange Zeit vor Augen.

Um halb drei an diesem Nachmittag saß er, angetan mit Jackett und Krawatte, in Exburys berühmtem prächtigen Rathaussaal aus dem achtzehnten Jahrhundert und hörte den eröffnenden Ausführungen zu, mit denen dargelegt werden sollte, warum die geplante Bebauung – auf seinem Hof – dem öffentlichen Wohl diente oder eben nicht. Die Sachverständigen waren eifrig bei der Sache, und der die Sitzung leitende Friedensrichter, dessen spiegelnde Brillengläser viel zu klein waren für sein Gesicht, beriet sich tuschelnd mit einem Kollegen. Das Publikum verfolgte alles mit großer Aufmerksamkeit – und in einigen Fällen mit einem ganz privaten Interesse.

Die Baufirma, Arcadian Villages (»Gebaut von Menschen für Menschen«) war nicht untätig gewesen. Mitarbeiter hatten mit den Dorfbewohnern gesprochen und sich notiert, in welche Richtung ihre Kritik zielte, hatten die Pläne bereits modifiziert und ein paar zusätzliche Köder ausgelegt. Während des Geplänkels zu Beginn fiel immer wieder der ominöse Begriff »Bebauungsvorteil«.

Andrew mußte schlucken.

Erhöhtes Verkehrsaufkommen? Kein Problem, sagte der aalglatte, teuer aussehende Anwalt, der Arcadian Villages vertrat. Es gebe eine Umgehungsstraße südlich von Exbury mit vielen Anbindungspunkten. Die Finanzierung würde auf alle verteilt, und davon profitieren würde vor allem das Altstadtzentrum. Öffentliche Verkehrsmittel? Das war eigentlich nicht Aufgabe des Bauunternehmens, aber den zuständigen Ämtern wurden nichtsdestoweniger Vorschläge unterbreitet mit möglichem Streckennetz und Fahrplänen. Natur- und Umweltschutz? Der Anwalt zögerte nicht eine Sekunde und ließ sich eine ganze Weile über die entsprechenden europäischen Richtlinien aus, um klarzustellen, daß man auch in dieser Hinsicht alles Erdenkliche tat, um den Bestimmungen voll und ganz zu genügen und um zu schützen, was zu schützen war.

Im Augenwinkel sah Andrew Penny, die sich den Weg zu einem der letzten freien Plätze bahnte. Sie hatte ihr bestes Kleid an, das mit roten Mohnblumen auf schwarzem Grund, das viel zur lang war. Dazu trug sie ihre alten ausgetretenen Sandalen. Als sie sich setzte, warf sie ihm ein schüchternes Lächeln zu.

Architektur? Ja, sagte der Anwalt gedehnt, so daß jedem klar wurde, wie wichtig man besonders diesen Punkt nahm. Seine Mandanten hätten sich besonders intensiv mit der Frage des Baustils befaßt, und man habe eingesehen, daß die Planungen, wie sie bisher vorlagen, gewisse unnötige Abweichungen aufgewiesen hätten zum regionalen Baustil, zu seiner Tradition und dem landschaftlichen Umfeld, und man sei gerade im Begriff, in diesem Punkt erheblich nachzubessern. Hier legte der Anwalt eine Pause ein, um kurz darauf daran zu erinnern, daß es – a) – das erklärte Ziel der Regierung sei, neuen Wohnraum zur Verfügung zu stellen, und daß – b) – die östlichen Wirtschaftsgebäude des in Rede stehenden Bauernhofes ohnehin bereits seit Längerem nicht mehr in Betrieb seien, sondern der Gemeinde als Unterstellplatz dienten.

Andrew haßte den Anwalt für seine Gerissenheit, seine Redegewandtheit, dafür, wie er seinen Beruf beherrschte.

Umgeben von Jed, dem Kameramann, und Bel in knallengen Shorts, kam Agnes schließlich – verspätet – in den Saal. Sie trug ein Leinenkostüm, das jene Art von Chic und Extravaganz verströmte, die Bel an Agnes so schätzte.

Penny verkrampfte sich auf ihrem Stuhl.

Die Gegenseite war an der Reihe den Fall vorzutragen. Der Anwalt war weniger redegewandt und sah auch nicht so kostspielig aus, aber auch er verstand sein Geschäft. Er hatte im Frühjahr mit Andrew gesprochen, hatte mit ihm zusammen überlegt, wo Arcadian Villages seine wunden Punkte hatte und wo eine möglichst breite Unterstützung für Andrews Sache zu erwirken war. Er hatte ihm gesagt, an welches Ratsmitglied er schreiben müsse und wie man die Presse mobilisieren konnte; er hatte Andrews schriftliche Äußerung zur Sache bearbeitet und in Form gebracht und einen genauen Terminplan erstellt, wann was zu tun war. Das beste war, daß er ein Überzeugungstäter war und an die Sache glaubte.

Es wurde heiß im Saal, und der Richter bat, man möge die Fenster öffnen. Sofort füllte das Gebrüll des Verkehrs den Raum, und man sah sich gezwungen, bei geschlossenen Fenstern fortzufahren.

Die Luft wurde stickig. Schweiß rann von Stirnen und hinterließ dunkle Spuren auf Blusen und Hemden. Es war so voll und unruhig, daß die Leute hinten im Saal nichts mitbekamen. Die Stühle waren hart und unbequem. Ein Mann hielt es nicht mehr aus, stand auf und öffnete wieder ein Fenster. Wieder drangen Abgase und Autogeräusche zu ihnen herein.

Eine halbe Stunde später bat der Richter Andrew nach oben an den Tisch, wo er sich einem Kreuzverhör zu unterziehen hatte. Er zog aus seiner Tasche ein Taschentuch hervor (meine Güte, dachte Penny und bekam einen Schreck, denn es war ganz offensichtlich kein frisches Taschentuch), wischte sich die Hände ab und sah mit Genugtuung, daß das Gesicht seines Opponenten vor Schweiß glänzte.

»Mr. Kelsey«, sagte der Richter, »wollen Sie die Freundlichkeit haben, uns zu schildern, was für ein Schaden oder Nachteil für die Gemeinde entstünde, wenn es zu der Bebauung käme. Wobei ich für die hier Anwesenden ergänze, daß es sich um ihre persönlichen Ansichten handelt.«

Der Anwalt von Arcadian nahm das Heft in die Hand, und seine professionelle Art suggerierte, daß er es gewohnt war, mit der Gegenseite kurzen Prozeß zu machen.

»Mr. Kelsey«, er gab sich versöhnlich, »sehe ich das richtig, daß, wenn es zur Bebauung kommt, sie ihren Hof verlieren?«

Jed schulterte die Kamera, und Agnes gab ihm flüsternd Anweisungen. Die großäugige Linse folgte aufmerksam dem Geschehen.

»Mr. Stone hat meinen Pachtvertrag gekündigt. Ja.«

»Machen Sie Ihre Arbeit gern? Lieben Sie sie womöglich?«

»Sie ist mein Lebenswerk.«

Sein Ton wurde schärfer, ließ Skepsis anklingen. »Dann wird man behaupten dürfen, daß Sie in Ihrer Einschätzung der Lage nicht ganz unvoreingenommen sind? Daß sie es kaum begrüßen dürften, ihren Betrieb einzustellen, und daß ihre Argumente gegen den Bau immer auch von dem Wunsch motiviert sein dürften, ihren Hof zu erhalten?«

Agnes flüsterte wieder mit Jed, der aufstand und durch den Gang näher an Andrew heranrückte. »Mein Betrieb hat auch einen Nutzen für die Gemeinde. Und selbst wenn ich den Wunsch habe, und das ist in der Tat der Fall, meinen Hof vor den Bulldozern zu retten, so heißt das nicht, daß meine Argumente damit ...«, er suchte das Wort, »... rechtsunwirksam sind.«

»Sehr richtig.« Eine Frau in der hinteren Reihe war aufgesprungen.

Der Anwalt, der solche Einwürfe gewohnt war, nahm sie kaum zur Kenntnis. »Mr. Kelsey, gehe ich recht in der Annahme, daß sie unter gegebenen Umständen in der Lage wären, den gleichen Betrieb auch an einem anderen Ort zu führen?«

»Schon, aber es würde Jahre dauern, bis ich ihn wieder so weit hätte ...«

Der Anwalt schnitt ihm das Wort ab. »Meine Damen und Herren, die Fakten liegen auf dem Tisch: Exbury leidet unter einem akuten Wohnungsmangel, dem meine Mandanten mit ihrem Vorhaben Abhilfe schaffen wollen, indem sie bezahlbaren, verantwortungsvoll konzipierten Wohnraum anbieten. Zweifelsohne würde Mr. Kelsey einen intakten Hof verlieren, aber er könnte seiner Tätigkeit auch an anderer Stelle nachgehen. Die Frage, die wir uns stellen müssen, ist daher die: Was ist von größerem Nutzen für die Allgemeinheit? Die dringend erforderlichen Wohnungen? Oder ein Bauernhof, der Viehzucht nach traditionellem Vorbild betreibt?«

Das brachte das Faß zum Überlaufen. Andrew war aufgesprungen und hatte sich dem Publikum zugewandt. »Vergessen Sie nicht, daß diese Leute nichts von unserem Land wissen. Die kommen von außerhalb, haben sich für viel Geld anheuern lassen und tun, was man ihnen sagt. Die interessieren sich nicht für unsere Gemeinde, sondern nur für ihr Honorar.«

»Aha«, sagte der Arcadian-Anwalt betont ruhig. »Darf ich die Anwesenden daran erinnern, daß Mr. Kelsey gerade das verteidigt, womit *er* sein Einkommen verdient.«

Andrew fuhr herum, seine blauen Augen blitzten, als er mit zusammengebissenen Zähnen zischte: »Sie mieser Heuchler.«

Um halb sechs erklärte der Richter die Anhörung für beendet und bat alle Parteien, die dem Bauvorhaben ablehnend gegenüberstanden, um eine Liste, in der aufgeführt war, was an der Bebauung zu verändern sei, käme sie denn zustande. Außerdem fände morgen um zehn Uhr vormittag eine Begehung des Geländes statt.

Als Andrew schließlich das Rathaus verließ, war Penny bereits verschwunden, aber Agnes wartete auf ihn. Neben ihr stapelte sich das Filmequipment.

»Hallo, Andrew.« Sie klemmte sich einen Hefter unter den Arm, der ihr aus den Händen zu gleiten drohte.

Wütend faßte er sie bei der Schulter. »Es ist alles aus, Agnes.«

Agnes, Bel und Jed verbrachten die Nacht in der besten Pension von Exbury. Agnes schlief schlecht, und als sie mit den beiden um halb zehn am nächsten Morgen zum Hof fuhr, fühlte sie sich merkwürdig unwohl. Der Tag immerhin war mild und versprach schön zu werden. Die Schreie der Brachvögel und die Pfiffe der Schwalben erfüllten die Luft, und in der Ferne hörte man die Rinder rumoren. Der Hintereingang war offen, aber die Küche leer. Agnes sah durch Andrews Bürofenster. Auch hier war niemand.

Sie sah auf die Uhr. Dann machten die drei sich daran, ihre Ausrüstung zur Nordweide zu schaffen. Ihr Weg führte sie über den historischen Ochsenpfad. An manchen Stellen waren die Hecken so hoch, daß man nichts sehen konnte außer dem schmalen Rechteck des Himmels.

»Haltet mal«, rief Agnes. Es waren Stimmen zu hören, das Geheul eines Motors, der auf Hochtouren gebracht wurde, gefolgt von dem Schrei einer Frau. Agnes lief los. Bel eilte ihr hinterher, Jed, der das größte Gewicht trug, bildete das Schlußlicht.

Agnes verließ den Ochsenpfad und hielt abrupt im Lauf inne. »Du meine Güte«, sagte sie.

Die Nordweide war von Arcadian Villages ausersehen, als erstes den Bulldozern zum Opfer zu fallen, denn von hier ließ sich am besten die Verbindung zur Hauptstraße herstellen. Jetzt war sein saftiges, gesundes Gras, das noch vor kurzem von Mohn und Kornblumen rot und blau gesprenkelt gewesen war, ein Raub der Flammen.

Dicke Rauchsäulen wanden sich über der Weide, trieben hinüber zum Moor und stiegen dort in höhere Luftschichten auf. Unter dem schwarzen Rauchbaldachin zuckten rote und goldene Zungen und verschlangen die sieben ... neun ... zehn

Scheiterhaufen, die, über die ganz Weide verteilt, aus Strohballen errichtet worden waren.

Die Frauen schlugen sich die Hand vor den Mund, und Agnes stieß einen erstickten Schrei aus.

»O Mann«, sagte Bel.

Sie nickte Jed zu und wies auf den Richter und eine Ansammlung von Leuten, die beim Weidentor standen. Andrew saß im Fahrerhäuschen eines Treckers, der mitten im Inferno auf der Weide stand. Es sah leicht irr aus, aber sehr medienwirksam: Öko-Bauer probt Aufstand. Ein Mann verteidigt seinen Grund und Boden, gegen einen Feind, dessen Waffen Bebauungspläne, Statistiken und Profitgier waren.

Nach den ersten Schrecksekunden kam Agnes wieder zu sich. »Ich will ihn da oben auf seinem Trecker haben, Jed, das wird unser Abspann.«

Bel murmelte: »Und ich dachte, es wären die Londoner, die spinnen.«

Andrew auf seiner Treckerkanzel formte die Hände zu einem Trichter und rief dem Richter und seinen Leuten zu: »Damit ihr nicht vergeßt, daß dieses Land nicht euer Land ist.«

Agnes, Bel und Jed stellten sich zu den Leuten vom Bauamt. »Der Mann ist komplett verrückt«, hörte Agnes eine Frau sagen. »Er hätte fast jemanden überfahren. Man sollte ihn anzeigen.«

Der Richter beriet sich mit dem Architekten von Arcadian Villages, dem der Schreck deutlich ins Gesicht geschrieben stand. Der einzige weit und breit, der rundum glücklich schien, war der Fotograf der lokalen Zeitung, der vor sich hinknipste mit einem Grinsen im Gesicht, das »Aufmacher« bedeutete.

Andrew hatte seine Aktion gut organisiert und auch die Position des Treckers mit einigem Bedacht gewählt. Er stand so, daß die zum Tode verurteilten alten Eichen und die Weiden dahinter gut auf den Aufnahmen zur Geltung kamen. Er legte wieder die Hände an Mund: »Machst du mit, Jim?«

»Logisch«, antwortete Jim, der von Exbury hergefahren war. Er bahnte sich einen Weg durch die Menge und betrat die Weide. »Ich bin auf deiner Seite, altes Haus.«

In diesem Moment nahm der Pressesprecher von Arcadian Villages den Richter beiseite und sprach wütend auf ihn ein. Agnes stieß Jed an. Jeds Kamera schwenkte herum und erwischte den Richter, der gerade aufsah und erschreckt seine zu kleine Brille zurechtrückte, um sich dann schnell hinter der Menge zu verschanzen.

Ein weiterer Mann gesellte sich Andrew und Jim zu und stellte sich mit verschränkten Armen neben einen Traktorreifen. Agnes formte mit den Fingern einen Bildausschnitt. »Geh ganz nah ran, Jed!« Dann: »Jed, mir ist schlecht!«, und verschwand hinter den Eichen, wo sie ihr Pensionsfrühstück wieder von sich gab. Als der Anfall vorüber war, hockte sie sich erschöpft auf einen Baumstumpf. Ein paar Dutzend Augen beobachteten sie, als sie ein Taschentuch hervorholte und sich wieder aufrichtete.

Jed kam zu ihr geeilt .»Alles in Ordnung?«

»Ja, ja, muß am Rauch liegen. Wo ist Bel?« Agnes drückte eine Hand auf ihren Magen.

»Sie spricht mit dem Fotografen. Anscheinend ist ganz Exbury auf dem Weg hierher. Ich wette, dein Freund hat vorher ein paar Telefonate geführt, bevor er die Weide angesteckt hat.«

»Garantiert.« Agnes wischte sich den Mund, strich sich das Haar aus dem Gesicht. »Wir sollten wieder zur Weide gehen.«

Der Scheiterhaufen unmittelbar beim Richter fiel in sich zusammen und sorgte für ein zusätzliches Feuerwerk aus wild aufstiebenden Funken. Die geschlossenen Reihen des Richters und seiner Leute brachen auseinander, und man überlegte, endlich die Feuerwehr zu rufen.

Penny, die von Jim telefonisch benachrichtigt worden war, hatte sich ebenfalls auf den Weg gemacht und traf in dem

Moment auf dem Hof ein, als auch das lokale Fernsehteam mit seinem Kleinbus auftauchte, zusammen mit einer Handvoll ausgewiesener Arcadian-Gegner, die Transparente mitgebracht hatten.

»Agnes.« Jed faßte sie am Arm an. »Guck dir mal den an.«

»Oha.« Ein Mann, Typ Feldwebel, in Tweed-Jackett mit Fliege und hochgekrempelter Hose, stand in Habachtstellung vor den Demonstranten und salutierte.

Die Scheiterhaufen waren mit Sachverstand aufgetürmt worden und brannten noch eine gute halbe Stunde, während Fernsehteams, Zeitungsfritzen, Demonstranten und Leute vom Amt sich gegenseitig auf die Füße traten. Aber am Ende konnte selbst der talentierte Andrew nicht verhindern, daß die Flammen erloschen. Er stieg von seinem Trecker und machte sich zusammen mit Jim daran, die glühenden Reste mit dem Wasser zu löschen, das er in der Nacht hertransportiert hatte.

Verbitterung. Asche. Wut.

Agnes ließ Jed stehen, zwängte sich durch die Leute hindurch und ging zu Andrew. Erschöpft und irgendwie leer beobachtete er, wie sie auf ihn zukam. Schweißperlen hatten sich auf seiner Oberlippe gebildet. »Das dürfte denen ganz und gar nicht gefallen haben.«

»Haben Sie alles gefilmt?«

»Haben wir.«

Die Menschen traten einen ungeordneten Rückzug an. Die Demonstranten rollten ihre Transparente ein. Die Leute vom Fernsehen packten ihre Ausrüstung wieder in den Bus. Der Richter wurde in seinen Wagen geleitet und fortgefahren. Der Pressemensch von Arcadian Villages saß in seinem Auto und sprach aufgeregt ins Handy.

Dann waren alle fort. Zurück blieb eine Wiese mit großflächigen schwarzen Wunden.

»Ich bin froh, daß Sie gekommen sind.« Andrews Niedergeschlagenheit bekümmerte Agnes sehr. »Ich hatte gehofft, daß

Sie kommen. Ich wußte nicht, ob Ihnen meine Aktion gestern vielleicht unangenehm gewesen ist.«

»Warum sollte sie?«

»Weil es nichts bringt, außer ein bißchen Presse.«

»Den Spaten in der eigenen Scholle?«

»Irgend etwas in der Art.«

Sie überlegte eine Weile. »Ich hoffe, die Sendung schafft das.«

Er sagte sofort: »Wer weiß, man kann so etwas nie vorhersagen, oder?« Sie mußte ein wenig enttäuscht ausgesehen haben, jedenfalls fügte er an: »Um ehrlich zu sein, die Aktion war eine Kurzschlußhandlung von mir.«

Sie waren zum Hof zurückgekehrt, und Andrew bestand darauf, ihnen was zu essen zu machen. Sie saßen um den Küchentisch und aßen Käse mit nicht mehr ganz frischem Brot. Jed und Bel hatten sich verabschiedet und waren auf dem Weg nach London und dem Schneideraum. Agnes wollte nachkommen mit einem Abstecher nach Flagge House, um zu sehen, ob es Bea gut ging.

»Waren Sie die ganze Nacht auf?« Ihr Magen war noch immer flau, Agnes nahm sich vom trockenen Brot. »Hatten Sie keine Angst, daß das Feuer außer Kontrolle geraten könnte?«

Andrew säbelte Stücke vom Käse ab. Die Frage schien ihn zu amüsieren. »Ich habe ein ganz gutes Gespür für das Land und das Wetter. Der Boden ist noch feucht. Es mag zwar wie die Hölle ausgesehen haben, aber ich habe genau gewußt, daß keine Gefahr drohte. Und die Jungs von der Freiwilligen Feuerwehr wären auf mein Wort sofort gekommen. *Noch* ist es meine Weide.«

Sie hätte gern einen Pinsel genommen, um die Ringe unter seinen Augen zu übermalen, aber sie begnügte sich damit, sich vorzubeugen und ihm ein paar Rußpartikel von der Wange zu streichen. »Sie sollten sich hinlegen.«

Die flüchtige Geste ließ ihn kurz erstarren. »Nicht jetzt.« Dann sank er auf seinem Stuhl zusammen, nicht vernichtet, aber empfindlich getroffen. »Der Anwalt konnte sich gut ausdrücken. Er wußte, welche Worte man wählt. Wenn man die richtigen Worte wählt, entscheidet man so einen Fall für sich. Wenn man genug hinblättert für den besten Worteverdreher, erreicht man, was man erreichen will. Das ist Gerechtigkeit.«

Agnes kaute und kaute und hoffte, ihr Magen würde nicht wieder rebellieren. Andrew sah aus dem Fenster. Schließlich sagte sie: »Arbeit ist das beste Mittel, um gegen die Verzweiflung anzugehen. Jedenfalls bei mir.«

»Sie geben also nicht auf?« fragte er. »Die Sache ist für Sie nicht erledigt mit dem Film?« Er kniff die Augenbrauen zusammen.

»Nein. Ist im übrigen ein altes Motto der Familie Campion.«

»Ich nehme Sie beim Wort.« Er vergrub seine Finger in seinem dichten, störrischen Haar. Er sah Agnes zu, wie sie das letzte Brotstück in den Mund steckte. »Früher gab es immer Tee. Richtig mit allem drum und dran. Gebäck, Schlagsahne. Kuchen. Manchmal hat Penny Schinkensandwiches gemacht. Sie war gut in diesen Dingen. Penny hatte genau vor Augen, wie das Leben auf dem Hof auszusehen habe. Es hat ihr viel bedeutet. Es hat funktioniert.«

Er schien mit den Gedanken abzuschweifen. »Meinen Sie, es ist zu früh für einen Whisky?« Er stellte die Flasche auf den Tisch und holte zwei Gläser. Agnes nahm einen winzigen Schluck und merkte sofort, daß es ein Fehler war. Andrew stürzte sein Glas auf ex hinunter.

Er begann umständlich die Ereignisse der letzten Stunden zu rekapitulieren. Wie er den Anhänger beladen hatte, die Scheiterhaufen errichtet hatte. Er hatte geschwitzt und geflucht. Dann das Warten. »Ich war in den Krieg gezogen. Um mein Land zu verteidigen.« Er wischte sein Glas beiseite. »Ich glaube, ich sollte noch mal die Feuerstellen kontrollieren, bevor ich irgend etwas anderes anfange. Kommen Sie mit?«

Sie ließen die Tür weit offen und traten von der in Auflösung begriffenen Küche, die bereits das Schicksal des übrigen Hofes vorwegzunehmen schien, in die Wärme des Sommertags. Der Geruch von Rauch war allgegenwärtig, und das Dach des Lieferwagens war mit Ruß übersät. Aber der Tag war ruhig und klar und die Sonne kräftig. Über dem Moor hatten die Hitze und das Licht alle Farben fortgewaschen und weit in den Hintergrund gespült.

Sie betraten den alten Weg zur Nordweide. Der Weg war aufgequollen mit grünen spitzblättrigen Wucherungen, und die Hecke war durchflochten mit blaßroten wilden Rosen und mit Geißblatt. Andrew klappte sein Taschenmesser auf und schnitt einen Geißblattstengel ab. »Halt.« Er wand den Stengel zu einem Kranz. »Hier, Agnes.«

Die Hitze, die Wildnis, der frische Geruch, der Gesang der Feldlerche – Agnes mußte tun, was er sagte.

»Das ist für dich.« Er setzte ihr seine Krone auf, drückte sie ihr über die Stirn, bis sie den klebrigen Saft der Pflanze auf ihrer Haut spürte.

Er begutachtete sein Werk.

Sie lächelte ihm in die blauen Augen, und es mußte wie eine Einladung gewirkt haben, denn jetzt beugte er sich vor und küßte sie auf den Mund. Und sie dachte: Warum nicht? Nicht blind zu sein vor Liebe hatte den Vorteil, daß sie aufmerksamer sein konnte, wacher. Andrew roch nach Feuer, Stroh, Schweiß und Whisky, und indem sie diese Gerüche von Erde und Landschaft roch und indem sie ihn küßte, ging sie wieder ein Stückchen weiter, um ihre Geister abzuschütteln.

»Du riechst nach Sommer.« Er küßte die Kuhle ihres Schlüsselbeins.

Die Geißblattkrone wollte ihr ein wenig lächerlich erscheinen, und sie setzte sie ab. »Du bist ein sehr ungewöhnlicher Mann, Andrew Kelsey.« Sie lächelte verlegen. »Ich meine das positiv.«

»Jemanden zu küssen ist nicht so ungewöhnlich, oder?« Der eigenwillige Ausdruck war aus seinem Gesicht gewichen. Geblieben war die Röte eines erregten Mannes.

»Nein.«

Er verscheuchte die aufkommende peinliche Stille. »Komm, du kannst Tithings nicht verlassen, ohne die Bienen gesehen zu haben. Die Bienen sind mein Glanzstück.«

Agnes überließ sich wieder dem würzigen Duft, der in der Luft lag. »Pscht«, befahl er.

Sie bemühte sich zu lauschen, und aus den Bienenstöcken war ein Raunen zu hören. »Was ist das?«

»Sie kühlen die Stöcke. Es ist heiß, und sie produzieren Honig.«

Agnes war beeindruckt. »Es sind erstaunliche Tiere. Sie scheinen herausgefunden zu haben, wie man in Frieden zusammenleben kann.«

»Nicht ganz«, sagte Andrew. »Sie töten schließlich die Drohnen.«

»Trotzdem.« Im Innern der Bienenstöcke wurde immer stärker gefächelt. Schneller und schneller.

»Wenn du näher herangehst, kannst du den Ertrag des heutigen Tages riechen.«

Sie gehorchte und spürte einen Hauch von Wildnis. Gras, Klee, Thymian. Es gab noch *andere* Wege, dachte sie. Flügel, die sich ausbreiteten und sie befreiten.

Er räusperte sich, und sie wußte, was kommen würde.

»Bleib heute nacht hier, Agnes.«

Sie berührte das knotige Gelenk seines Fingers mit dem ihren, und fühlte Panik in sich aufsteigen, die Panik, eine Entscheidung fällen zu müssen, für die sie nicht bereit war. »Gib mir etwas Zeit für meine Antwort«, sagte sie.

Kapitel 20

Freitag

Elektroresektion?«

Die junge Frau war neu im Schönheitssalon von Lymouth, eindeutig gelangweilt und nicht gewillt, auch nur ansatzweise das Taktgefühl aufzubringen, das die zahlende Kundschaft eigentlich von ihr erwartete. Kitty bat um den Handspiegel und suchte ihre Oberlippe nach unliebsamen Härchen ab. Man wußte nie, wann die Anzeichen schwindender Jugend auch für andere sichtbar wurden. Weil Kitty es selber partout nicht sehen wollte, mußte sie nun einmal andere fragen, auf daß man ihr die Wahrheit sagte.

Ja. Da waren ein paar, und sie befahl der Kosmetikerin, ihre Maschine anzuschmeißen. Das feine Zupfen tat Kitty weh, wofür nicht die Maschine verantwortlich gemacht werden konnte. Es schmerzte, weil es notwendig war.

»Ich denke«, sagte die junge Frau, die nur noch Auge war hinter ihrer riesigen Vergrößerungslinse, »ich denke, wir sollten auch noch ein paar Äderchen veröden. Sind Sie einverstanden?«

»Nur zu.«

Die Prozedur war viel unangenehmer als das Härchenzupfen, besonders in der Region um die Nase, wo Kitty so empfindlich war. Der schwache Strom reizte die Nerven, und am Ende saß sie da, und der Rotz und die Tränen liefen ihr nur so über die Wangen. Morgen, das wußte sie aus Erfahrung, wäre sie im Gesicht ganz verschwollen und fleckig. Aber es würde schon gehen, vor allem da Julian angerufen hatte, um ihr mitzuteilen, daß im Büro eine Krisensitzung anberaumt worden sei, die das ganze Wochenende dauern werde. »Tut mir leid, mein Schatz«, hatte er gesagt, »ich kann's nicht ändern. Ich erkläre dir alles, wenn wir uns sehen.«

Kitty hatte zuerst protestieren wollen, aber dann hatte große Müdigkeit sie erfaßt. Kitty war zu träge gewesen, irgend etwas zu sagen außer, daß es ihr leid täte und er handeln solle, ganz wie er wünsche.

Und was wünschte *sie*?

Diese kindliche Lust, ständig zu widersprechen, regte sich immer häufiger in ihr und drohte zu einem Dauerzustand zu werden. Kitty merkte, wie sie diese Momente genoß. Sie verliehen ihren ewigen Klagen, deren sie allmählich überdrüssig wurde, eine neue Note. Sie bog die Finger und spürte die dicke Quarkschicht, die auf die Haut aufgetragen worden war. Was tat sie bloß, indem sie so gegen die Zeit ankämpfte? Vielleicht ... Kitty mußte sich auf den Gedanken konzentrieren ... vielleicht war das auf seine Weise nur vergeudete Zeit? Vielleicht verlor sie einfach nur Zeit, während sie es aufzuhalten versuchte?

»Meine Güte«, sagte die Kosmetikerin, »das sind zähe Burschen. Haben Sie in der Sonne gesessen?«

Die Nadel stach in Kittys Wange. Im Grunde mußte sie sich nur entscheiden, diesen aufwendigen – ach was, aussichtslosen Kampf nicht zu kämpfen. Schönheit, das hatte Kitty in der harten Schule des Überlebens gelernt, lag im Auge des Betrachters, und nur das zählte. Von wegen Schönheit von innen, eine Theorie, die von Leuten stammte, die es nötig hatten. In der Vergangenheit hatte Kitty sie ignoriert, weil sie es sich leisten konnte. Und jetzt, da sie älter wurde, konnte sie nicht plötzlich so tun, als glaubte sie daran.

Kitty seufzte unter ihrem rosafarbenen Laken und stellte sich vor, wie das wäre, ein Leben ohne den Schönheitskult. Keine freitäglichen Vorbereitungen mehr. Keine verstohlenen

Blicke in den Spiegel. Der Kopf befreit von der Tyrannei der Selbstbeobachtung.

Ja, es stand ihr frei, sich diese Freiheit zu schenken. Sie mußte es nur wollen.

Die Kosmetikerin nahm die letzte Hürde auf dem Weg zu Kittys neuer Schönheit in Angriff, die linke Wange. Aber es war alles nicht so einfach. Kitty liebte Julian, und um frei zu sein, durfte sie ihn nicht lieben.

»Enthaarungswachs für die Beine?«

Kitty streckte der jungen Frau ein schlankes Bein entgegen und brachte es ihr als Opfergabe dar.

Als die Sitzung vorüber war, ging Kitty nach Hause, um ihr versehrtes Gesicht zu verstecken. Um ein Uhr schaltete sie das Radio in der Küche an und hörte Nachrichten, während sie eine klare, extra-fettarme Brühe schlürfte. Aber sie sättigte nicht, und Kitty plagte noch immer der Heißhunger. Eigentlich pflegte sie Magenknurren zu ignorieren – die Schlange in ihrem Innern, die den leeren Magen und Kittys Kampf um Selbstbeherrschung symbolisierte –, aber heute glitt ihre Hand im Speiseschrank über das oberste Regalbrett, wo sie noch eine Dose Milchreis aufbewahrte, als Notration für Theo. Die Dose fühlte sich zunächst ganz kühl und schön glatt an, doch als sie sie länger in der Hand wog – *soll ich, soll ich nicht?* –, wurde das Metall schön warm.

Sie riß die Schublade in der Küchenzeile auf und wühlte nach dem Dosenöffner.

Der Reis schmeckte köstlich, ein Geschmack, den sie längst vergessen hatte. Nachdem sie ihn verschlungen hatte, lag der Reis als sättigender Kloß in ihrem Magen, und Kitty kam sich vor wie schwanger. Als sie die Dose in den Mülleimer werfen wollte, schnitt sie sich am scharfkantigen Deckel in den Finger. Der Geschmack von Blut, das sie aufleckte, vermischte sich mit dem honigsüßen Reisaroma.

Als Theo kam, warf er einen Blick auf Kitty, die sich ein Pflaster um den Finger wickelte. »Du siehst schrecklich aus. Was ist denn los?«

Aber an Theos glasigem Blick erkannte sie, daß er drauf und dran war, abzudriften, und wenn sie seinen Trost wollte (wie so häufig), mußte sie sich beieilen.

Aber es war zu spät. Theo war abgetaucht. Kitty wunderte sich, daß die Pfleger in der Klinik nicht mitbekommen hatten, wie es um ihn stand, als sie ihn losgeschickt hatten. Immerhin wußte Kitty, was in solch einem Fall zu tun war. Mit ruhiger Stimme nahm sie ihm die Tasche aus den Händen und setzte ihn auf einen Stuhl.

»Die Tabletten, Theo! Wo sind die Tabletten?« Sie durchsuchte seine Tasche und entnahm ihr einige Flaschen, las die Beschriftungen, fand die richtige Flasche, schüttelte zwei Pillen heraus und reicht sie ihm mit einem Glas Wasser. Dann stand sie auf und massierte seine entsetzlich verspannten Schultern, redete weiter besänftigend auf ihn ein, bis die Drogen ihre Wirkung taten und seine Schultern sich wieder ein wenig lockerten. Manchmal sprang Theo bei solchen Gelegenheiten auf, bewaffnete sich mit Staubwedel und Wischtuch, mit denen er seine Krankheit in Schach hielt, und rückte dem Haus zu Leibe. »Ich mach die fertig«, erklärte er, *»die Hunde, die einfach bei mir im Kopf wohnen.«*

Kitty war stolz auf sich, wie gut sie mit Theo zurechtkam, und war ihm gleichzeitig auf merkwürdige Weise dankbar, daß er ihr gestattete, so zu handeln. Es hatte viel mit Gefühl und Vertrauen zu tun. Es zeigte ihr, daß es noch andere Möglichkeiten gab und zwar an ganz unverhofften Orten. »Laß dich nicht unterkriegen, Theo«, rief sie und knetete weiter seine Schultern. Schwächer fügte sie hinzu: »Ich brauche dich.«

»Ich versuch's ja ...«, murmelte Theo wie aus großer Ferne. Denn Kitty, so hatte er einmal gebeichtet, war der einzige Mensch in der Welt, den er rückhaltlos liebte. Indem sie ihn bei sich aufgenommen hatte, hatte sie ihm das Leben gerettet zu einer Zeit, da er drohte, tiefer und tiefer zu versinken. Kitty war der einzige Mensch, für den er die übermenschliche Anstrengung aufnahm, normal zu sein.

Gott sei Dank, hatte sie gedacht, als Theo ihr unter heftigen Gesichtszuckungen seine Gefühle offenbart hatte. Gott sei Dank, ich gehe nicht ins Grab, ohne je selbstlos geliebt zu haben.

Sie massierte noch immer und lehnte sich vor, um ihn anzulächeln, und bald war Theo die Ruhe selbst. Auf den ausgedörrten Boden seiner Seele fiel ein erfrischender Sommerregen.

Schließlich stand er auf, streckte sich und sah Kitty mit geröteten Augen an. »Gib mir meine Tasche, meine Schöne ...«

Dann legte er los. Er nahm die Küchenfenster in Angriff und ruhte nicht eher, bis sie blitzten und glänzten, als gäbe es keinen Schmutz auf Erden.

Samstag

Kittys Haut spannte und pulsierte, aber Theo rief an, um zu sagen, daß es ihm besser gehe, und um sich zu bedanken, und man würde sich dann bei den Huntingdons sehen. Der heutige Tag war ein Blumentag, und Kittys Begabung auf diesem Gebiet war weit und breit legendär, weswegen Vita Huntingdon sie eingeladen – nein, herbeordert hatte –, um für die üppige Polterabend-Party ihrer Tochter die Blumen zu arrangieren. Kitty, die um jeden Millimeter kämpfte, der sie dem inneren Kreis der besseren Gesellschaft näher brachte – Kitty hatte nicht nein gesagt.

»Sie werden verstehen, meine Liebe«, hatte Vita erklärt, »zur Hochzeit selber kann ich Sie, so leid es mir tut, nicht einladen, nicht wahr, die Anzahl der Gäste mußte ich notgedrungen begrenzen. Aber bitte, wenn Sie möchten, sehen Sie sich ruhig um, die Geschenke, das Büffet ... solange wir in der Kirche sind ...«

»Na, wollen wir uns umsehen?« hatte sie Theo gefragt.

»Na, aber hallo!« hatte Theo geantwortet.

Vita hatte rote und weiße Blumen gewünscht, die zu den gestreiften Markisen und den goldenen Stühlen paßten. Ihre Tochter hatte irgend etwas Aufregenderes, Originelleres verlangt. »Also irgendwie so mehr südafrikamäßig.« Theo und Kitty hatten sich beraten, und am Ende hatte Kitty sich auf subtile, aber befriedigende Weise gerächt, indem sie ein hinreißendes Arrangement kreierte, allerdings vorherrschend in Gelb und Weiß.

»Wie die Sonne in Australien«, sagte Theo und schleppte die letzte Vase an den ihr zugewiesenen Platz. »Nicht zu übersehen.«

»Haben wir uns genug umgesehen, Theo?«

»Hast du eigentlich keine Angst«, fragte Theo, als sie im Auto saßen und zurück zu seiner Klinik fuhren, »daß ich mal ausraste und dir was Böses tue?«

Der Gedanke war Kitty nicht nur einmal gekommen. »Eigentlich nicht. Wenn du es nur schnell tust, Theo.« Sie wandte sich ihm zu. »Das mußt du mir versprechen, Theo, tu es schnell und schmerzlos, hörst du?«

»Versprochen.« Seine Schultern waren bis zu den Ohren gewandert, sein Blick war stur geradeaus gerichtet. »Portion Pommes, meine Schöne?«

In dieser Nacht, im Halbschlaf, erlebte Kitty etwas, was sie später ihre Vision nennen sollte. Sie schwebte hoch oben im Himmel und sah hinunter auf ein sehr blaues Meer, auf dem sie selbst in einer Art Rettungsboot trieb. Sie meinte zunächst, daß sie hilfos so herumtrieb, aber es stellte sich heraus, daß sie das Kommando über das kleine Boot übernommen hatte und raus auf die offene See steuerte, dem postkartenmäßigen Sonnenuntergang entgegen, mit im Wind wehendem Haar. Und das Haar war vielleicht das verräterischste Detail im ganzen Bild, denn ihr Haar hatte seine natürlich Farbe angenommen: graubraun.

Kitty stand auf und bereitete sich ein Frühstück aus Müsli und Kaffee, dann ging sie nach oben, um in ihr himbeerfarbenes Leinenkostüm zu schlüpfen. Sie bürstete ihr Haar an der Frisierkommode, in dieser Richtung, in die andere Richtung – Kitty eins, Kitty zwei, Kitty drei ... – und hielt es mit ein, zwei Kämmen zusammen.

Sie warf einen Blick hinter sich ins Bett. Julian schlief nicht häufig hier, weil er ihr Haus zu beengend fand. Wann immer es ging, schlief er in Cliff House, und zwar auf der rechten Seite mit dem zusammengeknüllten Kissen unter seiner Wange. Manchmal war sein Hals schweißnaß, manchmal öffnete sich seine Pyjamajacke im Schlaf wie bei einem kleinen Jungen. Manchmal verkroch er sich mit dem Kopf zwischen den Schultern und murmelte vor sich hin. Sie hatte es gelernt, seinen Schlaf zu beobachten und zu deuten. Wenn er vor sich hinmurmelte, hatte er Sorgen. Der tiefe traumlose Schlaf folgte auf eine anstrengende, aber erfolgreiche Woche. Oder nachdem sie miteinander geschlafen hatten.

Sie sah nicht mehr nach dem Bett, aber bemühte sich, die Kitty herzustellen, die sie kannte und auf die sie sich verlassen konnte. Schließlich war sie fertig und zufrieden mit dem Ergebnis. Bevor sie ging, zog sie das Fenster zu und verschloß es.

Kitty saß im Auto und blickte geradeaus. Sie legte die Hände aufs Steuer, nahm sie wieder fort. Sie rieb sie aneinander. Sie öffnete ihre Handtasche, legte noch einmal Lippenstift auf. Noch einmal Händereiben. Dann streckte sich die rechte Hand, um den Schlüssel im Zündschloß zu drehen.

Eine halbe Stunde später bog sie auf die Auffahrt von Flagge House und erkannte mit einem Blick auf die verblaßten roten Backsteine und eleganten großen Fenster, daß es eine gealterte Primadonna war, die viel Aufmerksamkeit, Zuwendung und Liebe brauchte. Es war wunderschön, alt und voller

Selbstbewußtsein, aber es brauchte Pflege und ein entschiedenes Face-Lifting.

Sie nahm den Fuß vom Gaspedal. Die Worte, die ihr so klar und deutlich, so messerscharf und dringlich auf den Lippen gelegen hatten, waren verschwunden. In ihrem Rettungsboot hatte sie sich so sicher, so ihrer selbst sicher gefühlt, so voller Energie, aber jetzt befürchtete sie, einen entsetzlichen Fehler begangen zu haben. Und wenn *Julian* je davon erfuhr ...

Ungeduldig mit sich selbst, hielt sie noch auf der Auffahrt den Wagen an und legte ratlos den Kopf auf das Steuerrad. Aus dem Augenwinkel sah sie die roten Tupfen von Mohnblumen auf der Wiese. Keine Farbe, die sie besonders liebte – das Blutrot von Kindsgeburten und Monatsblutungen, die ... sich bei ihr dem Ende zuneigten.

Kitty mußte sich zwingen, zum Haus zu sehen. Moos und Flechten hatten auf den Steinplatten Pfade gebildet, und die Fenster strahlten im Sonnenlicht. Es gab einen Weg aus der Misere, und er würde ihr Frieden schenken, sie mußte nur reingehen, die Treppen hoch ... und springen. Ganz einfach. Und das graugrüne Moos würde ihr vorgaukeln, daß sie ganz weich landen würde, ein sanftes Kissen, auf dem sie sich zum Schlafen bettete.

Die erste Frau opferte ihr Blut für die zweite – denn sie wußte, wußte es nur zu gut, daß Agnes nicht wie die anderen war. Sie war keine von den Wir-gehen-für-eine-Weile-getrennte-Wege-Frauen. Sie war das Dunkel, dem Kitty sich stellen mußte.

Lief es denn irgendwo anders ab? Mußten erste Frauen nicht früher oder später still und heimlich zurücktreten? Aber sie war keine von diesen Frauen. Sie war die Geliebte von Robin und Harry und Charles gewesen, jenen sehr verheirateten Männern, die sie so behandelt hatten, wie sie dies verlangt hatte.

Würde sie als Tote so gut aussehen wie als Lebende? Denn die Steine da vorne sahen grausam hart aus, und Märtyrer wurde man nicht über Nacht, das bedurfte jahrelangen Trainings.

Ein Wagen fuhr auf die Auffahrt und hielt neben dem ihren. Der Fahrer kurbelte das Fenster hinunter und fragte: »Kann ich Ihnen weiterhelfen?«

Es war Freddie, der seinen sonntäglichen Schönheitsschlaf etwas früher als üblich abgebrochen hatte, um den Damen zu Mittag Gesellschaft zu leisten. Er parkte den Wagen und stellte sich vor.

»Ich werde nicht erwartet«, sagte Kitty und kämpfte sich mit den Hochhackigen durch den Kies.

»Um so besser.« Freddie drückte die Klingel. »Das macht das Leben interessanter.«

»Ich bin nicht sicher, ob Agnes das auch so sieht«, sagte Kitty ungerührt und sah auf zu dem wunderschönen Oberlicht über der Tür.

Kapitel 21

Agnes unterdrückte ein Gähnen, unterbrach die Lektüre der Sonntagszeitung und sah zum Kaminsims, wo sie Familienfotos aufgereiht hatte. Es waren nur noch wenige aus ihrer schrumpfenden Familie übriggeblieben. Sie gähnte noch einmal und runzelte die Stirn. Es war normal, sich nach einem größeren Dreh erschossen zu fühlen, aber diesmal war es anders. Als wenn ihr Körper einen Anker ausgeworfen hätte, hatte eine große bleierne Müdigkeit sie erfaßt. So müssen sich kranke Menschen fühlen, dachte sie mit einem unbehaglichen Schauern. Seit sie aus Devon zurück war, schien irgend etwas mit ihrem Körper vor sich zu gehen, er zwang ihr Dinge auf, die sie nicht kannte. Selbst ihr Haar fühlte sich anders an.

Andrew schien nicht allzu enttäuscht, als sie schließlich nein gesagt hatte auf seine Frage, ob sie über Nacht bliebe, aber er war stiller geworden, und er tat Agnes leid. Sie hatte, so gut es ging, zu erklären versucht, daß es wichtig war, nichts zu übereilen. Sie hatte gelernt, daß man mit kleinen Schritten besser ans Ziel gelangte als mit zu großen. Andrew hatte Verständnis gezeigt, war vernünftig gewesen, aber als sie ins Auto stieg, hatte er ihre Hand ergriffen.

»Du läßt mich nicht im Stich nach dem Film, *versprochen*?«

Die Frauen saßen in dem großen Wohnzimmer. Der Raum war zu schön, um ihn leerstehen zu lassen, fand Agnes und bestand darauf, daß dieses Zimmer auch genutzt wurde. »Wir leben in diesem Haus. Wir sind hier keine Untermieter.«

Maud und sie hatten sich darüber in die Haare bekommen, und Maud hatte schließlich verkündet, sie, Agnes, möge tun, was sie wolle, *schließlich spiele sie hier die Finanzministerin*, aber sie, Maud, würde nicht einen Finger krumm machen, um ihr zu helfen. Agnes hatte also die Vorhänge in die Reinigung gebracht, hatte in allen Ecken gefegt und gewischt und war mit einem Tuch mit Terpentin und einem mit Wachs den Möbeln zu Leibe gerückt.

»Zeit für einen kleinen Aperitif?« Ausgestattet mit den Insignien des Invaliden – einem Krückstock, den sie erstaunlich geschickt zu nutzen verstand, sowie einem elektronischen Sender für den Notfall – hatte sich Maud zum blauen Brokatsofa begeben. Da thronte sie nun, wieder in Amt und Würden, wenn auch geschwächt und mit der üblichen mißmutigen Miene, und strickte in einem furchterregenden Tempo ungestüm vor sich hin.

Agnes legte ihr Kinn in die Hand. Maud war eine anstrengende Patientin gewesen und eine noch viel anstrengendere Genesende. Agnes und Bea hatten alle Hände voll zu tun gehabt, ihre Wünsche zu erfüllen. Aber an Agnes nagte das schlechte Gewissen, und die Tante tat ihr einfach leid. Der Vorfall hatte Maud mitgenommen. Ihr war klar geworden: Wenn man tot war, war man nicht mehr da. »Noch bevor man kalt ist, ist man vergessen«, sagte sie, »und alles geht weiter seinen Gang.« Und dazu war sie noch lange nicht bereit.

Das Mittagessen dampfte auf dem Herd. Die Fensterläden des Wohnzimmers waren geöffnet, und die Sonne schien ungehindert in den Raum. In einer gewissen Distanz zu ihrer Schwester saß Bea beim Fenster und hielt die Hände im Schoß gefaltet. Sie schien ganz ruhig und zufrieden, doch als Agnes sie genauer betrachtete, wurde ihr klar, daß Bea auf jemanden wartete.

Bei einem seiner Besuche hatte Freddie den Vorschlag gemacht, Maud könne doch einmal eines der neueren Musicals ausprobieren, nur so zum Spaß. Alles, was Freddie sagte, beflügelte die Damen für gewöhnlich, und für eine Weile wehten tatsächlich die Klänge von *Les Misérables* durch Flagge House. Doch die Macht der Gewohnheit war übergroß, und jetzt erfüllte wieder die Stimme von Julie Andrews, Regengeplätscher und Kätzchenmiauen das Wohnzimmer.

»Ich werde nie begreifen, was du daran findest«, schimpfte Agnes, die mit ihrer Geduld mal wieder am Ende war.

»Das erwarte ich auch gar nicht von dir.« Maud pfefferte ihr Strickzeug in die Sofaecke, sah auf ihre Uhr und kramte ihren Lippenstift hervor. »Freddie kommt gleich.«

Bea strich den Stoff ihres Rocks glatt und produzierte im Sonnenlicht eine kleine Wolke von Staubpartikeln.

Es klingelte an der Tür. »Ich gehe schon«, sagte Bea und flüchtete aus dem Raum.

Kurze Zeit später sah Agnes von den Zeitungen auf, die sie fein säuberlich zusammengefaltet hatte, und erblickte eine perfekt gestylte, selbstbewußt auftretende Kitty in einem pinkfarbenen Kostüm, dicht gefolgt von Freddie. Mit Kitty zusammen in einem Raum sein zu müssen, selbst wenn Julian nicht dabei war, löste erstaunliche Dinge in Agnes Magen aus, und für einen Moment glaubte sie, sie würde ohnmächtig werden. Zum Glück verwandelte sich der Wackelpudding in ihren Knien noch rechtzeitig in Muskeln, und sie stand auf.

»Hallo Agnes«, sagte Kitty und wurde furchtbar rot. »Ich muß mich dafür entschuldigen, hier so unangekündigt hereinzuplatzen. Aber ich würde gern mit Ihnen ein paar Worte reden.«

»Kein Problem«, sagte Agnes.

»Kriegt man hier denn gar nichts zu trinken, oder wie sehe ich das?« ging Freddie dazwischen.

Bea überraschte Kitty von hinten. »Wollen Sie einen Sherry? Das ist ein ganz besonderes Fläschchen. Den verkauft mir immer ein sehr freundlicher Herr in unserem Weingeschäft. Woher kommen Sie?«

»Störe ich gerade beim Mittagessen?« Kittys Selbstbewußtsein bröckelte immer mehr, das Rot in ihrem Gesicht wich einer ungesunden Blässe.

»Agnes schüttet einfach noch ein bißchen Wasser in die Suppe, dann reicht es für alle, nicht wahr, Agnes«, rief Freddie leutselig. »Und, wie geht es den Damen heute?«

Maud hob den Kopf – die Geste eine jüngeren Frau, und bei einer jüngeren Frau hätte sie einen Schwanenhals betont. Ihre großen Augen leuchteten hungrig und argwöhnisch zugleich. Sie tippte auf ihre Uhr. »Wir warten schon den ganzen Morgen auf Sie.«

Agnes riß sich zusammen. »Möchten Sie mit uns essen, Kitty?«

Kitty hatte ihren Sherry bereits geleert, und Bea schenkte ihr nach. »Ich wollte eigentlich nur ganz kurz mit Ihnen sprechen.«

»Lymouth«, sinnierte Bea. »Ich hatte mal einen Bekannten in Lymouth. Ein sehr erfolgreicher Marmeladenhersteller.« Für Bea konnte es kaum eine größere Auszeichnung geben. In ihrer Welt regierten Sparsamkeit und Fleiß, und die manifestierten sich in Eintöpfen, Marmeladengläsern und Häkeldecken.

In Kittys Welt kam das Herstellen von Marmelade nicht vor, und in Agnes' auch nicht. Ihre Blicke trafen sich im stillen Einvernehmen, was diesen Punkt betraf. Gegner, die ein Zweckbündnis schlossen.

»Ob ich mal kurz Ihr Bad benutzen dürfte?« fragte Kitty.

Agnes führte Kitty vorbei an dem Hufeisen-Brandfleck im Boden und der leeren Nische, dort wo der Flur einen Knick machte und auf das Erkerfenster stieß. Kitty berührte den Geländerpfosten. »Jemand hat dieses Holz geliebt.« Sie fuhr mit den Fingern über die Rundungen. »Sogar sehr.« Sie sah aus dem Fenster.

Es herrschte Stille.

Kitty brach das Schweigen. »Wir leihen uns nur für eine Weile unsere Häuser, am Ende reichen wir sie weiter.« Ihre Pennyabsätze knallten auf den Treppenstufen. »Sie haben meine Kate nicht gesehen, als sie unten waren. Sie ist winzig. Julian mag sie nicht besonders. Er zieht Cliff House vor. Und wenn ich ehrlich bin, geht es mir genauso.«

Agnes zeigte Kitty das Bad und schlug vor, sich zum Reden in ihr Schlafzimmer zu begeben. Als Kitty klopfte und hereinschlüpfte, wartete Agnes beim Fenster. In ruhigem Ton sprach sie Kitty an: »Den schönsten Blick auf den Fluß hat man vom Zimmer meiner Tante, aber der Blick von hier ist auch nicht schlecht. Wenn die Nacht ruhig ist, kann ich den Fluß hören, und manchmal Füchse.«

»Füchse?« Kitty reckte sich.

Agnes fuhr fort: »Dies war das Schlafzimmer der unverheirateten Tanten. Eine von ihnen, Urgroßtante Lucy, hat hier ihr ganzes Leben zugebracht. Ich habe Reitstiefel von ihr ganz hinten im Kleiderschrank gefunden. Die Schäfte waren dünn wie Bleistifte.« Widerstrebend sah sie Kitty ins Gesicht. »Ich glaube, die unverheirateten Tanten waren hier glücklich. Jedenfalls stelle ich es mir so vor.«

Kitty strich sich übers Haar. Ihr Handgelenk war von Goldketten beschwert. Die Fingernägel bildeten perfekte Ovale, die Haut schimmerte samten, sie hatte Hände, die Viktorianer gern in Gips gegossen und in Glasvitrinen ausgestellt hätten. Kitty zerrte an ihrem Armband. »Es ist wohl klar, warum ich hier bin?«

»Ja.«

»Also.« Jetzt strich Kitty den Riemen ihrer Handtasche glatt. »Bringen wir es hinter uns. Ich möchte – ich möchte, daß Sie Julian in Ruhe lassen. Ich dachte, ich hätte das bei unserem letzten Treffen deutlich zum Ausdruck gebracht, anscheinend nicht deutlich genug. Es ist ohnehin schon schlimmer, als ich befürchtet hatte ... Ich weiß, daß Sie ihn sehr ... beeindruckt haben. Das passiert nicht häufig. Obwohl es immer andere gab ... vor Ihnen. Er ist immer sehr ... schweigsam.« Sie verstummte, fuhr dann fort: »Aber er gehört mir. Wir sind seit einer langen Zeit zusammen, und das geht nicht spurlos an einem vorüber, nicht wahr? Sie dürften in ihrem Beruf häufig genug erlebt haben, was passiert, wenn sich die Leute einfach Sachen nehmen, die ihnen nicht gehören.«

Agnes schluckte trocken.

»Sie sind die ganze Zeit in meinem Haus«, rief Kitty aus. »Die ganze Zeit. Ich spüre es. Er ist von Ihnen besessen.« Sie riß sich zusammen und wurde wieder ruhiger. »Aber es zählen auch noch andere Dinge ...«

Ja, ja, ich bin im Unrecht. Ohne Absicht. Wirklich, ehrlich, ich habe das nicht gewollt, ich bin da in was reingestolpert, in die falsche Aufführung. Und Julian? Anscheinend war er nicht der Ansicht, daß zehn Jahre lang Treuepunktesammeln mit einem ruhigen Lebensabend belohnt werden mußte. Kitty war dieser Ansicht. Deswegen war sie hier. Und ich? Die Blüten an den Bäumen sahen so einladend aus, dufteten so verführerisch ... Egal, nicht für mich.

»... Ich brauche«, fuhr Kitty mit ihrer feinen, durchdringenden Stimme fort, »ich brauche nur ein klein wenig Zeit. Dann kann ich alles regeln. Dann kann ich alles wieder in Ordnung bringen.«

Agnes hatte zu zittern begonnen. Nicht mal vor Madeleine hatte sie derart heftig reagiert. Natürlich war Kitty im Recht. Und doch ... Es gab nichts auf der Welt, das ausschließlich einem allein gehörte, und sie war fast versucht zu schlußfolgern, daß somit einfach das Recht des Stärkeren galt. Sie hörte sich selbst sagen: »Sollte Julian das nicht selbst entscheiden?«

Kitty schüttelte den Kopf. »Ich habe lange gebraucht, um das herauszufinden. Zehn Jahre, um genau zu sein. Nein. Ich habe da ein entscheidendes Wort mitzureden.«

»Ich verstehe.« Das war die große Schlacht. Die Entscheidungsschlacht. Damit verglichen waren alle vorherigen Kämpfe nur harmlose Geplänkel, und Agnes spürte, wie es ihr den Hals zuschnürte.

Sie wandte sich Kitty direkt zu, der rosigen, zerbrechlichen Kitty, die sich entschlossen hatte, ihr in Flagge House entgegenzutreten ... weil sie ein Bett mit Julian teilte, weil sie Glück und Unglück miteinander geteilt hatten und weil sie Agnes nicht erlauben wollte, einzureißen, was sie aufgebaut hatte. Weil Kitty sich bewußt vorgenommen hatte zu kämpfen, und dieses Vorhaben jetzt verwirklichen wollte.

»Sie werden es mir vielleicht nicht glauben, Kitty, aber ich habe mich nach Ihnen erkundigt«, sagte sie schließlich. »Fragen Sie Julian.«

Kittys Handtasche, ein Objekt aus Krokodilleder mit goldenen Schnallen, fiel zu Boden. »Ich will, daß Sie nie wieder seinen Namen in den Mund nehmen. Sie ging in die Hocke, um die Tasche aufzuheben. »*Nie wieder.*«

»Gehen Sie jetzt bitte.«

Kitty kam zu Agnes ans Fenster. »Ich habe ihren Typ schon immer gehaßt. Nehmen Sie es nicht persönlich.«

»Meinen *Typ*?«

»Frauen, die nichts investieren, die keinerlei Risiko eingehen. Ihre Generation glaubt, sie hat alles unter Kontrolle. Sie haben sich die besten Rollen ausgesucht, und jetzt meinen Sie, Sie könnten Frauen wie mich bemitleiden. Ach, mir ist der Karrierekram egal und das Geldverdienen. Ich habe meine Chance gehabt. Aber ich verachte Ihre Raffgier, Ihre Maßlosigkeit, die Überheblichkeit, mit der Sie und Ihre Generation überall auftreten, nur weil Ihre Körper jünger und frischer sind und weil Sie sich an keine Regeln halten.«

Agnes wollte sich abwenden, aber die andere Frau hielt sie fest. »Hören Sie mir gefälligst zu. Sie sind jünger, aber Sie haben keine Ahnung.« Sie ließ Agnes los und drehte an ihrem Ring der rechten Hand. »Ich habe sogar daran gedacht, mich umzubringen, weil ich die ganze Situation so unerträglich finde, so ungerecht, um mich wenigstens so zu rächen.«

Ihr Selbstvertrauen war verbraucht. »Aber ich kann nicht. Ich will nicht.«

Erschreckt legte Agnes eine Hand auf Kittys Schulter und drückte sie. Die Schulter fühlte sich knochig an unter ihren *jüngeren* – und damit *stärkeren* – Fingern. Diese Finger gruben sich nun in Kittys Fleisch. »Gehen Sie, Kitty. Jetzt. Bevor noch irgend jemand etwas tut oder sagt, was ihm hinterher leid tut.«

Kitty unternahm eine letzte Anstrengung, die Beherrschung zu wahren. Nach ein paar Sekunden fragte sie mit normaler Stimme: »Könnte ich mal kurz mein Haar kämmen?« Sie setzte sich an Agnes' Frisierkommode und nahm ihre Ohrringe ab. »Die tun immer weh. Keine Ahnung, warum ich sie überhaupt trage. Das heißt, ich weiß es. Julian hat sie mir geschenkt. Sie nahm Agnes' Bürste in die Hand. Agnes zuckte zusammen. Wie konnte sie es wagen? Doch Kitty zögerte, dann öffnete sie ihre Handtasche und entnahm ihr die eigene Bürste.

Der Spiegel war alt und mit blinden Flecken übersät. Das Bild, das er zurückwarf, war verzerrt. Geschickt und routiniert bearbeitet Kitty ihr Haar, zog ihre Lippen nach, stellte das hübsche Gesichtchen wieder her. Schließlich war sie fertig. »Julian ist schwierig.« Sie dehnte die Worte und lauschte dem beschwörenden Klang ihrer Vertraulichkeit nach. »Penibel. Fordernd. Er kann sehr launisch sein ... und sehr extravagant.«

Agnes sah Julian vor sich, wie er in Bels Wohnung gesessen hatte, ein Glas Wein auf dem Arm balancierend. Er hatte über das Lincolnshire-Projekt gesprochen, begeistert und kampflustig, ein Bein hatte er über das andere gelegt. Sie schloß die Augen. Bei dieser Gelegenheit hatte sie bemerkt, daß seine Socken alt und abgenutzt unter dem teuren Anzug hervorlugten.

»Nein, einfach ist Julian gewiß nicht. Er hat seinen eigenen Lebensrhythmus.« Kitty schloß ihre Handtasche mit einem Klacken. »Danke, daß ich mich ein wenig frisch machen konnte. Ich finde allein nach draußen.«

Was glaubte Kitty eigentlich, was sie da tat mit ihren vergifteten Informationsbrocken, die sie ihr so Stück für Stück vorwarf? Dachte sie vielleicht, sie hätte Agnes zu Boden geschickt und könne ihr nun mit den Kroko-Pumps noch ein paar Tritte verpassen? Agnes Stimmung schlug heftig um. Wellen brachen sich in ihrem Kopf, das Knirschen von Millionen kleiner Steine in der Brandung und der kalte, salzige Geschmack der Wut erfüllten sie. »Eins noch ...« Auch später wurde ihr nie ganz klar, welcher Teufel sie getrieben hatte. »Eins noch ...« Kitty erwartete eindeutig Agnes endgültige Kapitulation und drehte sich, den Türgriff in der Hand, noch einmal gnädig um.

»Ich glaube, ich bin schwanger!« rief ihr Agnes in hilfloser Wut nach.

Kitty lief die Stufen hinunter und in den stillen Sommernachmittag.

»Warum hat sie es mir gesagt?« schluchzte sie, als sie sich in ihrem Auto in Sicherheit wähnte. »Warum hat sie es mir gesagt?«

Über ihr gurrten die Tauben und flatterten auf ihren Ästen.

Kapitel 22

Am nächsten Morgen fuhr Agnes zu ihrem Hausarzt. Er betrieb seine Praxis ganz am Ende der Hauptgeschäftsstraße von Charlborough in einem modernen Wohnkomplex am Rand der Bee-Orchid-Siedlung.

Duggie Sutherland kümmerte sich um Agnes, seit sie zwölf war, und kannte sie vom Scheitel bis zur Sohle. Duggie haßte die neuen Praxisräume in dem Ärztehaus und sehnte sich nach den guten alten Zeiten zurück, da er in einem vollgestopften, muffigen Zimmer residiert hatte. »Was macht die Klimaanlage?« zog Agnes ihn auf.

»Hör mir auf.« Er machte einen kurzen Test, und es dauerte nicht lang, dann hatte er das Ergebnis, das Agnes bereits erwartet hatte. »Ungefähr siebte Woche.«

In der sterilen Umgebung hatte die Aussage etwas ganz Sachliches, die Panik und alles ungläubige Grübeln der letzten Wochen war wie weggewischt. Agnes zog sich wieder das T-Shirt an. »Verfluchte Wahrscheinlichkeitsrechnung«, schimpfte sie. »Es ist nur einmal passiert, nach Monaten der Abstinenz.«

»Streck mal deinen Arm aus.« Er wickelte ihr das Blutdruckmeßgerät um. »Das ist vielleicht nicht sehr wissenschaftlich ausgedrückt, Agnes, aber vielleicht ist der Zeitpunkt für dich einfach gekommen.«

»Das ist Küchen-Psychologie, Duggie.«

»Warum bist du nicht sofort zu mir gekommen? Oder zu sonst irgend jemandem?«

Sie sah in ihren Schoß. »Wissen Sie nicht, was man über Leute sagt, die sich in einem brennenden Haus unterm Bett oder im Schrank verstecken?«

»Nein. Sag es mir. Vielleicht interessiert es dich, daß dein Blutdruck irgendwo im Keller ist. Es kann sein, daß du dich deswegen etwas merkwürdig fühlst. Das reguliert sich in ein, zwei Wochen von selbst.« Er faßte sie am Kinn an. »Kopf hoch, Mädchen. Ein neues Leben beginnt.«

Sie setzte sich in den Stuhl, der vor seinem Schreibtisch stand, während der Arzt sich Notizen machte. »Duggie, die Vorstellung, ein Kind zu bekommen, ist entsetzlich für mich. Das war so nicht geplant. Der Zeitpunkt ist für mich noch *nicht* gekommen.« Sie drehte nervös eine Haarsträhne auf. »Das war ein Angriff aus dem Hinterhalt von Mutter Natur. Ich konnte mich nicht vorbereiten.«

Er legte seinen Kopf schief.

Sie wußte, was er sagen wollte. »Nein«, sagte sie traurig. »Fangen Sie gar nicht erst an, Duggie. Eine Abtreibung kommt nicht in Frage, auch nicht, es wegzugeben. Mir dreht sich zwar alles im Kopf, aber das weiß ich, ich kann es nicht.« Er zuckte mit den Schultern. »Selbst schuld.« Sie zupfte an der Strähne und jaulte. »Typisch Natur, immer bringt sie alles durcheinander.«

»Oder du«, warf Duggie ein.

Sie warf den Zopf wieder über die Schulter, vergrub die Hände in den Taschen ihres Leinenrocks und warf ihm eine kleines, schüchternes Lächeln zu. »Eins zu Null für Sie.«

Sie sah sich selbst, wie sie mit gekrümmtem Rücken einen Buggy schob, das Einkaufsnetz vollbepackt mit Windeln, Kindchen auf der Hüfte, im Gesicht den Ich-kann-nicht-mehr-Ausdruck, den sie so häufig bei jungen Müttern beobachtet hatte. Sie sahen so fertig aus, so mitgenommen, so unzufrieden. »Ich will das Baby nicht, Duggie. Ich habe keine Ahnung, wie ich das durchstehe, und ich empfinde nichts außer einer unendlichen Wut auf mich selbst.«

Er klappte ihre Akte zu. »Weiß der Vater davon?«

»Nein.«

Später kniete Agnes neben ihrem Bett – eine Pose aus längst vergangenen Kindertagen. Sie legte den Kopf auf den harten Rahmen, und in dieser Haltung schaffte sie es, die aufkommende Übelkeit im Zaum zu halten.

Warum habe ich Kitty davon erzählt?

Die Motive und Absichten waren ihr längst nicht mehr klar. Verschwunden war die Agnes, die wußte, was sie wollte, wußte, was Sache war. In der neuen Agnes war alles eine einzige Verwirrung. Warum nur hatte sie getan, was sie getan hatte?

Am Donnerstag ließ Kitty Julian im Büro ausrichten, daß sie gegen Abend nach London komme, und, fügte Angela an, er, Julian, solle sich keine Gedanken um das Abendessen machen. Als Julian in der Wohnung im Barbican eintraf, war der Tisch im Wohnzimmer bereits gedeckt, Kerzen brannten, frische Blumen standen in einer Vase, und Kitty war in der Küche beschäftigt.

Der Tag war schrecklich gewesen, und er sehnte sich nur nach Ruhe und Frieden, aber er zwang sich zu einem erfreuten Lächeln. »Habe ich einen Geburtstag oder etwas in der Art vergessen?«

Sie legte zwei Steaks in die Pfanne. »Hallo Schatz. Ich hoffe, es stört dich nicht. Ich bin morgen früh wieder veschwunden. Am Wochenende werde ich nicht da sein.«

Kitty verreiste nie ohne großes Tam-tam. Höchstwahrscheinlich wurde ihm gerade irgendeine Botschaft vermittelt, aber er hatte keine Ahnung, worum es ging, und ehrlich gesagt, interessierte es ihn auch nicht. Kitty holte Besteck heraus. Wartete auf eine Reaktion.

»Wohin fährst du denn?«

Kittys Gesichtsausdruck war der, den sie annahm, wenn sie ein Geschenk überreichte. »Ich gehe für ein paar Tage ins

Krankenhaus.« Sie beugte sich vor, um nach dem Fleisch zu sehen. »Durchchecken, ob alles mit mir in Ordnung ist.«

»Ach, Kitty.«

Sie wandte sich ab, um den Salat aus dem Sieb zu holen, das sich in der Spüle befand. »Ich will auf Nummer sicher gehen. Bevor es zu spät ist.«

Julian konnte nur ihren Rücken sehen. »Kitty, laß das, und sieh mich an.« Sie gehorchte und drehte sich um. »Jetzt hör mir mal zu. Du willst doch gar keine Kinder, habe ich recht?«

Sie zupfte an der Goldkette an ihrem Hals. »Aber du anscheinend, Julian. Das hast du mir ja deutlich genug zu verstehen gegeben.«

»Das war doch nur so ein Gedanke. Ich hatte nicht erwartet, daß du das wörtlich nimmst.«

»Du sagst nie etwas Unbedachtes, wenn du denn mal den Mund aufmachst.«

Kitty war in Form. *Volle Punktzahl, Kitty.* Er betrachtete die makellosen Gesichtszüge und bemerkte eine Entschlossenheit, die er so an ihr noch nie gesehen hatte. »Aber du wirst mir doch keinen Strick aus einer einzelnen Bemerkung drehen?«

»Sei nicht so selbstgefällig, Julian.«

»Bin ich das? Entschuldigung.«

Kitty schraubte die Flasche mit dem Salat-Dressing auf. »Denk an die Evolutionstheorie, für die du dich so interessierst. Ich habe darüber nachgedacht, Julian, sehr lange. Du hast immer gewußt, was für eine Art Frau ich bin, und du hast in der Vergangenheit auf mich und meine Bedürfnisse mehr als nur Rücksicht genommen, aber eine der Grundlagen unseres Lebens muß sein, sich zu reproduzieren. Es hat gedauert, bis ich das eingesehen habe. Aber das klingt jetzt alles so technisch. Ich meine es nicht so.« In dem Grill begann das Fleisch zu zischen und zu spritzen, und Kitty beugte sich hinunter. »Ich möchte dir geben, wonach du verlangst.«

»Kitty, das ist verrückt.«

Sie richtete sich auf und sah ihn mit geröteten Wangen an. Glücklich wie eine Schwangere hatte sie den Gedanken mit sich herumgetragen, der ihrer sonderbaren Beziehung neues Leben einhauchen sollte. »Nein, es ist nicht verrückt. Es ist nur ein neues Stadium.«

Am nächsten Morgen im Büro erschien Angela in hautengen, glänzenden Leggins und einem winzigen Jäcken und teilte Julian mit, daß Harold ihn dringend zu sprechen wünsche.

Harold näherte sich seinem Boß mit der Vorsicht eines Boten, der weiß, daß zuweilen auch die Überbringer schlechter Nachrichten hingerichtet werden.

»Julian, ich komme mit den Zahlen, die Sie haben wollten, nicht zurecht. Besonders die Lincolnshire-Zahlen. Die sehen überhaupt nicht gut aus.«

Er legte Julian mehrere Ausdrucke auf den Tisch, die dieser rasch überflog. »Falsch, schlechte Zahlen sehen anders aus. Das hier sind katastrophale Zahlen.«

»Das wollte ich sagen.«

»Ach ja? Kann ich einen kurzen Bericht haben?«

Harold sah noch elender aus. »Das Lincolnshire-Projekt zum Beispiel. Wir sind erst knapp ein Drittel der Objekte losgeworden. Das bedeutet ...« Er räusperte sich. »Das bedeutet, nur dreißig Wohnungen sind verkauft und noch keine einzige von den hochpreisigen Komfortwohnungen. Wir müßten fünfundsechzig verkaufen, um den Brake Even zu erreichen. Ich habe mir mal die Zahlen vom dortigen Meldeamt angesehen. Ganz schlecht. Die jungen Leute ziehen nach Süden, suchen sich da einen Job, die Löhne im landwirtschaftlichen Sektor sind auf dem absoluten Tiefpunkt angelangt. Die Belebung auf dem Arbeitsmarkt, auf die wir gehofft hatten, ist nicht eingetreten.«

Julian teilte Harold mit, daß auch er eine Hiobsbotschaft beizusteuern habe: Er hatte gerade einen Brief bekommen, in dem ihm die Geschäftsleitung der Fabrik in Bristling mitteilte, daß sie sich aus dem Projekt zurückziehe, aus denselben Gründen.

Harold schluckte, denn er war noch nicht fertig. »Und in Sussex haben sich Demonstrationen angekündigt. Die Bebauungsgegner haben herausgefunden, daß die Häuser auf einem alten Schmugglerpfad gebaut werden, und jetzt springen die Leute vom Kulturamt im Karree.« Harold stopfte seine Hände in die Taschen seines schicken Leinenjacketts.

»Das glaube ich gern«, sagte Julian.

Die beiden schwiegen. »Vielleicht können wir das Lincolnshire-Projekt der Gemeinde andrehen.«

»Ich denke kaum.«

Julian sah sich noch einmal die Tabellen an. Wenn es im nächsten Quartal zu einer Gewinnwarnung kommen sollte, hätte das Auswirkungen auf den Aktienpreis. Er gab Harold Anweisung, eine Dringlichkeitssitzung anzuberaumen, aber erst solle er, Harold, sich einen Kaffee genehmigen. Harold verschwand.

Julian hatte es seit Monaten kommen sehen, doch jetzt, wo es soweit war, mußte er erst einmal die Fakten verdauen. Tag für Tag hatte er die Zahlen gesehen, hatte Korrekturen vorgenommen, wo es nur ging, aber man konnte nicht unaufhörlich nachbessern.

Irgendwo hatte er einen entscheidenden Fehler gemacht. Wie der Gen-Pool, der zum Aussterben bestimmt ist, hatte er irgendwann die falsche Abzweigung genommen. Kitty hatte von der Evolution gesprochen, und die Evolution strotzte nur so vor falschen Abzweigungen. Er wünschte sich nichts sehnlicher, als daß Portcullis nicht diesen Weg gehen mußte. Es durfte einfach nicht sein. Theoretisch waren die notwendigen Gene zum Überleben vorhanden – sein Team, die Erfahrung aller, die Teilhaber, die Banken. Es ging darum, neue Prognosen zu treffen und sich veränderten Gegebenheiten anzupassen. Ja. Er mußte handeln. Und er würde handeln. Er spreizte seine Finger auf der Tischplatte und stemmte sich dagegen, um den Druck von der Schulter zu nehmen, dann klingelte er nach Angela.

Also zog Julian in den Kampf, um zu retten, was zu retten war.

Am Abend war er fix und fertig. Nach und nach lichteten sich die Schreibtische, bis die hell erleuchteten Bürozellen verlassen dalagen. Julian erhob sich, entnahm seinem Schreibtischschrank eine Flasche Whisky und schenkte sich zwei Daumenbreit ein.

Stunden später räumte er seine Papiere zusammen, stopfte sie in seine Aktentasche und verließ ebenfalls das Büro. Er wollte nur noch nach Hause, in sein wahres Zuhause, und das Bedürfnis war so übermächtig, daß er an nichts anderes denken konnte.

Als er ankam, stöhnte Julian vor Erleichterung auf.

Die Hitze hatte sich in Cliff House angestaut. Julian riß die Fenster auf, eins nach dem anderen, und die frische Seeluft drang in die hohen Räume. Er lehnte sich auf das Fensterbrett und hörte lange Zeit dem Meer zu. Er mochte eine Weile in den gefährlichen Untiefen des Stadtlebens umhergeirrt sein, aber jetzt war er wieder im Heimathafen. Wie immer.

Dann ging er zu Bett.

Agnes verbrachte einen guten Teil des Samstagvormittags damit, sich von der morgendlichen Übelkeit zu erholen. Es war eine andere Art von Übelkeit als jene, die sie am Nachmittag in die Knie zwang, und noch einmal eine andere als jene, die Mutter Natur für sie zum Schlafengehen ausersehen hatte. Sie hatte inzwischen fast alles probiert: Salzstangen essen, kein Frühstück (das war hart), Gewaltmärsche, riesige Mengen in sich hineinschlingen. Es half alles nichts, und wenn sie bedachte, was sie schon alles unternommen hatte, mußte sie sich wundern, daß die Menschen sich überhaupt fortpflanzten, wo die ganze Sache doch einfach nur schrecklich war.

Sie war im Arbeitszimmer und bereitete sich darauf vor, den heutigen Tag mit Finanzierungsfragen hinzubringen. Die Testamentsbestätigung war durch, jetzt mußte sie sich ernsthaft den Sorgen und Nöten von Flagge House zuwenden.

Geld? Gestern hatte sie sich durch eine öde Sitzung mit Mr. Dawkins und dem Filialleiter der Bank gequält, und zusammen mit Mr. Harvey war sie das Haus durchgegangen, um die Prioritäten festzulegen. In der mit »Action« beschrifteten Akte waren Formulare abgeheftet, mit denen man Zuschüsse beantragte, alle furchtbar kompliziert.

Sie steckte einen Finger in den Hosenbund und zog, um dem anschwellenden Unterleib ein wenig Platz zu schaffen. Irgendwer hatte ihren Kopf mit nasser Holzwolle ausgestopft, und ihre Konzentrationsfähigkeit bewegte sich etwa auf dem Niveau eines durchschnittlich intelligenten Kaninchens.

Sollte sie Julian von dem Baby erzählen? Das winzige Zellenbündel in ihrem Leib hatte schließlich auch seine Rechte. »Stell dir dein Kind vor«, würde sie zu ihm sagen. »Ein hungriger, fordernder, kluger kleiner Schreihals, der dich braucht. Wenn du später einmal auf dein Leben zurückblickst, willst du, daß er oder sie auf den Familienfotos zu sehen ist, seinen oder ihren Platz einnimmt, und daß er oder sie ein Teil von dir ist. Du wirst dir wünschen, auf dem Fußballplatz gestanden und ihn angefeuert zu haben oder sie zu später Stunde in einem unmöglich sitzenden Minirock zur Party der Freundin kutschiert zu haben. Kleinigkeiten, die uns einen Kloß im Hals verursachen und die Augen feucht werden lassen, die erst die Fotos mit Leben erfüllen und ohne die wir uns diese Fotos gar nicht mehr vorstellen können.«

Die Gemeinheit, Kitty davon erzählt zu haben, machte ihr zu schaffen; daß sie sich auf dieses Niveau begeben hatte, beschämte sie – und sie fürchtete sich vor der Zukunft, die ihr keine Lösung anzubieten schien. Aber sie wollte Julian wiedersehen. Sie sehnte sich entsetzlich nach ihm.

Sie sah sich im Arbeitszimmer um. Noch immer lagen die Sachen von ihrem Onkel überall herum. Völkermord in Afrika, sterbende Kinder, das Abschlachten von Walen – diese und andere grausame Dinge hatte sie in ihrem Beruf hautnah miterlebt, hatte ihre eigene Wut zurückgenommen, um sie am Ende bei den Zuschauern auslösen zu können. Die traurige Wahrheit war, daß, wenn es um ihre eigenen Probleme und Katastrophen ging, die Selbstsucht immer die Oberhand behielt.

Agnes nahm den Telefonhörer auf und wählte.

Eine Stunde später fuhr sie den steilen Zuweg nach Cliff House hoch, wo Julian auf sie wartete.

Am Telefon hatte sie nur gesagt: »Ich bin's.«

Am anderen Ende war es still geblieben. Dann: »Ich bin so froh, daß du anrufst, Agnes. Kannst du zu mir runterkommen ... nur für einen Nachmittag ... bitte.«

Sie zögerte. »Ich wollte eigentlich über etwas mit dir reden.«

»*Bitte.*«

Da war sie also, und Julian trat ans Auto und öffnete ihr die Wagentür. Er beugte sich herunter und strich ihr übers Haar. »Du siehst müde aus. Geht es dir nicht gut?«

»Und selbst? Du hast auch schon frischer ausgesehen.« Er zuckte mit den Schultern. »Kitty?«

»Sie ist nicht da.«

Julian nahm Agnes' Hand und führte sie ins Haus.

Das Mittagessen stand bereits auf dem Tisch unter einem Sonnenschirm auf der Terrasse. Sie setzten sich, und Julian reichte ihr vom Spinatsalat. »Alles selbst gemacht. Erzähl mir, was du getrieben hast. Geht es deiner Tante besser?«

Auf ihrer Unterhaltung lastete bleischwer etwas Unausgesprochenes. Sie tauschten Neuigkeiten aus, aber es dauert eine halbe Flasche Wein, bis Julian ihr von dem Portcullis-Desaster erzählte. Er war besorgt, aber entschlossen. »Ich mußte meine Gedanken ordnen. Ich gebe zu, daß ich mich dazu habe verführen lassen, meinen eigenen Schönfärbereien zu glauben. Ich wollte einfach dran glauben. Aber jeder fährt im Geschäftsleben mal etwas an die Wand, und viel mehr Leute, als man denkt, kämpfen täglich ums finanzielle Überleben und lassen sich nicht unterkriegen.« Er sah Agnes an. »Das schlimme ist nur, daß ich höchstwahrscheinlich eine ganze Reihe von Mitarbeitern bitter enttäuschen muß.«

Agnes beugte sich vor und berührte seine Hand. Das schien im gut zu tun. »Tut mir leid.« Das Telefon klingelte, aber Julian achtete nicht drauf. Es klingelte und klingelte, dann verstummte es.

Agnes rutschte nervös auf dem Stuhl hin und her. »Wo genau ist Kitty?«

Julian runzelte die Stirn. »Sie ist in ein Krankenhaus gegangen – das Thema Kinder ist irgendwie aufgekommen. Hör zu, ich möchte jetzt wirklich nicht über Kittys Probleme reden.«

Sie sah auf den Tisch mit den Überresten ihres Mittagessens. Ihr Baby brauchte auch einen entschlossenen Fürsprecher, und den einzigen, den es hatte, war sie. »Aber wir müssen darüber sprechen. Was hat Kitty vor?«

Er wandte seinen Kopf heftig ab, und ihr wurde klar, daß er sich in die Enge getrieben fühlte.

»Sie meint, wir sollten es mit Nachwuchs versuchen.«

Sie spürte die Sonne, die auf ihre Haut fiel. »Möchtest du Kinder haben?«

Er zögerte unruhig. »Um ehrlich zu sein, höchstwahrscheinlich schon.«

»Kitty hat sich also vorgenommen, dir eins zu schenken.« Agnes fror in der Hitze. Sie legte ihre Gabel beiseite. Ihr fiel die Bemerkung jenes berühmten Schriftstellers ein: Menschliche Beziehungen enden nicht; nur Geschichten in Büchern haben einen Anfang und ein Ende. Kluge Kitty. Sie verstand die Regung so gut. Im Angesicht des Feindes, der schwangeren Agnes, war sie in den Untergrund gegangen. Kitty war die geborene Untergrundkämpferin. Ach, kluge Kitty. Wenn sie schwanger wurde, konnte Agnes ihr selbstverständlich Julian nicht wegnehmen. Kitty konnte wieder auf ihre Vorrechte pochen.

Sie konnten die Kinder wie lebende Schutzschilde vor sich hertragen in einem zermürbenden Kleinkrieg. Aber nicht mein Kind, dachte Agnes müde. Ich werde nicht zulassen, daß es da hineingezogen wird.

Später holte Julian eine große Decke und legte sie ins schattige hohe Gras. Die Sonne brannte, und das Geräusch des Meeres war bis auf ein fernes Murmeln verstummt. Weit draußen glitten weiße Segelboote hin und her. Müde und satt legten sie sich hin, und Julien nahm Agnes' Kopf in den Arm. »Du mußt mehr schlafen und diese Ringe da loswerden.« Er küßte sie auf die Augen. »Dann geht es dir besser.«

Sie gehorchte, ihre Glieder wurden bleischwer und drückten sie wohltuend lähmend auf die Decke.

Als sie erwachte, hatte die Sonne ihren Stand verändert, und ihre Haut war gerötet. Benommen vom Licht und vom Schlaf wandte sie sich Julian zu. »Wunderbar.« Ihr Blick fiel auf die hohen Gräser. Jeder Halm schien messerscharf zu sein. Manche waren aufgerollt wie ein Schmetterlingskokon, andere lanzengerade, andere wiederum beugten sich unter schweren Samenköpfen. Während sie so hinsah, kroch ein Insekt durch diese grüne Unterwelt. Eine winzige, hilflose Kreatur, getrieben von dem Willen zu überleben.

Ohne ein Wort drehte Julian ihr Gesicht zu sich und küßte sie. »Es ist sehr merkwürdig, oder vielleicht auch nicht«, erklärte er ihr, »wie einen der Wunsch nach wahrer Liebe gerade im falschen Moment erwischen kann. Oder jedenfalls wenn man ihn am allerwenigsten erwartet.«

Draußen hatten die Gezeiten gewechselt, und die Flut kam zurück.

Sie standen am hinteren Ende des Gartens und lehnten sich auf den Zaun, durch dessen Tor man zum Fußweg gelangte, der die Klippe hinunterführte, als sie eine Gestalt bemerkten, die im rosafarbenen Kostüm auf sie zukam.

»Hallo Julian«, sagte Kitty, und ihr roter Mund war zu einer bitteren Grimasse verzerrt. »Hast du das Telefon nicht gehört? Ich habe gegen Mittag angerufen, ich wollte dir sagen, daß ich früher als geplant zurückkomme.«

Kittys gepflegtes Äußeres war perfekt wie immer, aber unter dem schönen Panzer lauerte ein verschrecktes Tier (das gleiche Tier, das auch in Agnes Stellung bezogen hatte), das mit fieberhafter Hast die Möglichkeiten erwägte, mit denen man sich den Feind vom Halse schaffen konnte.

»Hallo Kitty«, sagte Agnes, die wußte, daß Kitty Todesqualen durchlitt bei der Vorstellung, sie könne Julian von dem Kind erzählt haben.

Die beiden Frauen blickten sich abschätzig an. »Diesmal darf *ich* wohl darum bitten, daß Sie das Haus verlassen«, sagte Kitty mit zitternder Stimme.

»Kitty ...« Julian ging einen Schritt auf sie zu.

Kitty kam ihm entgegen. »Ich glaube nicht, daß wir lange darum herumreden müssen. Sag Agnes, daß sie gehen soll«, befahl sie. »Und zwar sofort.« Sie zerrte an Julians Arm.

»Kitty ...« Julian löste ihre Hand von seinem Arm. »Agnes ist hier, weil ich sie eingeladen habe. Das hier geht dich nichts an.«

Kitty brauste auf. »Von wegen, das hier geht mich sehr wohl etwas an. Wir haben es vielleicht nicht auf dem Papier«, sie zitterte am ganze Körper, »aber das ist auch das einzige, was uns von einem Ehepaar unterscheidet.« Sie verschränkte die Arme hinter dem Rücken, um sie zu verbergen. »Ich weiß, wir haben unter anderen Bedingungen angefangen, aber am Ende ist eben das hier herausgekommen. Und das muß ich verteidigen.«

Du meine Güte, dachte Agnes, die wieder Julians defensiven Gesichtsausdruck bemerkte. Ich sollte nicht hier sein. Und sie blickte sich entsetzt nach ihrer Tasche um. Ihr Kind verdiente etwas Besseres als diesen furchtbaren Krampf. »Ich gehe.«

Sie erlaubte Julian, sie zum Auto zu begleiten, steckte den Schlüssel ins Zündschloß und sagte: »Ich hätte nicht kommen sollen. Ich hätte mein Wort halten sollen.«

Er sah so traurig und trotzig aus, daß sie fast gelacht hätte, wie man lacht, wenn man vor lauter Unglück nicht weiter weiß.

»Worüber wolltest du mit mir reden, Agnes?«

»Nichts. Geh zurück zu Kitty.«

»Hör zu«, sagte er eindringlich, »du hast recht. So kann es nicht weitergehen. Wenn ich die Sache mit Portcullis ins reine gebrachte habe, kümmere ich mich um unsere Angelegenheit. Versprochen.«

»Und wann hast du die Sache mit Portcullis ins reine gebracht?«

»Das weiß ich nicht.« Er legte eine Hand auf die Wagentür.

Sie vermied es, ihn anzublicken, sah nur seine gebräunten Finger, die feinen Büschel goldener Härchen. Wenigstens wußte sie jetzt, woran sie war.

Auf dem Rückweg nach Flagge House spürte Agnes den Sonnenbrand auf ihrer Haut, und tiefschwarze Verzweiflung machte sich in ihrem Herz breit.

Tatsache war: Sie hatte begehrt, hatte sich genommen, was sie begehrt hatte, und war schwanger geworden. Die ach so schlaue, tatkräftige Agnes.

Tatsache war auch: Sie mußte das neue Leben in all ihre übrigen Überlegungen miteinbeziehen, namentlich: Haus, Tanten, ihr eigenes Leben.

Jedesmal, bei beiden Männern, hatte sie ein kleines Stück von sich selbst zurückgelassen. Und wer konnte schon wissen, ob sie und Julian, wenn sie ihm von dem Kind erzählt hätte, sich nicht auch irgendwann auseinandergelebt hätten?

Die Situation, in der sie sich befand, war nicht neu und viel Neues war aus der ganzen Geschichte auch nicht zu lernen. Sie umklammerte das Steuerrad fester und beschleunigte unsinnigerweise. Der Kampf zwischen Neigung und Pflicht war so alt wie die Welt.

Nachdem das Geräusch des davonfahrenden Autos verklungen war, sagte Julian: »Ich muß mit dir reden, Kitty.«

»Nein.« Kitty hatte sich wieder gefaßt. Sie lächelte ihr geschäftstüchtiges Lächeln, vermied es aber, Julian direkt anzusehen. Sie fuhr fort: »Da gibt es nichts zu bereden. Wir sollten den Vorfall einfach vergessen. Ich jedenfalls werde das tun. Verhalten wir uns einfach ganz normal. Normal, wie erwachsene, vernünftige Menschen.«

Julian überlegte, ob er wieder mit den alten Argumenten anfangen sollte, ihren Vereinbarungen, ihrem Arrangement, aber er spürte, daß sie keine Gültigkeit mehr hatten. »Es tut mir leid, daß es so weit mit uns kommen mußte.«

»Was hast du denn erwartet?« fauchte sie ihn an.

»Du warst immer einverstanden.«

»Manchmal, Julian, bewegst du dich emotional auf dem Niveau eines Neugeborenen.«

»Na schön, also gut.« Er lief auf und ab. Sie hatte recht, ihn zu fragen. »Kitty, wenn dich mein Verhalten so unglücklich macht, daß du dich gezwungen siehst, ins Krankenhaus zu gehen, dann ist das nicht Ordnung. Wir müssen etwas unternehmen. Wir müssen eine Entscheidung treffen.«

Der Blick, den sie ihm zuwarf, ließ ihn erröten. Er war mitleidig und mütterlich. »*Unsinn*, Schatz. Es ist alles in Ordnung. Ich regel das schon.«

Kitty nahm ihre Taschen, die noch in der Auffahrt standen, schleppte sie in den Hausflur und folgte Julian in die Küche. »Soll ich uns Kaffee machen?«

Verhalten wir uns einfach normal.

Julian suchte im Speiseschrank nach Mineralwasser. »Nein, danke.«

Kitty betrachtete das Geschirr in der Spüle, ließ dann Wasser einlaufen. Sie redete leichthin und unbekümmert weiter. »Kaum hast du Besuch, sieht die Wohnung aus wie ein Schweinestall. Wie lange steht das hier schon rum? Ach übrigens, habe ich dir erzählt, daß die Tochter von Vita Huntingdon bereits schwanger ist?«

»Kitty, ich weiß, es ist schwierig, aber bitte konzentrier dich jetzt.«

Kitty befreite die Teller vom gröbsten Schmutz, dann spülte sie sie ab. »Ich habe in den Jahren viel von dir gelernt, Julian. Eins vor allem: Daß man nie vorschnell aufgeben darf. Du bist nun einmal ein guter Lehrmeister.«

»Anscheinend.«

Sein Sarkasmus wurmte sie. Kitty griff wütend ins Wasser und fuhr ihn an: »Rede mit mir nicht, wie mit jemandem von der Konkurrenz, als würde ich dich über den Tisch ziehen wollen. Ich bin keins von deinen Projekten, ich bin kein Posten in der Buchhaltung. Ich bin die Frau, mit der du zusammenlebst. Zusammenleben à la Julian, zugegeben ... Aber ob es dir nun gefällt oder nicht: Du bist an mich gebunden.« Sie schnappte sich das Abtrocknetuch. »Wie häufig habe ich hier in der Küche gestanden, habe deine Wohnung auf Vordermann gebracht, damit dein Leben reibungslos verlaufen kann? Du *forderst* immer nur, Julian. Wie häufig habe ich es mir verkniffen, zu fragen, ob ich dich nach London begleiten darf, und bin brav hiergeblieben, wie du es wünschst? Ich war immer für dich da, hier im Haus und im Bett, und werde dafür sorgen, daß du das anerkennst, koste es, was es wolle.«

Das Maß war voll. Ohne ein Wort stand Julian auf und verließ die Küche. Dann war das Knallen der Arbeitszimmertür zu hören.

Als er wieder auftauchte, ging Kittys Hand gerade zur Weinflasche, die geöffnet auf dem Küchentisch stand. »Nicht sehr zu empfehlen auf leeren Magen«, murmelte sie mit einem bitteren Lachen. Julian schenkte sich noch ein Glas Mineralwasser ein.

Kitty betrachtete die Weinflasche, dann gab sie sich geschlagen. »Ich genehmige mir einen Schluck.« Sie trank. Ihre starkbemalten Lippen sogen gierig. »Tut mir leid, Julian, ich wollte nicht so reden.«

Die große Gleichgültigkeit, mit der er ihre Entschuldigung entgegennahm, erschreckte sie. »Verstehe.« Schnell fügte sie hinzu: »Ich habe mein Revier verteidigt. Ich habe etwas heftig reagiert. Aber so etwas kommt in den besten Ehen vor. Das geht vorbei. Man muß nur wollen, man muß einfach nur wollen. Ich wollte dir übrigens sagen, daß die Untersuchungen im Krankenhaus sehr gut verlaufen sind und ...«

»Kitty, wir sind nicht verheiratet. Unsere Abmachung war anders gedacht.«

Sie stieß ein ungeduldiges »Ts« aus. »Worte, Julian. Du bist vielleicht gut mit Zahlen und Bilanzen, Julian, aber du hast noch immer nicht verstanden, was wirklich zählt im Leben.«

Er starrte sie an. Kitty hatte recht. Wenn er Fähigkeiten besaß, dann in theoretischen Dingen und nicht in emotionalen, aber es war alles viel zu verfahren, als daß er in diesem Moment irgend etwas hätte dagegen unternehmen können.

Kitty richtete sich auf ihrem Stuhl auf, fuhr sich prüfend übers Haar. Sie sprach wieder im Ton einer lang geprobten Rolle: »Wir sind verheiratet. Du glaubst vielleicht, weil wir unsere Ehe nur am Wochenende führen und weil es zwei Haushalte gibt, wäre es etwas anderes, aber da täuschst du dich.«

»Du hast es so akzeptiert.«

»Aber jetzt akzeptiere ich es nicht mehr. Ich habe mich verändert.« Sie beugte sich über den Tisch zu ihm herüber, ihre zarten Gesichtszüge waren so voller Liebe, daß Julian es kaum ertrug. »Ich weiß, was du denkst, Julian. Du fühlst dich deprimiert, in die Enge getrieben, kannst an nichts anderes denken, als an diese andere Frau. Aber du weißt nur zu gut, daß das nicht lang so geht, Liebe braucht Nahrung und Pflege, sonst vertrocknet sie ...« Kitty stockte, als ihr die grausame Ironie ihrer Worte aufging. »Vielleicht hattest du recht, als du gesagt hast, daß jede Beziehung nach zehn Jahren an ihr Ende gelangt. Vielleicht ist das so. Aber ich sehe nicht ein, warum ich diese Erfahrung immer wieder mit einem neuen Partner machen soll. Warum akzeptieren wir nicht einfach, daß wir uns verändert haben, daß wir in eine neue Phase eintreten?«

Er sah in sein Glas. »Warum tust du dir das alles an, Kitty?«

»Weißt du, diese Briefe, die du da liest ...«. Kittys Stimme klang auf einmal ganz verzweifelt.

»Diese bescheuerten Briefe«, brummelte er.

»Also, dieser Bauer schreibt irgendwie, sein Leben sei leer ohne Mary, weil sie die andere Hälfte seiner Seele sei, und ohne sie habe er nur eine halbe Seele.« Kitty faßte sich an die Ohren und nahm ihre goldenen Ringe ab. Sie legte einen auf den Tisch. »Das bin ich, Julian ...« Sie legte den zweiten dazu. »So fühle ich mich.«

»Aber ich kann von mir nicht dasselbe sagen, Kitty. Es tut mir leid.«

Sie sprang auf und riß dabei den Stuhl um. »Ich bitte dich, Julian. Verlaß mich nicht.« Sie stürzte vor ihn hin und umklammerte seine Knie.

Schuldbewußt, hilflos und unwillig sah Julian auf Kitty hinab, die er zu der Frau gemacht hatte, die sie heute war, und für die er Verantwortung trug. Krank vor Liebe, die einer anderen galt, streckte er die Hand aus und streichelte den blondierten Schopf, der sich da vor ihm beugte.

Später am Abend entkleideten sie sich im Schlafzimmer. Kitty kramte in Schubladen, cremte ihr Gesicht ein, pustete eine Puderwolke von der Platte ihrer Frisierkommode und bürstete ihr Haar. Julian ließ sich Badewannenwasser ein, hörte Radio, ließ ein Handtuch fallen, ohne es wieder aufzuheben, füllte heißes Wasser nach.

Sie lagen im Bett und tauschten einige wenige Worte aus, auf wieviel Uhr der Wecker zu stellen sei, wo das Mineralwasser stehe. Man löschte das Licht, und mit großer Erleichterung begrüßten beide die Dunkelheit, die sie voreinander verbarg.

Kittys Augen brannten, und hin und wieder schüttelten sie die Nachwehen ihres Weinens. Sie lag lang wach. Dann, sehr behutsam, streckte sie eine Hand aus und berühte den Körper neben sich, und ... Julian zuckte zusammen.

Ihr blieb keine andere Wahl. Sie mußte an den Rand des Abgrunds treten und hinunterschauen.

Am Montagmorgen begrüßte Angela Julian in einem knallengen Lurexkleid mit einer künstlichen Pfingstrose im Haar, was nichts daran änderte, daß sie eine gute Sekretärin war. Auf ihrem Schreibtisch hatte sie eine Liste mit wichtigen Anrufen, ihren Wochenplaner, ein Tablett mit Kaffee und Keksen sowie die morgendliche Post.

Gleich nach der Mittagspause rief Julian sein junges, dynamisches, aufgewecktes Team und gab ihm in groben Zügen einen Bericht zur Lage der Nation, danach schickte er ein paar von ihnen mit dem Hubschrauber Richtung Bath, wo ein pleitegegangener Landwirt zehn Hektar Weideland zu verkaufen hatte, aber zu einem derart exorbitanten Preis, daß die Gewinnspanne höchstwahrscheinlich viel zu knapp ausfallen würde. Er rief auch Harold zu sich, der einen neuen zerknitterten Leinenanzug trug, der gut zu seinem geknickten Gesichtsausdruck paßte. Sie gingen noch einmal die Zahlen durch.

Dienstag morgen wurde dann der Notstand ausgerufen. Die Banken weigerten sich, in die Bresche zu springen und ein rettendes Notpaket zu schnüren, und die Aktie ging auf Talfahrt. Dummerweise hatte Legatt, die Konkurrenzfirma, bereits Wind von der Sache bekommen und lauerte nur darauf, ein Angebot zur feindlichen Übernahme unterbreiten zu können.

Harold war totenbleich und begann zu zittern. Julian hatte Mitleid mit ihm. »Das wird weder Ihre letzte noch Ihre schwerste Krise sein.«

Harold schloß die Augen. »Wenn Sie meinen.«

Sie standen beide am Fenster und sahen nach unten auf die dichtbefahrene Straße. Julian klopfte dem Jüngeren begütigend auf die Schulter. »Gebrauchen Sie Ihren Kopf, denken Sie sich was aus. Aber machen Sie sich nicht verrückt. Mit dem Sommerset-Deal kommen wir vielleicht durch.«

Julian wußte ebensogut wie Harold, daß alles auf dem Spiel stand.

Viel, sehr viel hing jetzt von dem Projekt in Sommerset ab, und Mittwoch morgen nahm Julian den Hubschrauber, um sich selbst ein Bild zu machen. Der Besitzer war ein Bauer, der sofort, als die ersten Subventionen aus Europa kamen, von gemischter Landwirtschaft umgestiegen war auf den reinen Anbau von Getreidefutter. Aber er hatte Pech gehabt. Schädlingsbefall und Krankheiten, die typisch waren für solche Monokulturen und die sich auch mit dem massiven Einsatz von Pestiziden nicht in den Griff bekommen ließen, machten ihm einen Strich durch die Rechnung. Der Boden war tot, jetzt wollte der Bauer nur noch verkaufen und sich in Frankreich zur Ruhe setzen.

Julian ging über das öde Land, die ausgetrocknete, kalkhaltige Krume bröckelte unter seinen Füßen. Das hier war eines jener Schnäppchen, von den Portcullis lebte, und Julian flog zurück nach London und war schon wieder gelinde optimistisch gestimmt, vor allem, da der Preis der Aktie sich stabilisiert hatte.

Als die Lichter der Nacht begannen, den Tag zu verdrängen, fuhr er zurück ins Barbican. Die Straßen waren verstopft von den Pendlern, und er kam nur langsam voran.

Am nächsten Morgen weckte ihn um halb acht ein Anruf von Harold. »Legatt hat sein Angebot unterbreitet«, teilte er mit.

Julian schloß die müden Augen. »Das war es dann wohl.«

Kapitel 23

Einige Leute glaubten, jedem Menschen stünden fünfzehn Minuten Berühmtheit zu, und Andrew wäre immer bereit gewesen, dies auch für sich zu reklamieren, doch jetzt, da er im Rampenlicht stand, kam die öffentliche Aufmerksamkeit ihm als etwas Bedrohliches vor. Es hatte zu viel mit Sensationslust zu tun. Und er scheute vor den Fragen zurück, die er sich in diesem Zusammenhang stellen mußte, er kam sich als Betrüger vor und hatte Angst, also solcher bloßgestellt zu werden.

Nachdem seine Geschichte mit Fotos in der lokalen Zeitung erschienen war, wurde er von den Medien belagert, und das Telefon stand nicht mehr still. Andrew war jetzt Gesprächsstoff Nummer eins. Es gab Befürworter und Gegner, die auf der Leserbriefseite des *Exbury Herald* übereinander herfielen. Ein Fernsehteam kam, um Andrew inmitten seiner schwarzen Aschekreise auf der Nordweide zu filmen, und der Gladiator eilte aus Croydon herbei und verkündete, er würde auf Gebühren verzichten, wenn es nur bald wieder zur Sache ginge.

Es war die betörend hypnotische Zeit des Hochsommers. Am Tag schliefen die Kühe versunken im hohen Gras und verrieten ihr Versteck nur durch die hin- und herzuckenden Ohren. Am Abend sonnten sie sich mit schwerem Euter in den schräger einfallenden Strahlen, während ihre Kälber mit ihren Altersgenossen herumtobten wie kleine Kinder.

Die idyllische Szene beflügelte die Menschen vom Fernsehen und erfüllte sie mit einer Begeisterung, die an Andacht gemahnte. Sie konnten gar nicht glauben, wie vollkommen alles war, erzählten sie Andrew, wie wunderbar, wie malerisch. Und sie sahen ihn an mit dem neugierigen Blick von Reisenden in einer fremden Welt.

»Ich bin stolz auf meinen Hof.« Andrew genehmigte sich einen seltenen Augenblick der Selbstzufriedenheit.

Er sah aus dem Fenster. In ihrem vollen Laub bildeten die Eichen eine einzige undurchdringliche grüne Masse. Wenn Stone mit seinem Vorhaben durchkäme, würde sie als erstes dem Bulldozer zum Opfer fallen. Andrew biß schmerzhaft die Zähne aufeinander.

Schluß. Er hatte Arbeiten zu erledigen. Flora und Gudrun mußten zum Schlachter gebracht werden. Anschließend mußte er Heu und Rübenzucker aus Exbury mitbringen, dann mußten die eingegangenen Fleischbestellungen bearbeitet werden.

Bevor er sich noch in Bewegung gesetzt hatte, rief Penny an. »Hör dir das an, Andrew. Man will da eine Geschichte bringen, in der es heißt, du verbrennst illegal Kadaver.«

»Du kennst mich und weißt wohl, was von solch einem Unfug zu halten ist.«

»*Ich* weiß das. Aber die anderen nicht.«

Er sah auf den Poststapel. »Ich habe einen Brief von der Innung bekommen. Die Jungs wollen den Hof inspizieren.«

»Andrew, das ist kein Zufall.« Penny klang besorgt. »Irgend etwas geht da vor sich. Stone will das Geld und will, daß wir verschwinden, und er kennt alle möglichen Tricks. Du hast mir ja nie geglaubt, weil du einfach zu stur bist. Aber ich weiß, was ich weiß.«

Penny hatte höchstwahrscheinlich recht. Sie hatte ein Gespür für so etwas, und sie konnte zwei und zwei zusammenzählen.

»Ich wünschte, ich wäre bei dir und könnte dich beschützen.«

Er spitzte die Ohren. Wenn er das richtig sah, wollte Penny ihm damit etwas sagen. Daß sie nach Hause kommen wollte? Der Gedanke ließ ihn zurückprallen. Die Wogen, die ihr Fortgang ausgelöst hatte, hatten sich gerade wieder gelegt. Er hatte sich neu orientiert, hatte neue, unbekannte Wege beschritten. Penny hatte eine folgenschwere Entscheidung getroffen, und es war wirklich besser, sie machten so weiter, wie es jetzt war.

»Mein Gott«, sagte er. Der Klang seines lauter werdenden Gelächters war fremd in seinen eigenen Ohren, aber Pennys Hartnäckigkeit wollte ihm einfach nur komisch erscheinen. »Ich glaube, ich muß Bob warnen.«

Er wünschte, er hätte seinen Mund gehalten. Penny holte verschreckt Luft und japste: »Ich habe es wohl nicht besser verdient.«

Bea wartete auf Agnes, die am Abend aus London zurückkam. Maud war früh zu Bett gegangen, erklärte ihr Bea und fügte an: »Und das solltest du auch bald tun. Aber mach dich darauf gefaßt, daß du noch Besuch bekommst.«

»Von wem?« Agnes ließ ihren Rucksack auf das Tischchen in der Diele sacken. In der späten Sonne leuchtete die gläserne Lampe, und das Schiff durchmaß das kristallene Meer.

»Andrew Kelsey. Er ließ sich nicht abweisen. Er sagte, er müsse dich unbedingt etwas fragen.« Bea sah ratlos aus. »Verstehst du das, meine Liebe?«

»Ich glaube, ja«, sagte Agnes und spürte mit Schrecken, wie ihr Tränen in die Augen schossen.

»Agnes, Liebes.« Bea sah sie besorgt an. »Bitte, du mußt dich fassen. In deinem Zustand.« Agnes zuckte zusammen. »Nun, ich habe keine Erfahrung aus erster Hand, aber man sagt doch, daß es nicht gut ist, sich aufzuregen, wenn man in anderen Umständen ist.«

Agnes mußte sich am Tisch festhalten. »Wie lang weißt du es schon? Und Maud?«

»Nein, Liebes, Maud weiß nicht Bescheid. Aber du bist immer so blaß um die Nase. Sehr verräterisch. Und wenn du mich fragst ...«, Bea begann spitzbübisch zu flüstern, »... also ich freue mich ja schon so, und ich bin nur froh, daß du es nicht hast wegmachen lassen. Na ja, ich habe ein kleines Gebet gesprochen. Aber es passiert doch immer zur Unzeit. Kinder kommen immer, wenn man sie am wenigsten braucht, oder jedenfalls, wenn man das glaubt.«

»Mein Gott«, sagte Agnes, »ich hätte wirklich früher mit dir darüber sprechen sollen.«

»Du hättest es dir wegmachen lassen können«, Bea kam von dem Thema nicht los, »aber dann hättest du immer mit einem Gespenst leben müssen.«

»Du liebe Güte«, war das einzige, was Agnes dazu einfiel. »Ich hatte ja keine Ahnung, daß du so entschiedene Ansichten zu dem Thema hast. Bist du gar nicht überrascht oder schokkiert?«

»Sei nicht kindisch, Agnes. Wir leben nicht mehr in der Steinzeit. Jeder heißt die kommende Generation willkommen.« Sie legte eine kleine, ausgemergelte Hand auf Agnes Schulter zum Zeichen, daß sie ihr den herablassenden Ton vergab. »Es ist sonderbar, nicht wahr. Zu meiner Zeit war es selbstverständlich, daß man ein Kind weggab, wenn man unverheiratet war. Heute kann man unverheiratet sein und ein Dutzend Kinder haben und kann immer noch als Frau mit Prinzipien angesehen werden.«

Agnes mußte lachen.

Bea meinte es ganz ernst. »Die Dinge haben sich verändert. Eure Generation ist freier, als wir es waren. Ich vermute aber, das macht die Sache nicht einfacher.«

Agnes streckte ihre Hand aus, um das Segel des Glasschiffs zu berühren. »Wenn ich mal wieder meine Gedanken ordnen muß, muß ich daran denken, zu dir zu kommen.«

Sie ging nach draußen auf die Terrasse und setzte sich in einen der rostigen Stühle, um sich auf Andrews Kommen vorzubereiten. Es war heiß, fernes Donnergrollen im Norden kündigte ein Sommergewitter an. Doch die Wolken zogen vorüber, der Himmel klarte wieder auf, um die Bühne freizumachen für die ersten Sterne. Ein großer Augustmond schob seinen Bauch über den Horizont. Die Schatten über der Weide wurde länger, verblaßten und verschwanden in der Dämmerung.

Vor langer, langer Zeit kamen Männer – natürlich keine Frauen – in dieses Dorf geritten, und einer von ihnen war ein Campion. Sie erkannten, welche Möglichkeiten diese Gegend ihnen bot, und griffen zu Spaten und Schaufel und bauten ein Haus. Sie heirateten sich, zeugten Kinder, vergrößerten das Haus, rissen andere Teile ab, und alles gedieh prächtig. Nie hätten sie sich vorstellen können, daß auch für Flagge House Zeit und Geld einmal knapp werden würden.

Als Andrew durch die Verandatür zu ihr auf die Terrasse kam, saß Agnes still da, mit einem Glas Wasser in der Hand, und sah über die Wiesen. »Hallo Andrew«, sagte sie.

Er kam zu ihr, nahm ihre Hand und führte sie an seine Wange, auf eine ebenso leidenschaftliche wie kindliche Art, die Agnes rührte. »Da«, sagte er und legte einen Beutel in Agnes' Schoß. »Diesmal Honig.«

Erfreut rief sie: »Von deinen Bienen?« Sie dankte ihm mit einem Kuß. Er roch nach Sonne, nach Heu und Viehfutter. »Ich habe eine Flasche Weißwein kaltgestellt. Ich hole ihn schnell.«

Als Agnes zurückkam, hatte Andrew sich auf der obersten Stufe der Treppe niedergelassen, und sie setzte sich neben ihn. Andrew war noch erhitzt von der Autofahrt. Die Sonne hatte sein Gesicht gebräunt und eine rotes V in den Halsausschnitt gebrannt.

»Neuigkeiten?« fragte sie.

»Gute und schlechte. Die Gruppe der Arcadian-Gegner in Exbury wächst. Sie haben erreicht, daß Arcadian sich einer öffentlichen Bürgerbefragung stellen muß, wo sie zeigen sollen, was sie für die Stadt angeblich leisten werden. Das verzögert immerhin den Ausgang der Verhandlung. Die schlechte Nachricht: Arcadian hat bereits jetzt angekündigt, daß sie ein Sportzentrum mitfinanzieren wollen, gewissermaßen als Tauschangebot.«

Schweigend füllte sie ein Glas.

Er drehte es zwischen den Fingern und stellte es dann auf die Treppenstufe. »Ich kann nicht lange bleiben, aber ich glaube, du weißt, warum ich da bin.« Es hatte keinen Sinn, ahnungslos zu tun. Agnes nickte. »Ich bin nicht besonders gut in solchen Dingen, aber ich ... ich möchte um deine Hand anhalten.«

Sie rutschte auf der harten Stufe hin und her. Unter ihrer Sandale bröckelte der Stein und rieselte tiefer.

»Ich liebe dich.« Er sah nach unten, wo das Gras die Treppe überwucherte. »Ich kann verstehen, daß du dich nicht gemeldet hast, nachdem ich mich so ungeschickt benommen habe, neulich, als du bei mir warst, deswegen bin ich gekommen, um die Dinge klar zu stellen.«

Sie wußte, was als nächstes kam. Sie versteifte sich. Wenn sie dieses Baby wollte, dann mußte sie jetzt alles richtig machen. Die Quadratur des Kreises. Sich den Tatsachen stellen. »Andrew ... da wäre etwas ...«

Andrew war viel zu aufgeregt, um zuzuhören. »Ich kann dir nicht sagen, was die Zukunft bringt, aber Penny ist auf jeden Fall fort.« Seine blauen Augen verengten sich – tiefe, stille Wasser. »Vielleicht verliere ich meinen Hof, vielleich auch nicht. Vielleicht muß ich noch einmal ganz von vorn anfangen. Selbst wenn ich Tithings behalten kann, wird das Geld immer ein Problem bleiben. Reich kann man mit Viehhaltung nicht werden. Jedenfalls nicht so, wie ich sie betreibe.«

»Wenn du Tithings verlierst, bekommst du eine anständige finanzielle Entschädigung, oder?«

»Ich vermute.« Er zuckte mit den Schultern. »Und ich denke, ich würde sie sogar annehmen. Aber was ich einfach nicht einsehen will, ist, daß ich keine Rechte haben soll, weil ich nur ein kleiner Bauer bin.«

»Andrew. Es gibt etwas, das ich dir sagen muß. Und ich denke, es fällt mir leichter, wenn wir ein bißchen laufen.«

Er folgte ihr die Treppen hinunter, ihre Füße verschwanden im Gras. Das Kitzeln der raschelnden Samenköpfe ließ Agnes' nackte Beine erschauern. Sie ging bis ans Flußufer, wo sie den so vertrauten Anblick begierig in sich aufnahm. Die Fassade von Flagge House wirkte wie verloren in einer Traumlandschaft aus Licht und Schatten – es war der Moment, wo später Abend und tiefe Nacht sich im sinnlichen Zwiegespräch befanden, begleitet vom sanften Gemurmel des Flusses.

»Andrew«, sagte sie, »ich bin schwanger.«

Andrew stieß einen Laut voller Wut und Schmerz aus. Er machte auf dem Absatz kehrt und wich von ihr zurück. Eine Sekunde verging. Zwei, dann zehn, zwanzig. »Ich muß wohl nicht fragen, von wem?«

»Nein, mußt du nicht.«

»Weiß er es?«

»Nein.«

»Willst du es ihm sagen?«

»Nein.«

»Warum nicht?«

»Weil ...«

»Bist du sicher, daß du das Kind willst?«

»Ja ...« Sie holte tief Luft. »*Ja doch.*«

»Das macht alles kaputt«, sagte Andrew verbittert und ließ Agnes am Ufer stehen. Sie spürte ihren schweren Körper und ließ sich im Gras nieder, lauschte dem Wasser und sah seinem Treiben zu.

Das letzte Licht begann zu schwinden.

Wenn sie sich still verhielt, wurde sie vielleicht mit dem Gebell eines Fuchses in der Nähe belohnt, mit dem Rascheln eines kleinen Nagers oder einer Ringelnatter, die sich nach der Hitze des Tages im Gras kühlte. Sie zog ihre Sandalen aus und vergrub ihre Zehen im frischen, feuchten Grün. Das Gefühl erinnerte sie an frühere Zeiten in Flagge House, als ihr Körper noch ungebändigt war. Sie war einsam gewesen damals. Sie war es auch heute. Was war daran so verwunderlich? Niemand konnte von irgendwem Glück einfordern, und in ihr wuchs nun wenigstens dieses kleine Herz heran und verschaffte ihr den Zutritt zu einer neuen Form von Liebe.

Sie war ein Profi darin, mit ungewohnten Situationen fertig zu werden, und sie würde auch mit dieser Situation fertig werden. Sich in einem Krankenhaus anmelden, ihr Schlafzimmer nach oben verlegen neben das Kinderzimmer, einen Babysitter in Charlborough organisieren, der sich um das Kind kümmerte, wenn sie unterwegs war ... Agnes hakte träumerische eine Liste ab. Sie spürte, wie sich in ihrem Innern Dinge ordneten, fühlte einen gewissen Stolz darüber, daß sie die Zügel wieder in die Hand nahm, und eine angenehme Neugier auf die Dinge, die mit ihrem Körper geschehen würden.

Die Hitze absorbierte die Luft und legte sich schwer über die Wiese. Agnes hielt ihre Füße ins Wasser, und ihre Wade verspannte sich in einem Krampf.

Dann hörte sie Schritte hinter sich. Schwere, kreisende Schritte, dann löste sich Andrew aus der Dunkelheit und ließ sich neben sie niedersinken. »Agnes?«

»Ja.«

»Ich war hergekommen, weil ich mit dir schlafen wollte. Ich wollte dich *zwingen*, ja zu sagen. Ich wollte eine Affäre mit dir.« Er rückte mit seinem Gesicht nah an das ihre. »Und ich will es immer noch.«

Einen Moment lang hörte sie ein fernes Echo ... tapp, tapp ... und dann schneller fliehende Schritte, ein Spion auf der Flucht, wie Mary in Jacks Vorstellung. »Immer noch?« wiederholte sie und berührte seine Wange. »Auch jetzt noch?«

Er berührte mit den Lippen fast ihr Ohr. »Hör mir gut zu. Es verändert einiges, aber nicht alles. Vielleicht ist es sogar gut so.«

»Wie das?«

»Wir haben keine Geheimnisse vor einander. Das schlimmste haben wir hinter uns. Ich hatte Penny. Du hast das Baby. Du brauchst Hilfe. Ich kann dir helfen. Komm zu mir. Ich laß mich von Penny scheiden, dann können wir heiraten. Denk darüber nach. Wir können behaupten, das Kind sei von mir. So etwas kommt vor. Ständig sogar. In den besten Familien. Ich kann es adoptieren. Es muß eigentlich nie jemand erfahren.«

»Ich hatte mich gerade entschieden, daß ich es allein versuche.«

»Nein. *Hör mir zu.*« Andrew legte seine Hände um ihr Gesicht. Der Druck ließ farbige Kreise vor ihren Augen entstehen. »Das ist mir eben schlagartig klar geworden. Du wirst Hilfe brauchen, wenn das Baby erst einmal da ist.«

Seine Hände glitten tiefer bis zum Ausschnitt ihrer Leinenbluse, suchten und verschafften sich Zutritt. »Könntest du mich lieben? Jetzt, in Zukunft, irgendwann? Ich würde es. Sogar sehr.« Sanft strich er über ihre Schultern. »Der andere kümmert mich nicht.«

Seine Berührung war ihr nicht unangenehm. Sie fühlte sich gut an, beruhigend und männlich. Agnes fand, sie könne sich daran gewöhnen. Doch plötzlich, ohne jede Vorwarnung, begann ihr Puls schneller zu schlagen, und ein fast schmerzendes Verlangen nach Julian erfüllte sie, so stechend und bedrohlich, daß sie nach Luft schnappen mußte. *Wieso?* schrie sie in stummer Verzweiflung. *Wieso?*

Das Gefühl verschwand wieder. Andrew zog sie an sich, und sie schloß die Augen.

Mondlicht und Wärme strahlten von der Weide zurück. Das Gefühl von Schweiß auf Haut, die ewige leichte Übelkeit, die Mondnacht ... Agnes kam die ganze Szenerie zunehmend irreal vor. Andrew war so verwirrt und zugleich so entschlossen, und sie sehnte sich nur noch nach der großen Eindeutigkeit ihrer Schwangerschaft. Seine Hände glitten tiefer, berührten die winzige Kugel ihres Bauches. Vielleicht wäre es ja ein Weg. Eine vernünftige Partnerschaft, in der es keine Geheimnisse gab, in der die Partner sich erst leidenschaftslos und besonnen geprüft hatten, bevor sie sich aneinander banden.

»Du mußt dir das genau und in aller Ruhe überlegen, Andrew«, sagte sie. »Und ich auch.«

Er lehnte sich zurück auf seine Hände und betrachtete das Wasser.

»Für mich gibt es da nichts zu überlegen. Ich würde mich über Familie freuen. Aber du mußt mir eins vesprechen.«

»Was denn?«

»Er darf es nie erfahren.«

Sie wandte sich ab.

»Denkst du darüber nach?« Er beugte sich zu ihr, umfaßte ihr Kinn und dreht ihr Gesicht wieder herum.

»Natürlich ... und Andrew, danke«

Wolkenschlieren waren mit dickem Pinsel am Himmel gemalt worden. Es war unerträglich schwül geworden. Agnes konnte den Donner riechen, der sich erneut ankündigte. »Laß uns hineingehen«, sagte sie, und als sie die schattigen Wiesen verließen, lag Andrews Arm schwer wie ein Holzklotz auf ihren Schultern.

Bevor er abfuhr, fragte Andrew: »Könntest du es dir vorstellen, nach Tithings zu ziehen und dort zu leben?«

Sie dachte an die von Wällen und Hecken gesäumten Wege, wo Hundsrose und Geißenblatt blühten, an uralte Eichen, an das Moor, an Andrews Weiden mit ihrem Wildwuchs, ihrer Farbenpracht. Daneben sah sie ihr eigenes Haus, das so überfrachtet war mit Geschichte, sah sein marodes Fundament, sein altersschwaches Mauerwerk, sah sein Dahinschwinden, dachte an den so aussichtslosen Kampf, den sie führte.

Agnes versprach ihm, daß sie es sich gut überlegen werde.

Als er fort war, schob Agnes mächtige Eisenriegel vor und drehte den alten riesigen Schlüssel im Schloß um. Dann schaltete sie das Licht aus, und das Glasschiff war im selben Moment verschwunden.

Kapitel 24

Maud hielt ihren Beutel mit Strickzeug fest umklammert, als sie Agnes nach dem Frühstück in der Küche zur Rede stellte. »War gestern abend jemand zu Besuch?«

Agnes erzählt ihr, daß Andrew dagewesen sei.

»*Tiens.* Was wohl die Nachbarn dazu sagen, daß hier ständig die Männer ein- und ausgehen ...« Maud sah sie skeptisch an. »Du siehst nicht aus, als hätte dir der Besuch viel Vergnügen bereitet.«

Agnes mußte sich zusammenreißen. Mit gequälter Miene wusch sie weiter Geschirr ab. Sie hätte etwas darum gegeben, allein und in Ruhe gelassen zu werden. »Um ehrlich zu sein, das hat er auch nicht.«

»Aha. Na dann.« Maud durchsuchte ihren Strickbeutel. »Habe ich eigentlich erzählt, daß ich Julie Andrews geschrieben habe? Schon vor über einem Monat. Sie hat überhaupt nicht reagiert.«

Agnes kratzte Essensreste von einem Teller in den Abfalleimer. »Was hast du ihr denn geschrieben?«

»Ich wollte einfach wissen, was genau sie gefühlt hat, als sie sich in den Baron verliebt hat.«

»Maud, Julie Andrews *ist* nicht Maria von Trapp.«

Maud holte ein Wollknäuel mit Stricknadeln hervor. »Sei nicht so prosaisch.«

Agnes stellte den abgewaschenen Teller in den Geschirrständer. »Maud, es ist wohl besser, wenn du es weißt: Andrew hat mich gefragt, ob ich ihn heiraten will, und ich denke darüber nach.«

»*Was* hat er getan?« Mauds Stimme überschlug sich fast, und Agnes machte sich auf einen Ausbruch gefaßt. »Wenn das bedeutet, daß du von hier fortgehst, dann kommt das gar nicht in Frage.« Und gerissen fügte sie hinzu: »Dein Onkel würde sich im Grab herumdrehen.«

Agnes konzentrierte sich mit Macht auf ihr Abwaschwasser. »Mach dir keine Sorgen. Du weißt, wie ich über das Haus denke, und ich habe so ein Ahnung ... Ich habe das ungute Gefühl, daß Andrew seinen Hof verliert. In dem Fall wäre es für ihn vielleicht hilfreich, wenn er wenigstens für eine Weile hier leben und arbeiten könnte.«

»Das ist das erste vernünftige Wort, das ich aus deinem Mund vernehme.« Mauds Miene hellte sich auf. »Nimm ihn, wenn er hier leben will. Wenn nicht, sag nein.«

Agnes trocknete sich die Hände ab und setzte sich Maud gegenüber. »Es gibt da aber noch einen Grund, warum ich über Andrews Angebot gut nachdenken muß.« Mit Zögern berichtete sie Maud von ihrer Schwangerschaft. Maud war wie vom Schlag gerührt. Sie vergaß sogar, französisch zu sprechen: »Herr Jemineh, so hatte John sich das gewiß nicht vorgestellt, als er von einem Erben sprach.«

Agnes hätte schwören können, daß eine gewisse hämische Freude in Mauds Augen aufblitzte, angesichts dieses neuerlichen Beweises von Dummheit, den die Nichte ihr da lieferte.

»Du gibst ihm bestimmt einen von diesen neumodischen Namen, die alle Eltern ihren Kindern heute geben.« Maud blickte in eine düstere Zukunft, fasziniert und triumphierend zugleich. Agnes zog die Maserungen auf dem Tisch mit dem Finger nach und wartete. Maud schien die Sache noch einmal zu überdenken. »Nun ja, so manch ein Campion ist auf der falschen Seite des Lakens zur Welt gekommen. Alles sehr verdiente Leute. Und heute ist ja nichts mehr dabei. Deine Generation weiß gar nicht, wie glücklich sie sich schätzen kann.

Du kannst das Baby behalten und trotzdem noch dein Leben genießen.« Dann fiel ihr etwas ein: »Könnte das etwa heißen, daß du über den Hausverkauf jetzt anders denkst?«

Agnes stützte das Kinn in die Hände, würgte leicht und versuchte, nicht an ihren Körper zu denken. »Nein, Maud.«

Maud erkannte die allzu offensichtlichen Zeichen der Zeit. »Das heißt, dir ist jetzt den lieben, langen Tag schlecht, und unsereins muß alles selber machen?«

»Sieht fast so aus. Aber Duggie hat gesagt, das normalisiert sich bald wieder. Ich brauche einfach ein bißchen Zeit.«

Mauds Blick wanderte zum Fenster. »Für Maria wäre das undenkbar gewesen, schwanger zu werden vor der Hochzeit.«

Agnes hatte vor kurzem ein Foto der echten Maria und des Barons gesehen und dachte, daß es in der Tat ziemlich undenkbar gewesen sein muß.

Maud nahm ihr Stricken wieder auf. »Wir haben dann wenigstens eine Aufgabe«, schloß sie.

»Maud, warst du glücklich damit, verheiratet zu sein?« Agnes sah hinter ihrer schützenden Hand zu Maud.

Maud seufzte tief. »Meine Generation hatte keine andere Wahl.«

»Es muß dich wahnsinnig gemacht haben, daß dir dann auch noch so eine Halbwüchsige aufgedrückt wurde.« Agnes hatte Fotos gesehen, die Maud im Hauseingang zeigten, wie sie den Neuankömmling begrüßte. Ihr Haar war zu Wülsten onduliert, und sie trug ein Hemdblusenkleid mit großen Blumenmustern. Die Perlen, die sie um den Hals hatte, waren längst verkauft. Sie sah blaß und nicht mehr jung aus, und ihr Gesichtsausdruck deutete an, daß sie nichts mehr erwartete im Leben.

»Ja ... und nein. Du hast viel Arbeit gemacht.«

Maud beließ es bei dieser Andeutung, und keine der beiden Frauen wollte das Thema vertiefen. »Was das Baby angeht ...«, begann Agnes erneut, aber Maud unterbrach sie.

»Bea telefoniert schon die ganze Zeit, und ich weiß gar nicht mit wem. Sie tut sehr geheimnisvoll in den letzten Tagen.«

Agnes begriff, daß Maud ernsthaft besorgt war. Sie kam um den Tisch und setzte sich zu ihr. »Stimmt irgend etwas nicht?«

»Was sollte denn nicht stimmen?«

»Wie geht es Freddie?«

Maud malträtierte ihren Ring. »Ich habe ihn schon eine ganze Weile nicht mehr gesehen. Immer auf Achse, Bridge und so weiter. Sein Leben ist interessant und abwechslungsreich, aber zu mir ist er immer sehr nett.« Sie schwieg eine Sekunde. »Freddie ist ein wunderbarer Mann, der beste, ehrlich gesagt.«

Agnes verließ die Küche, um Bea zu suchen. Sie ging durch den Vorraum der Küche und gelangte zu jenen Kammern, über deren genaue Verwendung sie mit ihrem großen Lehrmeister, ihrem Onkel, ausführliche Studien betrieben hatte: In der einen wurden alle Arten von Vasen aufbewahrt, in der nächsten waren Schuhe geputzt worden, in der übernächsten standen ausschließlich Körbe. Was für eine hochherrschaftliche Platzverschwendung, ein eigenes Reich für Schuhwichse, Bürsten und Poliertücher. Ein Hausmädchen mochte sich als Herrscherin im Land der Körbe und Kiepen wähnen. Vielleicht hat sie es genossen, allein zu sein nur mit Vasen und Krügen, diese für den Blauen Rittersporn, die andere für die zartrosa Rosen. Innerhalb seiner perfekten Autokratie zerfiel Flagge House in lauter kleine Fürstentümer, in denen die Bediensteten regierten.

Bea wusch Handwäsche in der Plättstube. »Geht es dir besser, meine Liebe?«

»Viel besser.«

Bea nickte. »Sich so elend zu fühlen, kann einem den letzten Nerv rauben, nicht wahr?«

Agnes nickte. »Ich habe ziemlich viel Zeit in meinem Leben damit verbracht, mich elend zu fühlen, was, Bea? Was meinst du: Ob das Elend sich die Leute aussucht und sich sagt: Ah, die da, die wird mich eine ganze Weile gut ernähren?«

Bea sah sie mit ihrem typischen Blick an. »Ach, das verwächst sich. Ich habe immer wieder festgestellt, daß man sich einfach mit irgend etwas beschäftigen muß. Das hilft.«

»Keine Einwände.« Agnes beobachtete Beas kleine rosige Hände in der Seifenlauge, bis sie sah, daß Bea Agnes' neue Unterwäsche wusch. »Bea, du mußt aber nicht meine Wäsche waschen.«

»Ich bin gleich schon fertig, und du hast ja doch keine Zeit.«

»Aber Bea ...«

Bea wrang einen weißen Baumwoll-BH aus. »Du darfst mir meine Aufgaben nicht wegnehmen. Sieh mal, wie schön sauber.« Ein milder Vorwurf, der seine Wirkung nicht verfehlte.

»Maria würde das gutheißen, nehme ich an?« Sie konnte sich die Bemerkung nicht verkneifen.

Bea legte den Kopf schief. »Du müßtest eigentlich wissen, daß Maria viel zu sehr damit beschäftigt ist, zu singen und Berge zu besteigen, um sich eine eigene Meinung erlauben zu können.«

Agnes drückte ihr einen Kuß auf die Wange und atmete den Duft einer tadellosen gepflegten und gepuderten alten Dame ein. »Bitte, denk nicht, daß ich irgend jemandem *irgend etwas* wegnehmen will.«

Bea schien besänftigt. »Ich sag doch, du bist noch jung, Agnes.«

»Ich helfe dir.« Agnes ging Bea dabei zur Hand, die Wäsche über das große Trockengestell zu hängen. »Willst du mir irgend etwas sagen, Bea?«

»Nein, Liebes.«

Agnes zog an dem Flaschenzug, bis das Gestell mit der Wäsche unter der Decke hing, und befestigte das Seilende an einem Haken an der Wand. »Ganz sicher?«

»Freddie reist für sein Leben gern.« Bea kam zur Sache. »Und er ist sehr mutig. Er war in Karnak, und nächste Weihnachten will er vielleicht wieder hin. Ich würde so gern mitfahren.« Sie nahm einen Stapel Wäsche auf, den sie bereits gebügelt hatte, und drängte Agnes zur Tür. »Aber genug jetzt davon. Ich mach dir eine warme Milch. Dann müssen wir überlegen, was wir zum Mittag machen.«

Wie hatte sie es nur geschafft, fragte sich Agnes, sich so lange aus allem herauszuhalten, aus dem täglichen Einerlei des Saubermachens, des Essenmachens, den komplizierten Ängsten und Nöten der Verwandten? Ausschließlich beschäftigt mit der eigenen Arbeit, hatte sie das häusliche Hintergrundrauschen völlig ausgeblendet.

Dickie von der BBC rief an, um zu sagen, daß der Sendetermin von *Menschen wie du und ich* auf Oktober verschoben worden sei. Anscheinend waren die großen Bosse zur Zeit doch nicht so scharf auf Historisches. Außerdem waren ein paar brandaktuelle Storys dazwischengekommen, irgendwas über die ehemalige Maniküre von Diana und den Milchmann des Oppositionsführers.

»Nimm's dir nicht zu Herzen, Schätzchen, okay?« sagte Dickie.

Er verknüpfte seinen Anruf nicht mit dem Vorschlag, mal zusammen essen zu gehen, wie er es sonst immer tat, und Agnes deutete es als schlechtes Zeichen.

Nach dem Mittagessen ging Agnes zu Bett, kam nach einer Stunde wieder herunter und machte sich einen Tee. Die Küche lag verwaist da, aber irgendwer – Bea – hatte eine einzelne Tasse und Untertasse abgespült und aufs Leckbrett gestellt. Die Nachmittagssonne schien grell auf den fleckigen hölzernen Geschirrständer und brachte gnadenlos zum Vorschein, daß er an den Füßen bereits vergammelt war.

»Du warst schon so lang bei uns«, sprach Agnes ihn an. »Bitte bleib noch eine Weile.«

Als sie wieder nach oben ging, hörte sie heftiges Disputieren in Mauds Schlafzimmer. Besorgt klopfte sie an.

Maud saß stocksteif im Bett. Mit ihren großen Augen starrte sie derart wütend geradeaus, daß Agnes fast zurückgeschreckt wäre. »Schaff sie hier raus«, grollte sie.

Agnes fuhr herum. Beim Fenster stand Bea, in ihrem viel zu warmen Wintermantel, die Handtasche unter den Arm geklemmt. »Willst du ausgehen, Bea?«

»Ich warte«, verkündete Bea, nervös, aber zuversichtlich. Sie schien gewillt, nicht zu wanken, und Agnes fiel auf, wie viel kleiner Bea wirkte in Gegenwart ihrer Schwester.

»Das sehe ich ja. Aber worauf?«

»Ich warte auf Freddie.«

»Eine von euren Autospazierfahrten?«

»Ich warte auf Freddie«, sagte Bea, »weil ich mit ihm durchbrennen will. Ich habe Maud davon erzählt, und wie du sehen kannst, ist sie etwas aufgebracht. Ich habe ihr gesagt, dazu gibt es keinen Grund.«

Agnes war so baff, daß sie sagte, was ihr gerade durch den Kopf ging. »*Durchbrennen*, Bea, bedeutet, daß man es gerade niemandem verrät.«

»Das ändert nichts an der Tatsache. Ich kann sagen, ein Baum ist ein Teich, das ändert auch nichts daran, was er ist, nicht wahr«, fuhr die neue, überraschende Bea fort. Sie sah draußen zur Auffahrt und klemmte sich die Handtasche unter den anderen Arm. »Deine Unterwäsche ist gebügelt, Agnes. Du wirst zufrieden sein.«

Maud schrie auf. »Freddie gehört *mir*. Er ist *mein* Freddie. Er wollte *mich* heiraten.«

»Ich habe einen Hackbraten für euch in den Kühlschrank getan. Ihr müßt mir versprechen, daß ihr ihn eßt.«

»Agnes, sag ihr, daß das nicht geht.«

Bea beachtete ihre Schwester gar nicht und sah weiter aus dem Fenster. »Ich sehe seinen Wagen«, sagte sie, »es bleibt mir nicht mehr viel Zeit.« Sie näherte sich dem Bett, kam aber nicht in Mauds Reichweite. »Ich habe dir bisher nichts davon erzählt, damit du dich nicht aufregst so kurz nach Johns Tod, nicht wahr. Und ich wollte auch Agnes nicht in eine schwierige Lage bringen. Aber Freddie ...« Ihre Stimme wurde deutlich heiterer. »Freddie ... also, er liebt mich, und ich liebe ihn auch. Er ist sehr einsam gewesen nach dem Tod von Alice, und ich will für ihn sorgen. Das kann ich ja.«

Maud schlug verzweifelt auf ihren Rock ein. »*Hilf* mir hoch, steh nicht nur so herum.« Agnes tat, wie ihr geheißen, und als Maud schwankend auf den Beinen stand, sagte sie: »Freddie kann unmöglich *dich* vorziehen.«

Beas Lächeln zeugte von großer Ruhe. Ein hart erkämpfter Triumph. »Tut er aber. Ich verstehe nicht, wie du das anzweifeln kannst, und es tut mir leid, daß du enttäuscht bist. Ach, da ist er.«

»Er haut nur deine kleine Rente auf den Kopf.«

»Das will ich doch hoffen. Wir wollen schließlich unseren Spaß haben.« Bea beugte sich vor und klopfte an die Fensterscheibe und formte mit dem Mund die Worte: »Ich komme.« Sie wandte sich wieder zu den zwei Frauen um. »Wir haben viele Pläne geschmiedet.«

»Freddie ...« Maud wollte sich auf die Tür stürzen, aber Agnes hielt sie zurück.

»Maud, mach nicht alles schlimmer. Die Sache ist zwischen den beiden ganz offensichtlich ausgemacht.«

»Sie hat ihn mir gestohlen.«

»Nein, habe ich nicht.« Bea küßte Agnes. »Paß gut auf dich auf.« Sie deutete auf ihre am Boden zerstörte Schwester. »Ich hoffe, sie macht nicht zu viel Arbeit.« Sie tätschelte Mauds Arm. »Ich sollte wohl sagen, daß es mir leid tut, und ein wenig tut es mir auch leid. Aber nur ein wenig. Komisch, wie sich manche Dinge entwickeln. Ich dachte, Flagge House wäre meine Endstation, dabei war es nur ein Zwischenhalt.«

Agnes folgte Bea zu den Wirtschaftsräumen und half ihr bei den Stufen. »Bea, du gehst so steif. Hast du es auch mit der Hüfte?«

»Ach das«, sagte Bea, und schürzte ihren Rock, um den Blick freizugeben auf ein dickes Bündel Geldscheine, das sie oben in ihren wollenen Kniestrumpf gesteckt hatte. »Ich gehe gern auf Nummer sicher.«

Als sie eine Maud zu trösten versucht hatte, die sich nicht trösten lassen wollte, habe sie es angesichts der Wutausbrüche der Tante mit der Angst zu tun bekommen, erzählte sie Andrew. Sie hatte ihn angerufen, um zu berichten, was vorgefallen war, und um Verständnis zu bitten, daß sie in dieser Situation keine Entscheidung treffen könne.

Maud wußte, daß ihr keine große Wahl mehr blieb. »Was wird nur aus mir?« schluchzte sie, einsam, gedemütigt. »Was soll ich jetzt tun?«

Als Agnes nach oben ging, um Beas Zimmer zu inspizieren, fand sie ihre gesamte Habe fein säuberlich beim Fenster aufgetürmt. Bea hatte jedes Regalbrett abgewischt, jede Ecke entstaubt und gründlich gefegt. Der Raum war in makellosem Zustand – wenn man einmal von dem Riß in der Decke absah, der Agnes vorher noch nicht aufgefallen war.

Kapitel 25

Freitag

Kitty las.

Bienen sind erstaunliche Baumeister, die sich vor allem dem Wohl des ganzen Bienenvolkes vepflichtet fühlen. Wenn der Bienenstock zu voll und ungemütlich wird, werden die Bienen aktiv. Ein erfahrener Bienenzüchter kann am Klang des Summens im Stock hören, wann ein Bienenvolk schwärmen wird.

Die unnützen Drohnen stoßen Schmerzenslaute aus, wenn sie umgebracht werden (hier setzte Kitty ihre Halbbrille ab, die sie sich neu zugelegt hatte)*, die hungrige alte Königin ruft und bettelt, daß die Arbeiterbienen sie füttern. Die aber ignorieren ihr Flehen und putzen sie noch einmal für ihre letzte Paarung heraus.*

Wann hatte sie die Wahrheit erkannt und gewußt, daß ihre Zeit gekommen war? Als sie Julians Blick gesehen hatte, mit dem er Agnes ansah? Oder an den einsamen Tagen und Nächten, als Julian in London geblieben war, um die Krise der Firma abzuwenden, während der Sommer nur allzu rasch in den Herbst überging und alles um sie her Veränderung signalisierte? Aber sie würde sich nicht so einfach aus dem Stock werfen lassen für eine neue, fruchtbare Königin, o nein. Kitty würde ihren Abgang in Eigenregie planen, sehenden Auges und im Vollbesitz ihrer Kräfte.

Seit Wochen war sie geschäftig und legte letzte Hand an ihren Plan. Im Wohnzimmer hängte sie sich ans Telefon und sprach zunächst mit ihrem netten Anlageberater. Als nächstes rief sie in ihrem Schönheitssalon an und sagte bis auf weiteres ihren Freitagtermin ab. Statt dessen fuhr sie am Freitag nach Lymouth zum Einkaufen und um Gespräche zu führen mit dem Leiter ihrer Bank sowie ihrem Anwalt.

Der Mann von der Bank kannte Kitty gut, und zusammen berieten sie, erwägten diese Möglichkeit und jene und einigten sich schließlich auf eine dritte. Schließlich erhoben sie sich, und Kitty dankte ihm, doch anstatt ihr auf Wiedersehen zu sagen, fragte der Bankier, ob Kitty es sich nicht noch einmal gut überlegen wolle.

Sie sagte: »Nein. Auf keinen Fall.«

Nach einem leichten Mittagsmahl machte sie sich *nicht* daran, wie allwöchentlich die Lebensmittel für zwei Haushalte einzukaufen, die Wäsche zu sortieren, sondern sie genehmigte sich einen ausgedehnten Spaziergang an der Küste. Rosarot, weiß und gelb dämmerte das kleine Städtchen unter der Herbstsonne: so propper, so satt. Als sie mit ruinierter Frisur und nassen Füßen wieder bei ihrem Auto ankam, war es bereits nach fünf.

Julian rief um sieben an, um mitzuteilen, daß er später komme.

»Gut«, sagte Kitty und setzte sich mit einem Käsesandwich vor den Fernseher. Um zehn machte sie in der Küche klar Schiff und ging nach oben, um sich ein Bad einzulassen, in dem sie fast eine Stunde verbrachte.

Ich muß das üben. Ich muß ganz locker sein. Ganz entspannt.

»Kitty?« Als Julian ankam, war es kurz nach elf. Er trat in eine stille, leere Küche, wo er sein Abendessen zu finden hoffte. Da weit und breit keins zu sehen war, nahm er sich statt dessen ein Bier aus dem Kühlschrank und ging leicht genervt nach oben.

Kitty war im Bett und las. Bei seinem Eintreten legte sie ihr Buch beiseite. »Hallo Julian.«

Er spürte sofort an ihrer ganzen Art, daß etwas im Busch war. »Ist alles in Ordnung?«

»Alles bestens.« Früher wäre sie jetzt aus dem Bett gesprungen und hätte sich sinnlich duftend an ihn geschmiegt, um ihn zu begrüßen – doch nicht so heute. »Anstrengende Woche gehabt?«

Er setzte sich aufs Bett und leerte die Taschen seines Jacketts auf dem Nachttischchen aus. »Schlimmer als erwartet. Erzähle ich dir später.«

Sie sagte nicht: »Ach bitte, erzähl es mir. Laß mich dir helfen«, wie sie es früher gemacht hätte, und ihr Herz hätte heftiger geschlagen in dem Wunsch, ihm Trost zu spenden. Nicht so heute. Heute spürte sie im Innern nur das ferne Echo eines Sturms, der sie fast in Stücke gerissen hatte und dann weitergezogen war.

Er wunderte sich. »Neuer Pyjama?«

Sie sah an sich herunter und besah ihren schlichten neuen Frotteeschlafanzug, den sie heute morgen gekauft hatte. »Ja.«

Er betrachtete ihn mit der gleichen kritischen Aufmerksamkeit, mit der er alles besah, wenn er es denn sah. »Nicht ganz dein Stil, oder?«

Sie zupfte am Ärmel. »Er ist warm und kuschelig, es wird kälter draußen.«

»Ich stehe trotzdem mehr auf das Seidending.«

»Ach du liebes Bißchen«, platzte es aus hier heraus, »komm mir nicht so. Als wäre es von Belang, was ich im Bett trage.«

Julian war verwirrt. »Sonst war es das auch.«

Sie wandte sich ab und hielt sich eine Hand an die Stirn, um ihr Gesicht zu verbergen. »Das war *sonst*.«

»Kitty ...«

»Ja.« Das Wort war gefallen.

Er klang sehr, sehr erschöpft. »Was hast du?«

Kitty zog ihre Füße an. Ihre gemeinsamen Jahre waren in einem einzigen Nebel aus Mißtrauen und Gleichgültigkeit verschwunden, und Kitty wollte Raum schaffen zwischen sich und Julian. *Sie hatte in den Abgrund geblickt und gesehen, daß er bodenlos war. Und sie hatte sich gesagt: »Gut, du hast gewonnen. Ich gebe auf.«*

Julian inspizierte das kleine, elegante Badezimmer und sah, daß es leerer als sonst wirkte. Geplündert. Er wies auf die Frisierkommode, die bis auf eine Bürste geradezu nackt war. »Kitty, wo sind deine ganzen Sachen?«

Kitty umklammerte die Knie fester. »Ich habe sie rausgeschmissen. Ich habe beschlossen, daß ich sie nicht mehr benötige.«

Er versuchte zu lächeln. »Das klingt ja dramatisch.«

»So?« Das geblümte Kleid der Jugend mit dem schwarzen Gewand der Nonne zu vertauschen, um seinem Ende auf Erden entgegenzupilgern? Ja, das ist dramatisch. »Ich brauche sie nicht mehr.«

Stille. Kitty spürte einen zunehmenden Druck in der Kehle.

Julian runzelte die Stirn. »Und mich brauchst du auch nicht mehr? Willst du das damit sagen?«

Der schmerzende Kloß im Hals verschwand. Kitty schüttelte den Kopf. »Ist es nicht andersherum richtig? Du brauchst mich nicht mehr. Du hast andere ... ach, was weiß ich.«

Julian öffnete seine Bierdose und nahm einen Schluck. Kitty warf die Bettdecke zurück und zog sich ihren Bademantel an. Aus alter Gewohnheit zog sie den Gürtel besonders eng, um ihre Wespentaille zu betonen. Die Geste blieb nicht unbemerkt, und Julian streckte – aus alter Gewohnheit – die Hand nach ihr aus. Doch Kitty machte einen Schritt zur Seite.

»Was ist passiert, Kitty?« fragte er ruhig. »Ich dachte, wir hätten uns wieder zusammengerauft, nach dieser überflüssigen Szene mit Agnes?« Er wischte sich den Mund mit dem Handrücken ab. »Du hattest in vielem recht, wie so häufig. Und da das so ist, sollten wir jetzt nicht aufgeben.«

Sie kannte den Gesichtsausdruck. Das war Julian, wenn er artig sein wollte, was er ziemlich häufig sein wollte, in letzter Zeit. »Es ist nicht nur wegen Agnes«, sagte sie. »Sie ist nur ein Symptom.«

»Vielleicht sollten wir sie lieber aus dem Spiel lassen.«

Aber Kitty hatte den Anflug von Erregung bemerkt, den Julian zu verbergen versuchte, und ihre mühsam erworbene Souveränität war dahin. »Das hättest du vielleicht gern, Julian, aber ich denke, wir können die liebe Agnes nicht so einfach beiseite lassen. Seit dem Moment, wo du sie zum ersten Mal gesehen hast, hat sie sich zwischen uns gedrängt. Durch sie ist dir bewußt geworden, daß du nicht genug für mich empfindest, und unsere Beziehung war nicht ...«, sie zögerte, fortzufahren, »... war nicht stark genug, um dem etwas entgegenzusetzen. Aber mach dir keine Gedanken, ich bin darüber hinweg. Ich habe mich gewehrt. Du weißt, daß ich mich gewehrt habe. Aber selbst ich kann erkennen, wenn ich einer Schlacht verloren habe.«

Sie wartete ab, was er dazu zu sagen hatte, doch Julian schwieg. Also holte sie aus der Schublade ihres Nachttisches einen großen Umschlag. »Das ist eine aktualisierte Aufstellung unserer gemeinsamen Finanzen. Bitte sieh ab sofort von weiteren Einzahlungen ab. Es ist alles in Ordnung, so wie es ist.« Sie hielt ihm den Umschlag hin. »Hier bitte.«

Er sah nicht hin und sagte zögernd, als prüfe er jedes einzelne Wort: »Ich wünschte, du hättest das nicht getan. Es wäre nicht nötig gewesen.«

»Warum? Es war ein Kernbestandteil unseres Arrangements.«

Sie ließ den Umschlag aufs Bett fallen und setzte sich in einigem Abstand zu Julian. »Ich bin falsch erzogen worden, Julian. Die Frauen von heute sind anders. Sie haben sich geändert und gehen die Dinge anders an. Ich komme nicht mehr mit ihnen mit.« Sie schluckte. »Aber ich vermute, am Ende werden sie alle dasselbe erleben, wie ich jetzt.« Und sie spürte, wie sehr diese Worte sie erleichterten.

Na bitte! Man *konnte* die Gefängnismauern einreißen.

Die Worte ließen Julian nicht unberührt. Er jaulte schmerzlich auf. »Es tut mir leid, Kitty.« Er fühlte, daß er mehr sagen sollte, er schuldete ihr eine Erklärung, aber es schien ihm unmöglich. »Soll ich gehen?«

Die Angst vor dem, was da kommenden würde, raubte Kitty für einen Moment den Atem. Sie dachte daran, wie perfekt sie zusammengepaßt hatten – früher – und mit welcher Leidenschaft er sich nach ihr verzehrt hatte. Vielleicht sah sie das alles auch falsch, vielleicht war ein halber Julian besser als gar keiner.

»Das Altwerden ist so entsetzlich schwer«, brach es aus ihr heraus.

Bei ihrem ersten Treffen, vor zehn Jahren, wußte sie nur zu gut, was sie ihrem Äußeren zu verdanken hatte. Sie war realistisch gewesen, genoß durchaus den erotischen Aspekt an der Sache – und war sich im stillen nur allzu bewußt, daß Julian gewohnt war, sich zu nehmen, was er wollte. Sie hatte sich bemüht, daß alles so normal wie möglich wirkte.

Julian sah seine Bierdose an. »Kitty, ich hätte dir das nie zumuten dürfen.«

Sie stieß sich vom Bett hoch. »Nein, nein«, weinte sie. »Ich will nicht, daß du das sagst oder daß alles umsonst war oder so etwas. Nein, sieh her!« Und sie riß sich den Bademantel vom Leib und zog ihren Pyjama aus. »Sieh mich an. Sieh genau hin.« Sie stand vor ihm wie zum Kampf bereit. »Vestehst du jetzt, was ich meine? Alt. Und es ist hohe Zeit, daß der Prinz weiterzieht und eine jüngere Prinzessin erobert.«

Julian unterdrückte ein Frösteln und hob Kittys Kleider vom Boden auf. Er legte den Bademantel der kleinen, schmächtigen Gestalt um. »Du übertreibst. An deinem Körper gibt es nichts auszusetzen.«

»Wir sollten wenigstens ehrlich bleiben.«

Sie wußte, daß er sich hüten würde. Aber wenigstens das hätte er doch für sie tun können. Er ging zum Fenster und zog den Vorhang auf. Man konnte von Kittys Kate aus das Meer nicht sehen, einer der Gründe, warum er ihr Haus nie recht gemocht hatte.

»Du liebst Agnes«, klagte sie auf dem Bett sitzend. Ihr Bademantel rutschte ihr ungehindert von den Schultern. »Du kannst offen mit mir sprechen.«

Es hatte keinen Sinn mehr zu taktieren. Kitty hatte die Zeichen gesehen, gedeutet und verstanden. »Es hat nur nichts mit dir zu tun oder mit deinem Alter, Kitty. Es ist einfach so, wie es ist.«

Kitty schnappte nach Luft. »*Mir* hast du nie gesagt, daß du mich liebst.«

»Nein, aber ich hätte es tun sollen.«

Als sie diese Unterredung in ihren Gedanken geprobt hatte, hatte sie sich überlegt, wie sehr es sie wohl schmerzen würde. Sie hatte sich die Wucht und die Härte vorgestellt, mit der die Worte sie treffen würden, und war zu der Meinung gelangt, daß sie es überstehen würde. Sie hatte sich verkalkuliert. Der Schmerz war nicht auszuhalten.

»Darf ich dir erkären ...?«

Sie sah, daß er sie aufrichtig bittend ansah, aber ihr Bedarf an Informationen war gedeckt. Oder richtiger, ihre Neugier hatte sich verlagert, von Julian zu ihren ureigenen Belangen. Es war eine andere Kitty, die sich den Weg durch einen unbeleuchteten, engen Pfad ertastete, der in einen neuen, besser erleuchteten Kreis führte, und sie war nur noch erfüllt von dem Wunsch, endlich dort anzugelangen.

Es war – wie eine Geburt – eine einzigartige Erfahrung.

Julian trank sein Bier aus. »Du hast Schaum an der Lippe«, teilte sie ihm mit, und er wischte ihn weg. Kitty fuhr fort: »Ich denke, wir sollten nicht weiter darüber reden. Es gibt Dinge, die kann man einfach nicht erklären. Ich werde nie in meinem Leben verstehen, warum du mich nicht heiraten konntest, aber ich muß es akzeptieren.« Es war die alte Kitty, die anfügte: »Ich habe dich einmal angebetet, mit Leib und Seele, und du hast dich wahrlich als ein grausamer Gott erwiesen, Julian.« Die neue Kitty sagte: »Aber es ist nicht deine Schuld.«

Julian kam vom Fenster zu ihr, nahm seine Schlüssel vom Nachttisch. »Was soll ich sagen?«

Kitty setzte sich an ihre Frisierkommode. Sie fürchtete die ganze Zeit, ihre Entschlossenheit könne sie verlassen und sie würde weinend zusammenbrechen. Aber in alter Gewohnheit nahm sie ihre Bürste und strich sich da Haar ins Gesicht. Unverzüglich mußte sie denken, was sie immer dachte: *Nicht schlecht, gar nicht schlecht.* »Geh jetzt bitte einfach.«

Er ließ eine Hand über ihre Schulter gleiten, zog mit den Fingerspitzen die alten Pfade der Leidenschaft nach.

Sie ließ ihn ein letztes Mal gewähren. Die Bosartigkeit erwachte in ihr zum Leben und überwältigte die Kitty mit den guten Absichten. »Du kannst Agnes vielleicht lieben«, sagte sie, »aber du wirst sie nie besitzen.« Statt einer Antwort beugte sich Julian vor und küßte ihren Hals – dort, wo sie es immer am liebsten gehabt hatte. Unter der Berührung bekam sie eine Gänsehaut, und ihr Herz schlug schneller. Er sah auf und traf auf ihren Blick im Spiegel.

Sie hörte sich sagen: »Ich wünschte, ich wäre nicht so dumm gewesen, und wir hätten ein Kind zusammen. Ein Kind hätte alles geändert.«

»Vielleicht.« Er sah zum Bett, das sie miteinander geteilt hatten. »Wer weiß.«

»Eins noch.« Sie wandte sich nicht um. »Ich weiß, daß du Probleme hast, und ich habe so überlegt, es wäre vielleicht nett, dich ein bißchen zu unterstützen. Deswegen habe ich eines von den Häusern in der Tennyson-Siedlung gekauft. Ich dachte, jeder Penny zählt.«

Das Marschland war genauso flach, wie sie es im Wachen erlebt hatte, und die Erde war dunkel, matschig und von einem grünen Firnis ewiger Feuchtigkeit überzogen. Man sah nur wenige Häuser, die sich hinter ihren Palisaden aus *Leylandii*-Zypressen verschanzten. Ansonsten war alles grün, so weit das Auge sehen konnte, unschöne Kartoffelpflanzen und unförmige Kohlköpfe bedeckten den Boden, in Reih und Glied, unterbrochen nur von den unvermeidlichen, schnurgeraden Entwässerungskanälen. Nun, irgenwo mußte all das ja wachsen, dachte sie.

Notiz ... Kitty hatte sich eine Stelle aus der Zeitung notiert, bevor sie ins Bett gegangen war. »Vor dem Hintergrund dieser Marschenlandschaft und ihrer Bewohner, aber auch ihrer prächtigen Kirchen und der Kathedrale muß die Züchtung der King-Edward-Kartoffel gesehen werden.«

Es war kalt und rauh in ihrem Traum, und Kitty erwachte fröstelnd. Nach einer Weile stand sie auf, zog sich an, schlüpfte in ihre eleganten Schuhe und ging nach unten, um zu frühstücken. Theo war bereits da. Er war im Gäste-WC im Untergeschoß beschäftigt.

»Nicht reinkommen, meine Schöne.«

Kitty würde sich hüten. Sie wußte sehr genau, wann und wo sie sich zwischen die Fronten begeben konnte, die Theo und seine Einmannputzkolonne aufgemacht hatten. »Kabuuum«, rief Theo. »Ich mach sie fertig, jede einzelne elende Bakterie.«

Sie linste nur um die Ecke. »Tee?« Rosarote Gummihände hielten inne – Montag waren sie gelb, Mittwoch grün, Freitag blau (nach jedem Mal wurden die Handschuhe von Theo getrocknet und mit Talkumpuder bestäubt).

»Jupp.« Er zog sich die Handschuhe aus und legte sie vorsichtig auf einen sauberen Lappen, der allein zu diesem Zweck dort lag.

Beim Tee, den sie aus feinstem Porzellan mit Erdbeermuster zu sich nahmen, fragte Kitty: »Was würdest du davon halten, umzuziehen, Theo, in eine andere Gegend?«

Er stieß einen unmelodiösen Pfiff aus. »Das kommt 'n bißchen plötzlich ...«

Kitty holte tief Luft. »Ich habe daran gedacht, umzuziehen ...«, sie sah sich in ihrer kleinen, schicken Küche um, »... und wenn du mitkämst, könnte ich mich um dich kümmern. Aufpassen, daß es dir gut geht ...«

»Was ist los, Kits?«

»*Ich* bin los. Ich versuche, eine richtige Entscheidung zu treffen. Mein Leben in den Griff zu bekommen.«

Theos Augenbrauen stießen in der Mitte fast zusammen, so sehr bemühte er sich, Sinn in ihre Worte zu bekommen. »Ich bin genug herumgekommen, Kits.« Damit meinte er nicht so sehr die tatsächlichen Kilometer von der roten Erde seiner Heimat bis hierher in dieses nette, englische Küstenstädtchen, sondern mehr seine komplizierte innere Reise.

»Ich verstehe.« Kitty stand auf, balancierte graziös auf ihren Hochhackigen und stellte ihren Stuhl unter den Tisch. »War nur so eine Frage. Du kannst es dir immer noch überlegen.«

Die Teetassen waren geleert. Theo reichte sie Kitty, die sie in die Spüle stellte und abwusch. Kurz darauf verriet ihr der feine Chlorgeruch, daß Theo still und heimlich hinter sie getreten war. Sie drehte sich um, um ihm ins Gesicht zu sehen, freundschaftlich rümpfte sie die Nase in seine Richtung, eine Geste die sie sich bei Julian nie getraut hätte. Theo rückte ihr zu Leibe, eine Angewohnheit, die ihr ganz zu Anfang Angst eingejagt hatte, heute wußte sie, wie sie die Stellung zu halten hatte. Er umschloß ihren Hals mit seinen großen Pranken und verstärkte sanft den Druck.

»Raus mit der Sprache, Kits.«

Seine Hände waren wie ein warmer, schützender Kragen, und sie nickte zärtlich seinen Händen zu. »Ich muß von hier weg, Theo, bevor ich hier zugrunde gehe. Ich habe lange Zeit geglaubt, ich könne nichts tun, aber ich kann etwas tun, Theo. Nicht wahr?«

Er nickte. Wenn Kitty Bestätigung brauchte, dann gab er ihr Bestätigung.

»Ich habe mich daher entschlossen, noch einmal neu anzufangen, und das Komische ist, ich ...«, ich möchte mich loswerden, mich häuten, mich nach außen stülpen, »... verspüre ein Bedürfnis nach mehr Härte, Kälte. Ich weiß nicht genau, warum.« Sie schwieg. »Ich weiß, es ist ungerecht, dich vor die Entscheidung zu stellen, aber ich glaube, ich würde in jedem Fall gehen.« Sie schwieg wieder. »Wenn es ums Geld geht, Theo ...«

Der Kragen um ihren Hals löste sich und verschwand. »Ich glaube, ein Umzug wäre mir zu viel, Kitty.«

Sie war enttäuscht, aber kaum überrascht. »Wie gesagt, du kannst in Ruhe darüber nachdenken.« Sie stellte die beiden Tassen in den Geschirrständer zum Trocknen. Ein Rinnsal bahnte sich sofort einen Weg zur Spüle, und sie bildete mit dem Finger einen Staudamm. Das Wasser fand dennoch seinen Weg.

»Weißt du, daß die Drogen mich impotent machen?« Theo nahm eine der Erdbeer-Tassen, um sie abzutrocknen.

»Ja. Ich habe mir das schon lange gedacht.« Kitty ließ das Wasser aus der Spüle und wischte sie mit einem Tuch aus.

»Es gefällt mir so. Es ist einfacher. Ich möchte Frauen nicht so sehen.«

»Ich habe dich eingeladen, Theo, damit ich mich um *dich* kümmere. Ich würde dich vermissen. Das ist alles.« Kitty bückte sich, um den Schrank unter der Spüle zu schließen.

Theo gluckste vor sich hin. »Du bist ein Prachtmädchen.«

»Mädchen?« sagte Kitty und richtete sich mit der Andeutung eines Lächelns auf. »Ich muß doch sehr bitten.«

Theo wandte sich wieder seiner Arbeit im Untergeschoß zu. »Und wo willst du hin?« rief er hoch.

In Kittys Kopf wirbelten Bilder umher. Eines davon war das einer Dohle hoch in der Luft, unter sich das unruhige graue Meer, in dem Seehunde ihre schäumenden Bahnen um Felsen zogen. Im Hintergrund dehnte sich bis an den Horizont das flache, öde Land, durch das sie streifen würde. »Lincolnshire, glaube ich. Ich weiß nicht, warum. Ich habe nur das Gefühl, daß ich ... daß ich mich zurückziehen sollte.«

»Masochismus?« Mit ausgestreckten Gummihandschuhen wie ein Chirurg kam Theo in die Küche zurück.

Kitty preßte verzagt die Lippen aufeinander. »Ich werde alt, Theo, ich werde nicht mehr begehrenswert sein.« Sie schwieg, dann fügte sie flüsternd hinzu: »Ich werde dem ins Auge sehen müssen. Ich *muß* einfach.«

Sonntag

Doch als sie am Sonntag morgen die Augen öffnete, an einem trüben Regentag, den der Sommer geflohen hatte, spürte sie in sich nur Frieden.

Kapitel 26

Ich werde mich rächen.« Maud öffnete ihren Beutel mit den Stricksachen. »*Je reviens*.«

Agnes sah auf. »Aber du bist doch da, Maud.« Drei Wochen waren vergangen, drei schwierige Wochen, seit Beas Auszug – und eine Ewigkeit, seit sie Julian das letzte Mal gesehen hatte. Maud ließ sich gehen. Sie trug den ganzen Tag ihre Leichenbittermiene zur Schau, verweigerte das Essen, vergoß abwechselnd klägliche Tränen oder schimpfte herum, und sie trank ungesunde Mengen billigen Sherry. Gestern abend war es zu einem dramatischen Höhepunkt in ihrer Leidensgeschichte gekommen, als sie, betrunken und verzweifelt, Agnes angefahren hatte: »Was ist mein Leben denn schon? *Nichts*. Nichts außer Schulden und Verfall.«

Für Agnes, die dabei war, den Boden zu wischen, wollte es scheinen, als höre sie darin die Trauer mitschwingen, daß Maud es nie geschafft hatte, eine wirkliche Beziehung zu entwickeln zu ihrem Mann, zum Haus, zu ihrer Schwester. Irgendein Verbindungsstück war nicht richtig eingerastet. Agnes hörte auch die Warnung. *Es konnte jedem passieren*.

Heute sollte der Umzugswagen kommen, um Beas Möbel abzuholen. Die beiden Frauen sahen schweigend zu, wie die Frisierkommode verschwand, der georgianische Bücherschrank mit den Glastüren und die schönen Stühle. Nur Beas Kleider blieben zurück. Die wurden in Koffer gepackt, die Freddie später abholen wollte.

Bea war fort. *Schulden und Verfall.* Vorsichtig schob Agnes einen Arm unter Mauds Ellbogen und stützte sie, als sie beobacheten, wie die letzten Habseligkeiten von Bea aus dem Haus geschafft wurden.

Anschließend begaben sie sich ins Wohnzimmer, und Agnes machte Feuer. Der Sommer war vorüber, und der Herbst hatte Einzug gehalten. »Na bitte«, sagte sie mit altem Pfadfindergeist, »schon besser.« Sie hockten sich nahe an den wärmenden Kamin, als die Flammen höherschlugen. Draußen auf der Wiese lagen nasse Blätter herum wie verlorene Handschuhe, und Regen fiel.

Maud weinte wieder vor sich hin, und Agnes erwägte, ob sie professionelle Hilfe hinzuziehen sollte. »Maud«, sagte sie, »ich glaube, du solltest dich an jemanden wenden.«

Die bloße Erwägung reichte aus, um Maud zur Weißglut zu treiben. Sie erstarrte mitten im Schluchzen, zog ein Taschentuch hervor und schnäuzte sich lautstark. »Bist du wohl noch zu retten?«

»Verzeihung«, sagte Agnes.

Mauds knochige Finger bohrten sich tiefer in den Beutel mit den Stricksachen. »Ich werde Bea einen meiner Pullover stricken. Schwarze Angorawolle, *très chic*, und ich werde einen Fluch hineinstricken.« Sie holte zwei Stricknadeln hervor und hieb die ersten Maschen zusammen.

»Maud ...«

Klickediklick. Die Stricknadeln schienen Funken schlagen zu wollen. Klickediklack.

»War nur Spaß«, sagte Maud, und die großen Augenlider verbargen ihre feuchten Augen. »Bea hat uns betrogen. Hat die ganze Zeit das Unschuldslamm gespielt, und hinter unserem Rücken hat sie sich über uns schiefgelacht.« Maud hob den Kopf, und Agnes bekam die ganze Wucht ihrer Verzweiflung und ihrer Eifersucht zu spüren.

»Ich glaube das eigentlich nicht von Bea.« Doch im Grunde mußte sie Maud recht geben, denn Bea hatte sie beide hinters Licht geführt.

»Wenn ich eine junge Frau wäre, würde mich die *Times* interviewen und mich fragen, wie ich mich denn fühle, betrogen worden zu sein. Aber natürlich kann ich darauf warten, bis ich schimmelig geworden bin. Guck nicht so gequält. Ich weiß, die Alten sollen den Mund halten und keine Dummheiten machen.« Maud stieß mit einem Fuß aufs Parkett auf.

Agnes lachte schnaubend. »Ach, Maud.« Wenigstens hatte sie mit Weinen aufgehört. Obwohl das Weinen und Klagen besser zu ertragen war, als das Gefluche und Geschimpfe. »Sag nur frei heraus, was du denkst, Maud. Aber ...«

Rache als Therapie schien zu funktionieren, und Maud sah sogar ein wenig besser aus. Agnes tastete sich weiter vor. »Hat Freddie zu dir je etwas gesagt, das vermuten ließ, er würde dich ... bevorzugen?« Stille. Der Regen trommelte ein Solo auf die Fensterscheibe. »Hat er oder hat er nicht?«

Maud zuckte mit den Schultern. »Wir haben uns auch so verstanden.« Sie sah Agnes mit ihrem typischen Blick an, nahm ihre Stricknadeln wieder zur Hand und begann mit der dritten Reihe.

Agnes richtete sich auf und nahm Maud sanft, aber bestimmt das Strickzeug aus den Händen, ribbelte die Maschen auf und wickelte den Faden wieder ums Knäuel. »Ich habe genug erlebt, um zu wissen, daß das, was du vorhast, nicht gut ist. Ich habe Rache kennengelernt, Maud, und gesehen was daraus folgt, und ich habe gelernt, wenn Rache erst einmal geübt wurde, findet sie kein Ende mehr.«

Die alte Frau sah zu ihr auf, und Agnes fühlte sich hundeelend, denn sie hatte den weichen, verwundbaren Kern ihrer Tante getroffen. »Ich wollte auch fortgehen, Agnes«, flüsterte Maud.

Agnes stopfte Wolle und Stricknadeln wieder in den Beutel und legte ihn Maud auf die Knie. »Es tut mir leid.«

Die zaghafte Selbstverteidung der Tante nahm eine schärfere Gangart an: »Du bist immer so beschäftigt, Agnes. Immer auf Achse. Ich weiß bis heute nicht recht, wie ich mit dir umgehen soll. Ich sollte mich immer damit zufriedengeben, was das Haus und das Dorf mir bot. John ist nie auf die Idee gekommen, daß ich mich hier zu Tode langweilen könnte. Und du auch nicht, Agnes. Dabei warst du ein furchtbar langweiliges, häßliches kleines Mädchen.« Maud blickte verklärt auf ihren Beutel. »Und ... na ja«, sie versteckte den Beutel hinter einem Kissen, »ich hätte zu gern gewußt, warum ich mich immer nach den Wünschen der anderen habe richten müssen. Mich hat nie jemand gefragt. Nur weil ich einen Rock trug.«

»Hast du das Haus nie gemocht?« Agnes fragte nicht nach dem Onkel, denn sie kannte die Antwort.

»Wie kann man einen Mühlstein mögen?« Maud drehte an ihrem Ring. »Wirklich Aufregendes gab es für John und mich nie, nur Charlborough, Drainagen und Ratten im Gebälk.« Mürrisch fügte sie hinzu: »Ich hatte keine Wahl. Ich mußte hier wohnen.«

Ihre Stimme klang immer erschöpfter, und angesichts der Tatsache, daß Maud noch immer nicht ganz zu Kräften gekommen war nach ihrem Unfall, hielt Agnes es für geboten einzuschreiten. »Ab ins Bett jetzt, Maud.« Sie half der Tante die Treppen hoch, zog sie aus und legte sie ins Bett.

»Danke, Agnes.« Maud legte sich zurück in die Kissen. In diesem Rahmen wirkte sie kleiner, wie geschlagen, ihre grobe Art schien geglättet. Ohne zu überlegen, beugte Agnes sich vor und küßte die Tante auf eine kraft- und saftlose Wange. Seufzend fuhr Maud mit den Fingerspitzen über die Stelle, wo Agnes' Lippen sie berührt hatten. »Ich hatte ganz vergessen, wie es ist, geküßt zu werden.«

Sie schloß die Augen und schien sofort in Schlaf zu sinken. »Ich glaube, morgen kommt ganz bestimmt der Brief von Maria, meinst du nicht?« murmelte sie.

Agnes erwachte. Es war dunkel, und sie war wie benommen. Sie schlief in letzter Zeit nur noch schlecht, träumte viel. Ein müder Ballon. Schwangerschaft bedeutete Übelkeit und das heftige Verlangen nach Schlaf, langem, zähem, großem Schlaf, und ein ewiges Hin und Her zwischen Traumlandschaften.

Sie schloß die Augen und dachte an das Haus. Die Lilien starben auf den Wiesen. Auch sie konnte keinen Einspruch gegen Zeit und Vergänglichkeit erheben und konnten auch nicht die Geduld und Ausdauer all der vielen Frauen verteidigen, die in Flagge House gelebt hatten.

Sie stellte sich das Haus in seiner Blütezeit vor: die Küche im Dunst des glühenden Ofens, Zimmer überquellend vor Vasen, Körben, Schuhen und Knäulen von Schnüren und Fäden; die Schritte auf dem Steinboden; die Klagen und die Wünsche der Bewohner in den verschiedenen Zimmern. Und vom Dachboden klang das unterdrückte Weinen des Hausmädchens. Schwere, unbequeme Ohrringe, die hin- und herpendelten, es war die andere Agnes, die Befehle erteilte im Garten, im Stillzimmer, ihren Kindern, bis sie sich in jenen Raum begab, der den Campion-Frauen zum Gebären vorbehalten war.

Heute – in diesem Jetzt, das ihr Erbe geworden war – ging die Sonne über geisterhaften Gewächshäusern auf, Vögel schnellten unter dem Dachvorsprung hervor, und die Vasen dienten ganzen Mäusekolonien als Sarkophage ...

Irgend etwas roch nicht gut. Agnes fuhr auf ihrem Kopfkissen herum, sah zum Fenster und bemerkte ein eigenartiges Licht. Der Geruch wurde stärker.

Sie sprang aus dem Bett, zog sich in Windeseile an, eilte die Treppe hinunter und lief in Richtung Küche. Das Fenster stand offen. Agnes lehnte sich nach draußen und wich zurück. Von unten krochen Flammen die Wand empor, als sie wieder hinschaute, leckten erste Feuerzungen am Fenstersturz. Die Küche war schwarz vor Rauch, und Agnes packte den Fenstergriff. Sie ließ im selben Moment davon ab. Sie spürte, wie sich ihre versengte Haut spannte. Der Metallgriff war glühendheiß. Jammernd umfaßte sie die verwundete Hand.

In diesem Moment bemerkte sie eine Bewegung hinter sich und fuhr herum. Fein zurechtgemacht in ihrem Morgenmantel, angetan mit ihren falschen Juwelen, saß Maud am Küchentisch. Neben ihr lag eine Schachtel Streichhölzer.

»Was hast du getan?« Agnes eilte in die Diele zum Telefon, um die Feuerwehr zu rufen. Dann machte sie kehrt, lief in die Speisekammer, kramte alle möglichen Töpfe heraus und drehte den Wasserhahn auf.

»Ach, die kommen ja gleich«, sagte Maud. »Und wenn es nach mir ginge, könnten wir ruhig verschmoren hier.«

Agnes verschwendete keine Zeit mit Reden, sondern konzentrierte sich darauf, Töpfe mit Wasser zu füllen und aus dem Fenster auf die Flammen zu schütten.

Maud hatte recht. Innerhalb von Minuten war die Feuerwehr da und hatte die Lage bald unter Kontrolle. Eine Flut von Schaum, Wasser und Asche regnete vom Dachvorsprung herab und sammelte sich im Hof.

Einer der Feuerwehrmänner stocherte mit seinem Stiefel in dem verkohlten Haufen, der unter dem Küchenfenster in sich zusammengesunken war, dabei löste sich ein kastenförmiges Etwas aus den Ascheresten, von dem sich eine Haut abschälte. Die Haut fiel ab und zum Vorschein kam ein ehemals weißer Block, der an den Ecken schwarz beschnitten war. Es war einer der vermißten Jane-Austen-Bände.

Der Feuerwehrmann nahm Agnes beiseite. Wenn sie vorgehabt habe, das Haus anzuzünden, um die Versicherungssumme zu kassieren, dann habe sie es ungeschickt angestellt. Die Versicherungsgesellschaft würde auf einen Blick erkennen, was Sache sei. Es tue ihm leid, aber er müsse in seinem Bericht erwähnen, was er vorgefunden habe.

Also keine Versicherung. »Was hast du bloß getan?« Agnes begab sich zu Maud, sobald sie allein waren.

Maud sah schlecht aus. Aschfahl und schweißgebadet. »Ich konnte nicht schlafen, da bin ich nach unten gegangen, und ich habe was getrunken … was Alkoholisches, wenn du es genau wissen willst. Da bin ich auf die Idee gekommen, Bea zu bestrafen, egal, was du dazu sagst. Also habe ich ihre Sachen verbrannt. Reinen Tisch machen.«

Sie konnte nicht glauben, was sie hörte, also zwang Agnes sie, noch einmal alles ganz langsam zu wiederholen. »Aber wie hast du denn das bloß allein hingekriegt? Und komm mir nicht auf französisch!«

»Draußen im Schuppen hatten wir noch Benzin. Nur ein kleines bißchen.« Maud streckte den Arm aus. Am Handgelenk glühte eine große Brandwunde. »Ich habe mich auch verbrannt.«

»Zeig mal her.« Agnes untersuchte die Stelle und sagte erschöpft: »Wir dürfen kein Risiko eingehen. Du mußt ins Krankenhaus damit. Ist dir eigentlich klar, daß du dich hättest umbringen können? Das ganze Haus hätte abbrennen können. Und wie es aussieht, ist es kaum vorstellbar, daß wir das alles wieder repariert bekommen.«

Asche mochte auf Mauds Haupt niedergegangen sein, ihre Wangen waren jedenfalls rußverschmiert, aber als reuige Sünderin erwies sie sich nicht. »Alles hat auch sein Gutes. Wir brauchen eine neue Küche, und ich bin sicher, irgendwoher kannst du eine besorgen. Und du kannst mir sagen was du willst, Bea verdient bestraft zu werden.« Maud jaulte. »Du weißt, wie sehr ich Feuer liebe. Und die Idee habe ich sowieso von dir.«

»Von mir?«

»Dieses Feuer auf dem Bauernhof, weißt du?«

Agnes ließ ihren Kopf in die Hände sinken. Sie preßte die Hände an die Schläfen. »Das ist doch kein Grund, gleich ein ganzes Haus in Schutt und Asche zu legen«, sagte sie und biß die Zähne aufeinander.

Die Tränen flossen jetzt so reichlich aus Mauds Augen, als wollte sie noch nachträglich den Brand damit löschen. »Ich habe gedacht, wenn ich alles verbrenne, würde ich mich hinterher besser fühlen. Aber dem ist nicht so.« Sie streckte den Arm aus und zeigte ihre Wunde. »Überhaupt nicht.«

Maud weinte und weinte. Sie weinte beim Arzt in der Unfallstation des Krankenhauses, und sie weinte in ihrem Krankenbett, als man sich darauf geeinigt hatte, daß sie besser stationär behandelt werde sollte.

Agnes war den ganzen Tag damit beschäftigt, die Versicherung ins Bild zu setzten, einen Elektriker herzubestellen und das Nötigste aufzuräumen. Der beißende Geruch ließ sie würgen und der Schmerz in der Hand regelmäßig aufjaulen. Sie räumte Dosen aus Speiseschränken, wusch, soweit ihre Hände reichten, die Wände ab. Dann sammelte sie das Porzellan zusammen, das auf den offenen Regalen stand, und schaffte es in die Plättstube.

Verschiedene sachkundige Leute erschienen, um den Schaden zu begutachten. Das Fenster mußte ersetzt werden, und die Kücheneinrichtung war ohne Zweifel nicht mehr zu gebrauchen und unrettbar verloren. Agnes überließ sie den Spinnen, die sich merkwürdigerweise noch immer in den Ecken tummelten, den Spinnen und der alles erstickenden Asche.

An diesem Abend rief Bea an. Agnes versuchte gerade, Nudeln auf einem Campingkocher zu kochen, den sie sich im Dorf besorgt hatte. Ihr war schlecht, und sie fühlte sich so schlapp, daß ihr der Topf mit Nudeln wie eine ungeheure Last vorkam. Sie schaffte es einfach nicht, ihre Stimme freundlicher klingen zu lassen. »War es wirklich nötig gewesen, so geheimnistuerisch zu sein?« fragte sie.

Bea parierte, ohne zu zögern: »Du bist zurecht böse, Agnes. Aber vergiß nicht, daß ich meine Schwester nur zu gut kenne. Am Ende hätte sie mich wieder kleingemacht. Und ich wollte Freddie die Szenen ersparen.«

»Freddie hast du sie vielleicht erspart, aber nicht mir.« Agnes berichtete, was am Morgen vorgefallen war. Sie durfte den Pyrrhus-Sieg genießen, Bea schockiert ausrufen zu hören: »Ach, wie mir das leid tut. Das konnte ich ja nicht ahnen ... Meine ganzen Kleider, sagst du?«

Je länger sie sprachen, desto deutlicher spürte Agnes, daß Bea, die stille, verschwiegene Bea, in Gedanken längst nicht mehr beim Haus war. Ihre Bestürzung war nicht echt. Sie war weit gereist und unter die glänzende, schützende Glasglocke eines neuen Lebens geschlüpft.

»Es ist nur eine Küche«, sagte sie zum Abschluß. »So etwas kann man reparieren.«

»Deine Tante hat mir einen Gefallen getan«, sagte Andrew, als Agnes ihm von dem Feuer erzählte. »Wenn du keine Küche hast, mußt du zu mir kommen. Ich hole dich ab. Und richte deiner Tante einen Gruß unter Brandstiftern aus.«

Kapitel 27

Als Julian aus Kittys Haus trat, durchströmte ihn das eigentümliche, ungewohnte Gefühl, wirklich und wahrhaftig frei zu sein. Die Nachtluft war kühl, wie es sich gehörte für Anfang Oktober. In den Salzgeruch mischte sich das rauhe, durchdringende Frösteln der neuen Jahreszeit.

Am Ende war es Kitty gewesen, die ihn fortgeschickt und ihrer beider Kontrakt aufgelöst hatte. Ihre Handlungsweise imponierte Julian. Sie entsprach seinem Sinn für Gerechtigkeit – seinem Sinn für ausgleichende Gerechtigkeit, genauer gesagt. Indem sie den Fehdehandschuh geworfen und dieses Haus gekauft hatte, hatte sie für sich die Lage unter Kontrolle gebracht, was nur recht und billig war. Das Gleichgewicht war wiederhergestellt, sein Gewissen beruhigt, und ihm wurde bewußt, daß Kitty ihm sogar einen größeren Gefallen erwiesen hatte, als sie wohl selber ahnte.

Ihm hatten schon immer Veränderungen aller Art gefallen, er liebte den Moment, wenn die Kompaßnadel erzitterte und in einen neuen Quadranten fiel. Doch betraf das in der Regel nur seinen Beruf, wenn es darum ging, Neuland zu entdecken und als Erster zu betreten. Aber dies hier war etwas anderes.

Er sah nach oben, zum erleuchteten Schlafzimmerfenster, und es war keine große Aufbruchstimmung, die ihn ergriff, sondern ein Gefühl der Wehmut, das ihn zögern und in Gedanken durchspielen ließ, was anders hätte laufen können. Er würde Kitty vermissen, oder wenigstens jene Kitty, die heute für einen Moment wieder zum Vorschein gekommen war. Ihr Feuereifer und ihre Erfindungsgabe, mit der sie es verstanden hatte, Loyalität mit Rache zu verknüpfen, ließ Julian die letzten Jahre der Unzufriedenheit und des Beengtseins vergessen.

Wie würde seine verwöhnte Kitty in der unwirtlichen Marschlandschaft zurechtkommen? Für einen Moment war er versucht, wieder umzukehren, ihr zu sagen, sich warm anzuziehen, sie daran zu erinnern, den Wagen regelmäßig zur Inspektion zu bringen. In einer neuen Umgebung brauchte sie immer besonders viel Wärme, Zuspruch, Schutz und Hilfe.

Das Licht im Fenster erlosch.

Julian stieg in seinen Wagen und fuhr nach Hause.

In Cliff House war es sehr still und sehr leer. Trotz der Kälte riß Julian im Arbeitszimmer das Fenster auf, und die Geräusche des Meeres drangen ins Zimmer ein. Er fröstelte, als er sich hinsetzte, um zu arbeiten.

Um halb vier legte er seine Unterlagen beiseite und stand steif und durchgefroren auf, um das Fenster zu schließen.

Die Zahlen, die er durchgegangen war, bildeten das letzte Kapitel in einer Geschichte, die nicht besonders erbaulich war und kein glückliches Ende hatte, und die Rolle, die er in ihr spielte, war alles andere als rühmlich. Wenigstens hatte er das Ende vorhergesehen und hatte noch die Gnadenfrist von ein paar wenigen Tagen, um sich innerlich darauf vorzubereiten, was es bedeutete, von der Konkurrenz übernommen zu werden.

Wenn er zurücksah, kamen ihm seine Erfolge allzu leicht errungen vor. Im Aufwind einer boomenden Branche, mit einer soliden Finanzierung im Hintergrund, hatte er ein paar Entscheidungen getroffen, die sich als gut und richtig erwiesen hatten. Vielleicht war auch von Anfang an mehr Glück im Spiel gewesen, als er sich je bewußt gemacht hatte. Vielleicht hatten seine Erfolgsgene – auf die er sich nichts zugute halten konnte, seine angeborene Durchsetzungskraft, Intelligenz und

Rücksichtslosigkeit – diesmal einfach versagt, dem Schicksal Paroli zu bieten.

Die komplizierte Situation in all ihre Bestandteile zu zerlegen, war ihm unmöglich – oder vielleicht war es möglich, doch das war genau der Punkt: Er war es leid, zu analysieren, zu argumentieren, zu debattieren, und er war diese niederdrückende Stimmung leid, die in den vergangenen verrückten Wochen auf ihm gelastet hatte. Seit Wochen starb die Firma auf Raten, jetzt sehnte Julian sich geradezu nach dem Gnadenstoß.

Die äußeren Anzeichen waren überdeutlich gewesen: die angekündigten Verträge und Kooperationen, die sich allesamt zerschlugen; die Rückrufe, die nicht kamen; die Sitzungen, die ständig verschoben wurden; der nicht besonders aufmerksame Blick des Bankers; die freundlichen Angebote, die die Teilhaber plötzlich von anderen bekamen.

»Was soll ich denn mit meinen Hüten machen?« hatte ihn einst die Gattin eines Ministers der Konservativen gefragt, auf einem dieser Empfänge, die er nicht auslassen zu können glaubte. Die Frage und der verletzte Ton der Frau hatten ihn sprachlos gemacht. »Ich bin alt und überflüssig«, hatte sie ausgeführt. Er hatte höflich gelächelt, ohne zu begreifen. »Huttragende Frauen sind nicht länger erwünscht«, hatte die überflüssige Politikergattin erklärt. »Erwünscht sind jüngere, effizientere Frauen ohne Hut.« Heute leuchteten ihm solche Betrachtungsweisen viel mehr ein. Er sah vor sich einen ganzen Stapel von Hüten, aufgetürmte, staubbedeckte Särge unverwirklichter Ambitionen.

Jetzt verstand er.

Klar, wenn sie nicht rechtzeitig berichtigt wurde, hatte die eine Fehlentscheidung viele neue Fehlentscheidungen zur Folge, die sich zwangsläufig potenzierten. Da konnte man jeden Mathelehrer fragen. Genau das war bei Portcullis geschehen. Er hatte den Fehler begangen, in ein Projekt zu investieren, das nicht den nötigen Gewinn abwarf. Und seine größte Fehleinschätzung war es gewesen, in die Ländereien eines Bauern bei Lincolnshire zu investieren.

Wie schlau von Kitty, eins von diesen Häusern zu kaufen. Es betonte auf formvollendete Weise, was sie von dem Liebhaber, der sie im Stich ließ, hielt.

Er nahm das Fossil, das seine Papiere beschwerte, zur Hand. Die Uneffizienten wurden gefressen, oder verkauft, von Effizienteren, und es schmerzte ihn, daß sein junges und fähiges Team durch seine Schuld in Schwierigkeiten geraten war.

Er dachte an Agnes. Er war sich ziemlich sicher, daß sie seine Schwächen und seine Macken durchschaut hatte, die Seite in ihm, die es haßte Gefühle zu zeigen. Ob sie ihn für einen seelischen Krüppel hielt? War sie womöglich in der Lage, ihm in dieser Hinsicht auf die Sprünge zu helfen? Wollte er das überhaupt?

Als er sie das letzte Mal gesehen hatte, hinterm Lenkrad ihres Wagens, während eine Galle spuckende Kitty in der Haustür wartete, da hatte sie so jung und tragisch ausgesehen, daß er sie am liebsten an sich gerissen hätte, aber er hatte es nicht gekonnt, wegen Kitty.

Es wurde bereits heller.

Julian suchte sich einen Weg durchs Halbdunkel, den Weg die Klippen hinunter an den Strand. Mit jedem Schritt schlug das Rauschen der Brandung heftiger an seine Ohrmuschel. Im Osten, wo die Sonne erste Strahlen vorausschickte, waren Wasser und Sand in einen feinen Glanz gehüllt.

Vor langer, langer Zeit hatte hier die Erde gebebt und in ihrem Innern rumort, hatte das Gemisch aus Kalkstein und Schiefer umgeschichtet und durcheinandergewirbelt und so diese Küste geschaffen. Schicht war auf Schicht getürmt worden und hatte Tiere und Mikroorganismen unter sich begraben, zusammengepreßt und zermalmt, bis nichts mehr übrigblieb als das Knirschen von Stein auf Stein, das Stöhnen von Leibern, die zu Stein wurden, und der Nachhall von Sand, der ins Wasser rieselte.

Diese Küste war ein Archiv der Vergangenheit, das alle Ereignisse dokumentierte, die hier stattgefunden hatten, Ereignisse, die von nichts anderem sprachen, als von ihrer bloßen Kraft und Energie.

Julian war bestürzt, daß seine Zeit bereits vorüber war und sich eine neue Gesteinsschicht über ihn legen sollte. Wenn er bei Portcullis ausgedient hatte, und das war bald der Fall, wäre er wie eines seiner Fossile, ein interessantes Beispiel für eine falsche Abzweigung, die die Evolution genommen hatte.

Er kickte seine Sandalen von den Füßen. Sand quoll zwischen seine Zehen, und Kieselsteine kniffen ihn in die Fußsohlen. Der Rest der Kleidung folgte. Kalte Luft schlug gegen seinen Körper. Er ging auf das Wasser zu. Dann rollte eine Welle heran, hieb ihm auf die Zehen und zog sich wieder zurück, webte ihre vergänglichen Schaumgewebe. Julian war hier unzählige Male schwimmen gegangen. Er wußte genau, wie die Küste zum Wasser hin abfiel, wo Felsen verborgen lagen, er hatte ihre geheimen Winkel und Höhlen erkundet, hatte verträumt Seeanemonen in den Felsenbecken aufgespürt und durchsichtig filigrane Garnelen mit den Händen gefangen.

Hier hatte er immer wieder über das Rätsel der Kindheit nachgedacht. »Natürlich lieben wir dich, sogar sehr«, hatte seine überforderte Mutter auf sein Fragen geantwortet. Er konnte sich nicht erinnern, daß sie ihn je geküßt hätte.

Seine nackten Füße suchten sich vorsichtig einen Weg zwischen scharfkantigen Steinen, und bald stand Julian bis zur Hüfte im Wasser. Die dichte, kalte Masse wollte ihn fortsaugen, fort zu neuen Ufern. Julian holte japsend Luft und tauchte ein.

Er schwamm eine lange Strecke. Sein Haar war eine schwarze, klebrige Badekappe. Der Sand, der von den Wellen aufgewühlt wurde, gerbte seine Haut, löste Schichten alter Gewohnheiten. Löste die Kitty-Haut und ließ nichts als eine Erinnerung zurück, eine hartnäckige Erinnerung wie das Salz des Wassers, das an seinem ungeschützten Körper nagte.

Agnes hatte Blutungen gehabt.

Etwas widerstrebend, da er der Ansicht war, man solle den Dingen ihren natürlichen Lauf lassen, wies Duggie Sutherland sie schließlich ins Krankenhaus ein, wo sie bleich und schweißgebadet in ihrem Bett lag und die Zimmerdecke anstarrte.

Man sagte ihr, so etwas komme vor in der siebzehnten Woche, hängte sie an einen Tropf, machte ihr einen neuen Verband am Finger und ließ sie allein. Eine panische Angst ergriff sie bei dem Gedanken, sie könne ihr Kind verlieren. Mühsam versuchte sie, die ruhige, vernünftige Agnes wiederzufinden, auf die sie sich immer verlassen konnte.

Aber diese Agnes war verschwunden, irgendwo im Tau der nassen Wiesen waren nur noch ihre Fußspuren zu sehen – denn es hatte sie eigentlich nie gegeben.

Jetzt sah sie sich auf dem Operationstisch liegen, die Knie angezogen, während das Kind aus ihr herausdrängte.

Verzweifelt versuchte sie, das kleine Wesen im Auge zu behalten, das da seinen Schutzraum verließ. Sie sah die Rundung des eierschalengroßen Schädels, die kleinen Flossenfüße, die zarten Schultern. Nein, schrie sie aus, das darfst du nicht. Du mußt noch warten. Es ist noch nicht so weit.

Vergib mir, daß ich so voller Zweifel bin, daß ich so mit mir beschäftigt bin, so unkonzentriert.

Vielleicht hast du gedacht, du kommst lieber heraus, wenn es noch so schön einfach geht. Vielleicht wählst du lieber den Tod als das, was ich dir zu bieten habe.

Ich verspreche auch, mich um dich zu kümmern. Ich werde dich mit den weichsten Decken zudecken und dir alles ganz behutsam und schonend beibringen.

Die Zeit war reif, endlich Fuß zu fassen. Sobald sie aus dem Krankenhaus raus war, wollte sie Andrew anrufen und ihm sagen, daß sie ihn heiraten werde. Dann könnte sie ihr Leben von Grund auf in Ordnung bringen und wäre bereit für das Kind. Das war das mindeste, was sie tun konnte. Was sie tun *mußte*.

Agnes hatte Kopfweh, und sie warf sich unruhig hin und her in ihrem Krankenbett. Irgendwo hörte sie eine Frau schreien. War das die andere Agnes, die gerade ihr Kind bekam, während andere Frauen sie mit aller Kraft festhielten? Huschten oben unterm Dach die Mäuse von Balken zu Balken, während die Spinnen ihre Netze bauten?

Er hatte es in den letzten beiden Tagen wohl hundertmal versucht, doch in Flagge House ging niemand ans Telefon. So auch jetzt wieder.

Schließlich rief Andrew Bel an. Während er in seinem Arbeitszimmer in Tithings darauf wartete, daß sie ranging, kroch die Sonne gerade über die Wipfel der Eichen. Sie kamen ihm viel größer vor als noch vor ein paar Stunden. Gigantische Hirschköpfe. Eichenholz war die härteste aller Holzarten, einfach unverwüstlich. Ganze Flotten waren aus Eiche erbaut worden und hatten halbe Nationen über die Meere getragen. Eiche widerstand. Trockenfäulepilze und Schiffsbohrwürmer konnten ihr nichts anhaben. Seine Eichen würden auch den Kampf mit den Bulldozern aufnehmen – und gewinnen.

Als sie schließlich dranging, wirkte sie unterkühlt. Sie hatte nie einen Hehl daraus gemacht, daß sie Andrew nicht ernstnahm. Andrew war es egal. Er hatte sie schon früh als oberflächlichen Menschen abgehakt, der mangelnde Substanz mit Spott auszugleichen versuchte. Das ganze Gewese um gestylte Frisuren und bunt lackierte Fingernägel hatte er noch nie nachvollziehen können.

Er fragte sie, ob sie wisse, wo Agnes sei, und Bel sagte, Agnes habe sich ein paar Tage zurückgezogen, aber wo, wisse sie nicht.

Andrew wußte, daß sie log.

»Ach übrigens«, fügte sie an, »hat Agnes es Ihnen schon mitgeteilt? Die Sendung ist veschoben worden. Höchstwahrscheinlich auf Oktober, wie es aussieht.« Ihr Ton troff vor

Häme. Sie sagte: »Agnes versucht alles, um einen früheren Sendetermin zu bekommen, aber sie hat natürlich auch noch andere Dinge zu tun, nicht wahr.«

»Um so besser«, sagte er. »Die Revisionsverhandlung ist unterbrochen worden. Ich weiß nicht, wann wir mit einem Ergebnis rechnen können, aber ein zu früher Termin könnte problematisch werden.«

»Du meine Güte, der Druck muß doch schier unerträglich sein für die arme Landbevölkerung.«

»Kein Grund, sarkastisch zu werden.«

»Was glauben Sie, wer Mary war?« Bel schleuderte ihm die Frage hin, um ihn zu überrumpeln, was ihr gelang.

»Mary? Ach ... die Mary. Wenn ich ehrlich bin, ich habe keine bestimmte Meinung zu Mary.«

»Mary«, sagte Bel kalt, »ist keine feste Größe, sie ist eine Variable, meinen Sie das? Man kann ihr nachspüren, wie und wo man will, kann Kirchenbücher wälzen, Einwohnerstatistiken durchforsten und ihr auf den Fluren von Somerset House versuchen hinterher zu hasten: Mary entwischt uns immer wieder. Und sie können mir glauben, ich habe mich wie ein Jagdhund an ihre Fersen geheftet. Mary, die große Geheimnisvolle, die die Menschen träumen läßt, der Inbegriff von Mut, Abenteuer und frühem Leid. Wer entschlüsselt das Geheimnis von Mary? Ich habe es versucht und bin gescheitert. Beinahe hätte sie mich auch verführt.«

»Aha«, sagte Andrew, »Sie also auch.«

»Ich bitte Sie, Andrew.«

Für einen kurzen Augenblick war er versucht, endlich sein Gewissen zu erleichtern und alles zu beichten. Nur der Gedanke, daß es Bels reichberingte Ohren sein würden, denen er sein Geheimnis verriet, hielt ihn davon ab. Diese Frau war es einfach nicht wert. »Sagen Sie mir jetzt, wo ich Agnes finden kann?«

»Nein, tue ich nicht. Sie braucht im Moment absolute Ruhe. Vielleicht können Sie das verstehen.«

Kapitel 28

Das Warten war schrecklich. Der unfähige Richter hatte die Verhandlung ohne einen für Penny erkennbaren Grund bereits zweimal verschoben und genoß womöglich noch ihre Qualen. Es ging um irgendwelche neuen Beweise und korrigierte Zahlen. Am Stammtisch in der Wirtschaft hieß es, Stone, der ehrenwerte Großgrundbesitzer, sei fuchsteufelswild wegen der Verzögerung, denn er wolle sein Geld haben und zwar lieber gestern als heute.

Manchmal, wenn sie so neben Bob im Bett lag, betete sie, Stone möge pleite gehen. Sie würde ihm dann auch einen Fünfer zuschicken, damit er sich was Warmes zu essen gönnen konnte.

Ob die Leute wohl über sie lachten, wenn sie wüßten, wie sie sich verrückt machte? Die gute alte unerschütterliche Penny, ein nervliches Wrack. Bob haßte es, wenn sie sich im Bett hin und her wälzte, aber es war ihr egal, was er dachte.

Wenn Andrew den Hof verlöre, wäre das sein Tod.

Manche Dinge wußte man einfach, ohne zu wissen, woher, und wenn man etwas so deutlich spürte, dann war es unklug, das zu verdrängen. Penny *wußte*, daß sie auf ihren Mann achtgeben mußte.

Sie hielt es nicht länger aus. Bei der nächstbesten Gelegenheit fuhr sie wieder zum Hof. Es war ein Mittwochmittag, die kurze Spanne zwischen dem Bearbeiten der Fleischbestellungen und der Fahrt zum Schlachter.

»Habe ich es mir doch gedacht.« Penny ging in die Küche, wo sie Andrew bei Knäckebrot und Käse fand. Der Anblick, der sie empfing, war der inzwischen übliche: schmutziges Geschirr in der Spüle, ein Haufen schmutziger Wäsche in der Zimmerecke, und der Tisch übersät mit benutzten Tassen, Dosen und Töpfen.

Sie zwang sich, Andrew anzusehen. »Wann hast du zum letzten Mal deine Jeans gewechselt? Zieh sie aus, die ist total dreckig. Und die anderen Sachen gleich mit.«

Die Macht der Gewohnheit. Andrew schälte sich aus seinen Kleidern und entblößte seinen schlanken, muskulösen Körper. Um die Hüften hatte er vielleicht noch einen Tick weniger Fleisch, aber sonst war dies der Mann, den Penny vor zwanzig Jahren geheiratet hatte.

Sie warf einen vorsichtigen Blick auf seinen flachen Bauch und sah dann sein Gesicht, das so ganz und gar unbeteiligt schien, als hätte er noch gar nicht realisiert, daß sie da war. Sie kniete sich hin, um die Sachen aufzuheben, und wäre am liebsten gestorben vor Verlangen, die Zeit noch einmal um neun Monate zurückzudrehen.

Er sah, wie sie die Wäsche sortierte, Koch- und Buntwäsche, und wie sie die Maschine mit einer ersten Ladung füllte.

»Zieh dir was über, Andrew.«

Ohne zu überlegen, gehorchte Andrew, und Penny verfluchte sich selbst, daß sie so bestimmend und so vernünftig war. Vielleicht sollte sie wenigstens versuchen, es ihm zu erklären. *Jetzt.* Sag ihm, daß du einen schrecklichen Fehler gemacht hast. Doch ihre wortkarge Art konnte sie nun einmal nicht ablegen, allen schlauen Magazinen zum Trotz. Der Umgang mit ihren Gefühlen fiel ihr unendlich schwer, und die Vorstellung einer Eheberatung, zu der Bekannte von ihnen irgendwann gelaufen waren, war für sie der Horror. Sie schüttete Waschpulver in die Maschine. Gefühle waren Blößen, die man besser bedeckte.

Andrew kam angezogen wieder in die Küche. Die Sachen, die er trug, sahen nicht viel besser aus als die, die er abgelegt hatte. Penny witterte ihre Gelegenheit. Es mußte ganz offensichtlich mal jemand durchs Haus gehen, und wenn sie es geschickt anstellte, konnte sie so einen ganzen Tag herausschinden.

Während er sich umgezogen hatte, hatte sie eine ihrer herzhaften Suppen geöffnet und warm gemacht. Andrew löffelte sie begierig, und sie sah ihm begierig zu. Es war eine der schönen Seiten an ihrem Leben, für Nahrung und Wohlbefinden sorgen zu können. »Du vernachlässigst dich.«

Er wischte ihre Bedenken beiseite. »Mir geht's gut. Mach dir um mich keine Sorgen.«

Sie zuckte unmerklich zusammen. »Ich *mache* mir aber Sorgen um dich.«

Er sah nicht einmal auf. »Nicht mehr nötig, Pen. Kümmer dich lieber um Bob.«

»Andrew ...« Penny suchte in den schweigsamen Archiven ihrer Ehe nach den richtigen Worten. »Ich könnte mich aber doch wieder kümmern, ich meine ... also Bob ... er bedeutet mir nicht viel.«

Er schüttelte den Kopf und legte den Löffel neben den Teller. »Danke, Pen, aber ich denke, besser nicht.«

Penny kam ein Gedanke. Wenn man in die Ecke getrieben wurde, dann war man auf einmal nur noch man selbst. Sie ging zum Angriff über. »Sei nicht dumm, Andrew. Du kannst den Hof nicht allein führen. Der Hof könnte weiß Gott mehr als vier Hände gebrauchen. Und wenn wir – das heißt du – wenn du das Bauunternehmen erfolgreich bekämpfen willst, dann müssen wir, also du, dann mußt du zeigen, daß wir hier einen mustergültigen Betrieb führen.«

Ihr Appell zeigte Wirkung. »Da ist was dran. Ich werde darüber nachdenken.«

»Was macht der Fleischverkauf?«

»Sieh dir die Kontoauszüge an, wenn du willst. Es gehört zur Hälfte dir.«

»Allerdings.« Penny hatte fast die finanzielle Seite an der Angelegenheit vergessen, was nur zeigte, wie unsicher und verwirrt sie war.

»Aber nicht Bob, vergiß das nicht. Er kriegt keinen Penny.«

»Schon klar.«

Mochte ihr Ehemann über Bob schimpfen, ihm unrecht tun und ihn verfluchen. Wirf den Fehdehandschuh. Es zeigte doch, daß er wenigstens noch *etwas* fühlte. Und das war, was sie wollte.

Er mußte unbedingt mehr essen. Penny stand auf, um ihm ein Brot mit Butter zu beschmieren. Sie stellte es vor ihn hin. »Hör mal, ich bringe noch mehr zu essen rüber, gut?«

Er zuckte mit den Schultern. »Wenn du willst.«

Es war nicht gerade ein Begeisterungsschrei, aber es war doch entschieden mehr als schlichte Ablehnung. Penny war sich nicht sicher, aber sie hatte das Gefühl, Andrew nähme sie zum ersten Mal seit langer Zeit wieder voll wahr. Sie konnte nicht an sich halten: »Ich halte die Sache mit Stone einfach nicht mehr länger aus. Es hat nun schon so lang gedauert. Das ist einfach ungerecht.«

»Wer hat behauptet, daß das Leben gerecht ist?«

Penny holte tief Luft, um ihre Aussage zu unterstreichen. »Ich komme dann heute nachmittag mit dem Essen wieder.« Vielleicht kann ich mich still und heimlich wieder an meinen alten Platz zurückschleichen, und dann machen wir weiter, wie bisher. Das ist doch möglich. Man hat so etwas schon erlebt. Viele Leute haben das so praktiziert. Sie trennen sich, toben sich aus und kommen dann wieder zusammen, denn der Mensch ist nun einmal ein Gewohnheitstier.

Penny wußte nicht recht, warum sie tat, was sie tat, wie sie auch nicht wußte, warum sie getan hatte, was sie getan hatte – sie wußte nur, daß ihre Ehe ein Anker war, und sie hatte ihn gelichtet, ohne für die offene See bereit zu sein.

Wenn sie ehrlich war, mußte sie ihren Zeitschriften die Schuld geben.

Andrew fixierte irgendeinen Punkt knapp über ihrem Kopf. »Du hast eine Entscheidung getroffen, Penny, und das kann ich akzeptieren. Ich kann nicht sagen, daß sie mich nicht verletzt hätte. Das hat sie.«

Ich muß dranbleiben, dachte sie. *Es hat ihm etwas ausgemacht.*

Doch dann machte Andrew alles zunichte, indem er anfügte: »Du kümmer dich um Bob, ich kümmere mich um den Hof. Ich passe schon auf, daß du deinen Anteil bekommst.« Er schwieg einen Moment. »Egal, was passiert.«

Die Enttäuschung war so überwältigend, daß Penny fast erstickt wäre, und alles war um so entsetzlicher, da sie es sich selbst zuzuschreiben hatte. Sie dachte an die vergangenen Jahre, als sie an der Seite ihres Mannes hier gearbeitet hatte, wohl wissend, daß sie sich auseinandergelebt hatten. Wie sie sich abgerackert und geschuftet und dabei Jugend und Schönheit geopfert hatte.

Aber es war besser als nichts.

»Hoffe ich jedenfalls. Und im übrigen wird es hier einige Veränderungen geben.«

»So?« Sie sah, wie seine Gestalt sich belebte, wie Freude und Hoffnung sich in ihm ausbreiteten. Das war ein anderer Andrew als der, den sie kannte. »Was für Veränderungen?«

»Jemand wird zu mir ziehen.«

»Wer denn?«

»Agnes.«

Penny umklammerte das Brotmesser fester. »Die Fernsehfrau? Die zieht nicht hierher. Nie im Leben.«

»Die Einzelheiten sind noch unklar. Aber die klären wir.«

Unsägliche Zweifel befielen sie. *Ich darf nicht weinen.* Penny mußte sich setzen. »Andrew, was hast du schon wieder für Motten im Kopf? Du weißt, wo das bei dir hinführt. Die Hekken, die Sache mit den Pestiziden, was weiß ich.« Sie seufzte. »Das hatten wir doch alles schon.«

»Ich denke an Scheidung, Penny.«

Sie versuchte, sich aufrecht zu halten, aber das Wort »Scheidung« durchbohrte ihre Brust wie ein Pfeil. »Und was hat sie dazu gesagt, als du sie gefragt hast, ob sie hier leben will?«

Er stand auf, holte seine Stiefel aus dem Flur und begann, sich mit einem verknoteten Schnürsenkel zu beschäftigen.

»Verstehe«, sagte Penny. »Die harte Arbeit ist nichts für sie, oder?«

»Ich weiß, was du von ihr denkst, Penny, aber du täuschst dich. Agnes versteht mich.«

Sie wollte ausrufen: *Ich verstehe dich auch.* Aber all ihre Angriffslust war verraucht. »Andrew, ich weiß, wie du arbeitest. Du denkst, du bist der weiße Ritter, der jeden Tag auszieht, um mit den bösen Reichen um seinen Lohn zu kämpfen. Du glaubst, du würdest irgendwie die Welt retten.«

»Irgendeiner muß es tun.« Seine blauen Augen leuchteten. »Aber warum gleich die Welt? Im Moment genügt mir mein Hof.« Er gab es auf mit dem Schnürsenkel und reichte Penny den Stiefel. »Du hast bessere Fingernägel, Penny ...«

Penny nahm sich den Knoten vor. Es war alles gut und schön mit Weltverbesserern und Märtyrern, aber sie waren entsetzlich unverläßlich und unberechenbar. Und sie paßten so wenig in eine Welt, die den Himmel erobert hatte und ins All vorgedrungen war. Wenn sie irgendwie weiterkommen wollte, mußte sie versuchen, ihn zu verstehen. »Da«, sagte sie und gab ihm den Stiefel zurück. Ich weiß, was er von mir hält. Er glaubt, ich sei bodenständig, handfest, habe keine Träume, keine Interessen, keine Phantasie, aber ich habe auch eine Seele, genauso wie diese Agnes. Und ich habe ein Recht, so zu fühlen, wie ich fühle.

Andrew sah zur Uhr an der Wand. »Ich muß los. Ich mache mir Sorgen wegen Molly. Ich will mal nach ihr sehen. Seit sie gekalbt hat, hat sie sich noch nicht wieder erholt.«

»Frißt sie?«

»Einigermaßen. Aber sie sieht nicht gut aus.«

»Hol sie lieber rein.«

Er dachte nach. »Vielleicht keine schlechte Idee. Wenigstens für ein, zwei Tage. Gefallen wird's ihr nicht, was? Also«, sagte Andrew, der mit Schnüren fertig war, »bis irgendwann dann.«

Als sie allein war, begab Penny sich in Andrews Büro und rief im Computer Mollys Datei auf. Die Daten waren auf dem neuesten Stand. Sie hatte nichts anderes erwartet. Nichts konnte Andrew davon abhalten, seinen Betrieb in Schuß zu halten. Keine Krankheit, keine Sorgen, nichts. Tief in Gedanken versunken setzte sich Penny auf den Bürostuhl und drehte sich so, daß sie die Eichen im Blick hatte.

Wenn sie ihren Mann zurückerobern wollte, mußte Penny wieder in ihr eigenes Haus einziehen, bevor sich hier eine andere breitmachen konnte ...

So einfach war das.

Sie verstaute ihre Tasche in dem Schränkchen, in dem sie sie immer verstaut hatte – für den Fall, daß ein neugieriger Lieferant auftauchte und auf dumme Gedanken kam. Vergiß das Essen. Wenn sie sich sofort daranmachte, konnte sie noch eine Maschine Buntes waschen und auch noch die Kochwäsche, konnte sie im Trockner trocknen, und bis zum Abend hätte sie die Wäsche, gebügelt und akkurat zusammengelegt, wieder im Schrank und könnte – womöglich – sogar die Füße wieder unter den eigenen Tisch strecken.

Spät am Nachmittag machte Andrew eine Pause. Er war dabei, einen mächtigen Ast zu zersägen, der auf der Nordweide heruntergekommen war. Er setzte sich auf einen Klotz und streckte die Füße aus. Zu seiner Verwunderung sah er, wie Pennys Wagen auf dem von Schlaglöchern übersäten Zufahrtsweg auftauchte. »Hou!« machte er zu den Devons, die sich ihm neugierig genähert hatten und ihn so dicht umstanden wie die Diesteln, die sie feinsäuberlich platttraten. Auf seinen ruhigen Ausruf hin rückten sie nur noch näher mit ihren heißen Flanken heran. Die jüngeren spielten ihre Spiele. Mütter und ihre Kälber tauschten die Plätze, stupsten und neckten sich, umkreisten Tanten und Kusinen, wie Rinder tun, denen es gut geht. »Hou«, wiederholte er noch einmal. Er gab einer Kuh einen Klaps, die sich ungeduldig in die erste Reihe vordrängeln wollte. Sie müssen wissen, wer hier das Sagen hat.

Es war Oktoberwetter. Ein frischer Wind pfiff vom bronzen leuchtenden Moor her und fegte die letzten Fetzen Wärme fort. Am Horizont warteten Regenwolken darauf, sich ihrer Last zu entledigen.

Als Penny sich näherte, wichen die Kühe zurück, bis Andrew allein zurückblieb. Er sah ihr zu, wie sie aus dem Wagen stieg und zu ihm hergewatschelt kam. Sie hatte schon immer diesen Watschelgang gehabt, und das würde sich wohl auch nicht mehr ändern.

Es war nicht nett, wie das fahle Licht ihre gedrungene Gestalt unerbittlich bloßstellte, Penny mit ihrem giftiggrünen Synthetikpullover und ihrem ungleichmäßig gefärbten Haar. Gute, alte Penny. Natürlich liebte er sie, auf eine harmlose, freundliche Art, und jetzt, da er Agnes hatte, konnte er auch wieder vertrauter und aufrichtiger mit ihr umgehen.

Doch als sie ihn erreicht hatte, ließ irgend etwas in ihrem Verhalten ihn aufmerken. »Ich dachte, du wärst längst gefahren?«

»Die Post ist gekommen. Ich habe dir den hier mitgebracht.« Sie hielt ihm einen Brief hin. »Er ist vom Friedensrichter.«

»Es ist noch nicht so weit«, sagte er. Trotz aller inneren Vorbereitung auf den Moment der Wahrheit, kam er sich irgendwie dumm und hilflos und alles andere als vorbereitet vor.

Sehr geehrter Mr. Kelsey,

mit diesem Schreiben möchte ich Sie davon in Kenntnis setzen, zu welcher Entscheidung ich nach Prüfung und Abschätzung aller mir bekannten Fakten gelangt bin. Angesichts der problematischen Wohnungsmarktsituation in Exbury und angesichts der Tatsache, daß ein Teil des in Rede stehenden Geländes bereits der industriellen Nutzung unterliegt, insonderheit das an die Hauptstraße grenzende Nordstück, habe ich entschieden, dem Bau der Siedlung durch die Unternehmensgruppe Arcadian Villages die amtliche Genehmigung zu erteilen, gesetzt die obengenannte Firma erklärt sich bereit zu folgenden Modifikationen …«

Andrew saß am Küchentisch und hatte den Kopf in die Hände gestützt. Er war vom Schock wie betäubt, er konnte keinen vernünftigen Gedanken fassen.

Das war der Todesstoß. Ein Hieb mit dem blitzenden Beil des Henkers. Sein Kopf dröhnte noch von dem schrecklichen dumpfen Geräusch des Aufpralls von Metall auf Knochen. Das war das Ende. Es war alles aus.

Vor langer, langer Zeit war dieses Land grün und fruchtbar gewesen, die unterschiedlichsten Arten drängten sich in diesem Landstrich dicht an dicht, Gräser, Blumen, die Früchte des Feldes und des Waldes, in Stücke geteilt nur durch die Viehwege, und die Luft war erfüllt vom Summen der Insekten, die auf ihre Art ihr kleines Leben lebten. Vor langer, langer Zeit waren hier die Männer mit ihren geölten und geschliffenen Sensen über die Wiesen gegangen, während die Frauen mit ihren beschirmten Hauben in Gruppen am Wegesrand lagerten.

Vor langer, langer Zeit ... vor langer Zeit hatte hier die Korn-Rade geblüht, hatte das Sumpf-Herzblatt seine weißen Glanzlichter gesetzt, und die Luft war gebeizt vom ätherischen Duft des Wilden Majorans.

Alle guten Geschichten mußten einmal enden.

Er hatte bereits die nötigsten Anrufe getätigt. Jim, Gordon der Gladiator, die wichtigsten Leute aus der Gruppe der Arcadian-Gegner, Freunde. Sie hatten sich irgendwo getroffen, bereiteten Transparente vor, Protestschreiben, machten ihm Mut, weiterzukämpfen.

Der Tod eines Bauernhofs. Die Lokalpresse würde es auf der ersten Seite bringen. Das Fernsehen würde auch reagieren. Er wußte, daß Agnes aktiv werden würde. Tausende würden entrüstet den Kopf schütteln – und zur Tagesordnung übergehen.

Aber es war nun einmal *sein* Hof, der den Bulldozern zum Opfer fallen würde. Sein Boden, den er gepflügt und zum Leben erweckt hatte, im Fruchtwechsel bebaut und mit natürlichen Mitteln mühsam behandelt hatte.

Was passiert, wenn in uns drin alles auseinanderbricht? Wenn der äußere Druck und die innere Verzweiflung unseren Kopf in tausend Stücke zerspringen lassen? Gibt es einen Kleber, der alles wieder kittet, jedes Teil sorgsam an seinen Platz fügt? Andrew griff sich in die Haare und riß an seiner Kopfhaut, bis hinter seinen geschlossenen Augenlidern Funken stoben.

Penny redete zu ihm. Er sah auf. Sie schob ihm eine Tasse Tee zu, aber ihre Worte erreichten ihn nicht.

Es war unwichtig. Was war jetzt schon noch wichtig?

Ihr Gesicht mit den großen, ängstlichen Augen verschwamm. Andrew stieß seinen Stuhl zurück und verließ die Küche. Im Hof nahm er die Axt mit. Penny stand in der Tür und rief: »Komm zurück!« Er reagierte nicht.

Wenn sie Zerstörung wollen, dann sollen sie sie haben.

Wind war aufgekommen, und die Herde drängte sich am hinteren Ende der Weide zusammen. Die Tiere waren nervös, weil sich das Wetter änderte und der Wind ihnen an Schwanz und Ohren zerrte. Nur wenige wandten sich um, als Andrew an ihnen vorbeieilte.

Sie würden ihn für verrückt erklären, wie auch schon vorher, als er das Feld angesteckt hatte. Er hatte die Sprüche in der

Gastwirtschaft mitbekommen. Sollten sie reden. Manchmal ist es gesund, verrückt zu sein. Sein Atem ging schnell, und sein Herz schlug den wütenden Takt eines wilden Klagegesangs.

Und als er die Bienenstöcke in ihrem unschuldigen Weiß erreicht hatte, fuhr seine Axt in den erstbesten, den er vor sich sah. Das Holz krachte und barst. Es folgte ein Moment der Stille, bevor das empörte Gebrumm des Bienenvolks anhob.

Die Schergen machten sich bereit.

Noch einmal hob Andrew die Axt. Diesmal zielte er genauer. Die Klinge fuhr in das zweite Haus. *Nichts soll übrigbleiben. Nichts ist so rein und süß wie Honig. Nichts so unberührt und so alt wie ihr, die Bienen. Und ihr sollt sterben, denn für euch ist hier kein Platz mehr.*

Und als die Götter des Moores zu grollen anhuben und den Wind und den Regen schickten, erhob sich auch das verwundete und geschändete Volk der Bienen, erhob sich gegen den, der sie so lange ernährt hatte.

Das war es, was ich wollte, dachte er, als ihr Gift an tausend Stellen gleichzeitig in sein Fleisch drang und brennend durch seine Venen zog. Fortgehen.

»Andrew! Andrew! Wo bist du?« Penny formte ihre Hände zum Trichter und schrie auf der Nordweide seinen Namen in den stürmischen Wind, und der Regen vermengte die letzten Aschenreste zu einem schwarzen Brei. *»Wo bist du?«*

Sie hatte bereits Jim angerufen, und der war als verläßlicher Freund sofort gekommen. »Jim, ich habe solche Angst, Andrew könnte etwas Dummes anstellen. Er hat so elend ausgesehen. Wir müssen ihn finden.«

»Ach was«, sagte Jim und versuchte sie zu beruhigen. »Andrew würde nichts Unüberlegtes tun.«

»O doch. Das hier ist etwas anderes«, widersprach Penny. »Ich kenne ihn, Jim.« Sie trennten sich, Jim ging Richtung Süden, Penny in Richtung der Bienenstöcke.

Als Penny schließlich die im Gras liegende Gestalt fand, fürchtete sie sofort das schlimmste. Andrew hatte alle viere von sich gestreckt und lag reglos vor den zerstörten Bienenstöcken, über und über bedeckt von wimmelnden Bienen. Was man von seinem Fleisch sah, war bis zur Unkenntlich angeschwollen. Sogar seinen Augen.

»O nein, Andrew. O Gott.« Penny starrte das Bild der Verwüstung an und sank auf die Knie. »Was hast du nur getan? Deine Bienen. Deine geliebten Bienen. Ach, Andrew.«

Unter entsetzlichen Mühen gelang es ihm, seine Hand ein klein wenig zu bewegen, und durch monströs aufgeblähte Lippen stöhnte er: »Geh weg.«

»Jim!« brüllte Penny voller Panik. »Hierher. Schnell. Wie sollen wir ihn nur fortschaffen?«

Jim kam angerannt. Er wußte, wie man mit den Bienen umging, und scheuchte sie hoch in den Baum. Zusammen schleppten er und Penny Andrew bis an den Rand der Weide, dann sprintete Jim los, um den Lieferwagen zu holen. Bevor sie abfuhren, lief Penny in die Küche, griff sich mehrere Geschirrhandtücher und wrang sie in kaltem Wasser aus. Auf dem Weg zum Krankenhaus hüllte sie den vor Schmerzen wimmernden Andrew vorsichtig in kalte Wickel wie eine Mumie.

Kapitel 29

Es stellte sich heraus, daß Maud und Agnes beide für eine Woche im Krankenhaus bleiben mußten, und sie schickten sich gegenseitig Botschaften, die eine der Schwestern freundlicherweise hin- und hertrug. Mrs. Campion, erfuhr Agnes von der jungen Frau mit der niedlichen rosagestreiften Schürze, sei umgeben von Blumen und esse mit gesundem Appetit.

Die Ärzte machten mehrere Tests bei Agnes, so auch eine Ultraschalluntersuchung. Der Arzt in der Sonographie war so freundlich, ihr zu zeigen, was die merkwürdigen grauen Schatten zu bedeuten hatten. Agnes hatte konzentriert auf den Monitor gestarrt und ganz allmählich eine pulsierende Form ausgemacht.

»Sehen Sie«, sagte der Arzt, und Agnes sah durch ein Fenster, das ihr die Wissenschaft geöffnet hatte, auf ein Mysterium, das sich seit der ersten Zellteilung in Urzeiten unendlich häufig wiederholt hatte. »Ach«, entfuhr es ihr, und ihr Herz schlug schneller in Willkommensfreude. Was sie da sah, schwamm ihr entgegen auf dem Fluß der Zeit. Die zuckende, vibrierende Form, um die sich Knochen legten wie schützende Fingerchen, bestand aus Informationen, die vor Tausenden von Jahren gesammelt worden waren.

Sie stieß einen kleinen Schrei aus.

»Bleiben Sie ganz ruhig«, ermahnte der Arzt. »Sehen Sie doch.«

Und Agnes trat weg von dem Monitor, tat einen Schritt an die Seite des neuen menschlichen Wesens. Ins Innere seines Herzens und durch das Herz noch einen Schritt weiter. Jenseits des Bildes, jenseits aller Gene, betrat sie eine neue Dimension, für die sie keinen Namen wußte.

»Das ist das Herz des Fötus«, erklärte der Arzt. »Es sieht alles ganz hervorragend aus. Möchten Sie das Geschlecht des Kindes wissen?«

»Nein. Nein danke.«

Das Erlebnis hatte Agnes verwirrt und nervös gemacht, aber ihren Entschluß nur noch besiegelt: Dieses Baby würde geboren werden.

In dieser Woche bekam sie nach und nach wieder festen Boden unter den Füßen. Die Übelkeit ließ nach, sie fühlte sich erholt und gestärkt. Natürlich würde sie die Schwierigkeiten, die sich ihr in den Weg gestellt hatten, ausräumen. Ein erfülltes Leben nahm Unvorhergesehenes in sich auf, statt es zu verwerfen. Das Haus, das Kind, die gescheiterten Affären, das durfte man nicht kleinlichen Bedenken opfern. Sie würde es schaffen und Kräfte mobilisieren, die jetzt noch ungenutzt in ihr schlummerten.

Sie stellte sich vor, wie sie Andrew lieben lernte mit jener soliden Wertschätzung, die sie bei Paaren beobachtet hatte, deren Beziehung auf Vertrauen und Ehrlichkeit basierte und nicht das Resultat einer stürmischen Leidenschaft war. Sie würden sich verschiedene Zuständigkeitsbereiche zuweisen, was ihre Arbeit anging. Aber es würde auch viele Gemeinsamkeiten geben. Sie hatten dasselbe Ziel. Sie spürte, daß Andrew der Mann war, dem sie sich und ihr Kind anvertrauen konnte.

Viele Stunden lag sie da und starrte an die Decke. Was für eine Herausforderung und Arbeit es doch war, die Frau zu sein, die sie sein wollte, und den verschiedenen Rollen gerecht zu werden, die sie im ständigen Wechsel einnahm, der werdenden Mutter, der kreativen Agnes, der häuslichen Agnes.

Ja. Jetzt, wo die Übelkeit verschwunden war und ihr Körper wieder belastbar schien, war es an der Zeit, Pläne zu machen und Termine zu klären. Agnes' Selbstbewußtsein war zurückgekehrt.

Wie sie so still dalag, dachte sie an die andere Agnes. Die Unterröcke hatte sie um die Füße geschlungen gegen die kalte Zugluft, die im Haus herrschte – und über die immer wieder in den erhaltenen Notizen geklagt wurde –, während sie Namensschilder stickte, für jedes Kind eines, mit seinem Geburtsdatum darauf. Rupert, Charles – nach dem König –, Henrietta, Margaret, Henry ... Nur nicht für das Kind, das sie das Leben kosten sollte. Jenes Kind blieb namenlos. Hin und wieder mochte sie ihren Kindern Geschichten erzählt haben. Von Schlachten und von Königen, von Hexen und Dämonen, und, indem sie sich zu Klein Henry hinüberbeugte, von jungen Söhnen, die auszogen, um ihr Glück in der Welt zu suchen.

In einigen Monaten würde Agnes ihren Platz im Kreis der Geschichtenerzählerinnen einnehmen. Sie würde ihrem Kind Stück für Stück eine Welt erschaffen, in die es einziehen konnte, mit den Bannern der Phantasie und der Geschichte ihrer Familie.

Sie rief Bel an, beriet mit ihr, wie die nächsten Termine aussehen sollten, bat sie, schon einmal Jed anzuheuern und dann ein Treffen mit Dickie zu organisieren.

Als nächstes mußte sie mit Andrew über alles sprechen. Sie wollte ihn gerade anrufen, da klingelte ihr Telefon. Es war Penny.

Als Andrew erwachte, nachdem die Wirkung des Sedativums nachgelassen hatte, war sein ganzer Körper noch angeschwollen, glühte wie Kohlen und schmerzte entsetzlich. Verängstigt und verwirrt saß Penny neben dem Bett, ein zerknülltes Taschentuch in Händen, und sah ihn unverwandt an.

»Bin ich tot?« murmelte er.

»Nein, aber du hattest eine allergische Reaktion.«

Er verdaute diese Information. »Ich bin wohl einmal zu viel gestochen worden.« Er sah, wie sein kleiner Scherz ein erleichtertes Lächeln auf Pennys Gesicht zauberte. Und trotz aller Schmerzen empfand er eine gewisse Freude darüber.

Arme Penny.

»Warum die Bienen?« fragte sie. »Warum hast du ihnen das angetan? Sie hatten doch keine Schuld.« Sie betupfte seine Lippen mit einem nassen Schwamm, und er sog gierig daran.

»Penny, kannst du mir einen Gefallen tun?«

Sie tränkte den Schwamm gerade mit frischem Wasser. »Natürlich.«

»Ich weiß, es ist schwer für dich. Aber könntest du Agnes Bescheid sagen?«

Der Schwamm fiel mit einem Klatschen zu Boden.

Der Anruf ließ Agnes nicht im Zweifel darüber, wieviel Überwindung es Penny gekostet hatte, ihn zu tätigen. »Ich rufe an, weil Andrew einen Unfall hatte«, erklärte Penny mit einer Stimme, die ermattet und nervös zugleich klang.

Agnes war an diesem Tag gerade aus dem Krankenhaus entlassen worden. Sie setzte sich auf den Stuhl bei dem dreibeinigen Tischchen in der Diele. »Ist er verletzt? Schlimm?«

»Ein wenig.« Penny war knauserig mit ihren Informationen. »Aber er fragte nach Ihnen. Der Arzt sagt, es könnte von Nutzen sein, wenn Sie kommen. Nachdem wir den Bescheid wegen dem Hof bekommen habe, hatte Andrew so eine Art Nervenzusammenbruch.«

»Sie haben den Hof verloren?«

»Wir haben den Hof verloren.« Agnes bemerkte das »Wir«. Ein leiser Triumph schwang in ihren Worten mit, ein gewisses »Ich hab's ja immer gesagt«, als sie nun doch berichtete, was in Tithings geschehen war. »Er möchte dringend mit Ihnen sprechen. Worüber hat er nicht gesagt. Er kann allerdings zur Zeit nicht so gut sprechen. Wir sind im Kreiskrankenhaus.«

Agnes versprach, zu kommen.

Penny war noch nicht fertig. »Sie sollten eins wissen. Ich bin gestern wieder in Tithings eingezogen. Fürs erste. Andrew wird noch eine Weile im Krankenhaus bleiben müssen.« Sie fügte an: »Nur damit Sie Bescheid wissen.«

»Ach«, sagte Agnes. Ihre Zukunft, die sie sich so detailliert und in den schönsten Farben ausgemalt hatte, verblaßte von einem Moment auf den anderen. »Vielleicht können wir noch darüber reden.«

Wie betäubt fuhr sie am nebligen Moor vorbei, das einst den Menschen der Bronzezeit als Heimat gedient hatte. Im verschwommenen Sonnenlicht wirkten die gelegentlichen Findlinge weniger monolithisch und gewichtig als sonst. Die Wildheit des Landstrichs war gebändigt von der Straße, die geheimnisvolle Verbundenheit von Mensch und Erde und Sonne war aufgelöst in dem alles verhüllenden Dunst, und die alten Siedlungen der Bronzezeitmenschen lagen begraben unter einer meterhohen Leichendecke aus kalkhaltiger Erde.

Agnes umfaßte das Lenkrad fester und beschleunigte.

Als sie Agnes am Eingang zur Station erblickte, preßte sie die Lippen aufeinander, stand dann aber auf, um ihr entgegenzugehen.

Agnes sagte unsicher: »Es war sehr freundlich von Ihnen, mich anzurufen, Penny. Unter den Umständen ... die mir allerdings noch nicht ganz klar sind.«

»Wem sind sie das schon?« sagte Penny mit einer Schärfe, die an Unhöflichkeit grenzte. »Aber so ist Andrew. Bei ihm weiß man nie so recht.« Sie verschränkte die Arme. »Sein Zustand ist jetzt wenigstens stabil.«

»Gut.«

Agnes überwand sich und berührte Pennys Arm. Es war aufmunternd gemeint, freundlich. Nicht vereinnahmend.

»Es ist so ... verrückt ... so ein Irrsinn«, fuhr Penny fort und beschrieb zögernd, welche zerstörerischen, unberechenbaren

Kräfte in Andrew ausgebrochen waren und wie verstörend sie auf Penny gewirkt hatten. »Das Feuer kann ich ja noch nachvollziehen – um ein Zeichen zu setzen –, aber das ...« Diese destruktive Seite in ihrem Mann zu entdecken, war ein Schock für Penny, und in ihrer Angst und Bestürzung vergaß sie ganz ihr Mißtrauen, das sie Agnes gegenüber hegte.

»Ich hätte nie für möglich gehalten, daß Andrew zu so etwas in der Lage wäre«, sagte sie mehr als einmal, und ihre Stiefel hinterließen Spuren auf dem grünen Linoleumboden. »Er ist durchgedreht. Hat mit der Axt auf sie eingeschlagen. Damit sie ihn stechen. Er wollte es so.« Schließlich ging ihr die Puste aus. »Na ja«, sagte sie kläglich, »so ist das Leben. Man muß sehen, wie man zurechtkommt. Aber was ich nie begreifen werde ...« Sie sah Agnes direkt an und schickte ihr eine unausgesprochene Botschaft: Ich bin seine Frau, und nicht Sie.

Agnes dachte an ihren Plan, an Andrews Angebot. Sie dachte auch an seine verborgenen Seiten, seine Leidenschaft und Verzweiflung, die sie sich so sehr zu eigen machen wollte.

Aber Pennys erschöpftes Gesicht war unversöhnlich. Laß uns in Frieden.

Agnes hob die Hände, um ihr Haar im Nacken zurechtzustecken, und ihr Bauch kam unübersehbar zum Vorschein. Penny schlug sich mit der Hand vor den Mund. Sie stieß einen gedämpften Laut aus wie ein geschlagenes Tier.

»Nein«, rief Agnes im selben Moment. »Es ist nicht so, wie Sie denken. Es ist nicht von Andrew.«

»Mein Gott«, flüsterte Penny. »O mein Gott.«

Agnes hatte Andrew nichts vorzuwerfen, keine Jahre der Entfremdung und der verblassenden Träume. Sie hatte niemandem etwas zu vergeben. Nicht sie, sondern Penny mußte Andrew vergeben, und Andrew ihr.

»Kann ich zu ihm?«

Penny riß sich zusammen und führte Agnes den Gang entlang bis zu Andrew, der hoch aufgerichtet, von mehreren Kissen gestützt, im Bett saß.

»Andrew ...« Agnes hatte sich auf einen schrecklichen Anblick vorbereitet, aber angesichts der grausamen Wunden, die sie sah, zuckte sie zusammen. Seine Haut war über und über von Blasen und nässenden Wunden bedeckt und sah aus wie faulendes Obst. Selbst die blauen Augen waren hinter schwarzen Sichtschlitzen verschwunden.

Penny verkündete, daß sie sie jetzt allein ließe, sie gehe in die Cafeteria. Agnes versprach, den Patienten nicht zu sehr anzustrengen. Penny warf ihr einen Blick zu: Forder mich nicht heraus.

Sie sah, wie Penny die Station verließ. »Penny hat mir erzählt, daß sie wieder in Tithings eingezogen ist.«

Die aufgerissenen, dicken Lippen bemühten sich, zu sprechen: »Davon weiß ich nichts.« Er legte seine Hände auf die Decke – ein knappes Dutzend Würste mit Fingernägeln daran.

»Damit ändert sich unsere Abmachung.«

»Ich wollte mit dir reden.«

Er wandte ihr unter Schmerzen sein Gesicht zu, und die Haut an seinem Hals bildete besorgniserregende Falten und Flecken. Sie bedauerte schon ihren Einwand und hielt ihre Fragen zurück. Sehr, sehr vorsichtig legte sie ihre Hand auf die seine. »Der Hof?«

»Bis Dezember muß ich die Tiere geschlachtet, meine Zäune abgerissen und die Sachen gepackt haben.«

»Und der Kampf?«

»Ich habe gekämpft, so gut ich konnte.« Er winselte. »An allen Fronten.«

Sie streichelte sanft seine Hand, und es schien ihn zu trösten.

»Agnes. Ich muß dir etwas sagen.«

»Ach ja?«

Manchmal ist die Wahrheit begraben. Man kann sie übersehen, darauf herumlaufen, muß nicht an sie denken. Aber sie ist doch da. Unter der Erde. Das Fossil an der Klippe. Sie hörte das Echo eines leisen Plätscherns und die Millionen und Abermillionen Sandkörner, die sich aneinander rieben.

Die Beichte kam stockend, schuldbewußt, schmerzlich. Schmerzlich für beide.

Sie sank zurück. Er lag ruhig da, sah sie an, ihren Zornausbruch erwartend.

Du hast Jacks Briefe geschrieben. »Aber wieso? Nein, sag nichts, ich weiß wieso.« Agnes saß mit versteinertem Gesicht da, die Hände gefaltet im Schoß.

Die Angst davor, aus Tithings vertrieben zu werden hatte Andrew zum Äußersten getrieben. »Ich habe fieberhaft überlegt, was ich machen könnte. Dann habe ich den Artikel über dich in der Zeitung gelesen, und da schoß mir blitzartig der Gedanke in den Kopf. Ich habe sie nachts geschrieben, wenn Penny schlief. Ich habe mich schlau gemacht über altes Papier, habe mir im Museum Briefe aus der Zeit angesehen. Ich hatte von meinem Vater noch ein paar Bleistifte und Füllfederhalter und Tinte. Dann habe ich losgelegt. Es war ein Kinderspiel. Ich war Jack. Mary war da drin. Ich kannte die beiden, wie ich mich selbst kannte.« Andrew veränderte wieder seine Lage und jaulte auf. »Es war merkwürdig. Jeder hat versucht, die Geschichten auszuspinnen. Ich brauchte nichts weiter zu tun, als weiterzumachen und zu hoffen, daß sich alles fügen würde, bevor es zur Katastrophe kommt. Ich habe mich verschätzt. Ich hatte darauf gezählt, daß der Beitrag rechtzeitig gesendet wird.«

Er blickte aus dem Fenster, als hoffte er, dort seine Wiesen und Weiden zu erblicken, ihr sattes Grün, ihr Aufleuchten in der Sonne, ihren Glanz nach einem erfrischenden Regen und das diamantene Funkeln bei Frost.

»Was ich an dir so geliebt habe, das war, wie du an die Briefe geglaubt hast. Von da war es nur ein kleiner Schritt, und ich bildete mir ein, du würdest auch an mich glauben.«

Agnes bemühte sich verzweifelt, einen Sinn in seinen Worten zu sehen, sie mit ihren schönen Plänen vom erfüllten Leben in Einklang zu bringen, die sie sich gerade erst gemacht hatte. Sie suchte die Wahrheit, und sie sprang ihr grausam ins Gesicht. Wie lautete sie? Kurz und bündig: Indem sie an die Briefe glauben wollte, in dem sie ihnen erlaubte, ein paar ihrer ganz persönlichen Wunschvorstellungen zu befriedigen, hatte sie jede kritische Distanz aufgegeben und alle Warnung in den Wind geschlagen und sich verhalten wie ein blutiger Anfänger.

Er zuckte, als er ihren Gesichtsausdruck sah. »Das war ein Täuschungsmanöver im großen Stil«, sagte sie, »und du hast mich damit reingezogen.«

Er zuckte unter Schmerzen mit den Schultern. »Manchmal heiligt der Zweck die Mittel.«

Agnes strich ihm eine Haarsträhne aus dem Gesicht. Ihre Finger befühlte seine Haut, die weich war wie Schaum. Ihre Berührung beruhigt ihn. Agnes' Pläne lagen in einem Scherbenhaufen am Boden. »Und wann wolltest du damit herausrücken?«

»Ich hätte es dir irgendwann erzählt. Irgendwann später.« Er wandte ihr das Gesicht zu. Geschwollenes, geschundenes Fleisch. »Ich habe gedacht, irgendwie sind wir quitt. Du bringst das Kind eines anderen Mannes zur Welt, und ich würde so tun, als wäre ich der Vater. Du hättest mir vergeben müssen.«

»Ja, höchstwahrscheinlich hätte ich das getan. Aber der Preis war hoch. Und das Risiko.«

»Das stimmt.«

Sie sah zu Boden, und er streckte seine Hand nach ihr aus. »Ich hatte gehofft, ich würde damit durchkommen und Tithings behalten.«

Die Stille, die folgte, war lang.

»Sag doch etwas, Agnes. Bitte.«

Sie fröstelte, sie war wütend, fühlte sich gedemütigt. Dann riß sie sich zusammen. Mit was für einem Recht wollte sie ihn verurteilen? Tag für Tag spannten Menschen andere Menschen für ihre Zwecke ein, und nicht immer klug und anständig und rücksichtsvoll. Und es wäre gut, ein paar tröstende Worte für Andrew zu finden. »Du bist ein Künstler, Andrew. Die Briefe und dein Hof sind deine Werke, und die Briefe sind wirklich beeindruckend.«

Mehr konnte sie ihm nicht sagen.

Feuchtigkeit drang aus den schmalen Schlitzen, die seine Augen waren. »Sie *sind* wahr«, brachte er mühsam hervor. »Ich habe jeden einzelnen Satz selbst erlebt.«

Die Geräusche der Station drangen wieder an Agnes' Ohr. Ein Bett, das über den Flur geschoben wurde. Kaffeetassen. Gedämpfte Musik aus einem Radio. Stimmen.

Agnes bückte sich, um ihre Tasche aufzunehmen, und ihr Zopf fiel ihr über die Schulter. Er sah ihr mit feuchten Augen zu.

»Du warst Mary«, sagte er mit Nachruck. »Du hast ihren Platz eingenommen. Ich konnte mein Glück einfach nicht fassen.«

Sie zuckte mit den Schultern.

»Ich mochte dich mit der Geißblattkrone«, sagte Andrew noch.

Agnes sah fort.

Eine Krankenschwester erschien, zog die Vorhänge an Andrews Bett zu, und damit war die Vorstellung auf dem Gang beendet. Andrew wirkte hilfloser denn je. Die Schwester musterte ihn nur kurz, dann nahm sie eine Schnabeltasse und trichterte ihm ein wenig Wasser ein. Dann wurde sie fortgerufen, und Agnes übernahm die Tasse.

»Was hast du jetzt vor?« fragte Andrew zwischen gequälten Schlucken.

Ihr Seufzen kam aus tiefster Tiefe. »Vielleicht kann ich den Beitrag ummodeln, und einfach deine Geschichte erzählen. Das könnte sogar klappen.« Sie zuckte mit den Schultern, und damit war der Anflug von Optimismus auch schon wieder vorbei. »Aber ich weiß noch nicht, Andrew. Ich muß nachdenken.«

Langsam und schwerfällig legte er seinen dicken Finger um ihr Handgelenk. »Verzeih mir«, flüsterte er.

Sie machte sich los, stand auf und sah aus dem Fenster. Unten auf dem Parkplatz herrschte reger Verkehr. Zwei tote Fliegen lagen neben den Blumenvasen auf der Fensterbank. Die aufbereitete Luft kam ihr warm und schwer vor.

Ihr Hals schmerzte. Sie kannte das Gefühl nur zu gut. War das alles für nichts und wieder nichts gewesen? Dieses verzweifelte Bemühen um eine neue Sicht der Dinge?

Der Schmerz fuhr ihr über den Rücken, und als sie sich bewegte, spürte sie etwas wie das Reißen einer Sehne in der Hüfte. Sie strich sich mit der Hand über die Taille, die keine Taille mehr war, sondern irgend etwas Plumperes, Mysteriöseres. Im Hintergrund hörte sie wieder eine Krankenschwester rufen. Dann wieder das Rattern eines Krankenbetts. Agnes drückte mit der Hand gegen den Schmerz in der Hüfte und verlagerte das Gewicht auf die andere Seite. In ihrem Körper hatte sich jemand eingenistet. Sie war jetzt dreißig, fast einunddreißig. Es war Zeit.

Es gab keinen Grund, nicht zu verzeihen. Der Fluß des Lebens kannte nur eine Richtung, und es hatte keinen Zweck, zurückschwimmen zu wollen.

Sie wandte sich um, beugte sich vor und zwang sich, die heiße, geschwollene Stirn mit den Lippen zu berühren. Ihr Kuß war ein Abschied und ein großes Bedauern. »Natürlich.«

Als Penny zu ihnen hinter den Vorhang trat, hielt sie ein Tablett mit Plastiktassen und einem Teller in Händen. »Falls Sie noch nichts gegessen haben. Ich habe uns Sandwiches besorgt. Ei, ohne Mayonnaise.« Sie stellte das Tablett auf den Nachtschrank. »Ich wollte nicht so viel für Fleisch ausgeben.«

So war Penny. Blumen im Gästezimmer, Sandwiches auf dem Tablett. Ihr Mut war zu bewundern.

Agnes sagte nicht nein und nahm ein Sandwich und eine Tasse Tee vom Tablett. »Das ist sehr freundlich«, sagte sie, und es war ihr Ernst. »Was bin ich Ihnen schuldig?«

Penny sah von Agnes zu Andrew und traf eine Entscheidung. »Nichts«, sagte sie.

Kapitel 30

Noch nie hatte sie ein Anruf bei Dickie eine solche Überwindung gekostet. Sie beschrieb ihm die neue Lage so unumwunden und sachlich wie möglich und erklärte ihm kurz und knapp, wie sie die Sache neu aufziehen wollte.

Dickie war gnädig. »Was für ein Superreinfall, Schätzchen, also ich muß schon sagen. Na gut, ziehen wir die Reißleine. Wie du weißt, waren die hohen Herren ohnehin nicht *so* begeistert von der Story. Zu wenig Hier-und-Jetzt, du verstehst. Aber sieh zu, daß du noch ein paar prickelnde Einfälle beisteuerst, andernfalls kann ich für nichts garantieren. Also meine Süße, setz dich auf den Hosenboden und hau ran!«

Agnes lachte. »Was würde ich nur ohne dich tun, Dickie?«

»Denk nach vorn«, feuerte Dickie sie an. »Denk an Glamour, denk Oscar-mäßig. Ich mein', hey, in welcher Liga spielen wir denn?« Er mußte Atem holen. »Mannomann, Agnes, wegen der Kosten für diesen kleinen Fehltritt werden wir hier noch Einiges zu hören kriegen.«

Nach einer Woche im Krankenhaus bat Andrew Penny, ihn nach Hause zu fahren. Er wollte seine Tiere sehen, sagte er.

In der blitzblanken, sauber riechenden Küche lehnte er sich an den Herd und wirkte so abgemagert, jetzt, da seine Schwellungen abgeklungen waren, daß Penny erschrak. Er war ausgebrannt. Von einem inneren Feuer verzehrt.

Sie hoffte so inständig, es möge nicht wegen Agnes sein. Der Gedanke erschütterte sie, aber sie würde weiter ihren Weg gehen. Penny wuselte herum, öffnete und schloß Schubladen, machte Kaffee, räumte Dinge fort, kochte Milch.

»Kaffee?« Sie warf Andrews nach Krankenhaus riechenden Pyjama in die Waschmaschine.

Er beobachtete sie. »Warum tust du das, Penny?«

»Weil ...«, sie richtete sich auf, »... weil wir beide das hier angefangen haben.« Sie hielt den Atem an, vor Angst, wie er reagieren würde.

Die Maschine drehte sich und klickte. »Mitangefangen – mitgehangen, meinst du.«

Es war ein bemühter Scherz, aber sie war so dankbar, daß er ihn gemacht hatte, daß sie sprachlos war. Es war wirklich besser als nichts. Viel, viel besser. Sie nahm ihren ganzen Mut zusammen und strich ihm das Haar aus dem Gesicht, das allmählich wieder seine gewohnten Züge annahm. »Ich weiß, ich bin nicht das, was du dir wünschst ...«

Er hielt ihre Hand fest. »Du kennst meine Wünsche nicht, Penny, also mach dir darüber keine Gedanken.«

Früher hätte sie bei solch einer Gelegenheit sofort reagiert, wütend oder betont vernünftig, aber Penny hatte gelernt, daß es manchmal vorteilhaft war, zu schweigen. Und sie hatte begriffen, daß sie ihrem Ehemann nie ganz nah sein würde. Das war hart. Und doch konnte sie sich nicht zurückhalten zu sagen: »Nach all den Jahren habe ich aber doch eine gewisse Vorstellung.«

Die Waschmaschine drehte sich und wiederholte die ewig gleiche Kreisbewegung. Völlig überraschend legte Andrew einen Arm um Penny. »Das ist wohl wahr, Pen, das stimmt.«

Penny folge Andrew ins Wohnzimmer. Er sah zum Stuhl. Sitzen war problematisch, die Haut war noch vernarbt und die Wunden näßten. Aber was zum Teufel? Er ließ sich langsam auf dem Stuhl nieder. Penny huschte herum, zog Vorhänge auf, servierte den Kaffee.

Sie kam mit dem Becher zu ihm und kniete sich hin. »Was ich immer so schwierig fand, war, daß du mir nie erzählt hast, was du fühlst.«

Das war eine ungewohnte Rolle für Penny, und es kostete sie einige Überwindung, sie zu übernehmen. Andrews Wurstfinger hoben sich und legten sich wieder auf die Armlehne. »Ich wollte es nicht glauben, daß ich es war, der dich ... nun ja ... in sein Bett getrieben hat. Aber ganz offensichtlich war es so.«

Er bedauerte jetzt so manches. Seine dichterischen Ambitionen. Sein gescheiterter Versuch, Stone im Alleingang zu schlagen. Sein gescheiterter Versuch, eine gute Ehe zu führen. Sein Versuch, Agnes an sich zu binden. Seine Fügung in das Unvermeidliche.

Penny stand auf, setzte sich in den Stuhl ihm gegenüber und schlug die Beine übereinander. In dieser Haltung erinnerte sie ihn an das junge, schlanke Mädchen, das sie war, als sie frisch verliebt waren und alles so perfekt schien.

»Möchtest du fernsehen?« Ihre Stimme war betont munter.

Er schüttelte den Kopf.

»Radio?«

»Nein.«

»Andrew, komm mir nicht so. Lächel mich mal an.«

Er wandte sein Gesicht ab: Sein Verlangen nach dem, was nicht war und nie sein würde, schmerzte ihn körperlich.

»Andrew, bitte, lächel mich an.«

Wie sollte man ernten, wenn das Feld brachlag?

»Andrew ...« Pennys Augen füllten sich.

Andrew faßte einen Entschluß und tat, was sie von ihm verlangte, denn es blieb ihm nichts anderes übrig, es war der einzige noch gangbare Weg. Er wandte sich wieder um, um seine Frau anzusehen, und das Bild eines Mädchens erschien ihm und versetzte ihm einen Schlag, wie uns der Anblick eines Toten erschüttert.

Pflichtschuldigst lächelte er dieser verängstigten, aber liebevollen Frau zu, die im wirklichen Leben an seiner Seite stand.

Julian fuhr zu Kittys Kate und parkte den Wagen. Das Haus wirkte anders, ungewohnt. Die Vorhänge fehlten an den Fenstern, und ein großes Schild »Zu verkaufen« zierte die Auffahrt.

Noch ungewohnter war es, zur Haustür zu gehen, zu klopfen und zu warten. Aber er wartete. Kitty rief ihm zu, hereinzukommen. Er fand sie im Wohnzimmer auf den Knien neben einem großen Umzugskarton inmitten unzähliger Sachen. Er erkannte die Staffordshire-Figuren und die Gläser, die er ihr mitgebracht hatte. Jeder einzelne Gegenstand wurde in Zeitungspapier eingewickelt, mit derselben Sorgfalt, mit der Kitty alles in ihrem Leben erledigte. Zeitungspapier, Dämmaterial und ein kleiner, blauer, sauber beschrifteter Aufkleber: Spiralstiel-Kelch, ca. 1740.

Das war Kittys Kennung. Ihr verschlüsselter Lagebericht von der Front. Und wenn alles gutging und der Agent tapfer und geschickt war, dann überwand seine gemorste Botschaft alle Lügen und selbst den Tod.

Kitty sah nicht auf. »Was willst du, Julian?« Damit sie der Mut nicht verließ, schlug Kitty ein zweites Glas ein und legte es vorsichtig in den Karton. Packen war einfach. Komplizierte Erinnerungen beiseite zu tun, war schon schwieriger. Aber sie machte Fortschritte. Jeden Tag ging es ein bißchen besser.

»Ich habe ein paar Sachen mitgebracht, die du noch bei mir hattest.« Julian hielt zwei Tüten in die Höhe.

Kitty unterbrach ihre Tätigkeit nicht. »Stellst du sie da hin, bitte? Tut mir leid, ich bin gerade ziemlich beschäftigt, ich kann dir gar nichts anbieten.«

Er tat, was sie gesagt hatte. Heimlich warf sie ihm einen kurzen Blick zu. Nur um nachzusehen. Nur für die Erinnerung. Er wirkte ... besorgt.

»Kitty, bist du dir auch sicher, daß du das richtige tust? Ich freue mich ja, daß du eins von den Häusern gekauft hast, aber daß du auch gleich da wohnen willst?«

Sie kam von den Knien hoch, ging dann in die Hocke. »Hör ich recht? Sind das denn nicht Häuser für morgen für Menschen von heute, oder wie du dich auszudrücken beliebt hast? Keine Angst. Das Haus ist perfekt.« Ein weiteres Glasgefäß wanderte in den Karton. »Für das, was mir vorschwebt.«

»Und was schwebt dir vor?«

Sie antwortete ihm nicht direkt. »Wußtest du, daß die Küste von Yorkshire bekannt ist für seinen Röhrkohl? Nur die Einheimischen erkennen ihn überhaupt, und Leuten von auswärts verraten sie erst gar nichts davon. Ich freue mich schon jetzt darauf, eines Tages dazu eingeladen zu werden, mitzugehen und Röhrkohl zu stechen.«

Sie spürte, wie Julian ratlos war. Er wies auf die Sachen, die den ganzen Boden bedeckten. »Es ist alles so plötzlich gekommen.«

»Ganz und gar nicht. Es hat viel zu lang gedauert.« Ein Porzellanteller war als nächstes dran, und Kitty nahm ihn in die Hand. »Wie du weißt, steht das Haus in der Tennyson-Siedlung schon lange bezugsfertig da, und für die Kate habe ich bereits zwei Interessenten, der eine von ihnen würde sogar in bar bezahlen.«

Sie sah das bewundernde Leuchten in seinen Augen. »Aber bist du auch ganz, ganz sicher?«

Das Zeitungspapier raschelte leise. »Sei mir bitte nicht böse, Julian, aber ich möchte behaupten, das geht dich nichts an.«

Im Karton war nur noch Platz für den Teller und eine weitere Vase, und sie verstaute sie mit geschickten Fingern, auch wenn die Hände jetzt zitterten. Sie hatte alles im Griff. Noch. »Ich glaube, du gehst jetzt besser.«

»Ja, natürlich.«

Mit einer raschen Bewegung bückte er sich und nahm sie in den Arm. »Es tut mir leid, Kitty«, hauchte er in ihr Haar. »Kann ich noch irgend etwas für dich tun?«

Sie fühlte die Sicherheit in seiner Umarmung und schloß die Augen, und zu ihrer großen Überraschung dachte sie: *Das* möchte ich nicht mehr. *Ich bin frei.*

Julian ließ sie los und stand auf. »Kitty, ich weiß, daß ich dir zehn Jahre deines Lebens gestohlen habe.«

Kitty drehte sich um, um ihre zitternden Hände hinter dem Rücken zu verstecken, und hob den Kopf. »Ich nehme mein Leben in die eigenen Hände«, sagte sie, »das ist doch was.«

Als er fort war, hockte Kitty sich wieder hin und preßte das Gesicht auf die fragile Oberfläche des Umzugskarton. Die Luft zitterte um sie her. Sie meinte ihren Verlust körperlich zu spüren.

Denk an die Weite der Marsch. Das Licht. Die Dohlen. Und die Seehunde in der grauen See. Denk an den Geruch von dunkler Erde und von Ernte.

Sie würde viel lernen, sie mußte viel lernen. Lernen, stark zu sein, sparsam, bescheiden. Das genaue Gegenteil von der Person, zu der sie sich in den letzten Jahren mühsam gemacht hatte.

Schließlich richtete Kitty sich auf und ging nach oben ins Schlafzimmer. Sie sah lange auf das Bett, das sie mit Julian geteilt hatte. Sie konnte jedes einzelne erlebte Gefühl in ihrer Erinnerung abrufen: die süße, schweißnasse Lust. Der Schmerz eines in Leidenschaft umklammerten Halses, die unendlich tiefe Befriedigung einer erfüllten und erfüllenden Liebe.

Aber die Zeit blieb nicht stehen. Veränderung. Verfall. Das Fleisch, das so viel erlebt und erlitten hatte, schwand dahin. Sie würde es nicht länger daran hindern, sie würde sich in eine Welt zurückziehen, wo sie nie mehr seinen penetranten Einflüsterungen ausgesetzt wäre. Dort würde sie leben, altern und sich verwandeln, bis ihre vertrockneten Gebeine in der feuchten Erde zu Grabe getragen werden würden.

Die Abschaffung des Verlangens.

Kitty zog eine Schublade nach der anderen heraus und kippte den Inhalt, ihre feinsäuberlich zusammengelegten Kaschmirpullover und Seidenblusen, auf den Boden. Dann stieg sie von den hochhackigen Schuhen herunter, bückte sich, nahm den ganze Haufen auf und trug ihn zum Mülleimer.

Im Schrank befand sich bereits ein neues Paar Schuhe. Flache Absätze, nicht besonders teuer. Kitty zog sie an, machte versuchsweise ein paar Schritte, dann ging sie die Treppe hinunter und ließ das Schlafzimmer wie ein gestrandetes Schiffswrack zurück.

Auf Nimmerwiedersehen, Lebensabschnitt. Sie wollte nichts mehr wollen noch begehren.

Theo putzte im Flur und summte vor sich hin – die Bilder hatten an den Wänden dunkle Ränder hinterlassen. Kitty streckte einen Fuß vor, der bereits zu schmerzen begann. »Wie gefallen dir meine neuen Schuhe? Sag, daß sie dir super gut gefallen.«

Am späten Nachmittag fuhr Julian die Auffahrt von Flagge House hinauf. Als er an der Tür klingelte, öffnete ihm Maud. Sie ergriff sofort seinen Arm und bat ihn, einen Sherry mit ihr zu trinken.

»Agnes ist nach Exbury gefahren«, erkärte sie. »Es hat irgend etwas mit diesem Bauern dort zu tun. Wußte sie nicht, daß Sie kommen?«

Das Gefühl der Eifersucht war neu für Julian. Er spürte einen Druck in der Magengegend, überwand sich jedoch und betrat die Diele. Dann roch er. »Hat es hier gebrannt?«

Maud machte große Augen. »Kleine Dummheit meinerseits. Ich hätte beinahe die Küche abgefackelt.« Sie führte ihn ins Wohnzimmer. »Ich wollte den Geist von Bea austreiben. Sie ist fortgelaufen, müssen Sie wissen, mit diesem Verräter von Freddie, und ich wollte ein für allemal mit ihr abschließen. Dabei habe ich wohl etwas übertrieben.« Maud kramte Gläser hervor und die Flasche. »Agnes hat sich darum gekümmert. Versicherung und die ganzen Sachen. Sie war sehr böse.« Maud stellte alles auf ein wackeliges Tablett. »Warum wollten Sie sie sprechen?«

Julian überging die Frage. »Wie kommen Sie zurecht so ohne Küche?«

»So la-la, wir kochen nicht viel, Mr. Knox. Vielleicht riechen Sie noch den Fisch von vorgestern.«

»Ein wenig«, gab er zu.

Maud wischte den Rand des Glases ab und reichte es ihm. »Agnes war im Krankenhaus. Sie hat sich böse die Finger verbrannt. Ziemlich passend, finden Sie nicht?«

»Nein«, sagte er ungerührt, »finde ich nicht.«

Agnes war überall anwesend in diesem Zimmer. Ein neues Kissen auf dem Sofa, ein neubezogener Stuhl, mehrere Einladungskarten, die auf dem Kaminsims aufgereiht standen, vor allem zu irgendwelchen Medien-Anlässen, und – natürlich – ein Exemplar des Drehbuchs zur *Menschen wie du und ich* - Sendung, das auf dem dunkel furnierten Tisch lag.

»Haben Sie irgendeine Idee, was Agnes mit diesem Haus machen könnte?«

»Ja, habe ich, aber ich fürchte, meine Ideen zu diesem Punkt interessieren Agnes nicht besonders.«

»Wie vorsichtig Sie sind, Mr. Knox.« Maud klang enttäuscht. »Ich hasse es«, fügte sie an und meinte das Haus.

»Ja, ich weiß.«

»Wir hatten neben dem Feuer auch noch Wasser im Haus. Der Fluß ist mal wieder über die Ufer getreten«, sagte sie. »Es ist ein Trauerspiel.«

Julian sah aus dem Fenster über die feuchten Wiesen, wo sich hie und da Lichtreflexe vom Fluß verfingen – Blinkzeichen, mit einer Botschaft für die Bewohner unter Wasser.

»Ja, das ist es.«

»Haben Sie keine Nachricht für Agnes?«

Er lächelte sein geschäftsmäßiges Lächeln. »Nein, habe ich nicht. Und ich gehe jetzt auch besser. Ich hatte gehofft, ich würde sie erwischen.« Er nahm das Drehbuch in die Hand. Auf die erste Seite war mit einer Büroklammer eine Liste mit Titeln geheftet: »Entwurzelte Arten – Das Verschwinden der englischen Äpfel«; »Mitten im Leben ... – Die Waisenkinder in Osteuropa«; »Bekenntnisse eines Walfängers«. Darunter hatte Agnes geschrieben: »Andrew bestätigen, Kirchenbücher?«

Er runzelte die Stirn.

Agnes' Arbeit. Agnes' Welt. Er konnte spüren, wie sie sich in diesem Raum empörte über die geschickt ins Spiel gebrachten Köder der Baufirma, über das Zubetonieren von saftigen Wiesen und Apfelanbaugebieten.

Maud hatte sich noch einen Sherry eingeschenkt. »In den Geschichten kriegt jeder Jack am Ende seine Jill, aber die Wirklichkeit sieht anders aus, nicht wahr?«

Er legte das Drehbuch zurück auf den Tisch. »Durchaus nicht«, sagte er trocken. »Dieser Jack hier kriegt seine Jill nicht. Bei dem ist anscheinend einiges gründlich schiefgegangen.«

»Also, Mr. Knox, weshalb sind Sie hergekommen?«

Im blassen Herbstlicht erschien jede Falte in Mauds Gesicht wie unter dem Vergrößerungsglas – ein Gesicht, das gewohnt war, die Welt mit einem Höchstmaß an Skepsis zu betrachten. Es war ein selbstgefälliges Gesicht, und es konnte sein, daß sein eigenes Gesicht in diesem Licht genauso wirkte. Er hoffte nicht.

Liebe sollte selbstlos sein. Aber es war alles viel komplizierter. Liebe war selbstlos – aber sie war gleichzeitig so unerträglich egoistisch. Er brauchte Agnes, brauchte eine neue Perspektive. Er mußte das neue Ufer finden.

Er hörte sich selbst dabei zu, wie aus großer Ferne, als er sagte: »Ich bin gekommen, weil ich ein wenig Trost gut gebrauchen könnte.«

»Du liebe Zeit«, sagte Maud und schnitt eine ihrer verrückteren Grimassen. »Damit können wir hier nicht dienen. Nein, wenn wir was davon rumliegen hätten, hätte ich es mir schon längst unter den Nagel gerissen.«

Kapitel 31

Maud!« Agnes latschte müde zu ihr herüber, »Bea hat uns einen Brief geschrieben.«

Die beiden Frauen saßen im Wohnzimmer, dick eingemummelt in Pullover. In dem großen Raum war es stickig und kühl zugleich, und die Spinnen oben in den Ecken fühlten sich offensichtlich wohler denn je.

»Dann liest du ihn mir besser vor.«

»›Ihr Lieben‹«, begann Agnes, »›Freddie und ich durchstreifen Ägypten. Die *Isabella* ist ein traumhaftes Schiff, das Essen phantastisch. Fast jeden Abend ist Tanz. Der Nil ist warm und geheimnisvoll und wir gleiten drüber wie ein großer weißer Schwan …‹«

Dahingleitend über tiefem, klarem Wasser, beschienen von den Reflektionen der Lichter. Neuland. Zauber. Magie. Geheimnis. Liebe.

Agnes jaulte auf.

»›Wir haben die Gräber mit ihren wunderschönen Wandmalereien besichtigt. Freddie sieht hinreißend aus in seinem weißen Anzug. Ich nenne ihn übrigens nur noch Baron von Trapp …‹«

Agnes wunderte sich selbst, aber sie empfand Empörung für Maud. Die letzte Bemerkung war wirklich nicht nett.

»Ich hoffe, sie bricht sich die Hüfte.« Maud strickte wütend vor sich hin: ein flauschiges blaues Teil für krebskranke Kinder im Krankenhaus.

»Sie hat ein Foto mitgeschickt.« Agnes sah es sich an. Es zeigte die Reisegruppe, die sich an der Reling aufgestellt hatte. Alle trugen Abendgarderobe, die meisten hielten ein Glas Champagner in der Hand.

Maud legte das Strickzeug beiseite und sah unsicher herüber. »Wo ist Bea? Ich sehe sie gar nicht.«

Bea stand im Hintergrund, und es brauchte eine Weile, bis man sie entdeckte. Da war sie, sanftmütig lächelnd, in einem langen grünen Abendkleid. Ihre Taille wirkte auf dem Bild so rank und schlank wie die eines jungen Mädchens.

Agnes stand auf und stellte das Foto auf den Kaminsims. Sie tippte Bea mit der Fingerspitze an, aber natürlich reagierte die Figur nicht. Komische alte Bea, dachte sie. Haut mit Freddie ab, reißt sich die Jane-Austen-Bände unter den Nagel – Rettungsringe, vielleicht, in stürmischer See.

Nach einem Moment des Zögerns ließ sie das Foto hinter eine Einladung gleiten.

»Übrigens«, sagte eine überraschend zurückhaltende Maud, »diesem Makler, hast du dem den Laufpaß gegeben?«

Mit einer Hand stützte sie die schmerzende Hüfte, mit der anderen langte sie nach einem Holzscheit und warf ihn aufs Feuer. Eine obdachlos gewordenen Spinne kam unter der Kiepe hervorgerannt. Maud hob ihren gesunden Fuß und ließ ihn auf das Insekt niedergehen.

»Wenn man es so ausdrücken will. Er lebt mit einer anderen zusammen.« Agnes zögerte. Kitty hatte es nicht verdient, »eine andere« genannt zu werden. »Sie heißt Kitty.«

»Was für ein unsinniger Name.«

Agnes sah den Rest der Post durch und hörte Maud zu, die zu einer kleinen Rede angesetzt hatte wider unverheiratete Mütter im allgmeinen und Agnes' Egoismus im besonderen. Während sie schimpfte, nahm das flauschige Etwas deutlichere Formen an, das Rückenteil eines Jäckchens, wie es schien. Wütend schloß sie ihre Tirade mit der Frage: »Ich habe mich ja bis jetzt kaum getraut, aber werden wir je erfahren, wer der Vater des Kindes ist? Oder weißt du es selbst nicht?«

Agnes war voll und ganz damit beschäftigt, einen einzelnen Satz auf einer Ansichtskarte zu lesen, genauer: sie las ihn immer wieder, um ganz sicher zu gehen. Mit ruhiger Stimme sagte sie: »Ich will das überhört haben, Maud.«

»Maria hätte sich niemals in eine solche Lage gebracht. Kein Mann. Kein Geld. Keine Perspektiven.«

Agnes drehte die Karte um und betrachtete ein Foto der Kathedrale von Lincoln. »Gewiß doch. Aber heute ist das alles etwas anders.« Sie legte die Karte beiseite, nahm sie sogleich wieder in die Hand, als wäre sie eine große Kostbarkeit. »Ich habe einen kleinen Kredit aufgenommen, Maud. Für die Küche. Und ich habe einen Zeitplan aufgestellt für die wichtigsten Reparaturarbeiten am Haus. Damit können wir gleich im Frühjahr beginnen. Der Mensch von der Bank war nett, aber nicht überschwenglich. Aber wenn wir vorsichtig haushalten, bekommen wir vielleicht noch mehr.«

»Ach, sei nicht albern«, warf Maud ein. »Selbst ich habe begriffen, daß kein Geld über ist, und wir bräuchten Tausende von Pfund.«

Agnes brachte es nicht über sich, zu antworten.

Maud öffnete den Mund, und in einem Wortschwall machte sie ihrer Unzufriedenheit und Gereiztheit Luft: »Wie sollen wir das alles schaffen? Was willst du in die Geburtsurkunde schreiben?« Ihre Stimme überschlug sich. »Rechne nicht mit meiner Hilfe. *Ich weiß nicht, wie man mit Babys umgeht* …«

So ging es fort, aber Agnes achtete nicht weiter auf Maud. Sie dachte, wie seltsam unpassend manche Worte waren. Einige, wie »schick« oder »parfümiert«, waren ganz okay, andere wie »Freude« oder »Überraschung« oder »Verpflichtung« funktionierten irgendwie nur halb. Verstandesmäßig. Gefühlsmäßig hingegen sagten sie Agnes nichts.

»Ich habe dir noch gar nicht gesagt, daß er letztens wieder hier war, als du in Exbury warst.«

Agnes sah sie fragend an. »Mr. Harvey, oder wer?«

»Frag nicht so dumm, Agnes. Der Makler.«

Agnes ließ die Ansichtskarte auf den Boden fallen und hob sie wieder auf. »Julian? Hier?«

Ihr Arbeitszimmer war voll mit Videokassetten; der Waisenkinder-Beitrag befand sich darunter ebenso wie eine Sicherungskopie von *Meine Lieder, meine Träume*, für alle Fälle. Agnes kramte in ihren Papieren.

Soviel hatte sie begriffen: Als Thomas Campion 1588 mit seinen Kumpanen von der Armada zurückkehrte und hier vom Rand der Wiesen aus diesen Flecken Erde betrachtete und seinen Plan faßte, »zu bouwe eyn grosz haus«, da hatte er nicht an die Vergangenheit gedacht, sondern einzig und allein an die Zukunft.

In den historischen Dokumenten war zu lesen, daß er £ 550 für Holz ausgab, denn Eichenholz war knapp geworden damals. Er hatte es von den Schiffswracks an der Küste geordert. Für den marmornen Kamin hatte er £ 37 12s. bezahlt, £ 50 für die Wandteppiche, die in einem katholischen Haushalt des Nachbardorfs konfisziert worden waren. Schließlich entrichtete er noch einen Tribut von £ 100 an den König für das Recht zur Rodung und Urbarmachung und den Grundbesitz innerhalb der Grenzen des königlichen Waldes.

Die Dokumente berichteten von Thomas' prächtiger Grabsteinplatte, von den Ausschweifungen seines Sohnes, von seiner Heirat mit der anderen Agnes und von deren ansehnlicher Mitgift. Sie wußte von der unklugen Entscheidung von Agnes' Ururenkelin, auf den sumpfigen Wiesen ein Lustschlößchen zu bauen, und sie wußte auch von Gervaise Campions Vorliebe für Blumen und von seinem Tod im Himalaya, wo er auf der Suche nach einer bestimmten Blumenzwiebel war. Sie las von Umgestaltungen und baulichen Anpassungen an neue, moderne Bedürfnisse. Eine zweite Treppe. Die viktorianische Küche. Las, wie sie änderten, an- und ausbauten … bis sie schließlich bei Maud und Agnes ankam.

Die Vergangenheit war ein reicher, fruchtbarer Ort, an dem Agnes sich für manche Unzulänglichkeit der Gegenwart schadlos halten konnte. Mit ihrer Kamera hatte sie ihr Bild von Flagge House auf eine innere Leinwand projiziert – sein beeindruckendes Mauerwerk, sein kunstvolles Gebälk, seine leuchtenden Fenster, sein Intimes wie sein Pompöses. Natürlich war es ein verzauberter Ort, und natürlich mußte sie enttäuscht werden, denn die Vergangenheit ließ sich nicht einfangen und festhalten.

Agnes schob die Papiere wieder auf einen Haufen – unsortiert, unvollständig, einige unlesbar – und legte sie zurück in den altmodischen Karton für Dokumente, der ihrem Onkel gehört hatte, und verstaute ihn im Aktenschrank.

Es war vorbei.

Julian erschien knapp zwei Stunden nach ihrem Anruf. Agnes saß im Wohnzimmer und sah über matschige Wiesen, die im fahlen Licht glänzten. Als sie seinen Wagen hörte, stand sie auf und ging nach draußen.

Sie sah sofort, daß es ihm schrecklich ging, er war blaß und sah abgemagert im Gesicht aus, und sie spürte die große Tiefe ihrer Liebe und Zuneigung, die mit solcher Macht an die Oberfläche drängte, daß ihr klar wurde, sie hätte sich nie mit etwas anderem zufrieden gegeben.

Sie blickten sich an, ohne sich zu rühren. Sie brauchten diesen Moment des heftigen, ungefilterten Gefühls – bevor die Nadel in den neuen Quadranten fiel. Dann fragte sie: »So schlimm?«

Er überlegte. Zum Teufel mit den Zahlen und den tiefschürfenden Analysen. Wie soll ich das jemandem erklären? Er erwiderte ihr Lächeln und genoß das Schillern ihrer strahlenden graublauen Augen. »Schlimmer kann es nicht mehr kommen. Portcullis ist mit mir fertig. Legatt hat die Firma übernommen, den Teilhabern hat man einen schönen Teil vom Kuchen angeboten und sie haben zugegriffen, und die neuen

Chefs können mich gar nicht schnell genug loswerden. Es geht jetzt nur noch um ein paar Schönheitskorrekturen bei der Abfindung, sie wollen schließlich, daß ich keinen Ärger mache.«

»Das tut mir leid.«

Sie wußte, daß die Worte kaum angemessen waren – *was hätte Kitty gesagt?* –, aber sie würde sich Mühe geben und sich das nötige Vokabular schon noch aneignen.

Julian gab sich einen Ruck, das merkte man: »Was macht die Sendung über die Briefe?«

»Vom Programmplan gestrichen. Ich erzähle dir später davon.«

Sie schien nicht darüber reden zu wollen, doch er hakte nach: »Warst du nicht erfolgreich in Exbury?«

»Andrew hat den Hof verloren. Es geht ihm ziemlich schlecht.« Agnes fröstelte an der frischen Luft, also führte sie Julian ins Hausinnere.

»Und?« Er wartete, nachdem sein Atem sich beruhigt hatte, auf ihre Antwort.

»Seine Frau ist zu ihm zurückgekehrt, wenn es das ist, wonach du fragst.«

»Aha.« Julian ging zum Fenster, ein Mann, dessen Kräfte verzehrt schienen. »Ich dachte, ich komme womöglich zu spät.«

Agnes nahm die Ansichtskarte mit der Kathedrale in die Hand. »Die habe ich von Kitty bekommen. Sie schreibt: ›Hier lebe ich jetzt.‹«

Er sah auf die Karte. »Kitty hat es nicht mehr ausgehalten.«

Julian trommelte mit den Fingern auf dem Fensterbrett, eine nervöse Reaktion, die Kitty häufig bei ihm ausgelöst hatte und die heute in ihm wehmütige Erinnerungen wachrief. »Es war meine Schuld. Weil ich dich kennengelernt habe … Zehn Jahre sind eine lange Zeit.«

»Es tut mir leid«, sagte sie bereits zum zweiten Mal heute.

»Ich frage mich, ob zehn Jahre vielleicht das Äußerste ist, was wir von uns verlangen können?«

»Keine Ahnung, aber darüber wollte ich ja mit dir reden.« Agnes setzte sich aufs Sofa. »Ich muß dir etwas mitteilen. Ich bin schwanger, Julian.«

»Ein Kind?« Er brauchte ein paar Pulsschläge, dann: »Wer ist der Vater?«

Agnes lächelte und schüttelte fassungslos ihren Kopf: »Hast du denn nichts bemerkt? Ich bin ganz dick und rund geworden.«

Julian ging darüber hinweg. »Wessen Kind ist es? Bitte sag es mir.«

In seiner Stimme schwangen Angst, Verwunderung und Aufregung mit. »Es ist deins, Julian. Natürlich.«

»Bist du ganz sicher?«

Sie betrachtete sein erschöpftes Gesicht. »Du und Maud, ihr habt mehr gemein, als du glaubst. Ihr denkt wohl beide, daß ich ein zügelloses Sexleben führe.«

Er lächelte schwach. »Dann muß ich dir helfen. Laß mich dir helfen.«

»Segeln übers Meer, zu dem Land, wo die Bong-Bäume wachsen?«

»Ich habe nichts dagegen.«

Sie streckte ihre Hand aus und legte sie ihm auf die Brust. Die neue, die kraftstrotzende Agnes. »Ich wollte dir etwas geben.«

Er nahm ihre Hand und führte sie zu ihrem Bauch. »Gibst du mir nicht das hier?« fragte er. »Sag, daß du es mir schenkst. Wenn nicht, setze ich dich allein auf der Insel aus, wo du vor Langeweile den Verstand verlierst.«

Die Antwort gefiel Agnes, mehr als sie sagen konnte. »Setz dich dort hin und schweig still. Die Sache ist nicht ganz einfach für mich.« Er sah sie an. »Hinsetzen.« Julian gehorchte.

Agnes sah aus dem Fenster, sah die Wiesen. Ihre Musik, ihr Lichtspiel veränderten sich gerade. »Julian, ich möchte dir dieses Land hier geben. Und mich noch dazu. Das heißt, wenn du mich willst … also uns. Ich bin zu der Überzeugung gelangt, daß es so nicht weitergehen kann, wie es ist. Wenn Flagge House überleben soll, muß ich etwas unternehmen. Überlebende sind Überlebende, *weil* sie überleben. Das hast du mir, glaube ich, immer versucht zu sagen. Überlebende sind zur rechten Zeit am rechten Ort. Mein kleiner Tribut an Darwin sozusagen.«

»Erinner mich bezeiten daran, dir die Sache etwas genauer zu erklären.« Julian dachte über das Gehörte nach. »Agnes, ist das wirklich dein Ernst?«

Julians Lebensgeister regten sich bereits wieder. Er blühte sichtlich auf, glich wieder mehr sich selbst. »Laß mal überlegen. Finanzen. In meiner gegenwärtigen Situation kann ich mich schlecht an Investoren wenden, aber das ist schon in Ordnung. Sobald ich ein neues Team aufgestellt habe und aus Portcullis raus bin, entwerfen wir dir Häuser, die aussehen, wie für diese Land gemacht.« Er warf einen Blick auf die Wiesenlandschaft. »Vier.«

»Zwei, Julian. Mehr nicht«, rief sie voller Panik aus.

Er nahm ihre Hand. »Drei.«

»Zwei.«

Seine Hand preßte ihre fester. »Ich verspreche dir, es wird funktionieren. Ich werde dafür sorgen. Ich laß den Fluß, wie er ist, ich stelle ihn in den Mittelpunkt der ganzen Planung.«

Sie fröstelte heftig, vor Kälte und vor Aufregung, wie sie einen befällt, wenn große Veränderungen eintreten. Und übel war ihr auch.

Sie sah nach draußen. Die Gestalten, die hier durchgezogen waren und ihre innere Welt bevölkert hatten, sie waren verschwunden.

Er stand neben ihr, verstrubbeltes Haar, die Augen zu Schlitzen verengt, in Gedanken ganz offensichtlich bei irgendwelchen Zahlen, und sie spürte die sonderbare Widersprüchlichkeit und gleichzeitig die Größe ihrer Liebe zu diesem Mann, und sie dachte an das Kind. »Zehn Jahre ... für eine Beziehung?«

Er runzelten die Stirn. »Habe ich das gesagt?«

»Zehn Jahre sind nicht genug für ein Kind. Sie muß länger dauern.«

Er berührte ihren Bauch. »Wirst du zu mir kommen und bei mir leben?«

Sie dachte an die sterbende Agnes und die Kinder, die sie umringten. »Ja. Jedenfalls fürs erste.«

Sein Griff wurde fester auf ihrer Hüfte.

»Maud.« Agnes führte Julian in die Küche. »Du wolltest wissen, wer der Vater des Kindes ist, also möchte ich ihn dir vorstellen. Außerdem werden wir heiraten.«

Maud spielte mit den Koteletts herum, die Agnes fürs Mittagessen herausgelegt hatte. »Sehr schön.«

»Hast du Hunger?« Agnes nahm ihr den Teller weg. »Hör zu, Maud, ich habe mit Julian vereinbart, daß die Wiesen Bauland werden, und danach kommt dann Flagge House dran.«

Maud sank mit einem dumpfen Geräusch auf den Stuhl. »Flagge House abreißen?«

Agnes legte einen Arm um Mauds Schultern. »Nein, natürlich nicht. Aber mit dem Geld für das Baugelände können wir es von Grund auf renovieren und modernisieren und es in ein richtiges Haus umbauen, mit Zentralheizung und einer kleinen Wohnung für dich, in der es schön warm und gemütlich ist.«

»Aber du wirst hier doch nichts – verändern, oder?«

»Maud!« schrie Agnes mit letzter Kraft.

»Das darfst du nicht.« Maud war in sich zusammengesunken, verschreckt von dem Gedanken an die Veränderungen, um die sie ihr Leben lang gebeten hatte.

»Wie lang hast du mich getriezt, daß ich das Haus verkaufen soll?«

Maud taxierte ihr Gegenüber. »Du kannst manchmal so furchtbar naiv sein.« Sie zuckte mit einer Schulter. «Ich mußte irgendwie meine Stellung verteidigen. Und außerdem sehe ich die Dinge heute etwas anders.«

»Es wird alles gut werden, wart es ab.«

»Aber es wird nicht sein wie vorher. Das Haus wird nicht mehr dasselbe sein.«

Agnes streichelte die in Angorawolle gehüllten Höcker, die Mauds Schultern waren. »Nein«, gab sie traurig zu, »es wird nicht mehr dasselbe sein.«

Aber Julian schaute zu. Er sagte: »Vertrau mir, Agnes.«

Sie sah zu ihm auf und lächelte.

Jeder einzelne ihrer Gesichtszüge verriet Entsetzen und Bestürzung. »Du wirst *was*?« rief Bel.

»Ich werde den Vater meines Kindes heiraten und mich bemühen, meinem Kind so etwas wie Geborgenheit zu schenken, und ich werde nach Lymouth ziehen, bis ich mir genauer über meine Situation im klaren bin.« Sie fügte an: »Ich brauche ein bißchen Zeit, Bel.«

Der Zusammenhalt. Die glückliche Erschöpfung. Die Geräusche und der Geruch der Drehs, der lauwarme Fraß, die späten Abende, die dumme Angewohnheit, immer einen Absacker zuviel im Hotel zu trinken. Dieser unbedingte Wille, seine Idee auf Film zu bannen, so, wie man sie im Kopf hat, und nicht anders. All das sollte vorbei sein.

Bels stahlblau lackierte Fingernägel verschwanden in der Handtasche, als sie nach Zigaretten suchte, die sie sich trotzköpfig ansteckte. »Was ist nur in dich gefahren, Agnes? Du klinkst dich einfach aus? Willst du jetzt brav am Herd stehen, Mauerblümchen spielen?«

»Bel, ich bekomme ein Baby, das verändert einiges.«

»Aber der Kopf und die Ideen, die gehen einem doch nicht automatisch flöten, oder?«

Agnes lehnte vorsichtig auf der Tischkante, eine Aktion, die in diesen Tagen nicht ganz ungefährlich war. »Hast du je an die Echtheit der Briefe geglaubt?«

Bels Züge wurden strenger. »Nein«, antwortete sie. »Ich habe immer gedacht, daß du dich auf dem Holzweg befindest.«

Agnes zog die Augenbrauen in die Höhe. »Du warst immer raffinierter als ich. Es tut mir leid, Bel.« Sie nahm ihren Rucksack auf. »Sieh mal, ich habe mit ein paar Leuten gesprochen, mit denen wir zu tun hatten, und ein paar wären sehr daran interessiert, mit dir zusammenzuarbeiten. Hier ist die Liste.«

Bel nahm das Papier und überflog die Namen. »O Mann, nicht schlecht.«

»Denk nur immer daran, wenn du dann groß rausgekommen bist, und ich will zurückkommen, was ich garantiert will: Du schuldest mir einen Gefallen. Gut?« Agnes ging zur Tür. »Wir sehen uns bald, dann machen wir noch einen sauberen Abschluß, ja? Und – Bel: Danke für alles.«

»Agnes …« Bels Gesichtsausdruck war nicht entspannter geworden. Sie sagte: »Ich habe gelogen. Es gab Tage, da … nun, ein-, zweimal dachte ich, ich könnte sie hören, wie sie ihre Botschaften von der Front sendet.«

Ach, Bel.

Bel beugte sich über die Tastatur. »Auf bald.«

Kapitel 32

Die Bulldozer trafen pünktlich in Tithings ein, gefolgt von einem Troß von Lastwagen, Lieferwagen und mehreren Wohncontainern.

Andrew, Penny und der harte Kern der Baugegner hatten in vorderster Reihe bei den Eichen Stellung bezogen. Hoch oben im Astwerk kletterte der Gladiator herum und legte letzte Hand an seine luftigen Barrikaden, ein gigantisches Spinnennetz aus Seilen, das er von Krone zu Krone spann. Von dort wollten er und seine jugendlichen Freunde aus Exbury ihre Geschosse abfeuern.

Der erste Bulldozer fand den Weg zur Nordweide, ein hungriges, geöltes Metallungeheuer. Es war das Zeichen für die Demonstranten, sich unterzuhaken und ihren Gesang anzustimmen. Der Fotograf vom Lokalblatt knipste vor sich hin, und die Kamera des anwesenden Fernsehteams surrte eifrig, als der Bulldozer einen großen Bogen durchs hohe feuchte Gras beschrieb. Er senkte seine Schaufel und schaffte Erde aus dem Weg, wie es ein Pflug getan hätte, und fuhr dann ungerührt weiter. Bei diesem Anblick löste sich Andrew aus der Menschenkette und lief der Maschine geradewegs in den Weg. Andrew und der Bulldozerführer sahen sich an, und Andrew wollte den Mann zwingen, den ersten Fehler zu begehen und ihn einfach zu überfahren. Doch der bewegte kaum sein Lenkrad und beschrieb einen Halbkreis um Andrew, ohne auch nur das Tempo drosseln zu müssen.

Es war fast genau ein Jahr vergangen, daß John Campion gestorben war, als eine hochschwangere Agnes aus der Verandatür auf die Terrasse trat, um den ersten Kipplaster dabei zu beobachten, wie er über das huckelige Wiesengelände zu den Baustellen der neuen Häuser fuhr. Er hielt direkt beim Fluß. Drei Männer stiegen aus und begannen damit, das Gebiet zu vermessen und hölzerne Pflöcke in die Erde zu treiben.

Während sie so zusah, entstanden neue Formen dort auf der Wiese, und der Wind, ein eisiger Winterwind, blies ihr kurzes Haar zurück über die Schulter.

Sie konnte spüren, wie jeder Schlag des Hammers die Erde erschütterte. Die Fenster gleißten in einer kalten Sonne, und das eisige Wasser im Fluß klapperte über die Steine.

Sie berühte ihren Bauch. Es waren schwere Todesstunden für John Campion gewesen, und es würde eine schwere Geburt für sie werden, es war also nur ein gerechter Tauschhandel.

Lange stand sie so da, still und allein, bis Julian erschien und sie zu dem wartenden Wagen führte, in dem Maud bereits wartete. Und sie fuhren davon, um in dem Haus am Meer zu wohnen.

Verschiedene Bücher waren mir eine große Hilfe während der Niederschrift des Romans. Im einzelnen: Leo Marks, Between Silk and Cyanide (HarperCollins, 1998); Hilary Spurling, Elinor Fettiplace's Receipt Book (Viking, 1986); George Henderson, The Farming Ladder (Faber, 1944); Simon Schama, Landscape and Memory (HarperCollins, 1995) sowie Ted Hooper, Guide to Bees and Honey (Marston House, 1997). Viele Anregungen und vor allem das faktische Sachwissen stammten aus ihnen. Alle Fehler stammen allein von mir.